明人詩話要籍彙編

詩評卷 伍

陳廣宏 侯榮川 編校

復旦大學出版社

本册總目

馮舒◇撰

詩紀匡謬

一卷

侯榮川◎點校

詩紀匡謬引

《詩紀匡謬》者，馮子發憤之所作也。曷爲而發憤？憤詩之爲《删》、爲《歸》也。曷爲而匡及於《紀》？曰：正其始也。今天下之誦詩者何知？知《删》而已矣，《歸》而已矣。爲《删》、爲《歸》者又何知？知《紀》而已矣。奴之子爲重儓，木心邪則脉理不正，所必然也。於是爲之原其源，遡其流，核其濫觴於何人，而後爲《删》、爲《歸》之邪説不攻自破矣。邪説破而後興、觀、群、怨，温柔敦厚之旨可以正告之天下，豈好辯哉？時崇禎癸酉十二月初七日，上黨馮舒述。

詩紀匡謬

《凡例》云：一、上古迄秦，以箴、銘、誦、誄備載。

原夫書契既興，英賢代作，文章流別，其來久矣。若箴、銘、誦、誄，可以備載，則賦亦詩家六義之一，何以區分？若云有韻之語可以廣收，則《國策》、《管》、《韓》之屬，何往非韻？《素問》一書，通篇有韻；《易》之文言，本自聖製；《書》之敷言，出於孔壁，亦自諧聲，不專辭達，可得混爲詩耶？作俑於兹，濫觴無極，《焦氏易林》居然入詩矣，豈不可嘆！

一、漢以後詩人，先帝王，次諸家，以世次爲序。

先帝王而後諸家，以世次爲序，似矣，然有必不安者。子桓《與吴質書》云：「徐、陳、應、劉，一時俱逝。」是知數子盡卒於建安之年。《藝文》之序仲宣，每云「漢王粲」，此可證也。然七子宗主陳思，列陳思於徐、陳輩之後，理所不可。然置徐、陳輩於陳思之後，可得謂之世次如此乎？《藝文》之序人也，每要其終而言之，故江令亦曰「隋江總」，然唐人已目之爲梁江總矣，必以其達於陳而係之陳也，可乎？

一、名家成集者，各分五言、四言、六言、雜言。

一人所作，咸備諸體，一題所賦，或别體裁，未有可以篇之短長、韻之多少爲次者。古人之集亡來已久，陳思、蔡邕、二陸、陰、何，俱係後人編集，四言、五言亦並間出，足知《宋文鑑》以前無分體之事矣。玄暉、文通二集是原本，然玄暉首撰樂府，三言、五言間列。《文通》稍如後世體例，但五言之外本無别體可以異同。今一人之作，必以四言先於五言；一題所賦，又以三韻先於四韻。即如蕭子顯《春别》一詩，簡文、元帝各有和章，首末各三韻四句，惟次章六句三韻，今以六句之故，各移第二章爲末章，是猶歌南曲者，以尾聲止於三句而移之引子之前也。何俟知音，始爲拊掌？

一、詩數見而句字不同者，參校其義稍長者爲正文。

古人著書各出己意，試以班、范二書校《東觀》袁、荀二紀，其一切詔令，無不各出己裁，即如所載之詩，亦從删改。理宜以一書爲主而互注異同。若擇其義之長者爲正，則每書各取數字，令人何所適從？即如《瓠子》一歌，《史》作「皓皓旰旰」，《漢》作「浩浩洋洋」；《史》作「爲我謂河伯」，《漢》作「皇謂河公」。今《史》、《漢》各擇一句，豈「浩浩洋洋」，《漢》長於《史》？「皇謂河公」，班遜於遷耶？此俱由晁補之《楚辭後語》删改所誤。

一、樂府起於漢，又其辭多古雅，故系之漢。

按：《宋書·樂志》「相和」已下諸篇，其無人名者，皆曰「古辭」。《樂府詩集·靈芝》等篇亦然。鍾氏《詩品》曰：「古詩其體源出於《國風》，『去者日已疏』四十五首，疑是建安中陳王所製。」則作者姓名既無的定，漢魏之界頗亦難分，古之云者，時世不定之辭也。昭明所選一十九章，或云枚乘，或云傅毅，概曰「古詩」。原其體分，意亦如此。詩既如此，樂府可知。概歸之漢，所謂無稽之言，君子弗聽矣。爰及横吹之題梁，清商之題晉，郭氏亦但原其始耳。或稱古辭，或稱晉、宋、齊詞，何嘗有一定時代而妄作耶？

大風歌　鴻鵠歌

按《文選》云漢高帝歌一首，《漢·藝文志》云高帝歌詩二篇，則此二篇但當云高帝歌二首，不得增「大風」、「鴻鵠」之名也。《初學記》云「漢歌曲有《大風》」，文中子云「《大風》安不忘危」，並是以章首二字爲義，如《論語》之《學而》、《爲政》，《詩》之《關雎》、《葛覃》耳。又按《漢書》名《大風》爲《三侯之章》，又曰「作風起之詩」，《琴操》又名《大風起》，其曰《大風歌》者，《藝文類聚》始也。《樂府詩集》因「吾爲若楚歌」之文，名《鴻鵠篇》爲楚歌，其曰《鴻鵠歌》者，《楚辭後語》始也。此等雖無傷大義，然今人習而不察，遂謂古實有此題，臨文引用，亦所不安。即如宋人《竊憤録》一書記徽、欽北狩事，《容齋》極辨其妄。萬曆末年，郡中人從嚴氏鈔本鬻之，本無撰人，余邑有吴君平者，妄增「辛棄疾」三字於卷首。余謂之曰：「此從何來？」君平曰：「世人不知書，若無姓氏，便爾見忽，故借重稼軒。此僅可欺不知者，如公自不必怪也。」近有一友作《心史序》，首句便云「余嘗讀辛稼軒《竊憤録》」，不覺失笑。故作文者，苟不原所始，趁筆便用《大風》、《鴻鵠》等題，當與辛稼軒之紕繆同類，而共笑之矣。

將安所施

「將」字注云：「一作『尚』。」今按《史記》、《漢書》並是「尚」字，「將」字所出，乃是《楚辭後語》耳。

蒲梢天馬歌

按：《漢書》曰：「太初四年，獲汗血馬，作《西極天馬歌》。」《史記》曰：「馬名『蒲梢』。」則此歌當題《西極天馬歌》，不得曰「蒲梢」也。又按《漢書》但云作歌，明是刪《郊祀》之文，不得直隸武帝也。若此章可收，則《太一歌》理同一例，何以獨削原所自始？當從左克明《樂府》誤。

是耶非耶　翩

《漢書》作：「非耶？是耶？立而望之，偏何姍姍其來遲？」《藝文》則作：「是耶？非耶？

立而望之，偏，娜娜何冉冉其來遲？」《樂府》亦作：「是耶？非耶？」並作「偏」，無「翩」字。

柏梁詩 作臺在元封三年

此詩每句各注姓名，然細考之，頗多未核。自大司馬至左馮翊，皆按百官公卿表而爲之。至太常曰周建德，則元鼎五年已坐擅繇太樂令論矣。大鴻臚曰壺充國，按《表》，充國以太初元年爲此官。少府曰王温舒，而温舒三年已徙。右扶風曰李成信，此時成信爲右内史。參錯如此，豈更可信？比閲《藝文類聚》，乃於本詩之上，各署作者，首句有「皇帝曰」三字，次句有「梁王曰」三字，以下則但稱其官而無姓名，有姓有名者惟東方朔耳。《太平御覽》引《漢武帝集》亦如是。然後知以下姓名皆後人增之，而非原文也。何人增之？曰注《文苑》者增之。何以言之？《古文苑》之注，不知何人，大率蕪淺。如伯喈《青衣賦》妄斷爲少年之作，降爲小字，此其拘腐可知。今按無注宋板，《文苑》每句之下小字分行，於「驂駕駟馬」句下止注「梁王」二字，則「孝王武」三字明是注《文苑》者所增矣。然舊本《文苑》注亦自明辨，每句二行分注，左行曰「梁王」，右行曰「孝王武」，當可意推。自《詩紀》通二行作一句，直曰「梁王」、「孝王武」，《詩删》因之，而舉世夢夢矣。

幽歌

《樂府詩集》題曰《趙幽王歌》，漢書曰《趙王餓乃歌》，初無「幽歌」之目也，直出《詩紀》杜撰。已下燕剌王歌、廣陵王《瑟歌》，廣川王《望卿》、《脩成》歌，俱此類，不重述。

東方朔誡子詩

劉節《廣文選》第十一卷有東方朔《誡子》詩。今按任昉《文章緣起》云：「誡，後漢杜篤作《女誡》。」《文心雕龍》云：「戒者，慎也，禹稱『戒之用休』。東方朔之《誡子》，亦顧命之作也。」是則誡之與詩區分已久。《藝文・誡類》與詩別出此篇，但稱東方朔《誡子》，不云詩也。若可兼載，則何不遂收曹大家《女誡》耶？猶幸《詩刪》僅讀馮書，《詩歸》見聞有限，不然天下幾無剩篇矣。高彪《清誡》，例亦同此。又按《太平御覽》引《東方朔集》作「明者處世，莫尚於中庸」，則知截作四言者，直是班史所删耳！東方自有《據地》一歌，近出《史記》。去彼載此，更自可笑。

司馬相如封禪頌

頌不爲詩，猶之賦也，前例已明。況此頌自喻以封巒，已下參散不倫。周詩逸軌，不知何以妄載?《詩紀》襲謬遂誤,淺夫!

息夫躬絶命辭

此騷體也。《文選》别出「秋風辭」,體例可見,若命爲詩,則小山《招隱》、淵明《歸去辭》,何以獨棄?

李陵别歌

按,《漢書》但云「單于許武還,李陵置酒賀武,因起舞歌曰」,無《别歌》之題也。戚夫人《舂歌》、烏孫公主《悲愁歌》同。

結髮爲夫婦注云玉臺作留别妻

《玉臺》第一卷有此詩題,云《蘇武詩》一首,並不作《留别妻》也。因此一誤,今人更有以梁武《代蘇屬國婦》一首爲武妻答詩,更可笑。

虞美人答項王楚歌

此詩出《楚漢春秋》，見《正義》。「四面楚歌聲」作「四方楚歌聲」，《詩紀》改一字，不啻徑庭。

卓文君白頭吟

《宋書》大曲有《白頭吟》，作古辭，《樂府詩集》、《太平御覽》亦然。《玉臺新詠》題作《皚如山上雪》，非但不作文君，并題亦不作《白頭吟》也。惟《西京雜記》有文君爲《白頭吟》以自絶之説，然亦不著其詞。或文君自有別篇，不得遽以此詩當之也。宋人不明其故，妄以此詩實之，如黄鶴《杜詩注》、《合璧事類》引《西京雜記》之類，并入此詩。《詩紀》因之，《詩删》選之，今人遽云「有此妙口妙筆，真長卿快偶」，可笑可憐。

班固明堂等詩

此賦後所述，非別篇也。馴至齊梁，每賦稱詩，豈能並載？張衡《定情詩》、《思玄詩》亦同此例。

張衡四愁詩

「一思曰」，注云：「《玉臺》無此三字。」今按《玉臺》第九卷有此，四章並有之，馮公未見宋本耳。

蔡雍樊惠渠歌

蔡集今所傳者已不全，《藝文》第九卷渠類有此，在頌類前，序亦不同，是妄删爲之者。

琴歌

亦《釋誨》末章所系，不得删入。

酈炎見志詩

《東漢書》無此題，後篇《藝文》作《蘭詩》。

昔有霍家奴

「奴」字，《樂府》、《玉臺》俱作「姝」。古人命詞多不直致，不得因監奴而妄改也。黄山谷詩，任淵注亦作「姝」。

董嬌嬈

按，「嬈」字音乃小切，戲弄也，苛擾也，無「饒」音。毛晃增入「宵」韻，而以杜陵詩「細馬自馱金騕褭，佳人屢出董嬌嬈」爲證。今據此字凡古人所用「嬌饒」，皆是「食」傍，無作「女」者。此詩《玉臺》、《藝文》、《樂府》諸書亦並從「食」，祇因毛晃誤增，《韻會》襲謬，遂爾舉世亡此一字。又按，今本杜詩正作「饒」字，宋元諸本亦並爲「饒」，不知毛韻何以妄增？而今人妄聽，并改「嬌」作「妖」也。

王吉射烏辭

按，《風俗通》引《漢明帝起居注》曰「王吉射中之，祝曰」云云。則是祝，非詩也。不應加「辭」字而入《詩紀》。

蘇伯玉妻盤中詩

《樂府解題》云：「《盤中詩》，傅玄作。」《玉臺新詠》第九卷有此詩，亦曰傅玄，其爲休奕詩無疑也。惟《北堂書鈔》曰古詩，亦無名氏。其曰蘇伯玉妻者，嚴羽《吟卷》盲説耳！世人敢於信《吟卷》，而不敢信《解題》、《玉臺》等書，冤哉！

君忘妾未知之　今時人知四足

譚友夏評云：「『未知之』，婉甚，柔甚。」不知《玉臺》正作「天知之」。鍾伯敬評云：「『今時人，知四足。與其書，不能讀。當從中央周四角。』云千古不識字男子，被此女郎一語，輕薄殆盡。」不知《玉臺》正作「今時人，智不足」。而所謂女郎者，乃是剛勁亮直之丈夫也。言之可發一笑。

竇玄妻古怨歌

此四句《御覽》兩載，皆題曰《古艷歌》，無名氏。《藝文》載玄妻别夫書有「衣不如新」二句，不應截作詩，已又改其題曰《怨歌》也。

龐德公於忽操

《於忽操》三章，《選詩拾遺》云出《襄陽耆舊傳》，此書亡亦已久。初，尚意余輩見聞寡陋，用修或有此書。今按宋王令逢原所著《廣陵先生集》，其外孫邵説所編者共二十卷。其第一卷賦後第九篇即此操，其序云：「劉表見龐公，欲起之。公不顧，曰：『我歌可乎？』命弟子治一作絃。之，凡三操。」第十篇題《辭粟操》，曰列子辭粟作，第十一題《陬操》，曰孔子去趙作，第十二題《樗高操》，曰惠子望大樗作，明是逢原托之古人也。若《於忽操》可稱龐公，則後三篇何不并稱列子、惠子、孔子乎？妄作欺人，真可忿！有一少年謂予曰：「安知非今本《王令集》反借此篇？」予曰：「《王令集》不足信，《宋文鑑》家家有之，何以亦載此篇，亦題王令乎？」愚人之惑，難解如此。

練時日

《漢書》，《練時日》等俱列在章左，曰《練時日》一，《帝臨》二，足知《郊祀歌》是此十九篇之題，而《練時日》等則以此分章，亦如所謂《學而》、《爲政》耳。自郭氏《樂府》首列《郊祀歌》之題，移置《練時日》等爲次行，《詩紀》因之，後人遂習而不察。鍾伯敬批曰：「造題古奥。」豈不冤殺？若然，則「學而」二字更奇崛矣！

雁門太守行

《宋書》上列「洛陽行」三字，下列「雁門太守行」五字，明是「洛陽行」是此詩之題，而「雁門太守行」爲此篇之調也。以今日南曲之體辟之，則《雁門太守行》者，如所謂《梁州序》、《念奴嬌》耳，命調則同，賦題各異。自郭氏《樂府》始去「洛陽行」三字，而舉世眯目，疑其以雁門太守歌洛陽令矣。又王僧虔《伎録》云：「《雁門太守行》歌古洛陽令一篇。」亦可知古之《雁門太守行》不獨此一篇，但被之管絃，則此篇耳。餘如《短歌行》之「對酒」、「西伯」，《燕歌行》之「秋風」、「别日」，俱如此類。《宋書》甚明，學者可檢對也。

斜柯西北眄

《樂府》、《玉臺》俱作「斜柯」，文人襲用不少。自《詩紀》改作「斜倚」，《詩删》因之，而此字亡矣。

新婦初來時小姑始扶床今日被驅逐小姑如我長

按此四句是顧況《棄婦》詩，宋本《玉臺》無「小姑始扶床，今日被驅逐」十字，《樂府詩集》、左克明《樂府》亦然。其增之者，蘭雪堂活字《玉臺》始也。初看此詩，似覺少此十字不得，再四尋之，至竟是後人妄添。何以言之？逋翁一代名家，豈應直述漢詩，可疑一也。逋翁詩云：「及至見君歸，君歸妾已老。」則扶床之小姑，何怪如我？此詩前云「共事三二年，始爾未爲久」，則何得三年未周，長成遽如許耶？正是後人見逋翁詞，妄增入耳。幸有諸本可以確證。今蘇郡刻左氏《樂府》，反據《詩紀》增入，更隔幾十年，不可問矣。書之日就散亡，可爲浩嘆！

匡衡歌

《漢書》但云爲之語耳，不稱歌也。凡曰謡、曰歌、曰諺、曰稱、曰語，古並通用，然要須各還其本字，可以兼載，不得妄改。

擬蘇李録別詩

《文苑》但稱《録別詩》，《藝文》往返雜叙，並無「擬」字。大蘇妄斷爲六朝擬作，足知大蘇已前並不疑爲後人所擬也。此字亦是《詩紀》所加，世人遂謂「骨肉緣枝葉」等篇爲蘇、李原詩，「燦燦三星」等爲六朝擬作矣。妄生間界，可嘆可悲！

紅塵蔽天地篇

按《古文苑》止載二句，下闕。《文選》李善本《西都賦》注亦載二句，「蔽」字作「塞」。已下十二句，《升庵詩話》云出《修文御覽》。此書亡來已久，所不敢信。然以文義考之，首云「白日何冥冥」，何得遽接云「招摇西北指，天漢東南傾」耶？「短褐中無緒，帶斷續以繩」二句，別見《御覽》，「緒」作「絮」。又小謝詩曰：「瀉酒置井中，誰能辨斗升。合如杯中水，誰能辨淄澠。」今直合作二句，無論惠連必無勦襲之病，可得謂之文理通備否？

藳砧等篇

俱無的時代，此亦古辭也。

古樂府蘭草自然香

此詩見《刊謬正俗》，題作《古艷歌》，「然」作「言」，第三句作「十月腰鎌起」，亦無的時代。

兩頭纖纖青玉玦

此詩，《王建集》有之，不得謂爲漢詩也。

文帝秋胡行

「泛泛緑池」末四句本是《善哉行》本辭，或魏文自移入秋胡調中，或樂人填詞，或荀勖所撰定，俱不可知，不必注見《善哉行》也。《臨高臺》亦然。

子建閨情

此詩見《藝文》「美婦人」部，無題。今本曹集，不足據也。

贈侍中王粲四言詩

《北堂書鈔》作誄，《藝文》有子建《王侍中誄》，雖無此四句，文體却近，决非詩也。

徐幹室思　雜詩

按《樂府詩集》云：「徐幹《室思》詩，其第三章曰『自君之出矣』。」宋孝武「自君之出矣，金翠闇無精」詩，《藝文》亦題《擬室思》，則此詩之爲《室思》無疑也。今遽以前五篇爲雜詩，而獨以「人靡不有初」當《室思》，誤也。

程曉

《藝文》晉程曉業與傅玄贈答，自應入晉。

阮籍詠懷

四言，共十四首，江陰朱子儋本尚有之，今並删去，何也？

司馬懿讌飲歌

《晉書》云：「高祖伐公孫淵，過温，見父老故舊，讌飲累日，悵然有感，作歌曰。」無「讌飲」之題也。《樂府詩集》八十五卷有此篇，亦曰「晉高祖歌」。

成公綏行詩一云途中作

《藝文》在「行旅」部，無題。舍《藝文》無别出，不知所謂《行詩》、《途中作》者何出。

傅玄和秋胡行

按，《玉臺》題《和班氏詩》，似擬《詠史》之作也，故曰「彼夫既不淑，此婦亦太剛」，直作史家案斷語。今作《秋胡行》，乃是誤讀《樂府詩集》所致。原夫郭氏之書，聚詩集之樂府，立名之意已主廣收，故凡樂府之題，例俱取入。《青青河畔草》即係之《飲馬長城窟》，《日出東南隅》即係之《陌上桑》，例曰同前，而不别出本題。然作者本各爲題目，豈得概删？爲《樂府詩集》則可，爲《詩紀》則不可。

飲馬長城窟行

《玉臺》、《樂府》俱無「夢君結同心」四句，《藝文》所載至「曠如參與商」而止，未知後四句何人所增。

董桃行歷九秋篇

馮《紀》注云：「《玉臺新詠》以前十首爲簡文。」按，《玉臺新詠》第九卷有此詩，俱題傅玄，不得因《選詩拾遺》而疑之也。

苦雨　苦熱　天行歌

俱見《藝文》，俱無題，《天行歌》亦然。

陸機吴趨行

此詩《樂府》明注無名氏，士衡别有《吴趨行》一篇。

張翰雜詩二首

第一首見《文選》，第二首俱出《藝文》「言志」部。「東鄰有一樹」六句爲一首，「忽有一飛鳥」六句又爲一首，俱無題。

翔風

《王子年拾遺記》及《太平廣記》俱「翾風」〔一〕，今坊本《拾遺》從《艷異編》改。

郭璞贈潘尼

見《藝文》「衣冠」部，次陸機《贈潘尼》後，未必即贈潘也。

楊方合歡詩二首雜詩三首

《樂府詩集》作《合歡詩》五首，《玉臺》第三卷有此詩，亦總五首。今曰《玉臺》後三首作《雜詩》，惡板所誤也。

庾闡遊仙詩四首同前六首

此詩《藝文》並載，今移第一、第二爲第三、第四，而别題曰「同前六首」，何也？

〔一〕「記」，原本作「録」，據《四庫》本改。

蘭亭序詩

據柳公權書本云：「四言詩，王羲之爲序，序行於代，故不録。其詩文多，不可全載。今各裁其佳句而題之，亦古人斷章之義也。」則知今世所傳俱非全文，皆誠懸删本也。其五言詩序，亦删興公之作，序下小字注曰：「文多不備載，其略如此。其詩亦裁而掇之如四言焉。」明是右軍爲四言之序，而興公爲五言之序也。今混載四、五言，而移孫序於末簡，又并柳公所注而添入序中，又增末句曰：「所賦詩亦裁而綴之，如前四言、五言焉。」妄而窒矣。

謝混送二王在領軍府集詩

此詩見《初學記》，前四句作謝琨，後二句作謝混。

陸冲雜詩二首

《藝文》在「遊覽」部，無題。

休洗紅

《休洗紅》，遍考無出。楊慎云「於棧道壁得之」，妄也。此詩趙古則《學範》已引之矣，但不知何時人作。

宋孝武自君之出矣

《玉臺》題作《擬徐幹》，《藝文》作《擬室思》，《樂府詩集》題《自君之出矣》。《樂府》體例正與傅玄《秋胡詩》同，自應據《玉臺》、《藝文》，不應據《樂府》也。下又注云：「《玉臺》作許瑶。」《玉臺》第十卷有此詩，並不作許瑶，正作孝武耳。

秋胡詩九首

按，《文選》作一首，《玉臺》分九章，亦作一首。此正如《關雎》三章，原只一篇耳。自《詩紀》分九首，而《詩删》遂摘取三章矣。可笑。

謝靈運王子晉讚[一]

讚別於詩，例同頌、誄，不得以其近於五言而混收也。

范泰詠老

《藝文》「老」部有此詩，而無「詠老」之題，署曰梁范泰。或梁自有其人，不得即以當蔚宗之父也。

王融和南海王秋胡詩七首

此篇並同顔延之。《藝文》、《文苑》、《樂府詩集》俱作一首。

丘巨源詠扇

丘巨源《詠七寶扇》詩，《玉臺》、《初學》、《藝文》俱載。中有「畫作景山樹，圖爲河洛神」

〔一〕「晉」，原本作「等」，據萬曆刻本《古詩紀》卷五十八改。

句,《五言律祖》妄造首尾,別作八句律詩。必也古今謂無一人讀書,始可任其亂説耳。不知律詩之成在於景龍之沈、宋,其造端於士章。休文者祇論宮商,不專平仄,此未可片言而畢,聊附存此,以諗知音。

梁武帝白紵辭

注云:「《藝文》、《樂府》作簡文,今從《玉臺》作武帝。」按,《藝文》、《玉臺》無此詩,《樂府》、《英華》正作武帝,不作簡文也。《河中之水歌》,《玉臺》亦作古辭,不作武帝。

藉田

《藝文》止八句,至「歲薄禮節少」止。《初學》有「公卿秉耒耜」四句,而無「仁化洽孩蟲」等六句。未知此六句竟在何所?不得以意連屬也。

答蕭琛

《梁書》但云「上答」而已,語雖有韻,實不稱詩。

梁簡文帝泛舟横大江三首

「滄波白日暉」一首，《英華》、《樂府》俱有之。「隴西四戰地」、「悠悠懸旆旌」二首，俱出《樂府》，題作《隴西行》，非「泛舟横大江」也。

京洛篇

注云：「《樂府》作《煌煌京雒行》，列鮑照後，而逸作者之名。」按，《樂府》目作宋鮑照二首，卷中作同前二首，下注「宋鮑照」，則《樂府》之非逸名可知也。但此詩亦見《藝文》、《英華》，俱作梁簡文，則《樂府》爲誤。

蓮花賦歌

此亦賦末所係，不知《樂府》何以混載。當釐正。

小垂手

《大垂手》一篇，《玉臺》作簡文，《樂府》作吴均。《小垂手》篇，《樂府》亦作吴均，舍《樂府》

別無所出，自不得并入簡文也。

夜夜曲注玉臺作簡文

「北斗闌干去」一篇，《樂府》作沈約，《玉臺》作簡文。「愁人夜獨傷」一篇，《玉臺》無此詩，《樂府》明注無名氏，不應混入也。簡文自有《擬沈隱侯夜夜曲》，正是擬《河漢縱復横》篇耳。

劉孝威王遵七夕穿鍼庾肩吾石橋徐摛壞橋王臺卿水中樓影

題不云「和簡文」，或各自立題，不得附簡文後。

元帝出江陵縣還二首

第二首「朝出屠羊縣」篇，《藝文》衹曰「又詩」，未必即是前題也。

後園作迴文詩

《藝文》序王融後，無的姓名，簡文雖有《和湘東王後園迴文詩》，然畢竟闕疑爲得。馮君注云「今列於此，以俟再考」，亦非決定之辭。吴琯併去此注，遂令觀者不解。

范雲有所思　樂府作王融者非

此詩，《樂府》作王融，《藝文》亦作王融，舍二書之外無所見，不知何據而歸彥龍也。此詩附見《謝玄暉集》中，宋本亦作王元長也。

望織女注云從玉臺作范雲

《玉臺》無范雲詩。

擬古四色詩　四色詩四首

按《藝文》俱王融詩，别無所出。

庾肩吾有所思

此詩舍《樂府》之外無他出，《樂府》既作昭明，應無可疑，不知何以入庾。

餞張孝總應令

《藝文》題作「應令」，在《餞孝總》後，未必即餞張也。

曲水聯句

《藝文》序簡文詩後，題云「又《曲水聯句》」。此詩宜附簡文，不然，則「殿下」爲何人也？

吴均春怨

此詩見《玉臺》第六卷，目録云「吴均二十首，張率《擬樂府》三首」。查卷中自《和蕭洗馬》至《詠少年》，已足二十首之數。自《春怨》至《愁閨怨》十七首，目録竟無撰人。張率《樂府》在此後，竟未定此十七首是何人作也。雜按《藝文》、《樂府》等書，知《月夜詠陳南康新有所納》是王僧孺詩，《爲人自傷》亦王作，則知中間十三首亦係王詩矣。惟《春怨》一篇在吴均後，《愁閨怨》一篇在張率前，俱無的姓名，未可强爲之説。《詩紀》竟以歸王，特照時本《玉臺》耳，非的説也。

蕭子顯陌上桑注云玉臺作蕭子顯

《玉臺》無此詩，自應依《樂府》作無名氏。第二首《樂府》之外亦無别出，應作王臺卿。

陶弘景華陽頌

並是頌，不得稱詩。

王僧孺春思注云玉臺誤作吴均

今按此詩在《玉臺》第十卷，正作僧孺，不作吴均也。

徐勉夏詩

《英華》作徐朏，《初學》作徐晚，不得置修仁卷中。

鄧鏗和陰梁州

首句云：「别離雖未久，遂如長别離。」《藝文》、《玉臺》俱同。今作「暫别猶添恨，何忍别經時」，不知所出。《月夜閨中》次（連）［聯］亦然。

劉令嫻答唐娘七夕

《歲時雜詠》及《玉臺》俱作徐悱。

代陳慶之美人夢見故人有期不至

三首俱姚翻詩。

范静妻沈氏戲蕭娘注云玉臺作戲繡娘

《玉臺》正作「蕭」，不作「繡」字。

越城曲

《樂府》無名，應是古辭。

陳後主楊叛兒曲

按《樂府》作隋後主，唐人每稱煬帝爲後主，則此曲意亦煬帝所著。改「隋」作「陳」，非也。楊升庵遂以越王侗當之，《選詩拾遺》并改題爲《京洛行》，更妄而可怪。

小窗詩

按姚寬《西溪叢話》云：此乃唐人方域詩，《唐·藝文志》所載。《烟花録》記幸廣陵事，此本已亡，今本僞作。

沈炯字初明

按《陳書》並作「禮明」，《太平御覽》、《册府元龜》並作「禮惟」，《南史》作「初明」，《陳書》舊南監本此葉是宋板，似可據。《南史》不得善本，俟再考。

江總梅花落注云從玉臺

《玉臺》作於梁簡文在東宫之日，安得有入陳之詩耶？總持有《南越木槿歌》，亦賦未所系，孱守未摘出。

姬人怨服散篇

此詩出《藝文》，止是一首，不得分作二篇，《英華》注明甚。分二篇者，從《英華》也，亦何必專據《類聚》？

岑之敬烏棲曲

「明月二八照花新，當鑪十五晚留賓」二句，本之敬《烏棲曲》，載在《樂府》。今截此二句，添「回眸百萬横自陳」一句，别題《當壚曲》，楊君之妄不待言矣。《詩紀》每至楊君妄作之詩，俱注明出處，意亦疑信半參。吴琯再翻此書，則併棄馮《紀》所注，遂爲楚人妄談之柄。

劉删賦獨鶴凌雲去

《藝文》作劉�木，此詩既無他出，何以直斷云誤？

蕭驎詠袙複

《初學》作《詠裙複》，在「裙」部，《玉臺》宋本亦作「袙」。馮注云疑作「袙」。按，《集韻》

「袙」字，注云：「袙，複音，莫白切。」「袓」字出《左傳》，此二字也。

王胄西園遊上方

《樂府》序王胄後，明注無名氏。

徐儀莫秋望月

《英華》失名，無可考，不知何以定爲徐儀。

孔德紹王澤領遭洪水

按，德紹以從竇建德伏誅，其不入唐也明矣。高廷禮妄載之《品彙》，而改「徒知懷趙景，終是倦陽侯」二句于「木梗誠無托，蘆灰豈暇求」之上。今查《初學》、《英華》俱倒此二句，則其爲《品彙》妄改無疑。今反從《品彙》更正，無識一何至此！

陳子良

《新成安樂宫》一首，《樂府》云唐陳子良。《春晚看群公朝還》一首，《初學》序張文琮後，韋玄旦前。《賦得妓》一首，《初學》序李元操後，宏執恭前。《七夕看新婦隔巷停車》，注云《玉臺》作陳伯材，《玉臺》無此詩也，《初學》又序於褚亮之後。《詠春雪》一首，《初學》在上官儀前，未必俱在隋之作也。

李密淮陽感秋

據《隋書》，密亡抵淮陽，舍村中，變姓名，稱劉知遠，鬱鬱不得志。爲五言詩，無《淮陽感秋》之題也。唐、隋二史亦互異同。

李巨仁

《英華》載《京洛篇》在梁簡文後，張正見前，似非隋人。《樂府》則竟作隋李世臣矣。

十索曲

丁六娘僅四曲，後二句《樂府》明注無名氏。并混丁作，是升庵妄語。

李月素等五篇

不知所出。近見新安鄭玄撫《續玉臺》有之，未可據也。

庾信擬詠懷詩

按，《藝文》但稱庾信《詠懷詩》，並無「擬」字，此直子山自詠其懷耳。增一「擬」字，遂謂以阮公爲法，如文通之效阮矣。夫阮公當晉魏之際，寓托微遠，顔延年謂其「百代之下，難以情測」。子山自梁入周，意氣激露，論世不同，原情各異。杜老所謂「清新」，意正在此。若曰擬阮，則何啻徑庭？世人不察，妄生議論，皆此一字誤之。

胡震亨◇撰

唐音癸籤

三十三卷

侯榮川◎點校

唐音癸籤目録

唐音癸籤卷一

海鹽胡震亨遯叟著

體凡

詩自《風》、《雅》、《頌》以降，一變有《離騷》，再變爲西漢五言詩，三變有歌行雜體，四變爲唐之律詩。詩至唐，體大備矣。今考唐人集録所標體名，凡傚漢魏以下詩，聲律未叶者，名往體。其所變詩體，則聲律之叶者，不論長句、絶句，概名爲律詩，爲近體。而七言古詩，于往體外另爲一目，又或名歌行。舉其大凡，不過此三者爲之區分而已。至宋元編録唐人總集，始于古、律二體中備析五、七等言爲次。于是流委秩然，可得具論。一曰四言古詩，有古章句及韋孟長篇二體，唐作者不多。一曰五言古詩，唐初體沿六朝，陳子昂始盡革之，復漢魏舊。一曰七言古詩，一曰長短句，全篇七字，始魏文。間雜長句，始鮑明遠。唐人承之，體變尤爲不一。當與後歌行諸類互參。一曰五言律詩，唐人因梁、陳五言四韻之偶對者而變。一曰五言排律，因梁、陳五言長篇而變。一曰七言律詩，又因梁、陳七言四韻而變者也。唐一代詩之盛，尤以此諸律體云。一曰七言排律，唐作者亦不多，聊備一體。一曰五言絶句，一曰七言絶句。絶句即六朝人所名斷句也。五言絶始漢人小詩，而盛于齊梁。七言絶起自齊梁間，至唐初四傑後始成調。又唐人多以絶句爲樂曲。詳後《樂通》內。外古體有三字詩，李賀《鄴城童子謡》。六字詩，《牧護歌》。三五七言詩，始鄭世翼，李白繼作。一字至七字詩，張南史及元、白等集有之，以題爲韻，偶對成聯。又鮑防、嚴維多至九字。騷體雜言詩。此種本當入騷，如李之《鳴皋歌》，杜之《桃竹杖引》，相沿入詩，例難芟漏。律體有五言小律、七言小律，嚴滄浪以唐人六句詩合律者稱三韻律詩，昭代王弇州始名之爲小律云。又六言律詩劉長卿集有之。及六言絶句。王維集有。而諸詩内又有詩與樂府之別，樂府内又有往題、新題之別。往題者，漢魏以下、陳隋以上樂府古題，唐人所擬作也。諸家概有，而李白所擬爲多，皆仍樂府舊名。李賀擬古樂府，多別爲之名而變其舊。新題者，古樂府所無，唐人新製爲樂府題者也。始于杜甫，盛于元、白、張籍、王建諸家。元微之嘗有云：「後人沿襲古題，唱和重複，不如寓意古題，刺美見事，爲得詩人諷興之義者，此也。」詳後《樂通》內。其題或名歌，亦或名行，或兼名歌行。歌，曲之總名。衍其事而歌之曰行。歌最古，行與歌行皆始漢，唐人因之。又有曰引者，曰曲者，曰謡者，曰辭者，曰篇者。抽其意爲引，導其情爲曲，合乎俗曰謡，進乎文爲辭，又衍而盛焉爲篇，皆以其詞爲名者也。有曰詠者，曰吟者，曰嘆者，曰唱者，曰弄者。詠以永其言，吟以呻其鬱，嘆以抒其傷，唱則吐于喉吻，弄則被諸絲管，此皆以其聲爲名者也。復有曰思者，曰怨者，曰悲若哀者，曰樂者。如李白之《静夜思》，王翰之《蛾眉怨》，杜甫之《悲陳陶》、《哀江頭》、《哀王孫》。樂則如杜審言之《大酺樂》、白居易之《太平樂》、張祜之《千秋樂》，又皆以情爲其名者也。凡此多屬之樂府，然非必盡譜之于樂。譜之樂者，自有大樂、郊廟之樂章，梨園教坊所歌之絶句、所變之長短填詞，以及琴操、琵琶、箏笛、胡笳、拍彈等曲，其體不一。而民間之歌謡，又不在其數。並詳《樂通》。唐詩體名，庶盡乎此矣。

自古詩漸作偶對，音節亦漸叶而諧。宫體而降，其風彌盛。徐、庾、陰、何，以及張正見、江總持之流，或數聯獨調，或全篇通穩，雖未有律之名，已寖具律之體。四子承之，尚餘拗澀。神龍而後，音對俱諧，諸家概有合作，沈、宋尤爲擅場。就中五字之諧差先，故珠英前彦，蚤逗流美之徑；七字之諧差晚，故開元右丞，猶存失粘之疵。若乃律既踵古以成律，則古自應追古以存古。故沈、宋未作于孝和之日，射洪已興于天后之朝。是尤氣機有先，情籟自啓，匪人惟天，一變自不得不盡變者也。律體雖成於唐，實權輿沈約聲病之説，今録之備考。

四聲。音韻之學，至齊梁寖備。沈約撰切韻之書，名《四聲譜》。後隋仁壽中，陸法言等嘗加纂次；唐儀鳳後，郭知玄又附益之，號《切韻》；天寶末，陳州司法孫愐復加刊正，名爲《唐韻》。皆宗約之舊。宋景德以及元祐，先後重修，名《禮部韻略》，今承用者是也。宋濂云：「唐以詩、賦設科，益嚴聲律之禁。有宋因之，以禮部之掌貢舉，名韻書曰《禮部韻略》，毫髮弗敢違背。雖中經一二大儒，且謂承襲之久，不欲變更焉。」

雙聲疊韻。《宋・謝莊傳》：「王玄謨問莊：『何者爲雙聲？何者爲疊韻？』答曰：『互、護爲雙聲，磝、碻爲疊韻。』」《學林新編》云：古人以四聲爲切紐，以雙聲疊韻，必以五音爲定。喉咢舌齒脣，配宫商角徵羽爲五音。人聲之出有漸，聲始出於喉，直上出爲宫；再出到腭，聲上騰爲商；又再出到舌中，聲平出爲角；又再出到齒，聲斜降出爲徵，又降出到脣爲羽。雙聲者，同音而不同韻者也。疊韻者，同音而又同韻者也。互、護同脣音，而二字不同韻，故謂之雙聲。礅、碻同爲牙音，而二字又同韻，故謂之疊韻。《廣韻》曰：「章、灼、良、略是雙聲，灼、略、章、良是疊韻。」又曰：「斤、剔、靈、歷是雙聲，剔、歷、斤、靈是疊韻。」舉此例，則諸音皆自此而紐之，可以定矣。

八病。一曰平頭，二曰上尾，三曰蜂腰，四曰鶴膝，五曰大韻，六曰小韻，七曰旁紐，八曰正紐。平頭，謂第一字與第六字同聲，第二字與第七字同聲。上尾，謂第五字與第十字同聲。蜂腰，謂第二字與第四字同聲，犯在一句内，如蜂身之中細。鶴膝，謂第五字與第十五字同聲，兩對同犯，如鶴膝之並大。大韻，謂與韻相犯也，如五言詩以「新」字爲韻者，九字内更著「津」字、「人」字等，爲犯大韻。小韻，除韻外，但九字中有相犯同聲者是。旁紐，謂如十字中已有「田」字，不得著「寅」、「延」字。正紐，如壬、衽、任、入四字爲一紐，一句之中已有「壬」字，更不得安「衽」、「任」字。

《南史》略云：初，汝南周顒，善識聲韻。永明中，吴興沈約、陳郡謝脁、瑯琊王融，以氣類相推轂，爲文皆用宫商，不可增減。顒著《四聲切韻》，約撰《四聲譜》。又以雙聲疊韻分辨作詩八病。于《謝靈運傳》著論云：「夫五色相宣，八音協暢，由乎玄黄律吕，各適物宜。欲使宫羽相變，低昂舛節，若前有浮聲，則後須切響。一簡之内，音韻盡殊；兩句之中，輕重悉異。自靈均以來，多歷年代，雖文體稍精，此秘未睹。妙達斯旨，始可言文。」

按，史稱約論四聲，妙有詮辨，乃當時陸厥嘗作書辨之，以爲情物文之所急，美惡猶且相半，何獨宫商律吕，必責其如一？鍾嶸亦謂：「文製本須諷讀，不可蹇礙，但令清濁流通，口吻調利，斯爲足矣。」務爲精密，襞積細微，使文多拘忌，傷其真美。而約自有言，云八病惟上尾、鶴膝最忌，餘病皆通，所賦亦往往與聲韻乖。是則此論不可盡拘，明矣。然有唐近律，自從聲病回忌，肇體應復。具遡其説，以善用夫變通。王弇州云：「休文之拘滯，正與古體相反，惟近律有關耳，然亦不免商君之酷。」誠哉是言。

唐音癸籤卷二

海鹽胡震亨遯叟著

法微一 統論

陸機曰：詩緣情而綺靡。

摯虞云：詩發乎情，止乎禮義。假象過大，則與類相遠；逸辭過壯，則與事相違；辯言過理，則與義相失；靡麗過美，則與情相悖。

范曄曰：情志所托，故當以意爲主，以文傳意。以意爲主，則其旨必見；以文傳意，則其辭不流。然後抽其芬芳，振其金石。

沈隱侯曰：文章當從三易。易見事，一也；易識字，二也；易誦，三也。

劉勰曰：怊悵述情，必始乎風；沉吟鋪辭，莫先於骨。故辭之待骨，如體之樹骸；情之含風，猶形之包氣。若豐藻克贍，風骨不飛，則振采失鮮，負聲無力。

鍾嶸云：文有盡而義有餘，興也；因物喻志，比也；直書其事，寓言寫物，賦也。若專用比興，則患在意深，意深則詞躓；但用賦體，則患在意浮，意浮則文散。弘斯三義，酌而用之，幹之以風力，潤之以丹彩，使味之者無極，聞之者動心，是詩之至也。

又云：夫屬詞比事，乃爲通談。至乎吟詠情性，亦何貴於用事。「思君如流水」，既是即目；「高臺多悲風」，亦唯所見；「清晨登隴首」，（差）〔羌〕無故實；「明月照積雪」，詎出經史？古今勝語，多非補假，皆由直尋。邇來作者，辭不貴奇，競須新事，牽攣補衲，蠹文已甚，自然英旨，罕遇其人。葉石林云：「詩家妙處，正在無所用意，猝然與景相遇，不假繩削而自成章，非常情能到耳。」嶸數語，余每愛其簡切，但觀者未嘗留意。自唐以後，既變以律體，固不能無拘局。然苟大手筆，亦自不妨削鐻於神志之間，斲輪於甘苦之外也。

宋之問云：衆轍同遵者擯落，群心不際者探擬。

王昌齡云：爲詩在神之於心。處心於境，視境於心，瑩然掌上，然後用思，了然境象，故得形似。

又云：詩思有三。搜求於象，心入於境，神會於物，因心而得，曰取思；久用精思，未契意象，力疲智竭，放安神思，心偶照境，率然而生，曰生思；尋味前言，吟諷古制，感而生思，曰感思。

釋皎然云：夫詩雖非聖功，妙均於聖。其作用也，放意須險，定句須難。雖取由我衷，而得若神表。至如天真挺拔之句，與造化争衡，可以意會，難以言狀，非作者不能知也。

又云：或以苦思喪自然之質，此不然。夫不入虎穴，焉得虎子？取境之時，須至難至險，始見奇句。成篇之後，觀其氣貌，有似等閒，不思而得，此高手也。有時意静神王，佳句縱橫，若不可遏，宛若神助。不然，蓋由先積精思，因神王而得乎？

氣象氤氲，由深于體勢；意度盤礴，由深于作用；用律不滯，由深于聲對；用事不直，由深于義類。

雖欲廢巧尚直，而思致不得寘；雖欲廢詞尚意，而典麗不得遺。

作者須知復、變之道。反古曰復，不滯曰變。若惟復不變，則陷于相似之格，置于古集之中，使弱手視之眩目，何異宋人以燕石爲玉璞，周客胡盧而笑也？近代陳子昂復多變少，沈、宋復少變多，餘不能盡舉。又復、變二門，復忌太過，變若造微，不忌太過，苟不失正，亦何咎哉！

戴叔倫云：詩家之景，如藍田日煖，良玉生烟，可望而不可置于目睫之間。

韓愈曰：和平之音淡薄，而愁思之聲要妙。歡愉之辭難工，而窮苦之言易好。嚴滄浪云：「唐人好詩，多是征戍、遷謫、行旅、離别之作，往往能感動激發人意。」正愈所謂窮思愁苦之易爲詩者也。

白樂天云：爲詩義在裨益，言意皆有所爲。葛常之曰：「自古工詩者，未嘗無興也。觀物有感焉，則有興。今之作詩者，以興近乎訕也，故不敢作，而詩之一義廢矣。」作詩者苟知興之與訕異，始可以言詩矣。

劉禹錫曰：片言可以明百意，坐馳可以役萬景，工於詩者能之。《風》、《雅》體變而興同，古今調殊而理冥，達於詩者能之。工生於才，達生於識，二者相爲用，而後詩道備。

李德裕曰：「古人辭高者，蓋以言妙而工，適情不取於音韻；意盡而止，成篇不拘於隻耦。故篇無定曲，詞寡累句。」又曰：「譬如日月，終古常見，而光景常新。」

皮日休曰：詩逮吾唐，切於儷偶，拘於聲勢，易其體爲律，詩之道盡矣。吾又不知千祀之後，詩之道止于斯而已耶？後有變而作者，予不得以知之。夫才之備者，猶天地之氣乎？氣者，止乎一也，分而爲四時，景色各異。夫如是，豈拘于一哉？亦變之而已。人之有才者，不變則已，苟變之，豈異於是乎？

司空圖云：古今言詩多矣，愚以爲辨於味而後可以言詩也。醯非不酸，止於酸而已；鹺非不鹹，止於鹹而已。人所以充食而遽輟者，知其鹹酸之外，醇美者有所乏耳。詩貫六義，則諷諭抑揚，渟蓄淵雅，皆在其間矣。惟近而不浮，遠而不盡，然後可以言韻外之致耳。

崔德符答人問作詩之要曰：但多讀而勿使，斯爲善。

梅聖俞曰：詩之工者，寫難狀之景，如在目前；含不盡之意，見於言外。

沈存中云：詩雖末技，工之不造微，不足以名家。故唐人皆盡一生之力爲之，至于字字皆鍊，得之甚難，而觀者滅裂，不知其工。若字字皆是無瑕可指，語音亦流麗，但細論無功，景意縱全，一讀便盡，更無可諷味者。此類最易爲人激賞，乃詩之「折楊」、「黄華」也。譬若三館楷書，作字不可謂不精不麗，求其佳處，到死無一筆，此病最難爲醫也。

劉貢父云：管子曰：「事無終始，無務多業。」此言學者貴能成就也。唐人爲詩，量力致功，精思數十年，然後名家。杜工部云：「更覺良工用心苦。」不獨畫手爲然。

葉石林云：古今論詩者多矣，吾獨愛湯惠休稱謝靈運爲「初日芙蕖」，沈約稱王筠爲「彈丸脱手」，兩語最當人意。初日芙蕖，非人力所能爲，而精彩華妙之意，自然見於造化之表。靈運諸詩，可以當此者亦無幾。彈丸脱手，雖是輸寫便利，動無留礙，然其精圓快速，發之在手，筠亦未能盡也。作者審到此地，豈復更有餘事？韓退之贈張籍云：「君詩多態度，靄靄春空雲。」司空圖記戴叔倫語云：「詩人之辭，如藍田日暖，良玉生烟。」亦是形似之微妙者，但學者不能味其言耳。

葛立方云：詩之有思，卒然遇之而莫遏，有物敗之，則失之矣。鄭綮「詩思在灞橋風雪中驢子上」〔二〕，潘大臨「滿城風雨近重陽」之句爲催租人所敗，亦可見詩思之難，而敗之甚易也。沈約云：「天機啓則六情自調，六情滯則音韻頓舛。」正此意。

〔二〕「驢子」字後，《四庫》本多「驢背」字。

嚴儀曰：詩之法有五，曰體製，曰格力，曰氣象，曰興趣，曰音節。須是本色，須是當行。下字貴響，造語貴圓。不必太著題，不必多使事。

又曰：「詩有別才，非關書也。詩有別趣，非關理也。然非多讀書、多窮理，則不能極其至。」又曰：「盛唐諸公，惟在興趣，羚羊掛角，無迹可求。故其妙處，透徹瓏瓏，不可色相，言有盡而意無窮。若以文字爲詩，以才學爲詩，以議論爲詩，夫豈不工，去之愈遠。」《詩法》云：「唐人以詩爲詩，宋人以文爲詩。唐人主性情，故於《三百篇》爲近；宋人主議論，故於《三百篇》爲遠。」

又云：論詩如論禪。漢、魏、晉與盛唐之詩，則第一義也。大曆以還之詩，則小乘禪也，已落第二義矣。晚唐之詩，則聲聞、辟支果也。學漢、魏、晉與盛唐詩者，臨濟下也；學大曆以還之詩者，曹洞下也。大抵禪道惟在妙悟，詩道亦在妙悟。然悟有淺深，有分限，有透徹之悟，有但得一知半解之悟。漢魏尚矣，不假悟也。謝靈運至盛唐諸公，透徹之悟也。他雖有悟者，皆非第一義也。胡元瑞云：「禪則一悟之後，萬法皆空，棒喝怒呵，無非至理。詩則一悟之後，萬象冥會，呻吟咳唾，動觸天真。以禪喻詩，信有旨。然禪必深造，而後能悟。詩雖悟後，仍須深造。自昔瑰奇之士，往往有識窺上乘，業阻半途者。」

楊仲弘云：詩不可鑿空强作，待境而生自工。

劉須溪云：作詩如作字。横眉竪鼻，所差幾何？而清俗相去遠甚。

又云：「詩在灞橋風雪中驢子上」，非也。尋常景色，時時處處，妙意皆可拾得。然此猶涉假借，若平生父子兄弟家人鄰里間，意愈近而愈不近，著意政難。有能率意自道，出于孤臣怨女之所不能者，隨事紀實，足稱名家。即名家猶不可得，或一二語而止，如孟東野「慈母手中綫」、「歸書但云安」，極羈旅難言之情；李太白「昨夜梁園雪，弟寒兄不知」，小夫賤隸，誰不能道？而學士大夫，或愧之矣；如杜子美「問事競挽鬚，誰能即嗔喝」、「欲起屢見肘，仍嗔問升斗」，并與聲音笑貌彷彿盡之；又如古人于奴婢猥下，寫至「孤客親僮僕」，凄然甚矣。又云「僮僕生新敬」，則出處世態，隱約可見。又云「犬因無主善」，則俯仰猶有不忍言者。古今甚深密義，往往于淺易得之。

《詩眼》云：作詩不必句句工。使其皆工，反峭急無古氣。

《詩家一指》云：詩不歷鍊世故，不足名家。

李空同云：以我之情，述今之事。尺寸古法，罔襲其辭。古人之作，其法雖多端，大抵前疏者後必密，半闊者半必細；一實者必一虛，疊景者意必二。此所謂圓規而方矩者也。

何大復云：富于材積，使神情領會，天機自流，臨景結構，不傍形迹。佛有筏喻，達岸則捨筏矣；捨筏則達岸矣。胡元瑞云：「仲默此論，直指真源，最爲喫緊。捨筏之云，亦以獻吉多擬則前人陳句進規耳，非欲人廢法也。李、何二氏之旨，故當並參。」

徐禎卿云：因情以發氣，因氣以成聲，因聲而繪詞，因詞而定韻。然情寔窈渺，必因思以窮其奥；氣有粗弱，必因力以奪其偏；詞難妥貼，必因才以致其極；才易飄揚，必因質以定其侈。

若夫妙騁心機，隨方合節，或約旨以植義，或宏文以盡心，或緩發如朱絃，或急張如躍括，或始迅以中留，或既優而後促，或慷慨以任壯，或悲愴而引泣，或因拙以得工，或發奇而似易。此輪扁之超悟，不可得而詳也。

王弇州曰：才生思，思生調，調生格。思即才之用，調即思之境，格即調之界。

又曰：才騁則馭之以格，格定則通之以變。氣揚則沉之使實，節促則澹之使和。

又曰：詩以專詣爲境，以饒美爲材，師匠宜高，捃拾宜博。

胡元瑞云：作詩大要不過二端，體格聲調、興象風神而已。體格聲調，有則可循；興象風神，無方可執。故作者但求體正格高，聲雄調鬯。積習之久，矜持盡化，形迹俱融，興象風神，自爾超邁。譬則鏡花水月，體格聲調，水與鏡也；興象風神，月與花也。必水澄鏡朗，然後花月宛然，詎容昏鑑濁流，求睹二者？故法所當先，而悟弗容强也。

又曰：詩最可貴者清。然有格清，有調清，有思清，有才清。才清者，王、孟、儲、韋之屬是也。若格不清則凡，調不清則冗，思不清則俗。王、楊之流麗，沈、宋之豐蔚，高、岑之悲壯，李、杜之雄大，其才不可概以清言，其格與調與思，則無不清者。魏文帝《典論》云：「文以氣爲主，氣之清濁有體，不可力强而致。」其論七子詩與文筆，未嘗不並重清云。

又云：曰仙，曰禪，皆詩中本色。惟儒生氣象，一毫不得著詩；儒者言語，一字不可入詩。

唐音癸籤卷三

海鹽胡震亨遯叟著

法微二

通論各體 四言 五言古 七言古 樂府 律詩 五言律 七言律 排律 絶句 詠史 詠物 和韻 聯句 雜俳諧體

四言正體，雅潤爲本；五言流調，清麗居宗。《文心雕龍》。以下通論各體。

興寄深微，五言不如四言，七言又其靡也，况束之以聲調俳優哉？李白。

七言律詩難於五言律詩，五言絶句難於七言絶句。嚴滄浪。《詩藪》云：「五言絶調易古，七言絶調易卑。五言絶即拙匠易於掩瑕，七言絶雖高手難於中的。」可與此互參。

古樂府、《選》體、歌行，有可入律者，有不可入律者，句法字法皆然。惟近體必不可入古耳。王弇州。

《風》、《雅》之規，典則居要。《離騷》之致，深永爲宗。古詩之妙，專求意象。歌行之暢，必由才氣。近體之攻，務先法律。絶句之構，獨主風神。胡元瑞。下同。

七言律於五言律，猶七言古於五言古也。五言古銜轡有程，步驟難展，至七言古錯綜開闔，頓挫抑揚，古風之變始極，五言律，宫商甫協，節奏未舒，至七言律暢達悠揚，紆徐委折，近體之妙始窮。

七言古差易於五言古，七言律顧難於五言律，何也？五言古意象渾融，非造詣深者難於湊泊；七言古體裁磊落，稍材情贍者，輒易發舒；五言律規模簡重，即家數小者，結構易工；七言律字句繁靡，縱才具宏者，推敲難合。

自五言古律以至五、七言絶，概以温雅和平爲尚，惟七言歌行、近體不然。歌行自樂府語已峭峻，李、杜大篇，窮極筆力，若但以平調行之，何能自拔？七言律聲長語縱，體既近靡，字櫛句聯，格尤易下，材富力强，猶或難之，清空文弱，可登此壇乎？

律詩句有必不可入古者，古詩字有必不可爲律者。然不多熟古詩，未有能以律詩高天下者也。初學輩不知苦辣，往往謂五言古詩易就，率爾成篇，因自詫好古，薄後世律不爲。不知律尚不工，豈能工古，徒爲兩失而已！詞人拈筆成律，如左右逢源，一遇古體，竟日吟哦，常恐失却本相。樂府兩字，到老摇手，不敢輕道。李西涯、楊鐵崖都曾做過，何嘗是來。王敬美。

四言詩須本《風》、《雅》，間及韋、曹，然各自爲體，勿得相雜。弇州。四言。

四言簡質，句短而調未舒；七言靡浮，文繁而聲易雜。折繁簡之衷，居文質之要，蓋莫尚于五言。故兩漢以還，文人藝士，平生精力，咸萃斯道。胡元瑞。下同。以下五言古。

五言古先熟讀《國風》、《離騷》，源流洞徹，乃盡取兩漢雜詩，陳、王全集及子桓、公幹、仲宣佳者，枕籍諷詠，工深日遠，神動機流，一旦吮毫，天真自露。骨格既定，然後沿洄阮、左，以窮其趣，頏頡陸、謝，以采其華，傍及陶、韋，以澹其思，博考李、杜，以極其變，超乘而上，可以掩迹千秋，循轍而趨，無忝名家一代。

作古詩先須辨體。無論兩漢難至，苦心模倣，時隔一塵。即爲建安，不可墮落六朝一語；爲三謝，縱極俳麗，不可雜入唐音；小詩欲作王、韋，長篇欲作老杜，便應全用其體，亦不得他雜。詞曲家非當家本色，雖麗語、博學無用，况此道乎？王敬美。

擬古樂府，擬漢不可涉魏，擬魏不可涉六朝，擬六朝不可涉唐。用本題事而不失本曲調，上也。調不失而題小舛，次也。題甚合而調或乖，則失之千里矣。胡元瑞。以下樂府。

樂府詩，妙在可解不可解之間，一涉議論，便是鬼道。弇州。

七言古詩要鋪叙，要有開合，有風度，迢遞險怪，雄俊鏗鏘，忌庸俗軟腐。須是波瀾開合，如江海之波，一波未平，一波復起；又如兵家之陣，方以爲正，又復爲奇，方以爲奇，忽復是正，出入變化，不可紀極。備此法者，唯李、杜也。開合燦然，音韻鏗然，法度森然，神思悠然，學問充然，議論超然。楊仲弘。以下七言古。

七言歌行，靡非樂府，然至唐始暢。其發也，如千鈞之弩，一舉透革；縱之則文漪落霞，舒卷絢爛；一入促節，則凄風急雨，窈冥變幻；轉折頓挫，如天驥下坂，明珠走盤；收之則如柝聲一擊，萬騎忽斂，寂然無聲。王弇州。下同。

歌行有三難：起調，一也；轉節，二也；收結，三也。惟收結爲尤難。如作平調，舒徐綿麗者，結須爲雅詞，勿使不足，令有一唱三嘆意；奔騰洶湧驅突而來者，須一截便住，勿留有餘；中作奇語峻奪人魄者，須令上下脉相顧，一起一伏，一頓一挫，有力無迹，方成篇法。

長歌但看其通篇大勢，中間偶有拙句，不失大體。著一巧句，最害正氣。謝茂秦。

凡詩諸皆有繩墨，惟歌行出自《離騷》、樂府，故極散漫縱横。初學當擇唐人名篇，脉絡分明、句調婉暢易下手者，模仿成家後，博取李、杜大篇，合變出奇，窮高極遠，又上之兩漢樂府，又上之楚人《離騷》，以求其源本，進于神化。胡元瑞。

律傷嚴，近寡恩。大凡立意之初，必有難易二塗，學者不能强所劣，往往舍難而取易，文章罕工，每坐此也。唐子西。以下律詩。

律詩全在音節，格調風神，盡具音節中。胡元瑞。

律詩第二字側入爲正格，如「鳳律軒轅紀，龍飛四十春」之類。第二字平入爲偏格。如「四更山吐月，殘夜水明樓」之類。唐名家詩多用正格，用偏格者概少。沈存中。

《三百篇》以比興置篇首，律詩則置在篇中，如景聯所摹物色，或興而賦，或賦而實比，皆其義也。范德機。參〔一〕。

律詩不可多用虛字，兩聯填實方好。用唐以下事便不古。趙孟頫。

對句好可得，結句好難得，發句好尤難得。發端忌作舉止，收拾貴在出場。嚴滄浪。

五言如四十個賢人，著一個屠沽輩不得〔二〕。覓句者若掘得玉合，有蓋必有底，但精心求之，必得其實。劉昭禹。以下五言律。

李夢陽云：「疊景者意必二，闊大者半必細，此最律詩三昧。如杜：『詔從三殿去，碑到百蠻開。野館濃花發，春帆細雨来。』前半闊大，後半工細也。『浮雲連海岱，平野入青徐。孤嶂秦碑在，荒城魯殿餘。』前景寓目，後景感懷也。唐法律甚嚴惟杜，變化莫測亦惟杜。胡元瑞。下同。

作詩不過情景二端。如五言律體，前起後結，中四句二言景二言情，此通例也。唐初多於首二句言景對起，止結二句言情，雖豐碩，往往失之繁雜。唐晚則第三四句多作一串，雖流動，往往失之輕儇。俱非正體。惟沈、宋、李、王諸子，格調莊嚴，氣象閎麗，最爲可法。第中四句大

〔一〕按，「參」下或有脱文，下同。

〔二〕「個」，原本作「字」，據《四庫》本改。

率言景，不善學者湊砌堆疊，多無足觀。老杜諸篇，雖中聯言景不少，大率以情間之，故習杜者，句語或有枯燥之嫌，體裁絶無靡冗之病。此初學入門第一義，不可不知。若老手大筆，則情景混融，錯綜惟意，又不可專泥此論。

學五言律，毋習王、楊以前，毋窺元、白以後。先取沈、宋、陳、杜、蘇、李諸集，朝夕臨摹，則風骨高華，句語宏贍，音節雄亮，比偶精嚴。次及盛唐王、岑、孟、李，永之以風神，暢之以才氣，和之以真澹，錯之以清新，然後歸宿杜陵，究竟絶軌，極深研幾，窮神知化，五言律法盡矣。

五言律差易得雄渾，加以二字，便覺費力，雖曼聲可聽，而古色漸稀。七字爲句，字皆調美；八句爲篇，句皆穩暢。雖復盛唐，代不數人，人不數首。弇州。以下七言律。

七言律有起、有承、有轉、有合。起爲破題，或對景興起，或比起，或引事起，或就題起，要突兀高遠，如䕷風初發，勢欲捲浪。承爲頷聯，或寫意，或寫景，或書事，或用事引證，要接破題，如驪龍之珠，抱而不脱。轉爲頸聯，或寫意，寫景，書事，用事引證，與前聯之意相應相避，要變化不窮，如魚龍出没廵濤，觀者無不神聳。合爲結句，或就題結，或開一步，或繳前聯之意，或用事，必放一句作散場，如截奔馬，辭意俱盡，如臨水送將歸，辭盡意不盡。知此，則七律思過半矣。楊仲弘。參。

七言律不難中二聯，難在發端及結句耳。發端盛唐人無不佳者，結頗有之，然亦無轉入他調及收頓不住之病。篇法有起、有束、有放、有斂、有喚、有應。大抵一開則一闔，一揚則一抑，一象則一意，無偏用者。句法有直下者，有倒插者。倒插最難，非老杜不能也。字法有虛有實，有沈有響，虛響易工，沈實難至。五十六字如魏明帝凌雲臺，材木銖兩悉配乃可耳。篇法之妙，有不見句法者；句法之妙，有不見字法者。此是法極無迹，人能之至，境與天會，未易求也。有俱屬象而妙者，有俱屬意而妙者，有俱作高調而妙者，有直下不偶對而妙者，皆興與境詣，神合氣完使之。然五言可耳，七言恐未易能也。勿和韻，勿拈險韻，勿起結用傍韻，勿偏枯，勿求理，勿搜僻，勿用六朝强造語，勿用大曆以後事。此詩家魔障，慎之！慎之！弇州。

七言律對不屬則偏枯，太屬則板弱。二聯之中，必使極精切而極渾成，極工密而極古雅，極嚴整而極流動，迺爲上則。然二者理雖相成，體實相反，故古今文士難之。要之，人力苟竭，天真必露。非蕩思八荒，游神萬古，功深百鍊，才具千鈞，不易語也。胡元瑞。下同。

古詩之難，莫難于五言古；近體之難，莫難于七言律。五十六字之中，意若貫珠，言如合璧。其貫珠也，如夜光走盤，而不失迴旋曲折之妙；其合璧也，如玉匣有蓋，而絶無參差扭捏之痕。纂組錦繡相鮮以爲色，宫商角徵互合以成聲；思欲深厚有餘而不可失之晦，情欲纏綿不迫而不可失之流；肉不可使勝骨，而骨又不可太露，詞不可使勝氣，而氣又不可太揚。莊嚴則清廟明堂，沉著則萬鈞九鼎，高華則朗月繁星，雄大則泰山喬嶽，圓暢則流水行雲，變幻則凄風急雨。一篇之中，必數者兼備，迺稱全美。故名流哲匠，自古難之。高、岑明浄整齊，所乏遠韻；王、李精華秀朗，時覺小疵。學者步高、岑之高調，含王、李之風神，更加以工部之雄深變幻，庶盡七言能事爾。

作七言拗體者，必以意興發端，神情傅合，渾融疏秀，不見穿鑿之迹，頓挫抑揚，自出宫商之表可耳。雖老杜以歌行入律，亦是變風，不宜多作，作則傷境。弇州。

詩一題一首，自爲起合，無論。其一題數首者，則合數首爲起合，易而置之便不可。蓋起句在前首，而合句在後首故也。范德機。

作排律法，虚韻不如實韻堪押，順聯不如逆聯有情。遯叟。以下排律。

作排律，先熟讀宋、駱、沈、杜諸篇，倣其布格措詞，則體裁平整，句調精嚴。益以摩詰之風神、太白之氣概，既奄有諸家，美善咸備，然後究極杜陵，擴之以閎大，濬之以沉深，鼓之以變化。胡元瑞。

七言排律，創自老杜，然亦不得佳。蓋七字爲句，束以聲偶，氣力已盡矣。又欲衍之使長，調高則難續而傷篇，調卑則易冗而傷句，合璧猶可，貫珠益艱。弇州。

絶句固自難，五言尤甚，離首即尾，離尾即首，而腰腹亦自不可少。妙在愈小而大，愈促而緩。吾嘗讀《維摩經》得此法，一丈室中置恒河沙諸天寶座，丈室不增，諸天不減，又一刹那定作六十小劫。須如是乃得。弇州。以下絶句。

顧華玉云：「五言絶以調古爲上乘，以情真爲得體。」調古則韻高，情真則意遠。華玉標此二者，則雄奇俊亮，皆所不貴，論雖稍偏，自是五言絶第一義。胡元瑞。下同。

七言絶，語半於近體，同其句格宛順；節促於歌行，倍夫意味長永。

七絶，盛唐諸公用韻最嚴，無旁出者。命意得句，以韻發端，突然而起，意到辭工，不假雕飾〔一〕，通首自混成無迹。宋人專重轉合，刻意精鍊，或難於起句，借用旁韻，牽强成章。此所以不同也。謝茂秦。

五言絶尚真切，質多勝文；七言絶尚高華，文多勝質。五言絶昉於兩漢，七言絶起自六朝，源流迥別，體製自殊。至意當含蓄，語務舂容，則二者一律也。胡元瑞。下同。

對結者須意盡，如王之渙「欲窮千里目，更上一層樓」、高達夫「故鄉今夜思千里，霜鬢明朝又一年」，添著一語不得，乃可。永嘉薛韶云：「老杜詩雖多至百韻，亦首尾相應無間斷。」絶句或不然，四句句各爲對，不貫穿者爲多，另是一體，不足多學。

絶句之法，要婉曲回環，删蕪就簡，句絶而意不絶。多以第三句爲主，而第四句發之。有實

〔一〕「假」，原本作「暇」，據《四庫》本改。

接，有虚接，承接之間，開與合相關，反與正相依，順與逆相應，一呼一吸，宫商自諧。大抵起承二句固難，然不過平直敘起爲佳，從容承之爲是。至如宛轉變化工夫，全在第三句。若於此轉變得好，則第四句如順流之舟矣。楊仲弘。

詩人詠史最難，妙在不增一語，而情感自深。若在作史者不到處别生眼目，固自好，然尚是第二義也。《詩法・詠史》。

詠物固要逼真，但恐注精點寫，閑澹之氣易至偏失，要在不相謀而兩得始佳。方秋崖。以下詠物。

詩固忌用巧太過，然緣情體物，自有天然工妙，雖巧而不見刻削之痕。老杜「細雨魚兒出，微風燕子斜」及「穿花蛺蝶深深見，點水蜻蜓款款飛」等語，讀之渾然，全似未嘗用力，此所以不礙其氣格超勝，與晚唐諸家之體物者迥别也。詠物者宜于此細參。雨細著水面爲漚，魚常上浮而唫，若大雨，則伏而不出矣。燕體輕弱，風猛則不能勝，惟微風乃受以爲勢，故又有「輕燕受風斜」之語。此十字殆無一字虚設。至蛺蝶、蜻蜓一聯，又妙在「穿」字、「點」字，若「深深」無「穿」字，「款款」無「點」字，亦不能唤出如此精微來。〔二〕葉石林。

詩固有以切爲工者，不傷格，不貶調，乃可。詠物著題，亦自無嫌于切。第單欲其切，亦易

〔二〕按，以上小字亦見《石林詩話》。

易耳。不切而切，切而不覺其切，此一關前人不輕拈破也。胡元瑞。坡公云：詩人有寫物之功。「桑之未落，其葉沃若」，他木殆不可以當此；林逋《梅花》詩云：「疏影横斜水清淺，暗香浮動月黄昏。」決非桃李詩；皮日休《白蓮》詩云：「無情有恨何人見，月冷風清欲墜時。」決非紅蓮詩。此乃寫物之功。若石曼卿《紅梅》詩云：「認桃無緑葉，辨杏有青枝。」此村學中至陋語也。

和韻聯句，皆易爲詩害而無大益，偶一爲之可也。然和韻在於押字渾成，聯句在於才力均敵，聲華情實中不露本等面目，乃爲貴耳。弇州。聯句始《柏梁》，人賦一句。至唐韓愈、孟郊有錯賦上句、博下句聯對者。和詩用來詩之韻曰用韻，依來詩之韻盡押之不必以次曰依韻，并依其先後而次之曰次韻。盛唐人和詩不和韻，晚唐人至有次韻者。洪邁曰：「古人酬和詩，必答其來意，非如今人爲次韻所局也。如高適寄杜云：『草玄今已畢，此外更何求？』杜和云：『草玄吾豈敢？賦或似相如。』韋迢寄杜云：『相憶無南雁，何時有報章？』杜和云：『雖無南去雁，看取北來魚。』只以其來意往覆，趣味自深，何嘗和韻？至大曆中，李端、盧綸《野寺病居》酬答，始有次韻。後元、白二公次韻益多，皮、陸則更盛矣。今人倣傚，至往返數四不止。詩以道性情，一拘韻脚，性情果可得而見耶？」和韻聯句。

雜詩，自孔融《離合》，鮑照《建除》，温嶠迴文，傅咸集句而下，字謎、人名、鳥獸、花木，摹倣日煩，不可勝數。至唐人，乃有以婢僕詩登第、孩兒詩取禍者。詩文不朽大業，學者雕心刻骨，窮晝夜致功，猶懼弗窺奥眇，暇役志及此？皆詩道之下流，學人之大戒也。胡元瑞。雜俳諧體。

唐音癸籤卷四

海鹽胡震亨遯叟著

法微三　用字　用句　儷對　篇法　用韻　用事　則古　砭疵

改章難於造篇，易字艱於代句。《文心雕龍》。以下用字。

用字一避詭異，謂字體瓌怪，如古詩「褊心惡哅呶」之類。二省聯邊，謂半字同文，如偏旁从山从水之類。不獲免，可至三接。三接外，同字林矣。三權重出，謂同字相犯也。詩驗適會，若兩字俱要，則寧在相犯。爲文者富於萬篇，貧於一字。唐宣宗嘗問中書舍人李藩：「考試之中，重用字如何？」又問：「孰詩重用字？」對曰：「錢起《湘靈鼓瑟》詩有二『不』字。」上誦其詩，仍稱善相屬，蓋亦知其相避爲難云。四調單複。謂字形之肥瘠也。瘠字累句，則纖疏而行劣；肥字積文，則黯黮而篇闇。

詩有隱一字而意自見者。「糾糾葛屨，可以履霜」，言不可也；「海水知天寒」，言不知也。皆隱一「不」字在。白樂天。

李長吉詠寒〔一〕：「百石强車上河水。」換「冰」字作「水」，寒意自躍。此用字之最有意者。遯叟。下同。

律詩忌犯叠音字，固也。然杜甫之「卑枝」、「接葉」，《何將軍園》詩。白樂天之「嫌甜」、「笑小」，「量大嫌甜酒，才高笑小詩」。李群玉之「崎嶇詰曲」、「鉤輈格磔」，「崎嶇詰曲」雙聲，「鉤輈格磔」叠韻。非故用叠音以示巧乎？知用字活法，非可一端盡。

詩用助語字，非法也。惟排律長篇或間有之。如杜老「餘力浮於海，端憂問彼蒼」，尚不覺用語助字。至王、孟「暢以沙際鶴，兼之雲外山」及「依止此山門，誰能效丘也」之類，則惡矣。豈可妄傚？

體物叠字，本之《風》、《雅》，詩所不能無。如劉駕之「夜夜夜深聞子規」，吴融之「摵摵淒淒葉葉同」，則多事矣。然未有叠至七聯，如韓退之《南山》詩者，豈以「青青河畔草」亦用叠字三聯，有前例與？作法於凉，雖漢人，吾不能無餘憾云。

作詩要健字撐拄，活字斡旋〔二〕。如「紅入桃花嫩，青歸柳葉新」、「弟子貧原憲，諸生老伏虔」，「入」與「歸」字，「貧」與「老」字，乃撐拄也；「生理何顔面，憂端且歲時」、「名豈文章著，官

〔一〕原題「北中寒」。

〔二〕原本此「斡」字及以下二「斡」字皆作「幹」字，《四庫》本此「斡」字作「幹」，餘二字作「斡」，今據《四庫》本及文意改。

應老病休」，「何」與「且」字，「豈」與「應」字，乃斡旋也。撑拄如屋之有柱，斡旋如車之有軸。羅大經。

好詩句法渾涵，不可以一字求。句中有一字可摘爲眼，非詩之至也。才有此句法，便不渾涵。昔人謂石之有眼，爲研之一病，余亦謂句中有眼，爲詩之一病。如「地坼江帆隱，天清木葉聞」，故不如「地卑荒野大，天遠暮江遲」也；如「返照入江翻石壁，歸雲擁樹失山村」，故不如「錦江春色來天地，玉壘浮雲變古今」也。此最詩家三昧，不可不知。胡元瑞。又云：「審言『風光新柳報，宴賞落花催』，摩詰『興闌啼鳥换，坐久落花多』，皆佳句也，然『報』與『催』字，極精工而意盡語中；『换』與『多』字，覺散緩而韻在言外。觀此可知初、盛次第。」又云：「老杜用字入化者，古今獨步。中有太奇巧處，然巧而不尖，奇而不詭，猶不失上乘。如『孤燈然客夢，寒杵搗鄉愁』，則尖矣；『流星透疏木，走月逆行雲』，則詭矣。」用字者，此二則尤宜合參。

詩在與人商論，深求其疵而去之，等閒一字放過則不可。詩自有穩當字，第思之未到耳。王貞白嘗以詩謁貫休，休指其《御溝》詩云：「『此波涵聖澤』，『波』字未穩。」王作色而去。休度其必來，書「中」字掌中以待。王果來云：「欲更『中』字如何？」休展手示之，遂定交。要當如此乃是。唐庚《文録》。又歐陽公云：「陳舍人從易偶得杜集舊本。至《送蔡都尉》詩『身輕一鳥』下脱一字，陳因與數客各用一字補之，或云『疾』，或云『落』，或云『起』，或云『下』，莫能定。其後得一善本，乃是『身輕一鳥過』。陳大嘆服，以爲雖一字，我輩亦不能到。」楊用修云：「孟集有『到得重陽日，還來就菊花』之句，刻本脱一『就』字。有擬補者，或作『醉』，或作『賞』，或作『泛』，或作『對』，皆不安。後得善本，是『就』字，蓋出于漢樂府『就我求清酒』『就』字也。乃益知其妙。」以此二則合貞白事觀之，知選字故不易言矣。

《三百篇》四言定體，間出二、三、五、六、七言，「祈父」二言，「振振鷺」三言，「誰謂雀無角」五言，「我姑酌彼金罍」六言，「交交黄鳥止于桑」七言。亦有八言，如「我不敢效我友自逸」之類。西漢詩五言定體，間出二、三、四、五、六、七言，甚有至九言者。樂府《上陵》錯用三、四、五、六等言，《戰城南》、《君馬黄》、《有所思》錯用三、四、五、七等言，《上邪》錯用二、三、四、五、六、七等言。始用五、七等言成篇，陳琳《飲馬長城窟》，始用三、五、七、九等言成篇，鮑照《擬行路難》是也。凡句減於三字則喑，增於九字則吃。遯叟。以下用句。

疊字爲句，不過合者析之，順者倒之，便成法。如「委波金不定」，合者析之也。本言草碧，却云「碧知湖外草」；本言獺趁魚而喧，却云「溪喧獺趁魚」，所謂順者倒之也。此可類其餘。

五字句以上二下三爲脉，七字句以上四下三爲脉，其恒也。有變五字句上三下二者，如元微之「庾公樓悵望，巴子國生涯」，孟郊「藏千尋布水，出十八高僧」之類。變七字句上三下四者，如韓退之「落以斧引以墨徽」，又「雖欲悔舌不可捫」之類。皆蹇吃不足多學。

只此五、七字疊成句，萬變無窮，如人面只眼耳口鼻四爾，不知如何位置來無一相肖者。詩人工巧，真侔造化哉！古人所以有句圖之作，令學者觸類而長也，然究竟法變非句圖所能盡。

音律乃人聲之所同，對偶亦文勢之必至。《詩法源流》。以下儷對。

或疑今人不及古者，病于儷詞，余謂不然。「昔我往矣，楊柳依依。今我來思，雨雪霏霏。」

非儷耶？但古人後於語，先於意。皎然《詩式》。

言對爲易，事對爲難。正對爲劣，反對爲優。雙比空辭爲言對，並舉人驗爲事對；事異義同爲正對，理殊趣合爲反對。《文心雕龍》。

假對。如沈雲卿「牙緋」對「齒録」，杜子美「懷君」對「飲子」、「侍中貂」對「大司馬」，杜牧之「當時物議朱雲小，後代聲名白日懸」之類。

當句對。杜「小院迴廊春寂寂，浴鳧飛鷺晚悠悠」，李嘉祐「孤雲獨鳥川光暮，萬里千山海氣秋」，皆當句對也。

流水對。嚴羽卿以劉昚虚「滄浪千萬里，日夜一孤舟」爲十字格，劉長卿「江客不堪頻北望，塞鴻何事又南飛」爲十四字格。謂兩句只一意也，蓋流水對耳。

蹉對。沈存中以《九歌》之「蕙殽蒸」、「奠桂酒」爲蹉對之祖。唐人七言起結對者，多用此法。其中聯如劉長卿「離心日遠如流水，回首川長共落暉」，亦蹉對之類。

扇對。又謂之隔句對。五言律如李白「白鷺洲前月，天明送客回。青龍山後日，早出海雲來」，七言律如鄭谷「昔年共照松溪隱，松折碑荒僧已無。今日還思錦城事，雪消花謝夢何如」是也。排律中尤多有之。

續句對。律詩如老杜「待爾嗚烏鵲，抛書示鶺鴒。枝間喜不去，原上急曾經」，排律如老杜「神女峰娟妙，昭君宅有無。曲留明怨惜，夢盡失歡娛」之類。一順續，一倒續。又如《贈張山人》「草書應甚苦，詩興不無神。曹植休前輩，張芝更後身。數篇吟可老，一字買堪貧」，續至三聯。白樂天以爲詩有連環文藻，隔句相解者，起於鮑照之「擾擾遊宦子，營營市井人。懷金近從利，負劍遠慈親」，其來有自云。

凡詩對，下句不妨勝上句，古人所云「吟詠滋味，流於下句」是也。

因情立體，即體成勢。劉勰。下同。以下篇法。

規範本體謂之鎔，剪截浮詞謂之裁。裁則蕪穢不生，鎔則綱領昭暢。

因字生句，積句爲章，積章成篇。句之清英，字不妄也；章之明靡，句無玷也；篇之彪炳，章無疵也。

啓行之辭，逆萌中篇之意；絶筆之言，追勝前句之旨。

一詩之中，妙在一句，爲詩之根本。根本不凡，則花葉自然殊異。如君子在位，善人皆來。《詩家一指》。

句中無餘字，篇中無長語，非善之善者也。句中有餘味，篇中有餘意，善之善者也。《白石詩説》。

作詩必先命意，意正則思生。然後擇韻而用，如驅奴隸，此乃以韻承意，故首尾有序。今人遷意就韻，因韻求事，所以失之。《室中語》。以下用韻。

劉勰云：「改韻從調，所以節文辭氣。」「兩韻輒易」，則聲韻微燥；「百句不遷」，則唇吻告勞。七古改韻，宜衷此論爲裁。若五言古，畢竟以不轉韻爲正。漢魏古詩多不轉韻，《十九首》中亦只兩首轉韻耳。李青蓮五古多轉韻，每讀至接换處，便覺體欠鄭重。惟杜少陵雖長篇亦不轉韻，如《北征》六十五韻，只一韻到底。一韻五言正體，轉韻五言變體也。遯叟。下同。

近體詩即不得押古韻，然欲從事古詩，古韻叶自當講求。李滄溟云：「古者字少，寧假借必諧聲韻，無弗雅者。古字自是足用，第患不博古耳。」今之作者，限於學之所不精，苟而之俚；或屈於才之所不健，更掉而之險，而雅均病。然險可使安，俚偏累雅。「聊用布親串」，孰與「風物自淒緊」？「雲霞肅川漲」，孰與「金壺啓夕淪」？夫韻，歌詩之輪也，失之一字，全輿有所不行，職此故矣。

《柏梁》押重韻者，人占一句，故犯重韻以争勝也。《焦仲卿妻》重韻爲多者，長篇叙事，無庸簡擇，重犯正見滔莽之致也。此二詩外，有重押者，當屬偶誤。杜子美《飲中八仙歌》押二「船」字、二「眠」字、二「天」字、三「前」字，體正類《柏梁》，故重用韻耳。若韓退之諸詩，以今裁而傚往例，屢押重韻，正如東眉故蹙顰痕，增醜有之，益妍則未也。

退之詩云：「横空盤硬語，妥貼力排奡。」蓋言能殺縛事實，與意義合也。此最用事妙手。《許彦周詩話》。以下用事。

詩自摹景述情外，則有用事而已。用事非詩正體，然景物有限，格調易窮，一律千篇，衹供厭吐。欲觀人筆力材詣，全在阿堵中。且古體小言，姑置可也；大篇長律，非此何以成章？胡元瑞。下同。

用事患不得肯綮。得肯綮，則一篇之中，八句皆用，一句之中，二事串用，亦何不可？宛轉清空，了無痕迹，縱横變幻，莫測端倪。此全在神運筆融，猶斲輪甘苦，心手自知，難以言述。

世豈有國號、國姓可入詩者哉？然如「人歌小歲酒，花舞大唐春」，盧照鄰。「但經春色還秋色，不覺楊家是李家」，李山甫《詠隋堤柳》。非佳句乎？觀此，事無不可使，只巧匠少耳。遯叟。

用事不可著迹，只使影子可也，雖死事亦當活用。楊仲弘。如杜牧《贈李中敏》：「元禮退歸綸氏學，江充來見犬臺宮。」中敏嘗論鄭注，以注比江充，以中敏之歸穎陽，比李膺之歸綸氏教授，可謂極切。只爲綸氏恰屬穎陽，反覺死相，必易他地纔活。又如趙嘏《雙鶴寄兄》詩：「茅固枕前秋對舞，陸雲溪上夜同鳴。」用三茅君兄弟並乘白鶴，人見鶴在帳中，及機、雲兄弟同遊郊墅聞鶴唳二事也，豈不的切？然正厭其切耳。

詩家使事，必仍其事之本字，其常也。然亦不盡然。如老杜「玉衣晨自舉，鐵馬汗常趨」，非用昭陵石馬汗出事乎？却更爲鐵馬；「但使閭閻還揖讓，敢論松竹久荒蕪」，非用陶潛「三徑就荒，松菊猶存」語乎？却更爲松竹。但細讀全篇，覺仍之不穩，必更之纔合者，則頰上三毛之謂也。於此參究，可悟使事活法。「石」字凹、「鐵」字滿。得歸茅屋，言松竹合，言松菊遠在。遯叟。下同。

體物，用「乾坤」字最多者杜甫，「乾坤萬里眼」、「乾坤日夜浮」及「日月低秦樹，乾坤繞漢宮」之類。用「元氣」二字最多者劉長卿。如《登塔》之「盤梯接元氣」，《洞庭湖》之「叠浪浮元氣」，《望海》之「元氣遠相合，太陽生其中」，凡數四見。境窮於睫量，語亦窮於吻量，非此等字不足副之。後學用此爲襲腐，觸此堪反隅。

詩惟情格並高，可稱上品。其雖有事非用事者，若論其功合入上格，至有三字物名之句，仗語而成，用功殊少。如孟浩然云：「氣蒸雲夢澤，波撼岳陽城。」自天地一氣初分，即有此六字，假孟生之才，加其四字，何功可伐，即欲索入上流耶？彼情格極高，則不可屈；若稍下，吾請降之於高等之外，以懲彼濫。又宫闕之句，或壯觀可嘉，雖有功而情少，謂無含蓄之意也，宜入直用事中，不入上格，無作用故也。皎然。

吟家雖忌疏學，然如詩料平時收拾太多，不能割愛，往往病堆垛，更不如寡學人作詩有情韻也。謂不信者，請看《篋中集》，諸公胸中，有幾多書在？遯叟。下同。

詩家拈教乘中題，當即用教乘中語義，旁撷外典補湊，便非當行。在古如支公輩，亦有雜用《老》、《莊》語者。至今時則迥然分途，取材不可混矣。唐諸家教乘中詩，合作者多，獨老杜殊出入，不可爲法。如《慈恩塔》一詩，高、岑終篇皆彼教語，杜則雜以「望陵寢」、「嘆稻粱」等句，與法門事全不涉。他寺剎及贈僧詩皆然。

今人作詩，必入故事。有持清虚之説者，謂盛唐詩即景造意，何嘗有此？是則然矣。然亦一家言，未盡古今之變也。古詩兩漢以來，曹子建出，而始爲宏肆，多生情態，此一變也。自此作者多入史語，然不能入經語。謝靈運出，而《易》辭、《莊》語，無所不爲用矣，剪裁之妙，千古爲宗，又一變也。中間何、庾加工，沈、宋增麗，而變態未極，七言猶以閒雅爲致。杜子美出而百家稗官，都作雅音；馬浡牛溲，咸成鬱致，於是詩之變極矣。子美之後，而欲令人毁靓妝，張空拳，以當市肆萬人之觀，必不能也，其援引不得不日加而繁。然病不在用事，顧所以用之何如耳。善使事者，勿爲事所使，如禪家云：「轉《法華》，勿爲《法華》轉。」使事之妙，在有而若無，實而若虚，可意悟不可言傳，可力學得，不可倉卒得也。宋人使事最多，而最不善使，故詩道衰。我朝越宋繼唐，正以有豪傑數輩，得使事三昧耳。第恐二十年後，必有厭而掃除者，則其濫觴末弩爲之也。王敬美。

學詩者以識爲主，入門須正，立意須高，以漢、魏、晉、盛唐爲師，不作開元、天寶以下人物。若自退屈，即有下劣詩魔入其肺腑之間，由立志之不高也。行有未至，可加工力；路頭一差，愈騖愈遠，由入門之不正也。嚴滄浪。以下取則。

古《詩》三百，可以博其源，遺篇十九，可以約其趣；樂府雄高，可以厲其氣，《離騷》深永，可以禪其思。徐禎卿。

《詩》云：「有物有則。」又曰：「無聲無臭。」昔人有步趨華相國者，以爲形迹之外學之，去之彌遠。又人學書，日臨《蘭亭》一帖，有規之者云：「此從門而入，必不成書道。」然則情景妙合，風格自上，不爲古役墮蹊徑者，最也。隨質成分，隨分成詣，門户既立，聲實可觀者，次也。或名爲閏繼，實則盜魁，外堪皮相，中乃膚立，以此言家，久必敗矣。王弇州。

詩上自蘇、李，下迄六代，漢魏骨氣雖雄，而菁華不足；晉祖玄虚，宋尚條暢；齊、梁以下，但務春華，殊欠秋實。唯李唐作者，可謂大成，然貞觀尚習故陋，神龍漸變常調；開元、天寶間，神采聲律，粲然大備，學者故當以是爲楷式。林鴻。

元和而後，詩道浸晚，而人才故自横絶一時，若昌黎之鴻偉、柳州之精工、夢得之雄奇、樂天之浩博，皆大家才具也。今人概以中、晚，束之高閣。若根脚堅牢，眼目精利，泛取讀之，亦足充擴襟靈，贊助筆力。胡元瑞。下同。

宋初諸子，多祖樂天；元末詩人，競師長吉。

語、意、勢爲三，偷語最爲鈍賊。鄺侯造律，不暇及詩，致使弱手蕪才，公行劫掠，片言可折，此輩無處逃刑。其次偷意，事雖可罔，情不可原，若欲一例平反，詩教何設？其次偷勢，才巧意精，若無朕迹，蓋詩人偷狐白裘於閫域中之手，吾亦賞俊，從其漏網。皎然。

剽竊模擬，詩之大病。亦有神與境觸，師心獨造，偶合古語者，如「客從遠方來」、「白楊多悲風」、「春水船如天上坐」，不妨俱美，定非竊也。其次裒覽既富，機鋒亦圓，古語口吻間，若不自覺，間亦有之，未致足厭。乃至割綴古語，痕迹宛然，斯醜方極，皆不免爲盜跖、優孟所訾。弇州。

唐明皇令僧教康崑崙琵琶，僧云：「且遣崑崙不近樂器十年，使忘其本領，然後可教。」有鄉人請學詩者，余以此語之。方采山。

詩有古人所不忌而今人以爲病者，摘瑕者因而酷詆之，將併古人無所容，非也。然今古寬嚴不同，作詩者既知是瑕，不妨併去。古人詩有誤用重韻、重字者，皆是失點檢處，必不可借以自文。又如風雨雲雷有二聯中接用者，一二三四有八句中六見者，今可以爲法邪？此等病，盛唐常有之，獨老杜最少，蓋其詩即景後必下意也。又其最隱者，如雲卿《嵩山石淙》前聯云「行漏」、「香爐」，次聯云「神鼎」、「帝壺」，俱壓末字。岑嘉州「雲隨馬」、「雨洗兵」、「花迎蓋」、「柳拂旌」，四言一法；摩詰「獨坐悲雙鬢」、「白髮終難變」，語異意重；《九成宫避暑》，三四「衣上」、「鏡中」、「林下」、「巖前」。在彼正自不覺，今用之能無受人揶揄？至於失嚴之句，摩詰、嘉州特多，殊不妨其美。然就至美中亦覺有微缺陷，不爲可也。至於首句出韻，晚唐作俑，宋人濫觴，尤不可學。王敬美。以下砭疵。

蘇長公論詩，有二語絶得三昧，曰：「作詩必此詩，定知非詩人。」蓋詩惟詠物，不可汗漫，至於登臨、燕集、寄憶、贈送，惟以神韻爲上，使句格可傳，乃爲上乘。今於登臨則必名其泉石，燕集則必紀其園林，寄贈則必傳其姓字，真所謂田莊牙人、點鬼簿、粘皮骨者，漢、唐人何嘗如此？最詩家下乘小道。即一二大家有之，亦偶然耳，可爲法乎？元瑞。下同。按，詩中用姓，即老杜亦不免。如《贈賈至嚴武》云：「長沙才子遠，釣瀨客星懸。」又：「賈筆論孤憤，嚴君賦幾篇。」又《飲張氏隱居》：「杜酒偏勞勸，張梨不外求。」此法今吟人概用以救急矣。

嘉、隆學杜善矣，而猶未盡。「遷轉五州防禦使，起居八坐太夫人」，本常語，而一時模尚，遂令大夫、使者，填塞奚囊；太尉、中丞，類被差遣。至不佞「扶風漢大藩」之類，亦後學之前車也。

詩者，人之情性也，怨懟忿詬，怒鄰罵坐之爲也〔一〕。其人抱道而居，與時乖逢，情所不堪，因發於呻吟調笑，抒其胸次，聞者亦有所勸戒，是詩之善也。其發於訕謗侵陵，引頸以承戈，披襟而受矢，以快一時之忿，而罹詩之禍，是失詩之旨，非詩之過也。山谷。

詩家雖刺譏，中要帶一分含蓄，庶不失忠厚之旨。杜甫《秋興》：「同學少年多不賤，五陵衣馬自輕肥。」著二「自」字，以爲怨之可也，以爲羡之亦可也，何等不露！王維《喜祖三至留宿》：「蚤歲同袍者，高車何處歸。」似乎言同袍者之薄，然亦借之以明祖之過我者爲厚，其意未嘗不婉。若使他人爲之，則露矣，直矣。雖取快唇吻，非所以自占地步也。遯叟。

少陵故多變態，其詩有深句，有雄句，有老句，有秀句，有麗句，有險句，有拙句，有累句，然無露句。其意何嘗不自高自任，然其詩曰：「文章千古事，得失寸心知。」曰：「新詩句句好，應任老夫傳。」温然其辭，而自負意隱然言外，何嘗有所謂吾道主盟代興哉！自少陵逗漏此趣，而

〔一〕按，《四部叢刊》景宋乾道刊本《豫章黄先生文集》卷二十六《書王知載昫山雜詠後》作：「詩者，人之情性也。非强諫争於廷，怨忿詬於道，怒鄰罵坐之爲也。」

大智大力者發揮畢盡，至使吠聲之徒，群肆撏剥，唐音永不可復。噫嘻，慎之！《詩藪》。

鄭谷云：「舉世何人肯自知，須逢精鑑定妍蚩。若教嫫母臨明鏡，也道不勞紅粉施。」吾謂凡今作詩者宜讀此。杜甫云：「楊王盧駱當時體，輕薄爲文哂未休。爾曹身與名俱滅，不廢江河萬古流。」吾謂今之好譏議前輩詩者宜讀此。張祜云：「等閒緝綴閒言語，誇向時人唤作詩。昨日偶拈莊老讀，萬尋山上一毫釐。」吾謂前輩如王、李二公，惜亦未嘗讀此。遯叟。

唐音癸籤卷五

海鹽胡震亨遯叟著

評彙一

太宗文武間出，首闢吟源，宸藻概主豐麗，觀集中有詩「學庾信體」，宗嚮微旨可窺。然如「一朝辭此地，四海遂爲家」、「昔乘匹馬去，今驅萬乘來」，與「風起雲揚」之歌同其雄盻，自是帝者氣象不侔。遯叟。

唐初惟文皇《帝京篇》藻贍精華，最爲傑作，視梁、陳神韻少減，而富麗過之。無論大略，即雄才自當驅走一世。然使三百年中律有餘，古不足，已兆端此矣。胡元瑞。

明皇藻艷不過文皇，而骨氣勝之。語象，則「春來津樹合，月落戍樓空」；語境，則「馬色分朝景，雞聲逐曉風」；語氣，則「翠屏千仞合，丹嶂五丁開」；語致，則「豈不惜賢達，其如高尚心」。雖使燕、許草創，沈、宋潤色，亦不過此。弇州。

德宗詩尚雅正，「松院静苔色，竹房深磬聲」最有稱。遠則王籍《耶溪》，近則常建《破山》，可與論其幽致。而氣體自穆，故非吟士可倫。遯叟。

虞永興世南師資野王，嗜好徐、庾，而意存砥柱，擬浣宫艷之舊，故其詩洗濯浮夸，興寄獨遠，雖藻彩縈紆，不乏雅道。治世之音，先人而興者也。徐獻忠。

李安平百藥藻思沈鬱，尤長五言。如「柳色迎三月，梅花隔二年」，含巧於碩，才壯意新，真不虛人主品目。遯叟。下同。

貞觀、永徽吟賢，褚亮、楊師道、李義府、許敬宗、上官儀其最也，吉光片羽，僅傳人口。儀「鵲飛山月曙，蟬噪野風秋」，音響清越，韻度飄揚，齊梁諸子，咸當斂衽矣。

四傑詞旨華靡，沿陳隋之遺，氣骨翩翩，意象老境，故超然勝之，五言遂爲律家正始。弇州。

王子安雖不廢藻飾，如璞含珠媚，自然發其彩光。盈川視王，微加澄汰，清骨明姿，居然大雅。范陽較楊微豐，喜其領韻疏拔，時有一往任筆，不拘整對之意。義烏富有才情，兼深組織，正以太整且豐之故，得擅長什之譽，將無風骨有可窺乎！當年四子先後品序，就文筆通論，要亦其詩之定評也歟！遯叟。

陳子昂初變齊梁之弊，一返雅正，其詩以理勝情，以氣勝辭。《吟譜》。子昂卓立千古，横制頹波，天下翕然，質文一變。《感遇》之篇，感激頓挫，微顯闡幽，庶幾見變化之朕，以接乎天人之際。盧藏用。

唐人推重子昂，自盧黄門後，不一而足。如杜子美則云「有才繼騷雅」、「名與日月懸」，韓退之則云「國朝盛文章，子昂始高蹈」。獨顔真卿有異論，真卿嘗云：「沈隱侯之論謝康樂也，乃云『靈均已來，此秘未睹』。盧黄門之序陳拾遺也，而云『道喪五百歲，而得陳君』。若激昂頹波，雖無害過正；榷其中論，亦傷於厚誣。」僧皎然采而著之《詩式》。近代李于鱗，加貶尤劇。于鱗序唐詩云：「唐無五言古詩，而有其古詩。陳子昂以其古詩爲古詩，弗取也。」余謂諸賢軒輊，各有深意。子昂自以復古反正，於有唐一代詩功爲大耳。正如夥涉爲王，殿屋非必沈沈，但大澤一呼，爲群雄驅先，自不得不取冠漢史。王弇州云：「陳正字淘洗六朝，鉛華都盡，托寄大阮，微加斷裁。第天韻不及。」胡元瑞云：「子昂削浮靡而振古雅，雖不能遠追魏晉，然在唐初，自是傑出。」斯兩言良爲折衷矣。遯叟。

唐初無七言律，五言亦未超然。二體之妙，杜審言實爲首倡。五言則「行止皆無地」、「獨有宦遊人」，排律則「六位乾坤動」、「北地寒應苦」，七言則「季冬除夜」、「毘陵震澤」，皆極高華雄整。少陵繼起，百代模楷，有自來矣。元瑞。

魏建安後，訖江左，詩律屢變。自沈約、庾信，以音韻相婉附，屬對精密。及沈佺期、宋之問，又加靡麗，回忌聲病，約句準篇，如錦繡成文。學者宗之，號爲沈、宋。《唐書》。

漢魏之間，雖已朴散爲器，作者猶質有餘而文不足。以今揆昔，則有朱絃疏越、太羹遺味之嘆。沈詹事、宋考功始裁成六律，彰施五彩，使言之而中倫，歌之而成聲，緣情綺靡之功，至是始備。雖去雅寖遠，其利有過於古，亦猶路鼗出於土鼓，篆籀生於鳥迹。獨孤及。

沈七言律高華勝宋，宋五言排律精碩過沈。元瑞。下同。按之問本傳云：「其善五言詩。」佺期本傳云：「尤長七言之作。」二家定評久矣。

沈、宋固是並驅，然沈視宋稍偏枯，宋視沈較縝密，沈製作亦不如宋之繁富。

漢稱蘇、李，唐亦曰蘇、李。嶠、味道、乂、頲。以今論之，巨山五言，概多典麗，將味道難爲蘇；廷碩七言，尤富風華，亦復乂難爲李耳。遯叟。下同。

張燕公説詩率意多拙，但生態不癡。律體變沈、宋典整前則，開高、岑清矯後規。

張曲江九齡五言以興寄爲主，而結體簡貴，選言清泠，如玉磬含風，晶盤盛露，故當於塵外置賞。

開元彩筆，無過燕、許。許之應制七言，宏麗有色，而他篇不及李嶠。燕之岳陽以後，感概多工，而實際不如始興。弇州。

王灣詞翰蚤著，「海日生殘夜，江春入舊年」，詩人已來，少有此句。張燕公手題政事堂示楷式。又《搗衣篇》云：「月華照杵空隨妾，風響傳砧不到君。」非張、蔡之曾見，覺顔、謝之彌遠。殷璠。下同。

崔顥少年爲詩，屬意浮艶，名陷輕薄。晚節忽變常體，風骨凜然。一窺塞垣，爲戎旅間語，壯采欲埒鮑家。徐獻忠云：顯風格奇俊，大有佳篇。太白雖極推《黄鶴樓》，未足列於上駟。

儲光義詩格高調逸，趣遠情深，削盡常言，挾風雅之道，得浩然之氣。

儲詩高處似陶淵明，平處似王摩詰。蘇子由。

王昌齡詩饒有風骨，與儲光義氣同體别，而王稍聲俊，多驚耳駭目之句。殷璠。

少伯天才流麗，音唱疏越。七言絶句，幾與太白比肩，當時樂府采録，無出其右。徐獻忠。

王右丞維詞秀調雅，意新理愜，在泉成珠，著璧成繪，一句一字，皆出常境。殷璠。

摩詰以淳古澹泊之音，寫山林閒適之趣，如《輞川》諸詩，真一片水墨不著色畫。及其鋪張國家之盛，如「九天閶闔開宫殿，萬國衣冠拜冕旒」、「雲裏帝城雙鳳闕，雨中春樹萬人家」，又何其偉麗也！《震澤長語》。

右丞詩自有二派：綺麗精工者，沈、宋合調；幽閒古澹者，儲、孟同聲。元瑞。

孟浩然詩祖建安，宗淵明，冲澹中有壯逸之氣。吟譜。

浩然詩彩丰茸，半遵雅調，全削凡體。至如「衆山遥對酒，孤嶼共題詩」，無論氣象，兼復故實；又「氣蒸雲夢澤，波撼岳陽城」，亦爲高唱。殷璠。按，孟氏《洞庭》一聯，皎然論詩，降居中駟，良有深指。見前《法微》之三。

浩然詩遇思入詠，不鈎奇抉異齷齪束人口，若公輸氏當巧而不巧者。蕭慤有「芙蓉露下落，楊柳月中疏」，孟則有「微雲淡河漢，疏雨滴梧桐」；謝朓有「露濕寒塘草，月映清淮流」，孟則有「荷風送香氣，竹露滴清聲」，與古人爭勝毫釐。皮日休。

襄陽氣象清遠，心悰孤寂，故其出語灑落，洗脱凡近，讀之渾然省净，真彩自復内映。雖藻思不及李翰林，秀調不及王右丞，而閑澹疏豁，翛翛自得之趣，亦有獨長。徐獻忠。

浩然韻高而才短，如造内法酒手而無材料。東坡。浩然四十字詩，後四句率覺氣索，如《岳陽樓》、《歲莫歸南山》之類。陸放翁。孟襄陽才不足半摩詰，特善用短耳。其景色恒傳情而發，故小勝也；其氣先志而索，故大不勝也。然偏師而出者，猶輕當於衆志而膾炙藝林。弇州。

高常侍適性拓落，不拘小節。其詩多胸臆語，兼有風骨，故朝野通賞其文。殷璠。

常侍詩氣骨琅然，詞峰峻上，感賞之情，殆出常表。徐獻忠。下同。

岑嘉州參以風骨爲主，故體裁峻整，語多造奇。

高、岑一時不易上下。岑氣骨不如達夫遒上，而婉縟過之，《選》體時時入古。岑尤陡健，歌行磊落奇俊；高一起一復，取是而已，尤爲正宗。弇州。

高適詩尚質主理，岑參詩尚巧主景。《吟譜》。王、孟閒澹自得，高、岑悲壯爲宗。《詩藪》。

常建詩似初發通莊，却尋野徑，百里之外，方歸大道，所以其旨遠，其興僻，佳句輒來，唯論意表。如「松際露微月，清光猶爲君」，又「山光悦鳥性，潭影空人心」，此例十數句，並可稱爲警策。殷璠。下同。

李頎詩發調既新，修辭亦秀，雜歌咸善，玄理最長。論其數家，往往高於衆作。

劉眘虛情幽興遠，思苦語奇，忽有所得，便驚衆聽，唯氣骨稍不逮諸公。惜其不永天年，隕碎國寶。

陶翰既多興象，復備風骨。盧象雅而平素，得國士之風。

祖詠剪刻省浄，用思尤苦。氣雖不高，調頗凌俗。

崔國輔詩婉孌清楚，深宜諷味。樂府數章，古人不及。

崔曙詩多嘆詞要妙，情意悲凉。《送別》、《登樓》俱堪淚下。

綦毋拾遺潛詩，舉體清秀，蕭蕭跨俗，桑門之役，於己獨能。至如「松覆山殿冷」，不可多得；又如「鍾聲和白雲」，歷代未有。借使若人加氣質，減雕飾，則高視三百年外也。

張謂《代北州老翁答》及《湖中對酒行》並在物情之外，但衆人未曾説耳。亦何必歷遐遠，探古迹，然後始爲冥搜？

薛據爲人骨鯁有氣魄，其文亦爾。自傷不早達，怨憤頗深，如「寒風吹長林，白日原上没」，可謂曠代佳句。

元次山結詩，辭義幽約，譬古鍾磬，不諧里耳，而有可尋玩。晁公武。

沈千運刊落文言，泠然獨寫真意，元次山甚推重之。其同調有王季友、于逖、孟雲卿、張彪、趙微明、元融數人，而季友、雲卿尤勝。遯叟。

季友詩愛奇務險，遠出常情之外。《觀畫》一篇，甚有新意。殷璠。

雲卿詩祖述沈千運，調氣傷苦，怨者之流。如「虎豹不相食，哀哉人食人」，方於《七哀》「路有饑婦人，抱子棄草間」，則雲卿深矣。雖較之陳、沈，纔能升堂，猶未入室，然當今古調無出其右者。高仲武。杜甫稱雲卿云：「一飯未嘗留俗客，數篇今見古人詩。」觀集中《哀哉行》、《古挽歌》、《途中寄友》諸篇，允愜杜句。

唐音癸籤卷六

海鹽胡震亨遯叟著

評彙二

李白脱屣軒冕，釋羈韁鏁，自放宇宙間。飲酒非嗜其酣樂，取其昏以自穢；好神仙非慕其輕舉，欲耗壯心、遣餘年；作詩非事其文律，取其吟詠以自適。范傳正。

太白恥作《鄭》、《衛》語，其言多似天仙之辭，凡所著述，每多諷興。自《風》、《騷》之後，馳驅屈、宋，鞭撻揚、馬，千載獨步，唯太白一人。李陽冰。

白性倜儻，善賦詩，尤工古歌。才調逸邁，往往興會屬辭，古人之善詩者亦不逮。劉全白。

李白才逸氣高。其論詩云：「興寄深微，五言不如四言，七言又其靡也，况使束於聲調俳優哉！」又稱：「梁、陳以來，艷薄斯極，沈休文又尚以聲律。將復古道，非我而誰？」故其集律詩殊少。孟棨。

李白詩祖《風》、《騷》，宗漢魏，下至徐、庾、楊、王，亦時用之。善掉弄，造出奇怪，驚動心目，忽然撇出，妙入無聲。其詩家之仙者乎？格高於杜，變化不及。陳繹曾。

讀太白詩者，要識真太白處。太白天才豪逸，語多率然而成者，學者於每篇中要識其安身立命處可也。嚴滄浪。

杜子美上薄《風》、《騷》，下該沈、宋，言奪蘇、李，氣吞曹、劉，掩顔、謝之孤高，雜徐、庾之流麗，盡得古今之體勢，兼人人之所獨專，自詩人已來，未有如子美者。元稹。

唐興，詩人承陳、隋風流，浮靡相矜。至宋之問、沈佺期等，研揣聲音，浮切不差，而號律詩，競相襲沿。逮開元間，稍裁以雅正。然恃華者質反，好麗者壯違，人得一概，皆自名所長。至甫渾涵汪茫，千彙萬狀，兼古今而有之。他人不足，甫乃厭餘。殘膏賸馥，沾丐後人多矣。甫又善陳時事，律切精深，至千言不少衰，世稱「詩史」。宋祁。按，孟棨《本事詩》云：「杜甫逢禄山之難，流離隴蜀，畢陳於詩，推見至隱，殆無遺事，當時以爲詩史。」知詩史之評，原出唐人也。

杜子美大篇，江河轉怪不測，雖太白、退之，天才罕及。至五言、七言律，微有拙處，然時時得風雨鬼神之助，不在可解。若七言宏麗，或更入於古野而不爲俚，亦惟作者自知，雖大家數不能評也。此筆絶於世久，紛紛一花一葉，飾姿弄鬢，徒亂人意。劉須溪。

杜詩正而能變，變而能化，化而不失本調，不失本調而兼得衆調，故絶不可及。元瑞。下同。

大概杜有三難：極盛難繼，首創難工，遘衰難挽，漢魏至唐，詩家能事都盡，杜後起，集其大成，一也；排律近體，前人未備，伐山導源，爲百世師，二也；開元既往，大曆系興，砥柱其間，唐以復振，三也。

盛唐一味秀麗雄渾，杜則精粗鉅細，巧拙新陳，險易淺深，濃淡肥瘦，靡不畢具，參其格調，實與盛唐大別，其能會萃前人在此，濫觴後世亦在此。且言理近經，叙事兼史，尤詩家絶睹。其集不可不讀，亦殊不易讀。

近體盛唐至矣，充實輝光，種種備美，所少者曰「大」曰「化」耳，故能事必老杜而後極。杜公諸作，真所謂正中有變，大而能化者。今其體調之正，規模之大，人所共知，惟變化二端，勘覈未徹，故自宋以來，學杜者什九失之。不知變主格，化主境，格易見，境難窺。變則標奇越險，不主故常；化則神動天隨，從心所欲。宋以後諸人競相師襲者，皆其變也，然化境殊不在此。

子美詩妙處在無意而意已至，非廣之以《國風》、《雅》、《頌》，深之以《離騷》、《九歌》，安能咀嚼其意味，闖入其閫閾？後生輩自求之，則得之深矣。彼喜穿鑿者，棄其大旨，取其發興，於所遇林泉、人物、草木、魚蟲，以爲物物皆有所托，如世間商度隱語者，則子美之詩委地矣。黄山谷。胡元瑞云：「唐人賦、興多而比少，惟杜則比時時有之。」然杜所以勝諸家，殊不在此。後人穿鑿附會，動發笑端。

杜少陵平生之詩千四百五篇，以年譜考之，四十獻賦之前，傳者少矣。詩信非老不工也。李卓吾。

人多説杜子美夔州詩好，此不可曉。夔州却説得鄭重煩絮，不如他中前有一節詩好。今人只見魯直説好，便都説好，如矮人看場耳。朱晦庵。

凡詩，初年多骨格未成，晚年則意態横放，故惟中歲工力並到，神情俱茂，興象諧合之際可嘉賞。如老杜之入蜀，篇篇合作，語語當行，初學所當法也。夔峽以後，過於奔放，視其中年精華雄傑，如出二手。蓋或視之太易，或求之太深，或情隨事遷，或力因年減，雖大家不免，世反以是爲工者，非余所敢知也。元瑞。下同。

元微之以杜之「鋪陳終始，排比故實，大或千言，小猶數百」爲非李所及，白樂天亦云：「杜詩貫穿古今，覶縷格律，盡善盡美，過於李。」二公蓋專以排律及五言大篇定李、杜優劣，不知杜句律之高，自在才具兼該，筆力變化，亦不專在排比鋪陳、貫穿覶縷也。深於杜者，要自得之。元遺山有詩云：「排比鋪張特一途，藩籬如此亦區區。少陵自有連城璧，争奈微之識碔砆。」此論所自出也。

長篇最難。晉、魏以前詩，無過十韻者，蓋嘗使人以意逆志，初不以序事傾盡爲工。至老杜《述懷》、《北征》諸篇，窮極筆力，如太史公紀傳，此固古今絶唱。然《八哀》八篇，本非集中高作，世多尊稱之不敢議，此乃揣骨聽聲耳，其病蓋傷於多也，其中累句，須痛刊去方盡善。然此語不可爲不知者言之。葉石林。按，杜《八哀》源出顔延年《五君詠》。顔篇止四韻，張説傚顔詠五君，亦止五韻，以促節寄哀思，語不及長也。試並閲，利鈍自見。

鄭善夫有《批點杜詩》，其指摘疵纇，不遺餘力，然實子美之知己，餘子議論雖多，直觀場之見耳。嘗記其數則。一云：「詩之妙處，不必説到盡，不必寫到真，而其欲説欲寫者，自宛然可想，雖可想而又不可道，斯得風人之義。杜公往往要到真處、盡處，所以失之。」一云：「長篇沈著頓挫，指事陳情，有根節骨格，此杜老獨擅之能，唐人皆出其下；然詩正不以此爲貴，但可以爲難而已。宋人學之，往往以文爲詩，雅道大壞，由杜老啓之也。」一云：「杜陵只欲脱去唐人工麗之體，而獨占高古。蓋意在自成一家，不肯隨場作劇也。然詩終以興致爲宗，而氣格反爲病。」善夫之詩，本出子美，而其持論如此，正子瞻所謂「知其所長，而又知其敝」者也。《焦氏筆乘》。

李、杜二公，正不當優劣。太白有一二妙處，子美不能道；子美有一二妙處，太白不能作。子美不能爲太白之飄逸，太白不能爲子美之沉鬱。太白《夢遊天姥吟》、《遠離别》等，子美不能道；子美《北征》等篇，太白不能作。少陵詩法如孫、吴，太白詩法如李廣。李、杜二人，如金翅擘海，香象渡河，下視郊、島輩，直蟲吟草間耳。嚴滄浪。

楊誠齋論李、杜，謂：「無待者神於詩，有待而未嘗有待者聖於詩。」余謂比之於文，太白則《史記》，少陵則《漢書》也。楊用修。

李、杜光焰千古，人人知之。滄浪並極推尊，而不能致辨；元微之獨重子美，宋人以爲談柄；近時楊用修爲李左袒，輕俊之士，往往傅耳，要其所得，俱影響之間。五言古、《選》體及七言歌行，太白以氣爲主，以自然爲宗，以俊逸高暢爲貴；子美以意爲主，以獨造爲宗，以奇拔沉雄爲貴。其歌行之妙，詠之使人飄揚欲仙者，太白也；使人慷慨激烈，歔欷欲絶者，子美也。《選》體，太白多露語、率語，子美多稚語、累語，置之陶、謝間，便覺面目有異，乃欲使之奪曹氏父子位耶？五言律、七言歌行，子美神矣，七言律聖矣；五七言絶，太白神矣，七言歌行聖矣，五言次之。太白之七言律，子美之七言絶，皆變體，間爲之可耳，不足多法也。弇州。下同。

十首以前，少陵較難入；百首以後，青蓮較易厭。揚之則高華，抑之則沉實，有色有聲，有氣有骨，有味有態，濃淡深淺，奇正開闔，各極其則，吾不能不服膺少陵。

唐人才超一代者，李也；體兼一代者，杜也。李如星懸日揭，照耀太虛；杜若地負海涵，包羅萬彙。李惟超出一代，故高華莫並，色相難求；杜惟兼總一代，故利鈍雜陳，巨細兼畜。元瑞。下同。

李、杜二家，其才本無優劣，但工部體裁明密，有法可尋；青蓮興會標舉，非學可至。又唐人特長近體，青蓮缺焉，故詩流習杜者衆也。

太白筆力變化，極於歌行；少陵筆力變化，極於近體。李變化在調與詞，杜變化在意與格。然歌行無常矱，易於錯綜；近體有定規，難於伸縮。調詞超逸，驟如駭耳，索之易窮；意格精深，始若無奇，繹之難盡。此其稍不同者也。

偏精獨詣，名家也；具範兼鎔，大家也。然又當視其才具短長，格調高下，規模宏隘，閫域淺深。有衆體皆工而不免爲名家者，右丞、嘉州是也；有律絶微減而不失爲大家者，少陵、太白是也。清新秀逸，冲遠和平，流麗精工，莊嚴奇峭，名家所擅，大家之所兼；浩瀚汪洋，錯綜變幻，渾雄豪宕，閎廓沉深，大家所長，名家之所短。元瑞。

唐音癸籤卷七

海鹽胡震亨遯叟著

評彙三

韋蘇州應物五言詩高雅閑淡，自成一家體。今之秉筆者，誰能及之？白樂天。

蘇州詩無一字造作，直是自在，氣象近道。其高於王維、孟浩然諸人者，以無聲色臭味也。朱晦庵。

韋應物居官自愧，閔閔有卹人之心，其詩如深山採藥，飲泉坐石，日晏忘歸。孟浩然如訪梅問柳，偏入幽寺。二人意趣相似，然入處不同。韋詩潤者如石，孟詩如雪，雖淡無彩色，不免有輕盈之意。劉須溪。餘評互見柳子厚下。

顧況逸歌長句，往往駿發踔厲，出意外驚人語爲快。皇甫湜。

秦隱君系詩氣過其文，遂乏華秀，然亦可謂跨俗之致。徐獻忠。

劉長卿最得騷人之興，專主情景。《吟譜》。

長卿自稱「五言長城」，詩體雖不新奇，甚能鍊飾。大抵十首已上，語意稍同，落句尤甚，思鈍才窄也。其「得罪風霜苦，全生天地仁」，可謂傷而不怨，足以發揮風雅。高仲武。

長卿詩細淡而不顯煥，當緩緩味之，不可造次一觀而已。方回。

錢員外起，體格新奇，理致清贍，芟削浮游，迥立莫群。如「鳥道挂疏雨，人家殘夕陽」，又「牛羊上山小，烟火隔林疏」，又「長樂鍾聲花外盡，龍池柳色雨中深」，皆特出意表，標雅古今。又「窮達戀明主，畊桑亦近郊」，則禮義克全，忠孝兼著，足可弘長名流，爲後楷式。高仲武。下同。

郎員外士元與錢起齊名，自丞相以下，出使作牧，二公無詩祖餞，時論鄙之。體調大抵欲同，就中郎公稍更閑雅。如「荒城背流水，遠雁入寒雲」、「去鳥不知倦，遠帆生暮愁」，又「蕭條夜静邊風吹，獨倚營門向秋月」，可以齊衡古人，掩映時輩。

士元諸詩，殊洗鍊有味，雖自濃景，别有淡意。劉辰翁。

李袁州嘉祐，中興高流，與錢、郎别爲一體，往往涉於齊梁，綺靡婉麗，蓋吴均、何遜之敵。如「野渡花争發，春塘水亂流」、「朝霞晴作雨，濕氣晚生寒」，文章之冠冕也。

劉結體不如錢厚，寫韻自婉；錢選言似遜劉密，樹骨故超。郎藻變非富，具有錢之遒上；李筆勢欲酣，終乏劉之沉深。當時四子齊名，吾謂斥李令粵佗自帝，存郎附蕞蜀三都，可乎？遯叟。下同。

二包藝苑連枝，何七字餘有片藻，佶五排概多完什。

皇甫補闕冉，巧於文字，發調新奇，遠出情外，《巫山》詩終篇奇麗，獨獲驪珠。侍御曾體製清潔，華不勝文。高仲武。

大曆十才子，並工五言詩。盧郎中綸辭情捷麗，所作尤工。舊史。

盧詩開朗，不作舉止，陡發驚彩，焕爾觸目，篇章亦富埒錢、劉。以古體未遒，屈居二氏亞等。遯叟。下同。

李司馬端，任胸多疏，七字俊語亮節，開口欲佳，故當以捷成表長。

韓員外翃詩，匠意近於史，興致繁富，一篇一詠，朝士珍之。如「星河秋一雁，砧杵夜千家」，又「客衣筒布潤，山舍荔枝繁」，又「疏簾看雪捲，深户映花關」，方之前代，芙蓉出水，未足爲多。高仲武。

君平高華之句，幾奪右丞之席，無奈其使事堆垛堪憎，見珍朝士以此，見侮後進亦以此。遯叟。下同。

司空虞部曙，婉雅閒淡，語近性情，抗衡長文不足，平視茂政兄弟有餘。

耿拾遺湋詩，舉體欲真。「家貧僮僕慢，官罷友朋疏」，淺言偏深世情。《上第五相公八韻》宛致可憫，時訝其不當作，何也？

崔拾遺峒，文彩炳然，意思大雅。如「清磬度山翠，閑雲來竹房」，又「流水聲中視公事，寒山影裏見人家」，斯亦披沙鍊金，往往見寶。高仲武。

李君虞益，生長西凉，負才尚氣，流落戎旃，坎壈世故。所作從軍詩，悲壯宛轉，樂人譜入聲歌，至今誦之，令人悽斷。遯叟。

張繼詩體清迥，有道者風。如「女停襄邑杼，農廢汶陽畊」，可謂事理雙切。又「火燎原猶熱，風揺海未平」，比興深矣。高仲武。

世謂五言道喪齊梁，以建安不用事，齊梁用事也。此可言體變，不可言道喪。大曆中詞人劉長卿、李嘉祐、兩皇甫等，竊占青山白雲、春風芳草以爲己有，吾知詩道初喪，正在於此。末年諸公改轍，蓋知前非也。皎然。

詳大曆諸家風尚，大抵厭薄開、天舊藻，矯入省净一塗。自劉、郎、皇甫以及司空、崔、耿，一時數賢，竅籟即殊，于喁非遠，命旨貴沈宛有含，寫致取淡冷自送。玄水一歃，群醲覆杯，是其調之同；而工於浣濯，自艱於振舉，風幹衰，邊幅狹，耑詣五言，擅場餞送，外此無他大篇偉什巋望集中，則其所短爾。遯叟。

鄭常省静婉靡，雖未洪深，如「儒衣荷葉老，野飯藥苗肥」，翩翩然有士氣。高仲武。

嚴維詩時出俊語，如「柳塘春水慢，花塢夕陽遲」、「野燒明山郭，寒更出縣樓」，皆可誦。

《傷馬》長篇，綜組尤密。劉貢父摘「柳」字尚屬牽補，評尤精。徐獻忠。下同。

于鵠習隱，多高人之意，故其詩能有景象。《山中訪道》諸大篇，泠泠獨遠，不疑世外人作。

朱灣詩體幽遠，興致涵深，於詠物尤工。如「受氣何曾異，開花獨自遲」，所謂哀而不傷，《國風》之深者也。高仲武。下同。

戴叔倫骨氣稍輕，故詩亦少，然「廨宇經山火，公田没海潮」，亦指事造形之工者。

章八元學詩於嚴維，如「雪晴山脊見，沙淺浪痕交」，得山水狀貌。

武相元衡，宦達後工詩，雖致理未繇，時復露鮮華之度。遯叟。

權文公德輿詩有絶似盛唐者，或有似韋蘇州處、劉隨州處者。嚴滄浪。

貞元後近體既繁，古聲漸杳。權相詩先氣格而後詞藻，然風候既至，藻亦自豐。其在開元名手，亦堂奥之間。徐獻忠。

韓公愈茹古涵今，無有端涯。及其酣放，豪曲快字，凌紙怪發，鯨鏗春麗，驚燿天下。皇甫湜。

韓吏部歌詩驅駕氣勢，若掀雷掣電，抉於天地之垠。司空圖。

昌黎博大而文，其詩横騖别驅，嶄絶崛强，汪洋大肆而莫能止。《秋懷》數首，及《暮行河堤上》等篇，風骨頗逮建安，但新聲不類，蓋正中之變也。高棅。

韓公挺負詩力，所少韻致。出處既掉運不靈，更以儲才獨富，故犯惡韻鬥奇，不加揀擇，遂致叢雜難觀。得妙筆汰用，瓌寶自出，第以爲類押韻之文者過。遯叟。王荆公云：「吟詩各有所得。『清水出芙蓉，天然去雕飾』，此李白所得也；『或看翡翠蘭苕上，未掣鯨鯢碧海中』，此杜甫所得也；『横空盤硬語，妥帖力排奡』，此韓愈所得也。」胡應麟云：「太白有大家之才，而局量稍淺，故騰踔飛揚之意勝，沉深典厚之風微；昌黎有大家之具，而神韻全乖，故紛拏叫噪之途開，藴籍陶鎔之義缺。杜陵氏差得之。」

孟郊詩思苦奇澀，有理致。本傳。郊詩劌目鉥心，神施鬼設，間見層出。韓公《誌》文。東野五言琢削不暇，苦吟而成觀。《隱居詩話》。孟郊之詩憔悴枯槁，其氣局促不伸。詩道本正大，郊自爲之艱阻耳。又曰：高、岑之詩悲壯，讀之使人感慨；孟郊之詩刻苦，讀之使人不歡。嚴滄浪。按，韓公甚重郊詩，評者亦盡以爲韓不及郊。獨蘇長公有詩論郊云：「未足當韓豪。」後元遺山詩亦云：「東野悲鳴死不休，高天厚地一詩囚。江山萬古潮陽筆，合卧元龍百尺樓。」詳二公之指，蓋亦論其大局歟！不可不知。

大曆以還，樂府不作。獨張籍、王建二家體製相近，稍復古意。或舊曲新聲，或新題古義，詞旨通暢，悲歡窮泰，慨然有古歌謡之遺，亦唐世流風之變而不失其正者。高棅。

張籍祖《國風》，宗漢樂府，思難辭易。王建似張籍，古少今多。陳繹曾。

文章窮於用古，矯而用俗，如《史》、《漢》後，六朝史之入方言俗語是也。籍、建詩之用俗亦然。王荆公題籍集云：「看是尋常最奇崛，成如容易却艱辛。」凡俗言俗事入詩，較用古更難。知兩家詩體，大費鑄合在。遯叟。

賈浪仙島産寒苦地，立心亦苦，如不欲以才力氣勢掩奪情性，特於事物理態，毫忽體認，深者寂入，峻者迥出，不但人口數聯，於劫灰上冷然獨存，尋咀餘篇，芊葱佳氣，瘦隱秀脉，其妙一一徐露，無可厭斁。方秋崖。

浪仙誠有警句，觀其全篇，意思殊餒。大抵附於寒澀，方可致才，亦爲體之不備也。司空圖。

李賀辭尚奇詭，所得皆驚邁，絶去翰墨畦逕。本傳。

賀詩祖《騷》宗謝，反萬物而覆取之。《吟譜》。

長吉天才奇曠，又深於南北朝樂府古詞，得其怨鬱博艷之趣，故能鏤剔異藻，成此變聲。使幽蘭未萎，竟其大業，自鏟詭蕪，歸於大雅，亦安能定其所詣！徐獻忠。

李長吉師心，故爾作怪，多有出人意表者。然奇過則凡，老過則稚，此君所謂不可無一，不可有二。弇州。太白仙才，長吉鬼才。宋景文。長吉險怪，雖兒語自得，然太白亦濫觴一二。胡元瑞。

賀以哀激之思，作晦僻之調，喜用「鬼」字、「泣」字、「死」字、「血」字，幽冷溪刻，法當得夭。王思任。

元輕白俗，郊寒島瘦。東坡。

李賀鬼仙，郊、島寒衲，盧仝鄉老。元瑞。按，自張文昌、郊、島、長吉以至盧仝、劉叉，並一時遊韓公門，長聲價。公首推郊詩，與籍遊讌無間，島、賀亦指誘勤奬。若仝與叉，第以好奇，姑收之爾，非真許可若籍輩也。宋人取仝詩與長吉同評，謂「天地間欠此體不得」，亦失其倫矣。

柳宗元詩與王摩詰、韋應物相上下，頗有陶家風氣。陳氏《直齋》。

子厚詩雄深簡淡，迥拔流俗，至味自高，直揖陶、謝。然似入武庫，但覺森嚴。《西溪詩話》。

柳子厚詩，世與韋應物並稱。然子厚之工緻，乃不若蘇州之蕭散自然。劉履。

韋左司平淡和雅，爲元和之冠。然欲令之配陶凌謝，宋人豈知詩者？柳州則刻削雖工，去之遠矣！近體尤卑凡不稱。弇州。

古詩軌轍殊多，大要不過二格：其一以和平渾厚、悲愴婉麗爲宗；其一以高閒曠逸、清遠玄妙爲宗。高閒一宗，在古則陶，在唐則王、孟、常、儲、韋、柳諸家。但其格本一偏，體靡兼備，宜短章，不宜鉅什，宜古選，不宜歌行，宜五言律，不宜七言律。歷考各集，靡不然者。中惟右丞才高，時能旁及，至於本調，反劣諸子。餘雖深造自得，然皆守耑長而闕全詣。將無才之所趨，力故難强耶？元瑞。

楊巨源在元和間，不爲新語，體律務實，功夫爲深。趙璘。

劉言史歌詩美麗恢贍，世以比之李賀。皮襲美。

張衆父婉媚綺錯，巧用文字，時得諷興之要。高仲武。下同。

于侍御良史詩清雅，工於形似，如「風兼殘雪起，河帶斷冰流」，吟之未終，皎然在目。

李希仲詩輕靡，華勝於實，此所謂才力不足，務爲清逸。然「前軍飛鳥落，格鬥塵沙昏」，亦出塞實録。

白居易諷諭詩長於激，閒適詩長於遺，感傷詩長於切，律詩百言而上長於贍，古詩百言而下長於情。集序。

樂天善長篇，但格製不高，局於淺切，又不能變風操，故讀而易厭。東坡。子由嘗舉《大雅·緜》之八、九章事文不相屬而脉絡自一者，最得爲文高致。樂天拙於紀事，寸步不遺，猶恐失之，由不得詩人遺法，附離不以鑿枘也。此正大蘇「不能變風操」之意。

樂天用語流便，使事平妥，固其所長。少年角靡逞博，意在警策痛快。晚更作知足語，千篇一律，輕看最能易人心手。弇州。

元稹少有才名，與白居易友善。爲詩善狀詠風態物色，當時稱「元白」。兩人所作，號爲「元白體」。本傳。

白詩祖樂府，務欲爲風俗之用，元與白同志。白意古詞俗，元詞古意俗。陳繹曾。按，樂府古與俗正可無論，患在易曉易盡，失風人微婉義耳。白嘗規元：樂府詩意太切理，欲稍删其繁而晦其義。亦自知詩病概然故云。

元、白詩纖艷不逞，流於民間，疏於屏壁，子父女母，交口教授，淫言媟語，冬寒夏熱，入人肌骨，不可除去。非莊人雅士，多爲其破壞。杜牧引李戡語。按，此似指兩家所作艷辭而言。

劉禹錫詩以意爲主，有氣骨。《吟譜》。

夢得詩雄渾老蒼，尤多感慨之句。劉後村。

禹錫有詩豪之目。其詩氣該今古，詞總華實，運用似無甚過人，却都愜人意，語語可歌，真才情之最豪者。司空圖嘗言禹錫及楊巨源詩各有勝會，兩人格律精切欲同。然劉得之易，楊却得之難，人處迥異爾。遯叟。

竇氏五昆皆能詩，友封鞏尤長絶句，爲元、白所稱。集序。

羊士諤風格不落卑調，然例之能品，亦蕭然微爾。徐獻忠。

李涉爲人傾斜，無大異。《井欄》、《君子》諸絶，間有可觀，古風概多疏莽。嚴滄浪深取之，不知何解？遯叟。下同。

李公垂紳《追昔遊》詩，大是宦夢難醒。然其攬筆寫興，曲備一生窮泰之感，亦令披卷者代爲憮然。

陸暢「貴主催妝」句，捷成得譽，觀他絶兼亦興豪。

李存博約貴公子，亦豪亦恬，雖篇什無多，疏野可賞。

費徵君冠卿高隱九華，有長律爲兹山寫狀，碎金堪摘，餘可無譏。

施肩吾學道西山，自詫群真之一。而章句尚艷碩，乏韻致，未稔何以御風？

沈亞之意尚新奇，風骨未就。以當時有學其體者，故論之。

殷堯藩詩有葩艷，微嫌肉豐。《鸛鵲樓》一律，獨茂碩而婉，不愧初、盛遺則。

姚秘監合詩洗濯既浄，挺拔欲高，得趣於浪仙之僻，而運以爽亮；取材於籍、建之淺，而媚以蒨芬。殆兼同時數子，巧撮其長者。但體似尖小，味亦微醨，故品局中駟爾。

張承吉祜五言律詩，善題目佳境，不可刊置他處。當時以樂府得名，未是定論。

周賀沉鬱有骨力，寫像痛切，音旨融變。徐獻忠。

李歙州敬方，才力周備，興、比之間，獨與前輩相近。顧陶。

朱慶餘學詩於張籍，具體而微。「旅雁捉孤島，長天下四維」，猛句亦水部所少。遯叟。下同。

章孝標殊有蒨飾，七字尤爽朗。「雲領浮名去，鍾撞大夢醒」，何其偉也！

顧尉非熊，生自桑環，隱襲茅岫，近體俊婉可諷，堊削功似多於真逸翁，補竈釜所乏矣。

李武寧廓，宰相子，才藻翩翩。《少年行》字字取新，冶遊趣事，碎小畢備，老人讀之亦狂。

唐音癸籤卷八

海鹽胡震亨遯叟著

評彙四

杜牧詩主才，氣俊思活。《吟譜》。

杜紫微才高，俊邁不羈，其詩有氣概，非晚唐人所能及。陳氏《書録》。

牧之詩含思悲凄，流情感慨，抑揚頓挫之節，尤其所長。以時風委靡，獨持拗峭，雖云矯其流弊，然持情亦巧矣。徐獻忠。

李義山商隱博學强記，儷偶繁縟，長於律詩，尤精詠史之作，後人號爲「西崑體」。本傳。

義山詩用事深僻，以其所長成所短，然合處信有過人。《古今詩話》。

義山詩精索群材，包蘊密緻，味酌之而愈出。楊大年。

世人但稱義山巧麗，俗學祇見其皮膚耳，高情遠意，皆不識也。楊用修。

温飛卿庭筠與義山齊名，詩體麗密概同，筆徑較獨酣捷。七言樂府似學長吉，第局脉緊慢稍殊，彼愁思之言促，此淫思之言縱也。遯叟。下同。

段成式詩與温、李同號「三十六體」，思龐而貌瘠，故厥聲不揚。

許郢州渾詩，覺烟雲風鳥之思，揉弄亦已盡態。徐獻忠。

世謂許渾詩不如不做，言其無才藻，鄙其無教化也。孫光憲。　渾詩工有餘而味不足，如人形有餘而韻不足，詩豈專在對偶聲病而已？方回。　渾句聯多重用，其詩似才得一句，便拏捉一句爲聯者，所以無自然真味。又。

杜牧、許渾同時，然各爲體。　牧於律中常寓少拗峭，以矯時弊；渾詩圓穩，律切麗密或過杜牧，而抑揚頓挫不及也。劉後村。

俊爽若牧之，藻綺若庭筠，精深若義山，整密若丁卯，皆晚唐錚錚者。其才則許不如李，李不如温，温不如杜。　今人於唐專論格不論才，於近則專論才不論格，皆中無定見而任耳之過也。元瑞。

趙渭南嘏才筆欲横，故五字即窘，而七字能拓。　藴毫濃，揭響滿，爲穩於牧之，厚於用晦。若加以清英，砭其肥癡，取冠晚調不難矣。　爲惜「倚樓」隻句摘賞，掩其平生。遯叟。下同。

李文山群玉有才健之目，而筆才實拙，通卷難覓全瑜。

雍簡州陶矜負好句，爲客所窺。　此公工於造聯，奈孱於送結，落晚調不振。

喻鳧五言閒遠朗秀，選句功深，自稱無羅綺鉛粉，殆亦實語。

方干詩，鍊句字字無失，固應有高堅峻拔之目。但嫌其微帶經籍氣，村貌稜稜爾。

姚居雲鵠吟筆，見甄李贊皇，如「入河殘日雕西盡」，又「雪壇當醮月孤明」，清拔不可多得。

劉威弱調多悲，「酒無通夜力，事滿五更心」，尤入情。

馬虞臣戴「猿啼洞庭樹，人在木蘭舟」，風致自絶，然未如「空流注大荒」爲氣象。七言「東谷笑言西谷應，下方雲雨上方晴」，雖得法於右丞，各自擅勝，但骨力概孱，不堪通檢爾。

項子遷斯與朱可久並見賞張水部，清調頗同。而朱猶含重，項即駛輕，中、晚分派以此。

劉得仁詩思深，合處儘可味，奈筆笨難掉何！天子甥爲一名終日哀吟，何自苦？

韓成封琮詠物，七字著色巧襯，是當行手。有同姓喜者與同調，皆可誦。

崔侍御珏與李義山善，岳麓長歌，鴛鴦近體，分有義山餘艷，豈亦「三十六體」之一耶？

李楚望郢調亦溜亮，不甚弱。《錢塘西齋》一篇，置之盧綸、李端集中，難别涇渭。

劉滄詩長於懷古，悲而不壯，語帶秋意，衰世之音也歟？

凡七言律作拗峭語者，皆有所不足也。杜牧之非拗峭不足振其骨，劉藴靈非拗峭不足宕其致。材愈降，愈借以蓋其短。豈惟二子，即少陵之拗體，亦盛唐之變風，大家之降格，而非其正也。

李建州頻詩鬆活似姚監，其不全似者，意思少，更率於選琢也，然亦可謂才倩矣。

于鄴詩小小有致，擬項斯、馬戴未足，方儲嗣宗、司馬札有餘。

晚季以五言古詩鳴者，曹鄴、劉駕、聶夷中、于濆、邵謁、蘇拯數家。其源似並出孟東野，洗剥到極净極真，不覺成此一體。初看殊難入，細玩亦各有意在。就中鄴才穎較勝，夷中語尤關教化，駕、濆、謁三子亦多有愜心句堪擊節，惟拯平平，爲似學究耳。李于鱗云：「唐無古詩，而有其古詩。」爲初、盛言則過，以施此數子恰可。

薛許昌能末季名手，其詩借異色爲景，寄别興寫情，盡廢前規，另闢我境，而排奡之筆，浩蕩之襟，復足沛赴之，不病彫弱。晚調自浪仙一變僻異，聲色猶存，此則洗剥過净，鄰乎孤孑。再進則離斯空界，便入魔天，措手又難矣。山谷嘗言少時曾誦薛能詩云：「青春背我堂堂去，白髮欺人故故生。」孫莘老問曰：「此何人詩？」對曰：「老杜。」莘老云：「杜詩不如此。」後山谷語傳師云：「庭堅因莘老之言，遂曉老杜詩高雅大體。」

薛陶臣逢殊有寫才，不虛俊拔之目。長歌似學白氏，雖以此得名，未如七律多警。

張喬咸通騎驢之客，吟價頗高，如《聽琴》之幽淡、《送許棠》之警聳，亦集中翹英。

許文化棠致語楚楚，《洞庭》一律，時人多取以題扇。「四顧疑無地，中流忽有山」，視老杜「乾坤日夜浮」愈切愈小。

李昌符存藻不多。「四座列吾友，滿園花照衣」，善寫賞席樂興，語不在飾；「樹盡禽棲草，冰堅路在河」，雖未目塞垣者，亦頷之。

曹堯賓唐詩能用多句，調頗充偉，爲復類其儀質邪？

李山甫求名不遂，滿腔怨毒，語不忌俚，如「麻衣盡舉一雙手，桂樹只生三十枝」，既知成事概難，何必佐奮雞泊憯刃？

羅鄴名場無成，無一題不以寄怨。「買栽池館恐無地，看到子孫能幾家」，人以爲牡丹警句也，那知從忮求本懷中發出來！

崔塗「漸與骨肉遠，轉於僮僕親」，人謂不及王維「孤客親僮僕」，固然。然王語雖極簡切，入選尚未；崔語雖覺支離，近體差可。要在自得之。弇州。

秦韜玉調似李山甫，《詠手》押「髯」字詩，尤矯癡可喜。遯叟。下同。

周朴從苦思中得猛句，陡目欲驚，其不合者亦多可憎，是貫休一流詩。

皮襲美日休未第前詩，尚朴澀無采。第後遊松陵，如《太湖》諸篇，才筆開横，富有奇艷句矣。律體刻畫堆垜，諷之無音，病在下筆時先詞後情，無風骨爲之幹也。

陸魯望龜蒙江湖自放，詩興宜饒，而墨彩反復黯鈍者，當繇多學爲累，苦欲以賦料入詩耳。

陶潛詩胸中若不著一字者。弘景識字多，吮毫彌拙矣。參三隱君得失，可證林下吟功。

鄭都官谷詩非不尖鮮，無奈骨體太孱。以其近人，宋初家户習之。谷有「詩無僧字格還卑」之句，故其詩入「僧」字者甚多，昔人嘗以爲譏。然大曆已後，諸公借阿師作吟料久矣。

吴子華融詩，亦太鬆淺，與鄭都官同一衰體，未易置優劣。

唐彦謙詩律學温、李，「下疾不成雙點淚，斷多難到九迴腸」，何減「春蠶」、「蠟燭」情藻耶？又《盆稻篇》，亦詠物之俊者。

唐山人球一生苦吟，詩思遊歷不出二百里。孫光憲。

李洞瓣香浪仙，執而不弘，捧心過甚，空圓蕭散之氣，不復少有，豈非不善學下惠者耶？方秋崖。

才江雖學賈島，要爲自具生面，所恨刻求新異，艱僻良苦耳。《終南》一篇，句與韻鬥險，中葉來長律僅觀，恐閬翁亦未辨也。遯叟。

裴説詩以苦吟難得爲工，時出意外句聳人觀；《寄邊衣》長歌，亦綿宛中情，不嫌格下。

王貞白《御溝》一律，吟家喜談其事，亦繇微含比興，故佳。《詠葦》排句，輕趣可追姚監，餘概少快心。

司空表聖自評其集：「撑霆裂月，劼作者之肝脾。」詩負不淺。此公氣體，不類衰末，但篇法未甚諳，每每意不貫浹，如鑪金欠火未融。坡公云：表聖「緑樹連村暗，黄花入麥稀」，此句最善。又云：「棋聲花院静，幡影石壇高。」吾嘗游五老峰，入白鶴院，松陰滿庭，不見一人，惟聞棋聲，然後知此句之工，但恨其寒儉有僧態。

韓致堯偓冶遊情篇，艷奪温、李，自是少年時筆。翰林及南竄後，頓趨淺率矣。

表聖綸閣舊臣，詭隱瞻烏之日；致堯閩南逋客，完節改玉之秋。讀其詩，當知其意中别有一事在。此等吟人，未論工拙，要爲無負昭陵。

曹秘書松致語似項斯，壯言間似李洞。五字如「白浪吹亡國，秋霜洗太虚」、「盤餐陵陽壯，孤標建業瞻」，七字如「吸迴日月過千頃，鋪盡星河剩一重」、「城頭早角吹霜盡，郭裏殘潮蕩月回」，點綴末運，賴此名場一叟。

五代十國詩家最著者，多有唐遺士。韋正己莊體近雅正，惜出之太易，義乏閎深。杜彦之荀鶴俚淺，以衰調寫衰代，事情亦自真切。黄文江滔力孱韻清，娓娓如與人對語。羅昭諫隱酣情飽墨，出之幾不可了，未少佳篇，奈爲浮渲所掩，然論筆材，自在僞國諸吟流上。餘即不乏片藻，付之自《鄶》。《西清詩話》云：人才高下，各有分限。少陵、太白，當險阻艱難，流離困躓，傑然出語自高。至羅隱諸人，嚮用偏伯之國，詩雕逞奇，雖欲高而意未嘗不卑。譬之秦武陽氣蓋全燕，見秦王則戰掉失色；淮南王雖爲神仙，謁帝猶輕其舉止。此豈由素習哉！天稟自然，不可强力至也。

釋靈一詩刻意精妙，有「泉涌階前地，雲生户外峰」之句。高仲武。

靈徹詩如「經來白馬寺，僧到赤烏年」，入作者閫域。《集序》。

皎然《杼山集》清機逸響，閒澹自如。讀之，覺別有異味在咀嚼之表，當谿雅慕曲江，取則不遠爾。集中讀《曲江集》詩可證。○遯叟。下同。

無可詩與兄島同調，亦時出雄句，咄咄火攻。

廣宣應制諸篇，氣色高華，允哉紫衣名衲。

尚顔詩不入聲相，直以清寂境構成，當時人嘆其功妙旨深，非誣也。

齊己詩清潤平淡，亦復高遠冷峭。一經都官點化，《白蓮》一集，駕出《雲臺》之上，可謂智過其師。

貫休詩奇思奇句，一似從天墜得；無奈發村，忽作惡駡，令人不堪受。

釋子以詩聞世者，多出江南。靈一導其源，護國襲之；清江揚其波，法振沿之。風習漸盛，背篋笥，懷筆牘，挾海泝江，獨行山林間，翛翛然模狀物態，搜伺隱隙，悽愴超忽，遊其心以求勝語，若有程督之者。嗜吟憨態，幾奪禪誦。嗣後轉噉羶名，競營供奉，集講内殿，獻頌壽辰，如廣宣、棲白、子蘭、可止之流，棲止京國，交結重臣，品格斯非，詩教何取？諸衲大曆間，獨吴興晝公能備衆體，綴六義清英，首冠方外；文、宣之代，可公以雅正接緒；五代之交，己公以清贍繼響：篇什並多而益善。餘則一聯一什，非無可觀，概如么絃孤韻，瞥入人耳，非大音之樂，不能縷鷺云。羽流惟吴筠、杜光庭詩較多。筠嘗與李白遊，史遂云詩亦與白相甲乙，殊謬。光庭格下，尤無足稱。

宫媛前有上官昭容，後有宋若華姊妹五人。昭容，儀之孫。若華，之問裔孫。詩固有種耶？其他閨秀，楊盈川姪女《臨鏡曉妝》詩，齊、梁遺則；吉中孚妻張氏《拜月》七言古，籍、建新調：尤彤管之錚錚者。

李冶、魚玄機、薛濤，女德正同。李「遠水浮仙棹，寒星伴使車」，及《聽琴》一歌，並大曆正音。薛工絶句，無雌聲，自壽者相。魚最淫蕩，詩體亦靡弱。其集附見有威、光、裒三粲句，尤姱麗勝魚，惜姓里不著。

又按，張説論上官昭容云：中宗景龍之際，闢修文之館，搜英獵俊，豫遊宫觀，行幸河山，雅頌之盛，與三代同風。豈惟聖后之好文，抑亦奥主之協讚。然則漢代楚聲，得自《房中》、《女蘿》；唐年近律，成諸綵樓雌秤。事儻有同，功難忘始者歟！

唐音癸籤卷九

海鹽胡震亨遯叟著

評彙五

柳州之《平淮西》，最章句之合調；昌黎之《元和聖德》，亦長篇之偉觀。一代四言有此，未覺《風》、《雅》墜緒。遯叟。

古詩浩繁，作者至衆，雖風格體裁，人以代異，支流原委，譜系具存。炎劉之製，遠紹《國風》；曹魏之聲，近沿枚、李。陳思而下，諸體畢備，門户漸開。阮籍、左思，尚存其質；陸機、潘岳，首播其華。靈運之詞，淵源潘、陸；明遠之步，馳驟太冲。有唐一代，拾遺草創，實阮前蹤；太白縱横，亦鮑近矱。少陵才具，無施不可，而憲章漢魏，融治六朝，洵風雅之大宗，藝林之正朔已。其他諸家，亦概多合作，截長絜短，上方魏晉不足，下視齊梁有餘。猥云唐無五言，未是定論。元瑞。下同。

唐初五言古殊少佳者。王、楊、沈、宋集中，一二僅存，皆非合作，無論漢魏，遠却齊梁。此時古意垂燼，而律體驟開，諸子當强弩之末，鼎革之初，故自不得超也。

唐初承襲梁、隋，陳子昂獨開古雅之源，張子壽首創清澹之派。盛唐繼起，孟浩然、王維、儲光羲、常建、韋應物，本曲江之清澹，而益以風神者也；高適、岑參、王昌齡、李頎、孟雲卿，本子昂之古雅，而加以氣骨者也。

常侍五言古深婉有致，而格調音節，時有參差。嘉州清新奇逸，大是俊才，質力造詣，皆出高上。然高黯淡之内，古意尤存；岑英發之中，唐體大著。

仲默云：「右丞他詩甚長，獨古作不逮。」讀其集，大篇句語俊拔，殊乏完章；小言結構清新，所少風骨。孟五言秀雅不及王，而閒澹頗自成局。

孟詩澹而不幽，時雜流麗；閒而匪遠，頗覺輕揚，可取者一味自然。常建「清晨入古寺」、「松際露微月」，幽矣；王維「清川帶長薄」、「中歲頗好道」，遠矣。

古詩自有音節。陸、謝體極排偶，然音節與唐律迥不同。唐人李、杜外，惟嘉州最合。襄陽、常侍，雖意調高遠，至音節時入近體矣。

儲光羲閒婉真至，農家者流，往往出王、孟上。常建語極幽玄，讀之使人泠然，如出塵表，然過此則鬼語矣。韋左司大是六朝餘韻，宋人目爲流麗者，得之。儀曹清峭有餘，閒婉全乏，自是唐人古體，大蘇謂勝韋，非也。

五言至元和後，幾絶響矣。破瞑别續幽燈，吾愛東野；傾家快鬥碎寶，吾并存昌黎。餘子無庸齒已。遯叟。

樂府則太白擅奇古今，少陵嗣迹《風》、《雅》。《蜀道難》、《遠别離》等篇，出鬼入神，惝怳莫測；《石壕吏》、《新婚别》、《哀王孫》等作，述情陳事，懇惻如見。張籍、王建，卑淺相矜；長吉、庭筠，怪麗不典。所謂差之釐毫，謬於千里。元瑞。

太白於樂府最深，古題無一弗擬，或用其本意，或翻案另出新意，合而若離，離而實合，曲盡擬古之妙。嘗謂讀太白樂府者有三難：不先明古題辭義源委，不知奪换所自；不參按白身世遘遇之概，不知其因事傅題、借題抒情之本指；不讀盡古人書，精熟《離騷》、《選》、賦及歷代諸家詩集，無繇得其所伐之材與巧鑄靈運之作略。今人第謂太白天才，不知其留意樂府，自有如許功力在，非草草任筆性懸合者，不可不爲拈出。遯叟。下同。

擬古樂府，至太白幾無憾，以爲樂府第一手矣。誰知又有杜少陵出來，嫌模擬古題爲贅賸，别製新題，詠見事，以合風人刺美時政之義，盡跳出前人圈子，另换一番鉗錘，覺在古題中翻弄者仍落古人窠臼，未爲好手。「盡道胡鬚赤，又有赤鬚胡」，兩公之謂矣。

籍、建、長吉之不能追李、杜，固也。但在少陵後仍詠見事諷刺，則詩爲謗訕時政之具矣，此白氏諷諫，愈多愈不足珍也。所以張文昌只得就世俗俚淺事做題目，不敢及其他。仲初亦然。

文昌樂府，只《傷歌行》詠京兆楊憑者是時事，建集並無。至長吉又總不及時事，仍詠古題，稍易本題字就新。如《長歌行》改爲《浩歌》，《公無渡河》改爲《公無出門》之類。及將古人事創爲新題，便覺焕然有異。如《秦王飲酒》、《金銅仙人辭漢歌》之類。遞相救不得不然，英雄各自有見也。

《燕歌》初起魏文，實祖柏梁體，《白苧詞》因之，皆平韻也。至梁元帝「燕趙佳人本自多，遼東少婦學春歌。黄龍戍北花如錦，玄兔城頭月似蛾」，音調始協。蕭子顯、王子淵制作浸繁，但通章尚用平韻轉聲，七字成句，故讀之尤未大暢。至王、楊諸子歌行，韻則平仄互换，句則三五錯綜，而又加以開合，傅以神情，宏以風藻，七言之體，自是大備。要惟長篇鉅什，叙述爲宜；用之短歌，紆緩寡態。於是高、岑、王、李出，而格又一變矣。元瑞。下同。

唐七言歌行，垂拱四子詞極藻艷，然未脱梁、陳也；張、李、沈、宋，稍汰浮華，漸趨平實，唐體肇矣，然而未暢也；高、岑、王、李，音節鮮明，情致委折，濃纖修短，得衷合度，暢矣，然而未大也；太白、少陵，化而大矣，能事畢矣。降而錢、劉，神情未遠，氣骨頓衰；元相、白傅，起而振之，敷演有餘，步驟不足。昌黎而下，門户競開。張籍、王建之真澹，李賀之幽奇，變風猶未失古；盧仝之拙朴，馬異之庸猥，劉叉之狂譎，旁蹊更傷大雅。下至庭筠之流，綺繪漸入詩餘；貫休之輩，俚鄙幾同俗諺，古意於焉盡矣。

初唐七言古以才藻勝，盛唐以風神勝，李、杜以氣概勝，而才藻風神稱之，又加以變化靈異，故遂爲大家。于鱗嘗評太白七古强弩之末，出長句爲英雄欺人。愚謂句之有長短，始自《三百篇》及《楚騷》、漢樂府鐃歌、相和等曲。白亦用古法，有所本也。其長句《日出入行》錯用篇中，《蜀道難》突用篇首，何嘗盡出弩末？于鱗意在防濫則可，若以論白非衷。

歌行，太白多近《騷》，王、楊多近賦，子美多近史。

王勃《滕王閣》、衛萬《吴宫怨》，自是初唐短歌，婉麗和平，極可師法。中唐繼作頗多，第八句爲章，平仄相半，軌轍一定，毫不可逾，殆似歌行律體矣。

古詩窘於格調，近體束於聲律，惟歌行大小短長，錯綜闔闢，素無定體，故極能發人才思。李、杜之才，不盡於古詩，而盡於歌行；孟襄陽輩才短，故歌行無復佳者。

五言律體，兆自梁、陳，唐初四子，靡縟相矜，時或拗澀，未堪正始。神龍以還，卓然成調。沈、宋、蘇、李，合軌於先；王、孟、高、岑，並馳於後；新製迭出，古體攸分。實詞章改革之大機，氣運推遷之一會也。

子昂「野戍荒烟斷，深山古木平」、「城分蒼野外，樹斷白雲隈」等句，平淡閒遠，王、孟二家之祖。審言「楚山横地出，漢水接天迴」、「飛霜遥渡海，殘月迴臨邊」等句，閎逸渾雄，少陵家法宛然。宋人掇其「牽風紫蔓」小語，以爲杜所自出，陋哉！

二張五言律，大概相似於沈、宋、陳、杜。景物藻繪中，稍加以情致，劑以清空。學者間參，則無冗雜之嫌，有雋永之味。然氣象便覺少隘，骨體便覺稍卑，品望之雌，職此故耶？

孟五言不甚拘偶者，自是六朝短古，加以聲律，便覺神韻超然，此其占便宜處。英雄欺人，要領未易勘也。

五言律體，極盛於唐，要其大端，亦有二格。陳、杜、沈、宋，典麗精工；王、孟、儲、韋，清空閒遠，此其概也。然右丞贈送諸什，往往闌入高、岑；鹿門、蘇州，雖自成趣，終非大手。太白風華逸宕，特過諸人，而後之學者，才匪天仙，多流率意。惟工部諸作，氣象巍峨，規模宏遠，當其神來境詣，錯綜幻化，不可端倪，千古以還，一人而已。

「飛星過水白，落月動沙虛」，吴均、何遜之精思；「春色浮山外，天河宿殿陰」，庾信、徐陵之妙境。「山河扶繡户，日月近雕梁」、「碧瓦初檐外，金莖一氣旁」，高華秀傑，楊、盧下風；「冠冕通南極，文章落上台。詔從三殿去，碑到百蠻開」，典重冠裳，沈、宋退舍；「耕鑿安時論，衣冠與世同。在家嘗早起，憂國願年豐」，寓神奇於古澹，儲、孟莫能爲前；「片雲天共遠，永夜月同孤。落日心猶壯，秋風病欲蘇」，含闊大於沈深，高、岑瞠乎其後；「退朝花底散，歸院柳邊迷」、「花動朱樓雪，城凝碧樹烟」，王右丞失其穠麗；「地平江動蜀，天闊樹浮秦」、「日月低秦樹，乾坤繞漢宫」，李太白遜其豪雄。至「岸花飛送客，檣燕語留人」，則錢、劉圓暢之祖；「兩行秦樹直，萬點蜀山尖」，則元、白平易之宗。「兩邊山木合，終日子規啼」，盧仝、馬異之渾成；「山寒青兕叫，江晚白鷗饑」，孟郊、李賀之瑰僻。「凍泉依細石，晴雪落長松」，島、可幽微所從出；「竹齋燒藥竈，花嶼讀書床」，籍、建淺顯所自來。「雨抛金鎖甲，苔卧緑沈槍」，義山之組織纖新；「圓荷浮小葉，細麥落輕花」，用晦之推敲密切。杜集大成，五言律尤可見者。

「山隨平野闊，江入大荒流」，太白壯語也，杜「星垂平野闊，月湧大江流」，骨力過之。「九衢寒霧斂，萬井曙鐘多」，右丞壯語也，杜「星臨萬户動，月傍九霄多」，精彩過之。「氣蒸雲夢澤，波撼岳陽城」，浩然壯語也，杜「吴楚東南坼，乾坤日夜浮」，氣象過之。「弓抱關西月，旗翻渭北風」，嘉州壯語也，杜「北風隨爽氣，南斗避文星」，風神過之。讀唐諸家至杜，輒令人自失。

唐五言多對起，沈、宋、王、李，冠裳鴻整，初學法門，然未免繩削之拘。要其極至，無出老杜。如「國破山河在，城春草木深」、「戰哭多新鬼，愁吟獨老翁」、「冠冕通南極，文章落上台」、「死去憑誰報，歸來始自憐」、「城晚通雲霧，亭深到芰荷」、「秋月仍圓夜，江村獨老身」、「四更山吐月，殘夜水明樓」、「江漢思歸客，乾坤一腐儒」、「路出雙林外，亭窺萬井中」、「滿目悲生事，因人作遠遊」之類，對偶未常不精，而縱横變幻，盡越陳規，濃淡淺深，動奪天巧。百代而下，當無復繼。

唐音癸籤卷十

海鹽胡震亨遯叟著

評彙六

自景龍始創七律，諸學士所製，大都鋪揚景物，宣詡讌遊，以富麗競工，亡論體變未極，聲病亦多未調。開、天以還，喆匠迭興，研揣備至，於是後調彌純，前美益邕，字虛實互用，體正拗畢攝，七言能事始盡。所以遡龍門之派者，必求端沈、宋；窮滄海之觀者，還歸大杜陵。遯叟。下同。「宮闕星河低拂樹，殿庭燈燭上薰天」，必簡之宏概也，然已有「梅花落處疑殘雪，柳葉開時任好風」之閒婉矣；「風射蛟冰千片斷，氣衝魚鑰九關開」，雲卿之穠采也，然已有「山出盡如鳴鳳嶺，池成不讓飲龍川」之澂朗矣；「初年盡帖宜春勝，長命先浮獻壽杯」，廷碩之莊調也，然已有「雲山一一看皆美，竹樹蕭蕭畫不成」之疏野矣。至「忽排花上遊天苑，却坐雲邊看帝京」之寫景空活，「當軒半落天河水，繞徑全低月樹枝」之用事渾融，「黄鶯未解林間囀，紅蕊先從殿裏開」之屬對圓貼，雖椎輪初斲，而仍几已雕，睠此先程，允資後躅已。

盛唐名家稱王、孟、高、岑，獨七言律祧孟進李頎，應稱王、李、岑、高云。

七言律獨取王、李而絀老杜者，李于鱗也；夷王、李于岑、高而大家老杜者，高廷禮也；尊老杜而謂王不如李者，胡元瑞也；謂老杜即不無利鈍，終是上國武庫，又謂摩詰堪敵老杜，他皆莫及者，王弇州也。意見互殊，幾成諍論。雖然，吾終以弇州公之言爲衷。

王以高華勝，李以韶令勝。李如瓊蕊浥露，含質故鮮；王如翠嶺冠霞，占地特貴。王間有失嚴，無心内游衍自如；李即無落調，有意中補湊可摘。不獨觔兩微懸，正復色香亦別。《聞梵》頷聯之偏枯，《寄盧司勳》通篇之春事，《璿公山池》之一起，《綦毋》、《李回》之二結，皆李之補湊處也。

岑詞勝意，句格壯麗，而神韻未揚；高意勝詞，情致纏綿，而筋骨不逮。岑之敗句，猶不失盛唐；高之合調，時隱逗中唐。

王風調正似雲卿，岑茂采堪追廷碩。李存藻不多，既同考功；高裁體欲變，亦類左相。以盛配初，約略不遠。惟杜子美無一家不備，亦無一家可方爾。

杜公七律，正以其負力之大，寄悰之深，能直抒胸臆，廣酬事物之變而無礙，爲不屑屑色聲香味間取媚人觀耳。中間儘有涉於倨誕、鄰於憤懟、入於俚鄙者，要皆偶趁機緒，以吐噏精神，材料一無揀擇，義諦總歸情性，令人乍讀覺面貌可疑，久咀嘆意味無盡。其奪愛王、李，生異論以此；雖有異論，竟不淆千古定論，亦以此。

或問：「杜公律句，何者爲人所不能道？」余曰：是詎易悉數哉？聊舉一聯，「二儀清濁還高下，三伏炎蒸定有無」，登樓者試擬來看。

少陵七律與諸家異者有五：篇製多，一也；一題數首不盡，二也；好作拗體，三也；詩料無所不入，四也；好自標榜，即以詩入詩，五也。此皆諸家所無，其他作法之變，更難盡數。不善學者，多岐爲惑，每至失步；善學者，一體各占，儘足成家。

《早朝》四詩，名手彙此一題，覺右丞擅場，嘉州稱亞，獨老杜爲滯鈍無色。富貴題，出語自關福相，於此可占諸人終身窮達，又不當以詩論者。胡元瑞云：「岑作精工整密，字字天成。景聯絢爛鮮明，蚤朝意宛然在目；獨頷聯雖絶壯麗，而氣勢迫促，遂致全篇音韻微乖。王起語意偏，不若岑之大體；結語思窘，不若岑之自然；景聯甚活。終未若岑之駢切，獨頷聯高華博大，而冠冕和平，前後映帶寬舒，遂令全首改色，稱最當時。」但服色太多，爲病不小。而岑之重兩「春」字，及「曙光」、「曉鐘」之再見，不無微纇，信七律全璧之難。

開、天七律，自前數公外，其可舉數者亦無多。如賈曾之《春苑矚目》、崔顥之《行經華陰》、祖詠之《望薊門》、崔曙之《九日望仙臺》、張謂之《別韋郎中》，其最著也。餘如太白、孟浩然，並非其長。太白僅得《鸚鵡洲》及《送賀監》二結，孟僅得《春晴》、《除夜》、《登安陽城樓》三結耳。李《鸚鵡洲》，結實效顰《黄鶴樓》，王敬美以爲崔下「使」字穩，李下「使」字似添入，較勘最爲入細。吾更愛萬楚《五日》一結，情語不妨險諢，似從沈佺期《獨不見》結意得來。弇州公怪于鱗嚴刻，不應收此詩，此非詩家外道，實六朝正法眼藏也，于鱗安得不收？王敬美云：「『日暮鄉關』、『烟波江上』，本無指著，登臨者自生愁耳，故曰『使人愁』，烟波使之愁也。『浮雲』、『蔽日』、『長安不見』，逐客自應愁，寧須使之乎？」

七言律壓卷，迄無定論。宋嚴滄浪推崔顥《黄鶴樓》，近代何仲默、薛君采推沈佺期「盧家少婦」，王弇州則謂當從老杜「風急天高」、「老去悲秋」、「玉露凋傷」、「昆明池水」四章中求之。今觀崔詩自是歌行短章，律體之未成者，安得以太白嘗傚之遂取壓卷？沈詩篇題原名「獨不見」，一結翻題取巧，六朝樂府變聲，非律詩正格也，不應借材取冠兹體。若杜四律，更尤可議。「風急天高」篇，無論結語膇重，即起處「鳥飛迴」三字，亦勉强屬對，無意味。「老去悲秋」篇，本一落帽事，又生「冠」字爲對，無此用事法；「藍水」一聯尤乏生韻，類許用晦塞白語。僅一結思深耳，可因之便浪推耶？「玉露凋傷」篇，較前二作似匀稱，然觔兩自薄，況「一繫」對「兩開」，「一」字甚無著落，爲瑕不小；「昆明池水」前四語故自絶，奈頸聯肥重，「墜粉紅」尤俗。況律詩凡一題數篇者，前後皆有微度脉絡。此《秋興》八首，首詠夔府，二、三從夔府漸入京華，四方概言長安，五、六、七、八又各言長安一景。八首只作一首，若相次相引者，通讀之始知其命篇之意與一切貫穿映帶之法，未有于中獨摘其第一首及第六首能悉其妙，可詫爲壓卷者。取及此，尤無謂也。吾謂好詩自多，要在明眼，略定等差，不誤所趨足耳。「轉益多師是汝師」，何必取宗一篇，效痴人作此生活？

七言律以才藻論，則初唐必首雲卿，盛唐當推摩詰，中唐莫過文房，晚唐無出中山。不但七言律也，諸體皆然。繇其才特高耳。《詩藪》。下同。

劉長卿《獻淮寧節度》一篇，如「家散萬金酬士死，身留一劍答君恩」，李端、韓翃之先鞭也；「漁陽老將多迴席，魯國諸生半在門」，王建、張籍之鼻祖也。結語更得王維、李頎風調，起語亦自大體，幾欲上薄盛唐。然細按之，自是中唐詩。

錢員外「輕寒不入宮中樹，佳氣常浮仗外峰」，當是其最得意句。然上句秀而過巧，下句寬而不稱。弇州。

錢「長信」、「宜春」句，於晴雪妙極形容，膾炙人口。其源得之初唐，然從初竟落中唐，了不與盛唐相關，何者？愈巧則愈遠。《藝圃擷餘》。

七言難於氣象雄渾，句中有力，而紆徐不失言外之意。自老杜後，韓退之筆力最爲傑出，然每苦意與語俱盡。《賀裴晉公破蔡州回》所謂「將軍舊壓三司貴，相國新兼五等崇」，非不壯也，然意亦盡於此矣。不若劉禹錫《賀裴晉公留守東都》云：「天子旌旗分一半，八方風雨會中州。」遠而得大體也。葉石林。

初唐體質濃厚，格調整齊，時有近拙近板處。盛唐氣象渾成，神韻軒舉，時有太實太繁處。中唐淘洗清空，寫送瀏亮，七言律至是殆於無指摘。而體格漸卑，氣韻日薄，衰態未免畢露。

《詩藪》。

唐七言律自杜審言、沈佺期首創工密，至崔顥、李白，時出古意，一變也。高、岑、王、李，風格大備，又一變也。杜陵雄深浩蕩，超忽縱横，又一變也。錢、劉稍加流暢，降爲中唐，又一變也。大曆十才子，中唐體備，又一變也。樂天才具泛瀾，夢得骨力豪勁，在中、晚間自爲一格，又一變也。張籍、王建，略去葩藻，求取情實，漸入晚唐，又一變也。嗣後温、李之競事組織，薛能之過爲芟刊，杜牧、劉滄之時作拗峭，韋莊、羅隱之務趨條暢，皮日休、陸龜蒙之填塞古事，鄭都官、杜荀鶴之不避俚俗，變又難可悉紀。律體愈趨愈下，而唐祚亦告訖矣。參。

沈、宋前排律殊寡，惟駱賓王篇什獨盛，流麗雄渾，獨步一時。

初唐四十韻，惟杜審言《送李大夫作》，實自少陵家法。杜《八哀·李北海》云：「次及吾家詩，慷慨嗣真作。」是也。

沈、宋雖並稱，沈排律工者不過三數篇，宋集中篇篇平正典重，贍麗精嚴，不獨《昆明》一什勝沈也。初學入門，所當熟習。右丞韻度過之，而典重不如；少陵閎大有加，而精嚴略遜。

初唐沈、宋外，蘇、李諸子，未見大篇。獨曲江諸作，含清拔於綺繪之中，寓神俊於莊嚴之内，如《度蒲關》、《登太行》、《和許給事》、《酬趙侍御》等作，同時燕、許皆莫及。

排律，沈、宋二氏藻贍精工，太白、右丞明秀高爽，然皆不過十韻，且體在繩墨之中，調非畦逕之外。惟杜陵大篇鉅什，雄偉神奇，闔闢馳驟，如飛龍行雲，鱗鬣爪甲，自中矩度；又如淮陰用兵，百萬掌握，變化無方。雖時有險朴，無害大家。

讀盛唐時排律，延清、摩詰等作，真如入萬花春谷，光景爛漫，令人應接不暇，賞玩忘歸。太白軒爽雄麗，如明堂黼黻，冠蓋輝煌，武庫甲兵，旌旗飛動；少陵變幻閎深，如陟崑崙，泛溟渤，千峰羅列，萬彙汪洋。

常侍篇什空澹，不及王、李之秀麗豪爽，而《信安王幕府三十韻》，典麗整齊，精工贍逸，特爲高作。嘉州格調整嚴，音節宏亮，而集中排律甚稀。襄陽時得大篇，清空雅淡，逸趣翩翩，然自是孟一家，學之必無精采。

凡排律起句，極宜冠裳雄渾，不得作小家語。唐人可法者，盧照鄰「地道巴陵北，天山弱水東」，駱賓王「二庭歸望斷，萬里客心愁」，杜審言「六位乾坤動，三微曆數遷」，沈佺期「閶闔連雲起，巖廊拂霧開」，玄宗「鍾鼓嚴更曙，山河野望通」，張説「禮樂逢明主，韜鈐用老臣」，李白「獨坐清天下，專征出海隅」，高適「雲紀軒皇代，星高太白年」，此類最爲得體。

次則過接爲難。駱賓王《邊城懷京邑》篇「季月炎初盡，邊庭草早枯」，沈佺期《扈從出長安》篇「是節嚴陰始，寒郊散野蓬」，初唐轉接法，不過如是。逮老杜法乃益精，如《述懷》入往事云：「得喪初難識，榮枯劃易該。」《贈人》入自叙云：「勛業青冥上，交親氣概中。」融洽中兼之頓挫，又不知費幾許鑪錘矣！至結語關鎖全篇，尤爲喫緊，亦惟杜盡善。諸篇不作鄭重語收煞，即作灑逸語送之，似先揀下好韻，留爲押尾者，細參自見。遯叟。

大概中唐以後，稍厭精華，漸趨澹静，故五七言律清空流暢，時有可觀。至排律亦倣此，則躓矣。排律自楊、盧以至王、李，靡不豐碩渾雄，蓋其體製應爾。惟老杜大篇，時作蒼古，然其才力異常，學問淵博，述情陳事，錯綜變化，轉自不窮。中唐無杜材力學問，欲以一二致語撑拄其間，庸詎可乎？元瑞。

唐大曆後，五、七言律尚可接翅開元，惟排律大不競。錢、劉以降，氣味總薄；元、白中興，鋪叙轉凡。所見中唐楊巨源，晚唐李商隱、李洞、陸龜蒙三家，楊則短韻不失前矱，三家則長什尤饒新藻。將無此體限於材即難，曙於法亦自易乎？惟深於詩者知之。遯叟。

七言排律，唐人不多見。如太白《別山僧》、高適《宿田家》等作，雖聯對精密，而律調未純，終是古詩體段。惟崔融《從軍行》，言從字順，音響冲和，堪備一體。高棅。

唐人之詩，樂府本效古體，而意反近；絶句本自近體，而意實遠。故求風雅之仿佛者，莫如絶句，唐人之所偏長獨至，而後人力追莫嗣者也。擅場則王江寧，驂乘則李彰明，偏美則劉中山，遺響則杜樊川。少陵雖號大家，不能兼善，以拘於對偶，且汩於典故，乏性情爾。楊升庵。按唐樂府、五言絶句法齊梁，然體製自別。七言亦有作樂府體者，然如宫詞、從軍、出塞等，雖用樂府題，自是唐人絶句，與六朝不同。

唐初五言絶，子安諸作，已入妙境。七言初變梁、陳，音律未諧，韻度尚乏，惟杜審言《渡湘江》、《贈蘇綰》二首結皆作對，而工緻天然，風味可掬。至張説《巴陵》之什，王翰《出塞》之吟，句格成就，漸入盛唐矣。元瑞。

太白五、七言絶句，實唐三百年一人，蓋以不用意得之，即太白不自知其所至，而工者顧失焉。李于鱗。

七言絶句，王江寧與太白争勝毫釐，俱是神品。王弇州。

太白諸絶句，信口而成，所謂無意於工而無不工者。少伯深厚有餘，優柔不迫，怨而不怒，麗而不淫。余嘗謂古詩、樂府後，惟太白諸絶近之；《國風》、《離騷》後，惟少伯諸絶近之。體若相懸，調可默會。元瑞。

五言，無名氏「打起黄鶯兒」，不惟語意高妙，其篇法圓緊，中間增一字不得，著一意不得，起結極斬絶，而中自紆緩，無餘法而有餘味。弇州。

太白五言，如《静夜思》、《玉階怨》等，妙絶古今，然齊梁體格；他作視七言絶句覺神韻小減，緣句短逸氣未舒耳。右丞《輞川》諸作，却是自出機軸，名言兩忘，色相俱泯，另是一家體裁。元瑞。

王少伯七絶，宮詞閨怨，儘多詣極之作。若邊詞「秦時明月」一絶，發端句雖奇，而後勁尚屬中駟。于鱗遽取壓卷，尚須商搉。遯叟。

「峨眉山月半輪秋，影入平羌江水流。夜發清溪向三峽，思君不見下渝州。」二十八字中有峨嵋山、平羌江、清溪、三峽、渝州，使後人爲之，不勝痕迹矣，益見此老鑪錘之妙。弇州。

自少陵絶句對結，詩家率以半律譏之，然絶句自有此體，特杜非當行耳。如岑參《凱歌》「丈夫鵲印摇邊月，大將龍旗掣海雲」、「排兵魚海雲迎陣，秣馬龍堆月照營」等句，皆雄渾高華，後世咸所取法，即半律何傷？若杜審言「紅粉樓中應計日，燕支山下莫經年」、「獨憐京國人南竄，不似湘江水北流」，則詞竭意盡，雖對猶不對也。元瑞。下同。

七言絶，開元之下，便當以李益爲第一。如《從軍》諸篇，皆可與太白、龍標競爽，非中唐所得有也。又張仲素《秋閨曲》「夢裏分明見關塞，不知何處向金微」、「欲寄征人問消息，居延城外又移軍」，皆去龍標不甚遠。

中唐絶如劉長卿、韓翃、李益、劉禹錫，尚多可諷詠。晚唐則李義山、温庭筠、杜牧、許渾、鄭谷，然途軌紛出，漸入宋、元。多岐亡羊，信哉！

盛唐絶句，興象玲瓏，句意深婉，無工可見，無迹可尋。中唐遽減風神，晚唐大露筋骨。

晚唐詩萎薾無足言，獨七言絶句，膾炙人口，其妙至欲勝盛唐。愚謂絶句覺妙，正是晚唐未妙處；其勝盛唐，乃其所以不及盛唐也。絶句之源，出於樂府，貴有風人之致，其聲可歌，其趣在有意無意之間，使人莫可捉著。盛唐惟青蓮、龍標二家詣極，李更自然，故居王上。晚唐快心露骨，便非本色。議論高處，逗宋詩之徑；聲調卑處，開大石之門。《藝圃擷餘》。

「一將功成萬骨枯」，是疏語；「可憐無定河邊骨」，是詞語。又如「公道世間惟白髮」、「只有春風不世情」、「争似堯階三尺高」、「劉項原來不讀書」等句，攙入議論，皆僅去張打油一間。人皆盛稱爲工，受誤不淺。元瑞。

七言絶句，盛唐主氣，氣完而意不盡工；中、晚唐主意，意工而氣不甚完。然各有至者，未可以時代概訾之。弇州。

聯句詩，唐惟顔真卿、韓退之爲多。顔雜恢諧；韓與孟郊爲敵手，各極才思，語多奇崛，尤可喜。遯叟。

唐音癸籤卷十一

海鹽胡震亨遯叟著

評彙七

老杜詩好用「自」字、如「寒城菊自花」、「故園花自發」、「風月自清夜」之類，不一而足。「受」字、「修竹不受暑」、「吹面受和風」、「輕燕受風斜」、「野航恰受兩三人」。「進」字、「樹濕風凉進」、「山谷進風凉」。「逗」字、如「殘生逗江漢」、「遠逗錦江波」。陰鏗詩有「行舟逗遠樹」，其所本也。「俯」字、「傲睨俯峭壁」、「展席俯長流」、「杖藜俯沙渚」、「此邦俯要衝」、「四顧俯層巔」、「旄頭俯澗瀍」、「層臺俯風渚」、「游目俯大江」、「江檻俯鴛鴦」、「懸江路熟俯青郊」，凡十數處。「坐」字。「楓樹坐猿深」，又「黄鶯並坐交愁濕」，《螢火》「簾疏巧入坐人衣」，以「坐」字體物，頗奇。然北齊劉逖詩「無由似玄豹，縱意坐山中」，張説詩「樹坐參猿嘯，沙行入鷺群」，皆本漢樂府「烏生八九子，端坐秦氏桂樹間」，非始杜也。遯叟。下同。

杜又用俗字，葛常明云〔一〕：「數物一個，謂食爲喫，甚近鄙，獨杜屢用。『峽口驚猿聞一個』、『兩個黄鸝鳴翠柳』、『却

〔一〕「葛」，當爲「黄」之誤，所引文字見《知不足齋叢書》本《碧溪詩話》卷七。

繞井邊添個個』、『臨岐意頗切，對酒不能喫』、『樓頭喫酒樓下卧』、『但使殘年飽喫飯』、『梅熟許同朱老喫』。篇中大概奇特，用俗字更可映帶益妍耳。」用方言里諺。孫季昭云：「杜子美善以方言、里諺點化入詩句中。如云『吾家老孫子，質朴古人風』、『客睡何曾著，秋天不肯明』、『棗熟從人打，葵荒欲自鋤』、『一夜水高二尺强，數日不可更禁當』、『不分桃花紅勝錦，生憎柳絮白於綿』、『負鹽出井此溪女，打鼓發船何處郎』。此類尤多，不可殫述。」

太白詩押「宜」字韻者凡五見，而韻致俱勝。如「山將落日去，水與晴空宜」、「月色望不盡，空天交相宜」、「謔浪偏相宜」、「置酒正相宜」、「春風與醉客，今日乃相宜」。

劉夢得云：「爲詩用僻字，須有來處。宋考功云：『馬上逢寒食，春來不見餳。』常疑之。因讀《毛詩鄭箋》説吹簫處注云：『即今賣餳者所吹。』六經惟此中有『餳』字。吾緣明日重陽，欲押一『糕』字詩，尋思六經竟未有『糕』字，不敢爲之。」按，夢得亦有「餳」字詩，《歷陽書事》：「湖魚香勝肉，官酒重於餳。」蓋傚宋也，較宋押得更穩。又按，《隋書·五行志》載謡語有「八月刈禾傷早，九月食糕正好」，「糕」字入詩，始見此。詩有出自可用，何必盡本之六經耶？王弇州云：「劉用字謹嚴如此。然其《答樂天》有『筆底心猶毒，杯前膽不豩』，豩，呼關切，此何謂也？」

元微之《贈周先生》詩云：「寥寥空山岑，冷冷風松林。流月垂鱗光，懸泉揚高音。希夷周先生，燒香調琴心。神功盈三千，誰能還黄金？」四十字用平聲字至三十九。古有四聲詩純用平聲者，此則偶然犯之，而調叶步虚，殊鏘然可誦。

韓愈最重字學，詩多用古韻，如《元和聖德》及《此日足可惜》詩，全篇一韻，皆古叶兼用。其

《贈張籍》詩云「時來問形聲」，知籍亦留心韻學者。乃籍詩獨不甚用古韻，惟祭愈詩七陽用至八十三韻，古韻幾於用盡，却無一韻不押得穩帖，視愈之每每强押者過之。宋吴才老推韓愈爲唐一代字學冠，下及白傅、柳州，而未滿於籍。夫識字貴善用耳，籍用古韻，即僅此一篇，韻學之深可知矣。才老或未足語此也。

九日用茱萸，杜子美云「醉把茱萸仔細看」，王右丞云「遍插茱萸少一人」，朱倣云「學他年少插茱萸」。劉夢得以爲更三詩人道之，子美爲優。

一菊詩也，陳叔達云「但令逢採摘，寧辭獨晚榮」，婉厚乃爾；朱灣云「受氣何曾異，開花獨自遲」，費較量矣；李山甫云「栽處不容依玉砌，要時還許上金罇」，更似毒口駡將來。豈非時代爲之？

僧與鳥，自浪仙後，幾成一副應急對子，諸家概有。惟姚合「夜鐘催鳥絶，積雪阻僧期」，差不落夾。

「前逢錦車使，都護在樓蘭」，虞世南用爲起句，殊未安；不若王摩詰「蕭關逢候吏，都護在燕然」，改作結句較妥也。

上官儀「鵲飛山月曉，蟬噪野風秋」，率爾出風致語，佳耳。張説「雁飛江月冷，猿嘯野風秋」，似有意學之，那得佳？歐公力擬温飛卿警聯不及，亦同此。

王維：「積水不可極，安知滄海東。」亦可謂工於發端矣。謝靈運《登海口盤嶼山》詩：「莫辨洪波極，誰知大壑東？」良自有本。皇甫子循。

太白「人分千里外，興在一杯中」，達夫「功名萬里外，心事一杯中」，似皆從庾抱之「悲生萬里外，恨起一杯中」來。而達夫較厚，太白較逸，並未易軒輊。遯叟。下同。

孟浩然「萬壑歸於漢，千峰劃彼蒼」，杜子美「餘力浮於海，端憂問彼蒼」，對法正同。

王昌齡《龍潭》詩：「百泉勢相蕩，巨石皆却立。」「昏爲蛟龍怒，清見雲雨入。」杜甫《萬丈潭》詩：「前臨洪濤寬，却立蒼石大。」「黑知灣澴底，清見光炯碎。」語不襲而肖，而通篇杜尤雄拔盡善，名家、大家之分也。

子昂「古木生雲際，歸帆出霧中」，即玄暉「天際識歸舟，雲中辨江樹」也；子美「薄雲巖際宿，孤月浪中翻」，即仲言「白雲巖際出，清月波中上」也。四語並極精工，卒難優劣。然何、謝古體，入此漸啓唐風；陳、杜近體，出此乃更古意。不可不知。元瑞。下同。

又杜「山青花欲燃」，出沈約「山櫻花欲燃」；「江流静猶湧」，出陰鏗「大江静猶浪」；「繡段裝檐額，金花帖鼓腰」，出庾信「細縷纏鍾格，圓花釘鼓床」；「春水船如天上坐，老年花似霧中看」，出沈佺期「人如天上坐，魚似鏡中懸」，沈復出陳釋慧標「舟如空裏泛，人似鏡中行」。冰、藍遞有從來。

韋蘇州《對殘燈》詩云：「獨照碧窗久，欲隨寒燼滅。幽人將遽眠，解帶翻成結。」梁沈氏滿願《殘燈》詩云：「殘燈猶未滅，將盡更揚輝。惟餘一兩焰，猶得解羅衣。」韋詩實出於沈，然韋有幽意，而沈淫矣。《升庵外集》。

司空曙「乍見翻疑夢，相悲各問年」，戴叔倫「一年將盡夜，萬里未歸人」，一則久別乍逢，一則客中改歲之絶唱也。李益「問姓驚初見，稱名憶舊容」，絶類司空；崔塗「亂山殘雪夜，孤燭異鄉人」，絶類戴作。皆可亞之。元瑞。按戴句元出梁簡文「一年夜將盡，萬里人未歸」，但顛倒用之，而字無一易。

劉文房「已是洞庭人，猶看灞陵月」，孟東野「長安日下影，又落江湖中」，語意相似，皆寓戀闕之意，而劉爲蘊藉。楊升庵。

白香山「醉貌如霜葉，雖紅不是春」，出尹式「衰顔倚酒紅」，尹悲嘆有含蓄，白故是翻案佳語，氣則索然矣。《閲耕餘録》。

讀姚少監「侯門月色少於燈」句，每嘆富貴家光景，真復如此俗耶！然王摩詰《山池夜讌》詩「山月少燈光」，先已道過矣。遯叟。下同。

盧仝《月蝕》詩，生於李白之《古朗月行》；李白《古朗月行》，生於《天問》「夜光何德，死則又育。厥利維何，顧菟在腹」數語。始則微詞含寄，終至破口發村，靈均氏亦何料到此！

杜甫有句云：「詩盡人間興，兼須入海求。」非深於搜索者，無此想頭。李克恭《弔孟郊》詩

「海底也應搜得盡」，正祖此意。

韋莊詩「静極却嫌流水鬧，閒多翻笑野雲忙」，本於老杜之「水流心不競，雲在意俱遲」，但多著一「嫌」字、「笑」字，覺非真閒、真静耳。

白居易《詠老柳樹》：「但見半衰臨此路，不知初種是何人。」羅隱《詠長明燈》：「不知初點人何在，祇見當年火至今。」語似祖述，而用法一順一倒不同。

劉長卿《餘干旅舍》云：「摇落暮天迥，丹楓霜葉稀。孤城向水閉，獨鳥背人飛。渡口月初上，鄰家漁未歸。鄉心正欲絶，何處搗征衣？」張籍《宿江上館》云：「楚驛南渡口，夜深來客稀。月明見潮上，江静覺鷗飛。旅宿今已遠，此行殊未歸。離家久無信，又聽搗寒衣。」兩詩韻同，而意調亦同。《詩話總龜》。

韓退之《贈張道士》詩：「臣有平賊策，狂童不難治。恨無一尺箠，爲國笞羌夷。臣有膽與氣，不忍死茆茨。天空日月高，下照理不遺。寧當不竢報，歸袖風披披。霜天熟柿栗，收拾不可遲。」杜牧亦有《書懷》詩云：「北虜壞亭障，聞屯千里師。牽連久不解，他盜恐旁窺。臣實有長策，彼可徐鞭笞。如蒙一召議，食肉寢其皮。斯乃廟堂事，爾微非爾知。向來躐等語，長作陷身機。行當臘欲破，酒齊不可遲。且想春候暖，甕間傾一巵。」並以排調語抒孤憤，意象如一，未知紫微有意相祖述，抑或偶爾暗合也？紫微《弔趙將軍》，落句「誰知我亦輕生者，不得君王丈二殳」，與前「恨無一尺箠」，意亦正同。遯叟。下同。

「信惟餓隸，布實黥徒」，班固史贊語也，王維詩有「亥爲屠肆鼓刀人，嬴乃夷門抱關者」；「慨然嘆曰，道固不同」，潘岳誄辭也，李白詩有「秦人相謂曰，我屬可去矣」。雖未必相模倣，而語格恰同。詩即有韻之文，在所善用耳。

諸家懷古感舊之作，如「年年春色爲誰來」、「惟見江流去不回」、「惟有年年秋雁飛」、「祇今惟有西江月，曾照吴王宫裏人」等句，非不膾炙人口，奈詞意易爲倣傚，竟成悲弔海語，不足貴矣。諸賢生今，不知又作如何洗刷？

余友姚叔祥嘗語余云：「余行黄河，始知『孤村幾歲臨伊岸，一雁初晴下朔風』之爲真景也。余家海上，每客過，聞海唑聲必怪問，進海味有疑而不下箸者，益知『潮聲偏懼初來客，海味惟甘久住人』二語之確切。人足迹不出門，能悉門外許許，盡括爲錦囊用乎？」唑，方言，比海聲如人囂聲也。

長孫正隱《高氏林亭》：「細雨猶開日，深池不漲沙。」上句人皆能領其景，下句則非北人習風土者，不能知其妙也。薛能詩有「池中水是前秋雨，陌上風驚自古塵」。二句之妙，亦非北人不能知。

盛唐詩：「以文常會友，惟德自爲隱。」今以爲頭巾語，非知者也。而學此等句，未有不頭巾者也。其得失乃在作者寸心知耳。方采山。

「遊魚逆水上，宿鳥向風栖」，最詩之識物理者。魚逆水鱗順，鳥向風羽順也。然一説破，則似《爾雅》詁，不復似詩。遯叟。下同。

詩亦要占些地步。退之《贈李愿》云「往取將相酬恩讎」，達夫《贈王徹》云「吾知十年後，季子多黄金」，豈理耶？惟杜老有斟酌，此等語不肯輕下。然如「何日霑微禄，歸山買薄田」等，亦未能陶洗净盡，爲有識者所微窺云。

扈從應制詩自有體。王維《早朝》詩：「仍聞遣方士，東海訪蓬瀛。」明以秦皇、漢武譏其君矣，不若宗楚客「幸睹八龍遊閬苑，無勞萬里訪蓬瀛」爲有含蓄。

杜「長安城頭頭白烏」云云，乘輿西出不堪紀，此最得體。又「霑衣問行在」，亦自好；「烟塵暨御道，耆舊把天衣」，雖略做不妨。「遥聞出巡狩，早晚遍遐荒」，過矣，「下殿走」尤不可；「奪馬悲公主，登車泣貴嬪」，不堪叙，「嵇紹血」太甚。方采山。

老杜《北征》詠馬嵬事云：「憶昔狼狽初，事與古先别。奸臣竟葅醢，同惡隨蕩析。不聞夏商衰，中自誅褒妲。」若明皇鑒夏、殷事，畏天悔禍，自賜楊妃死，官軍無預者，可謂深識君臣大體。劉禹錫乃云：「官軍誅佞幸，天子捨妖姬。」白樂天云：「六軍不發無奈何，宛轉蛾眉馬前死。」此則爲明皇不得已誅貴妃，雖曰紀其實，豈臣子所忍言、所宜言？魏泰之。

至德初，岑參與子美同爲諫職。子美詩：「避人焚諫草，騎馬欲雞栖。」又：「明朝有封事，數問夜如何。」參詩則云：「聖朝無闕事，自覺諫書稀。」時安史之亂未夷，上皇在蜀，朝野騷然，可云無闕事耶？亦語病也。《老杜補遺》。

或問《長恨歌》與《連昌宫詞》孰勝？余曰：元之詞微著其荒縱之迹，而卒章乃不忘箴諷。若白作止叙情語顛末，誦之雖柔情欲斷，何益勸戒乎？《墨莊漫録》。宋王楙又云：歌中有「夕殿螢飛思悄然，孤燈挑盡未成眠」句，興慶宫中夜不點燭，明皇自挑燈耶？觀此更可發一笑！

今世所道俗語，多唐以來人詩。當時原説得太俚，後來便作俗諺相舉。如「公道世間惟白髮」、「不知辛苦爲誰甜」之類，難悉舉。陸游。宋人以王季友《觀壁畫山水》詩「于公大笑向予説，小弟丹青能爾爲」等語爲淺陋類兒童幼學者，一拈出便欲噴飯。唐初題畫詩未鑿竅，故以此等語爲工，今則老杜語亦稍稍退位矣。下筆正難。遯叟。

趙嘏「一千里色中秋月，十萬軍聲半夜潮」，唐人稱壯，而蘇公以爲寒儉。楊蟠「八十丈虹晴卧影，一千頃玉碧無瑕」，宋人推壯，而歐公以爲粗豪。二公雖此道未徹，此等議論自具眼。然粗豪易見，寒儉難知，學者細思之。元瑞。

杜甫《武侯廟柏》詩云：「霜皮溜雨四十圍，黛色參天二千尺。」沈存中以四十圍乃是徑七尺，譏此柏無乃太細長，此猶鄭康成注《毛詩》，一一要合《周禮》也。昔文與可爲東坡畫竹，有

「掃取寒梢萬丈長」之句，坡戲謂與可，竹長萬丈，當用絹二百五十疋。已復從而實之曰：「世間亦有千尋竹，月落空庭影許長。」與可會坡意，即寫修竹數竿遺坡曰：「此竹數尺耳，而有萬丈之勢。」觀二公談笑之語如此，可默會詩人之意矣。存中惡足知之耶？《陳善新語》。

自宋有田莊牙人之説，詩流往往惑之，此大不解事者。盛唐「窗中三楚盡，林外九江平」，中唐「東屯滄海闊，南瀼洞庭寬」，晚唐「到江吳地盡，隔岸越山多」，皆一時警句。杜如「地利西通蜀，天文北照秦」，尤不勝數，何用爲嫌？惟近時作者，粘帶皮骨太甚，乃反覺有味斯言耳。元瑞。下同。

唐輕薄子彈摘人詩句，若衛子、鷓鴣、失猫、尋母之類，至今笑端。余謂此不必泥，顧其句何如耳。數詩淺俗鄙夷，即與所譏不類，寧免大雅盧胡？如孟浩然「春眠不覺曉」二十字，清新婉約，縱輕薄姗侮萬端，亦何害其美耶？無名子以浩然《春眠》一絶爲盲子詩。

唐詩須分三節看：盛唐主辭情，中唐主辭意，晚唐主辭律。《詩譜》。

盛唐詩格極高，調極美，但不能多，不足以酬物而盡變，所以又有中、晚詩。弇州。

大曆以前，分明别是一副言語，晚唐分明别是一副言語。盛唐人詩，亦有一二濫觴晚唐者，晚唐人詩，亦有一二可入盛唐者，要當論其大概耳。大曆詩，高者尚未失盛唐，下者漸入晚唐矣。晚唐之下者，間亦墮野狐、外道、鬼窟中。嚴滄浪。

唐律初、盛、中、晚時代聲調，故自必不可同。然亦有初而逗盛，盛而逗中，中而逗晚者，何也？逗者，變之漸，非逗故無繇變也。如四《詩》之有變《風》、變《雅》，便是《離騷》遠祖。子美七言律之有拗體，非即猶四《詩》之有變《風》、變《雅》乎？

唐律之繇盛而中，極是盛衰之介。然王維、錢起，實相倡酬。子美全集，半是大曆以後所作，逗漏實有可言。今觀諸家，如右丞「明到衡山」一篇，嘉州「函谷」、「磻溪」句，隱隱錢、劉、盧、李間矣。至於大曆十才子，其間豈無盛唐之句？蓋聲氣猶未相隔也。學者固當嚴於格調，然必謂盛唐人無一語落中，中唐人無一語入盛，則亦固哉其言詩矣。王敬美。

兩漢以質勝，六朝以文勝。魏稍文，所以遜兩漢；唐稍質，所以過六朝。胡元瑞。下同。

古體至陳，本質亡矣。隋之才不若陳之麗，而稍知尚質，故隋末諸臣，即爲唐風正始。近體至宋，性情泯矣。元之才不若宋之高，而稍復緣情，故元季諸子，即爲昭代先鞭。

漢魏、六朝，遞變其體爲唐，而唐體迄於今自如。譬之水，《三百篇》，崑崙也；漢魏、六朝，龍門、積石也；唐則溟渤尾閭矣，安所取益？故後唐而詩衰莫如宋，有出於中、晚之下；後唐而詩盛莫如明，亦無加於初、盛之上。李本寧。

唐音癸籤卷十二

海鹽胡震亨遯叟著

樂通一

雅樂調

唐樂律吕主旋宫之法，以五音加二變，一宫、二商、三角、四變徵、五徵、六羽、七變宫，各十二調，爲雅樂八十四調。《唐書·樂志》云：「旋宫之法，因五音生二變，因變徵爲正徵，因變宫爲清宫。七音起黄鍾，終南吕，迭爲綱紀。黄鍾之律，管長九寸，王於中宫土，半之四寸五分，與清宫合，五音之首也。加以二變，循環無間。其聲繇濁至清爲一均，凡十二宫調，皆正宫也。正宫聲之下，無復濁音，故五音以宫爲尊。十二商調，調有下聲一，爲宫也。十二角調，調有下聲二，宫商也。十二徵調，調有下聲三，宫商角也。十二羽調，調有下聲四，宫商角徵也。十二變徵調，居角音之後，正徵之前。十二變宫調，在羽音之後，清宫之前。雅樂成調，無出七聲，本宫遞相用。樂章則隨律定均，合以笙磬，節以鍾鼓云。」

俗樂調

唐俗樂，其源亦本於雅樂。宫調七：曰正宫、高宫、中吕宫、道調宫、南吕宫、仙吕宫、黄鍾宫。商調七：曰越調、大食調、高大食調、雙調、小食調、歇指調、林鍾商。角調七：曰大食角、高大食角、雙角、小食角、歇指角、林鍾角、越角。羽調七：曰中吕調、正平調、高平調、仙吕調、黄鍾羽、般涉調。是爲俗樂二十八調。《樂志》云：「俗樂調皆從濁至清，迭更其聲，下則益濁，上則益清。慢者過節，急者流蕩，其宫調應夾鍾之律。」

十二和

雅樂之曲，曰十二和。和云者，取大樂與天地同和也。十二，法天成數也。一曰《豫和》，以降天神。冬至祀圜丘，上辛祈穀，孟夏雩，季秋享明堂，朝日，夕月，巡狩告於圜丘，燔柴告至，封祀泰山，類於上帝，皆以圜鍾爲宫，三奏；黄鍾爲角，太簇爲徵，姑洗爲羽，各一奏。五郊迎氣：黄帝以黄鍾爲宫，赤帝以函鍾爲徵，白帝以太簇爲商，黑帝以南吕爲羽，青帝以姑洗爲角。二曰《順和》，以降地祇。夏至祭方丘，孟冬祭神州地祇，春秋巡狩告社，宜於社，禪社首，皆以函鍾爲宫，太簇爲商，姑洗爲徵，南吕爲羽，各三奏。望於山川，以蕤賓爲宫，三奏。三曰《永和》，以降人鬼。時享、禘祫，有事而告謁於廟，皆以黄鍾爲宫，三奏；大吕爲角，太簇爲徵，應鍾爲羽，各二奏。祀先農、皇太子釋奠，皆以姑洗爲宫，送神各以其曲。蜡兼天、地、人，以黄鍾奏《豫和》，蕤賓、姑洗、太簇奏《順和》，無射、夷則奏《永和》，以降神。而送神以《豫和》。四曰《肅和》，登歌以奠玉帛。天神以大吕爲宫，地祇以應鍾爲宫，宗廟以圜鍾爲宫。祀先農、釋奠，以南吕爲宫。望於山川，以函鍾爲宫。五曰《雍和》，凡祭祀以入俎。天神之俎，以黄鍾爲宫；地祇之俎，以太簇爲宫；人鬼之俎，以無射爲宫。又以徹俎。凡祭祀，俎入之後，接神之曲亦如之。六曰《壽和》，以酌獻、飲福。以黄鍾爲宫。七曰《太和》，以爲行節。凡祭祀，天子入門而即位，與其升降，至於還次，行則作，止則止。其在朝廷，天子將自内出，撞黄鍾之鍾，右五鍾應，乃奏之。禮畢，興而入撞蕤賓之鍾，左五鍾應，乃奏之。皆以黄鍾爲宫。又皇帝駕出太極門，奏采茨，至嘉德門止。還亦然。八曰《舒和》，以出入二舞及朝賀皇太子王公之出入。以太簇之商。九曰《昭和》，皇帝皇太子以舉酒。十曰《休和》，皇帝以飯，以肅拜三老，皇太子亦以飯。皆以其月之律爲宫。十一曰《正和》，皇后以受册受朝。十二曰《承和》，皇太子在其宫，有會則奏之。凡四十八曲。開元中又造《裓和》，三公升殿會訖，下階履行奏。《豐和》享先農，《宣和》祀孔宣父、齊太公廟奏。《煌煌》、《冲和》，玄元太清宫奏。大曆中以《豫和》同國諱，改曰《元和》。

二舞

二舞：一曰《治康》，文舞也；一曰《凱安》，武舞也。舞八佾，六十四人。《凱安》六變：一變象龍興參墟，二變象克定關中，三變象東夏賓服，四變象江淮平，五變象獫狁伏，六變復位以崇，象兵還振旅。後以《治康》犯高宗諱，改

《化康》。以用之郊廟讌饗，各有曲。郊廟初獻，作文舞；亞獻、終獻作武舞；太廟降神以文舞。每室酌獻，各用其廟之舞，詳後。凡元正、冬至、大朝會、設饗，二舞並陳於庭，以次作。

廟舞

獻祖廟舞曰《光大》，懿祖曰《長發》，太祖曰《大基》，後改《大政》。世祖曰《大成》，高祖曰《大明》，太宗曰《崇德》，高宗曰《鈞天》，中宗曰《太和》，睿宗曰《景雲》，玄宗曰《廣運》，肅宗曰《惟新》，代宗曰《保大》，德宗曰《文明》，順宗曰《大順》，憲宗曰《象德》，穆宗曰《和寧》，敬宗曰《大鈞》，文宗曰《文成》，武宗曰《大定》，昭宗曰《咸寧》，各有曲。懿、僖二廟闕，不著。玄元太清宮舞《混成紫極曲》。

十部伎

十部伎，燕饗設之，所以備華夷也。一曰讌樂伎，二曰清樂伎，三曰西凉伎，四曰天竺伎，五曰高麗伎，六曰龜兹伎，七曰安國伎，八曰疏勒伎，九曰高昌伎，十曰康國伎，各有曲。初唐仍隋舊，燕饗設九部伎。貞觀中伐高昌，得其樂，增爲十部。燕樂，隋舊樂也。清樂，即《清商曲》，南朝舊樂也。《樂志》云：《清商曲》武后時猶存六十三曲，後存有辭者三十七曲。《白雪》、《公莫》、《巴渝》、《明君》、《鳳將雛》、《明之君》、《鐸舞》、《白鳩》、《白紵》、《子夜吳聲四時歌》、《前溪》、《阿子及歡聞》、《團扇》、《懊憹》、《長史》、《督護》、《讀曲》、《烏夜啼》、《石城》、《莫愁》、《襄陽》、《棲烏夜飛》、《估客》、《楊伴》、《雅歌驍壺》、《常林歡》、《三州》、《采桑》、《春江花月夜》、《玉樹後庭花》、《堂堂》、《泛龍舟》、《明之君雅歌》、《四時歌》四，有聲無辭七曲、《上林鳳雛》、《平調》、《清調》、《瑟調》、《平折》、《命嘯》，共四十四曲。西涼伎以下詳夷樂内。郭茂倩云：「天寶已後讌樂，西涼、龜兹部著録者二百餘曲，而清樂天竺諸部不在焉。」

鼓吹曲

鼓吹，軍樂也，唐用以備鹵簿之儀。一鼓吹部，二羽葆部，三鐃吹部，四大横吹部，五小横吹部，凡八十五曲。今書云七十五曲，或字之誤。

鼓吹部三十六曲　棡鼓十曲　一驚雷震　二猛獸駭　三鷙鳥擊　四龍媒蹀　五靈夔吼　六雕鶚争　七壯士奮怒　八熊羆哮吼　九石墜崖　十波盪壑《開元禮》：義羅曰：棡鼓，小鼓也，先作之以引大鼓，猶雅樂之有𨋢。《六典》：棡鼓夾金鉦。《律書樂圖》云：曲辭今無傳。

大鼓十五曲　一元驎合邏　二元驎他固夜　三元驎跋至慮三曲嚴用晨曰嚴。　一元咳大至遊　二阿列乾　三破逵析利紇　四賀羽真　五嗚都路跋　六他勃嗚路跋　七相雷析追　八元咳赤賴　九赤咳赤賴　十吐咳乞物真　十一貪大訐　十二賀粟胡真十二曲警用夜曰警。《通考》曰：大鼓即古鼖鼓。《六典》曰：晨嚴三通，夜警衆一曲，轉次而振晨嚴之曲。按：諸曲名似奚、契語。考《隋志》，大鼓亦十五曲，其詞本之鮮卑，意唐仍其舊爾。

小鼓

九曲　一漁陽　二雞子　三警鼓　四三鳴　五合節　六覆參　七步鼓　八南陽會星　九單搖

陳氏《樂書》：唐樂圖，小鼓一，大鼓上負一小鼓。卧之《律書》：小鼓九曲，一曲馬上用，八曲嚴用。

長鳴一曲　中鳴一曲長鳴、中鳴，角也。《樂書》：唐鹵簿角或以竹木，或以皮，非有定制。長鳴一曲三聲：一龍吟聲，二彪吼聲，三阿聲。中鳴一曲三聲：一盪聲，二牙聲，三送聲。郭茂倩云：唐大角曲有大單于、小單于、大梅花、小梅花，其聲猶有存者。

羽葆部十八曲　一太和　二休和　三七德　四騶虞　五基王化　六纂唐風　七厭炎精

八肇皇運　九躍龍飛　十殄馬邑　十一興晉陽　十二濟渭險　十三應聖期　十四御宸極　十五寧兆庶　十六服遐荒　十七龍池　十八破陣樂《樂書》：羽葆鼓五綵重蓋，架垂流蘇，植羽。《六典》：羽葆鼓夾歌簫笳。按柳子厚嘗以魏晉後代有鐃歌、鼓吹曲，紀受命功德，唐獨無有，補撰曲十二，表上之。今諸曲自基王業至服遐荒，高祖、太宗功德具在，何言無也？龍池，玄宗潛邸瑞應。破陣樂在龍池後，意亦玄宗小破陣樂曲。觀二曲綴末，則知北十八曲者，開元帝所定無疑矣。其先之太和、休和者，唐雅十二和，其七用以祀，其二后及太子用之，惟昭和及此二和用之天子。或因而襲其名爲曲，未可知。騶虞者，古訓騶御。虞人禮，天子教于田獵，命七騶咸駕射。則歌以爲節，宜用爲鹵簿曲名。而七德一曲即神功破陣樂，武舞之名，太宗所用得天下，歌之尤以昭功德也。諸曲倫次之目，或未必如魏晉以來所傳者之整比，然遵用久矣。一代典制，故自無闕也。子厚之曲雖表上，未聞施用，蓋所謂「雖善不尊，不尊不信」者。而至謂有司本無其曲，爲之補撰，非夫偶疏於考據，則亦其急於自衒而姑爲之説爾，安得以言出柳州，遂信之乎？

鐃吹部七曲　一破陣樂　二上車　三行車　四向城　五平安　六歡樂　七太平《律書》、《樂圖》：鐃，軍樂。《六典》曰：鐃鼓夾歌簫笳。《樂書》又曰：七曲各有亂。

大横吹部二十四曲　一悲風　二遊絃　三間絃明君　四吴明君　五古明君　六長樂聲　七五調聲　八烏夜啼　九望鄉　十跨鞍　十一間君　十二瑟調　十三止息　十四天女怨　十五楚客　十六楚妃歎　十七霜鴻引　十八楚歌　十九胡笳聲　二十辭漢　二十一對月　二十二胡笳明君　二十三湘妃怨　二十四沈湘《六典》曰：大横吹有節鼓、夾笛、簫、觱篥、笳、桃皮觱篥。陳氏《樂書》引《唐樂圖》所載二十四曲，名與此不同，附記。《樂圖》云：大横吹二十四曲，内三曲馬上警嚴用之。一曰《櫂樂樹》，二曰《空口蓮》，三曰《賀六渾》。其餘二十一曲備擬所用：一曰《靈泉雀》，二曰《達和若輪空》，三曰《白净王子》，四曰《他賢逸勤》，五曰《鳴和羅純羽瑝》，六曰《歎度熱》，七曰《吐久利鈍比倫》，八曰《玄比敦》，九曰《植普離》，十曰《胡笛爾笛》，十一曰《鳴羅特罰》，十二曰《比久汰大汗》，十三曰《於理真斤》，十四曰《素和斛律》，十五曰《鳴纜真》，十六曰《烏鐵甘》，十七曰《特介汗》，十八曰《度賓哀》，十九曰《阿若干樓達》，二十曰《大賢真》，二十一曰《破陣樂》。

小横吹部曲與大横吹同《六典》曰：小横吹，夾笛、簫、觱篥、笳、桃皮觱篥，無節鼓。《儀衛志》云：有角，其曲失傳。郭茂倩疑以爲與大横吹同，故不見。

大射樂章

大射，皇帝射，《騶虞》二奏，王公射，《貍首》一奏，迎送皇帝入閣，奏《大和》。凡四曲。

鄉飲酒樂章

鄉飲酒，《鹿鳴》三奏，《南陔》一奏，《嘉魚》四奏，《崇丘》一奏，《關雎》五奏，《鵲巢》三奏，凡十七曲。二禮曲，唐用古詩名別製，非即用古詩。

侲子之唱

大儺有侲子之唱。《開元禮》所載辭與劉昭志漢辭同，蓋沿其舊也。

凱歌

大征伐有功，奏凱入。其歌曰《破陣樂》，曰《應聖期》，曰《賀聖歡》，曰《君臣同慶》樂凡四曲。《樂志》云：前二曲太常舊有其辭，後二曲太和中補造。今檢劉禹錫集，四曲寔並其所撰，《志》難盡據。

論唐初樂曲散佚

初，太宗命祖孝孫等定雅樂，尋詔褚亮等分製樂章。高宗上元中，復令太常少卿韋萬石與太史令姚元辯增損當時郊廟燕會樂曲。迨則天稱制，改易典章，歌辭多是内出。開元中，詔中書張説復行釐正，上自定聲度，説爲之辭，中間雜用貞觀舊辭爲多。太常卿韋縚嘗銓叙爲五卷，付大樂、鼓吹兩署習之，此一代樂章刊定始末也。奈舊史不能考遵前代史例，於《樂志》中祇録郊廟而無朝會、讌射等曲。新志則並郊廟不録，其辭因日就亡佚。舊史書序云：讌樂歌辭，太常先有宫、商、角、徵羽五調，調各一卷。是貞觀中侍中楊仁恭妾趙方等輯近代詞人雜詩爲之者，韋縚亦嘗令太樂令孫玄成整比爲七卷，以辭多不經，不録。今考《會要》：殿庭元日冬至朝會樂章七，元日迎送皇帝，奏《太和》，開元中源乾曜作；群官行，奏《舒和》；上公上壽，奏《休和》；皇帝受酒登歌，奏《昭和》；顯慶中李義府作。中宫朝會樂章四，東宫朝會樂章五，亦義府作。此固雅樂曲也，何以亦不録乎？辭之近鄭、衛者，既盡爲之删，其稍近雅者，又復不亟存一二。唐樂章之掛漏獨甚，史家固不能辭其責也。

唐音癸籤卷十三

海鹽胡震亨遯叟著

樂通二

唐各朝樂

太宗　《神功破陣樂》初太宗爲秦王，破劉武周，軍中相與作《秦王破陣樂曲》。及即位，宴會必奏之，示不忘本。因製舞圖，左圓右方，先偏後伍，交錯屈伸，以象魚麗鵝鸛。用樂工百二十八人，披銀甲，執戟而舞。凡三變，每變爲四陣，象擊刺往來。歌者和，曰《秦王破陣樂》。後令魏徵、褚亮、虞世南、李百藥等更製歌辭，名《七德舞》。永徽中，更名爲《神功破陣樂》。

《功成慶善樂》太宗生武功慶善宫，貞觀六年幸之，宴從臣，賞賜閭里，帝歡甚，賦詩，命吕才按律，被之管絃，名曰《功成慶善樂》。以童兒六十四人冠進德冠，紫袴褶，長袖，漆髻，屣履而舞，名「九功之舞」，進蹈安徐，以象文德洽而天下安樂也。初太宗時，凡至正享讌及國有大慶，二舞偕奏于庭。高宗時用之郊廟，代《治康》、《凱安》。尋以《神功破陣樂》不入雅樂，《功成慶善樂》不可降神，復用《治康》、《凱安》舊舞，而二舞罷。

高宗　《上元舞》其樂有《上元》、《二儀》、《三才》、《四時》、《五行》、《六律》、《七政》、《八風》、《九宫》、《十洲》、《得一》、《慶雲》等十四曲，皆帝自製。舞用百八十人，衣畫雲五色衣，以象元氣。大祠享皆用之。後詔惟郊廟用，餘皆罷。

《一戎大定樂》，帝將伐高麗，燕洛陽城門，觀屯營教舞，按親征用武之勢，名曰《一戎大定樂》。舞者百四十人，被五采甲，持槊而舞。歌者和之，曰《八紘同軌樂》。象高麗平而天下大定也。　《六合還淳舞》調露二年，幸洛陽城南樓宴群臣，太常嘗奏此舞，其容制不傳。　《景雲河清讌樂》初，貞觀中，景雲見，河水清，張文收采古誼爲《景雲河清歌》。高宗即位，製樂上之。其樂二十五色，每工一人，歌二人，舞者二十人。分四部：一《景雲舞》，八人；二《慶善舞》，四人；三《破陣舞》，四人；四《承天舞》，四人。名曰讌樂。元會第一奏之。杜佑云：「近惟《景雲舞》存，餘亡。」按，唐讌樂有二十部伎之讌樂，隋舊樂也。此讌樂則唐之新樂，後列坐部伎中。《玉海》疑以爲一，誤。

武后　《聖壽樂》舞用百四十人，製「聖超千古，道泰百王。皇帝萬年，寶祚彌昌」十六字舞之。行列每變成一字。凡十六變而畢。　《天授樂》，天授年造，舞四人。《神宫大樂》，長壽二年正月享萬象神宫，后自製此樂，舞用九百人。《長壽樂》亦長壽年造，舞十二人。　《鳥歌萬歲樂》時宫中養鳥，能人言，又常稱萬歲，因爲樂象之。舞三人，畫冠爲鳥像。　《聖主回鑾舞》大足元年，天后幸京師，同州刺史蘇瓌進，命編之樂府。

中宗　《桑條歌樂》永徽後，人唱《桑條韋也》之歌，神龍中，佞者以爲韋后之應，作《桑條歌樂辭》十餘首以進，皆被之樂府。

玄宗　《龍池樂》帝爲平王時，賜第隆慶坊之南，坊人所居忽變爲池，望氣者異焉。後正位，以坊爲宫。池水逾大，瀰漫數里，名其池曰龍池，命群臣爲《龍池樂》十章歌其祥，以祀龍神。舞用七十二人。**《小破陣樂》**生於太宗之《破陣樂》。舞四人，金甲冑。**《文成樂》**帝作。此與《小破陣樂》更奏。**《光聖樂》**舞八十人，鳥冠，五綵畫衣，兼似《上元》、《聖壽》之容，以歌王業所興。**又分前代及本朝樂爲二部。立部伎八：《安樂》、《太平樂》、《破陣樂》、《慶善樂》、《大定樂》、《上元樂》、《聖壽樂》、《光聖樂》；坐部伎六：《讌樂》、《長壽樂》、《天授樂》、《鳥歌萬歲樂》、《龍池樂》、《小破陣樂》。**《安樂舞》，亦名《城舞》。用八十人，作羌胡狀。行列方正，象城郭。《太平樂》，亦名《五方師子舞》，依方色爲師子習弄，用百四十人，作崑崙象，舞《太平》樂曲，並周、隋遺音也。餘樂唐本朝及帝所自製，詳前。立部伎，堂下立奏；坐部伎，堂上坐奏。太常閱樂，坐部伎無性識者，退入立部伎；立部伎無性識者，退入雅樂部。

代宗 **《寶應長寧樂》**帝繇廣平王復二京，梨園供奉官劉日進作以獻，十八曲，宮調。**《廣平太一樂》**大曆元年，司馬滔作以進。

德宗 **《定難樂》**河東節度馬燧作以獻。《本紀》：「貞元三年，上御文德殿，試《定難樂》曲。其後方鎮多製樂以獻者。」**《繼天誕聖樂》**天長節，昭義節度王虔休獻。其曲以宮爲調，表五音之奉君；以土爲德，知五運之居中也。凡二十五遍，法二十四氣，而足成一歲；每遍一十六拍，象八元、八凱之登庸於朝。**《中和樂》**帝改二月一日爲中和節。貞元十四年是節，製中和樂舞。舞中成八卦，其樂辭帝御撰。《會要》云：「因《繼天誕聖樂》而作。」**《奉聖樂》**初，韋皋節度劍南，南詔異牟尋請獻夷中歌曲，皋因之作《南詔奉聖樂》以獻。用正律黃鍾之均，宮徵一變，角羽終變，舞六成，序曲二十八疊。

舞「南」字，歌《聖主無爲化》；舞「詔」字，歌南詔朝天樂；舞「奉」字，歌《海宇修文化》；舞「聖」字，歌《雨露覃無外》；舞「樂」字，歌《闢土丁零塞》。皆一章三叠而成。字舞畢，又舞《闢四門》之舞，遽舞人遍兩叠。舞終，又舞《億萬壽》之舞，歌《天南滇越俗》四章。歌舞七叠六成而終。《順聖樂》山南節度使于頔獻。其樂令女妓爲佾舞，聲態雄俊，又號《孫武順聖樂》。頔因韋皋獻《奉聖樂》，作此進。韋樂中有丈夫一人獨舞，頔樂曲將半，行綴皆伏，亦一人舞于中。時幕客韋綬觀之笑曰：「何用窮兵獨舞？」雖詼諧，亦有爲也。

按唐樂惟十二和、二舞爲雅樂。自太宗以功德之盛，復造《破陣》、《慶善》二樂舞，於是後世相循，競製樂以侈觀聽。舞佾制度，各以意爲增減，不合古經。而臣下亦復撰樂獻媚，女倡夷舞，同俳優戲劇之觀，則已漸流爲散樂，而遠雅益甚矣。諸樂曲叠非一，馬氏端臨用高氏《緯略》之説，誤以一樂爲一曲，總計爲五十有五曲。當時韋萬石請奏《上元》等舞，有二十九雅者，有五十二雅者，有五十雅者。而韋皋《奉聖》一樂，曲之多尤備載正史，固未可數計也。今第總述樂名，稍爲之疏釋，存大凡云。

唐曲

《三臺》　《急三臺》古今解《三臺》者不一。馮鑑《續事始》曰：「漢蔡邕三日之間，周歷三臺。樂府以邕曉音律，爲製此曲。」劉禹錫《嘉話録》：「鄴中有曹公銅雀、金虎、冰井三臺，北齊高洋毁之，更築金風、聖應、崇光三臺。宫人拍手呼上臺送酒，因名其曲爲三臺。」李氏《資暇録》曰：「《三臺》，三十拍促曲名。昔鄴中有三臺，石季龍常爲宴遊之所，而造此曲以促飲。」今按諸説，李氏説似可據。《樂苑》云：「唐《三臺》，羽調曲。」

《調笑詞》《轉應詞》《宮中調笑詞》三曲與《三臺》同一調，有此異名。白樂天云：「《調笑令》，乃拋打曲也。」有詩云：「打嫌調笑易，飲訝卷波遲。」

《宮中三臺》《江南三臺》《上皇三臺》《怨陵三臺》《突厥三臺》大曲

《廣陵散》本嵇叔夜琴操名，後人以爲曲。

《采桑》晉《清商西曲》，羽調。唐有大曲。

《楊下采桑》出于《采桑》。

《烏夜啼》杜佑云：「本宋臨川王義慶所作。今所傳歌，似非義慶本旨。」教坊謝大善歌此，明皇嘗親御箜篌和之。

《舞媚娘》《大舞媚娘》「舞」亦作「武」，並羽調曲。永徽後，民間多歌此曲，史以爲天后之讖。今按隋《李綱傳》有諫止太子勇奏《舞媚娘曲》事，梁庾信、陳後主並有《舞媚娘辭》，則曲名本不作「武」字。意後來讖家爲妖曌獻諛，改作《武媚娘》耳。

《長相思》古曲。梁張率始以長相思三字爲句發端。陳後主及徐陵、江總輩襲其調，益工之。唐李白諸家多有作。

《采蓮子》梁《清商曲江南弄》有《采蓮曲》。唐曲本此曲，和聲曰：「舉棹，年少。」

《茱萸女》梁簡文詠采茱萸女爲人所挑，大抵與《陌上桑》同。唐萬楚有其曲。

《玉樹後庭花》陳後主作，唐有大曲。

《後庭花》小曲。

《阿彈迴》本北魏《阿那瓌曲》。阿那瓌者，蠕蠕國主名，用爲曲，後訛爲「阿彈迴」，唐沿之爲名。那，乃可切。彈，典可切。瓌，即瑰，姑回切。以音相近，故訛。顔真卿詩「莫唱《阿彈迴》，應云《夜半樂》」是也。楊用修以爲即笛曲之《阿濫堆》，此自明皇時曲，失之遠矣。

《蘭陵王》北齊蘭陵王長恭以假面威敵，後人因以入歌。唐有此曲名。

《伴侶》北齊後主作，音韻窈窕，極於哀思。唐有大曲。

《太平樂》即《五方師子樂》曲，周、隋間遺音。

《聖明樂》《大聖明樂》初，隋開皇中高昌獻此樂曲，文帝令知音者竊聽，番使至，先奏之，大驚。後唐開元中，太常樂工馬順兒復造此，並商調曲也。　《行天》貞觀中，侯尚書妾方等善唱之。後有郝三寶者，亦能歌此，自謂不及。考隋《樂志》，太廟送神五言象行天，知爲舊曲矣。　《七夕子》隋煬帝有《七夕相逢樂》，唐曲《七夕子》疑本此。　《安公子》隋煬帝幸揚州，樂工王令言聞其子彈新翻《安公子》曲，流涕曰：「此曲宫聲，往不返。宫爲君，爾不須扈從，大駕必不回矣。」已而果然。唐有《安公子》大曲。　《河傳》　《水調歌》　《新水調》《脞説》：「《水調》、《河傳》，隋煬帝幸江都時所製。曲成奏之，聲韻怨切，王令言聞而知其不返。」《海録碎事》云：「隋煬帝開汴河，自造《水調》。」按，《水調》及《新水調》，並商調曲也。唐曲凡十一疊，前五疊爲歌，後六疊爲入破。其歌第五疊五言，調聲最爲怨切，故白居易詩云：「五言一遍最慇懃，調少情多似有因。不會當時翻曲意，此聲腸斷爲何人？」明皇幸蜀，有聽歌水調「山川滿目淚沾衣」之辭，問知爲李嶠作，感嘆。事見《本事詩》。　《泛龍舟》隋煬帝作。唐有《泛龍舟》大曲。　《望江南》《海山記》：「隋煬帝爲西苑，鑿池泛龍鳳舸，製《望江南》八闋。」後唐李德裕用其句拍，改爲《謝秋娘》。劉、白亦有作，詳後。《摩多樓子》郭茂倩《樂府》載有古詞，似北朝及隋時邊塞曲，難定爲何代。唐李白有其詞，亦見《李賀集》。　《堂堂》隋樂府有《堂堂曲》，明唐再受命也。調露初，民間有「側堂堂，撓堂堂」之謡。側，不正，撓，不安，故武后戕宗室，易唐爲周，而孝和復反正爲唐。《樂苑》曰：「唐《堂堂曲》，角調也。」

右前三十七曲，並周、隋以前之曲，在唐猶盛行者。史稱唐時清商舊曲存者止四十四曲，今自《烏夜啼》、《采桑》、《玉樹後庭花》、《堂堂》、《泛龍舟》五曲在存目重複之内，餘三十二曲則史所未載也。豈古曲行用于唐尚多，史或未盡收乎？用首録之，以存樂曲之舊。

《太和》《樂府》載有七言五叠，郭茂倩以爲羽調曲，蓋即十二和中之《太和》，以爲行節者是也。《破陣樂》

《破陣子》唐人樂曲多名「子」，後遂名「曲子」，教坊俗語然。《小秦王》即《小破陣樂》也。《上元子》《大定樂》《奉聖樂》《十二時》《萬宇清》《月重輪》

以上樂曲，出前雅樂及各朝樂中，而《十二時》以下三曲，亦含元殿熊羆部十二按所奏雅樂也，故別著之，合凡十曲云。

《傾杯曲》《樂社樂曲》《英雄樂曲》太宗内宴，詔長孫無忌製《傾杯曲》，魏徵製《樂社樂曲》，虞世南製《英雄樂曲》，並宫調。《黄驄叠曲》太宗破竇建德，乘馬名黄驄驃。及征高麗，死于道，頗哀惜之，命樂工製《黄驄叠曲》四曲，宫調。黄驄叠曲，後一名《急曲子》。《打毬樂》魏徵製。《大酺樂》商調曲，張文收造。《火鳳》《真火鳳》並羽調，始貞觀初。《穆護子》即《穆護砂》也，犯角。姚寬《叢語》云：「波斯國奉火祆神。貞觀初，有傳法穆護何録以其教入長安，作歌祀祆祠，其賽神曲也。」《崇文書目》有李燕《牧護詞》，《傳燈録》有蘇溪和尚《穆護歌》，並六言。又黄山谷云：黔中聞賽神者，夜歌五七十語，初云「聽説農家牧護」，末云「奠酒燒錢歸去」，長短不同。《道調曲》高宗自以李氏爲老子之後，命樂工製。《祈仙曲》《望仙曲》《翹仙曲》高宗敬禮嵩山道士潘師正，造此諸曲。《寶慶曲》章懷太子作。李嗣貞聞之，謂人曰：「宫不召商，君臣乖也；角與徵戾，父子疑也。死聲多且哀，若國家無事，太子任其咎。」俄而太子廢。《春鶯囀》帝曉音律，晨坐聞鶯聲，命樂工白明達寫爲此曲。《夷來賓曲》遼東平，李勣作之以獻。《越古長年曲》則天延載元年作。《如意娘曲》商調，蓋閨辭也，宋張君房以爲如意年中，后爲淫毒男子作，說近俚，不取。《挈苾兒》垂拱後，京都唱此歌，皆淫辭。後張易之兄弟並內侍，易之小字挈苾云。《突厥鹽》龍朔來，里歌有此，後則天遣閻知微入突厥，突厥挾之入寇，爲《突厥鹽》之應。《黄麞》如意年已來唱《黄麞歌》，無幾，曹仁師等與契丹戰，覆師于硤石黄麞谷。《離別難》武后朝有一士人陷冤獄，籍其家，妻配入掖庭，善吹觱篥，撰此曲以寄哀情。初名《大郎神》，蓋取良人第行也。畏人知，三易其名，曰《悲切子》，終號《怨回鶻》。《石州》中宗景龍初，知太史事迦葉志忠表稱：「受命之初，天下先歌《英王石州》。」《石州》，商調曲也。《桃花行》景龍四年春，宴桃花園，群臣畢從，學士李嶠等各獻《桃花詩》，上令宮女歌之。辭既清婉，歌仍妙絶，獻詩者舞蹈稱萬歲，上敕太常簡二十篇入樂府，號曰《桃花行》。《回波詞》商調曲，蓋出於曲水引流泛觴，後爲舞曲。中宗朝内宴，群臣多撰此詞獻佞及自要榮位，最盛行。然考《朝野僉載》楊廷玉一詞，則天時已先有之矣。《教坊記》又有《大曲回波詞》。《合生歌》中宗宴内殿，胡人襪子、何懿等唱此歌，或言妃主情貌，或列王公名質，詞至穢媟，武平一諫宜禁止，不納。《夜半樂曲》《還京樂曲》玄宗初自潞州還京師，舉兵夜半誅韋后，製此二曲。《君臣相遇樂曲》商調，太常卿韋縚作。《千秋子》《千秋樂》大曲。玄宗八月五日生，開元十七年是日，賜宴花蕚樓下，百僚表請以每年是日爲千秋節，王公以下獻鏡及承露囊，天下請咸令讌樂，著爲令。曲名以此。《舞馬傾杯曲》玄宗嘗命教舞馬四百蹄，各爲左右，分部目，衣以文繡，絡以金珠，每千秋節舞于勤政樓下，賜讌設酺，其曲謂之《傾杯樂》，凡數十叠。馬聞聲奮首鼓尾，縱横應節。又施三層板床，乘馬而上，抃轉如飛。或命壯士舉榻，馬舞其上，歲以爲常。《踏歌》《繚踏歌》並元夕歌名。玄宗嘗命張説撰《元夕御前踏歌詞》。《蘇摩遮》《潑寒胡戲》所歌，亦張説撰進，詳後舞曲下。《感皇恩》《南部新書》：「天寶十三載，始改金風調《蘇莫遮》

爲《感皇恩》。」

《于蔿》玄宗在東洛大酺，命三百里内守令率聲樂赴闕下較勝負。魯山令元德秀遣樂工數十人聯袂歌《于蔿》，其所自爲曲也。帝嘆以爲仁人之言。

《得寶子》　《得鞛子》　《胡鞛子》《國史補》云：玄宗得太真，謂宮人曰：「朕得貴妃，如得至寶。」乃製曲子曰《得寶子》，自是六宮無復進幸者。《樂府雜録》云：曲一名《胡鞛子》。《海録碎事》云：又名《得鞛子》。鞛，方孔反。

《得至寶》　《康老子》《樂府雜録》云：「長安富家子名康老子，落魄不事生計，常與國樂游處，家蕩盡。偶得一舊錦褥，波斯胡識是冰蠶所織，酬之千萬，還與國樂追歡，不經年復盡。尋卒，樂人嗟惜之，遂製此曲，名《得至寶》，亦名《康老子》也。」

《得体歌》　《得寶歌》先是，民間多唱《得体歌》，有「潭裹船車鬧，揚州銅器多」之句。及陝州得寶符，又歌《弘農得寶》。後天寶初，轉運使韋堅穿廣運潭，通吴楚諸郡貨，陝縣尉崔成甫乃翻之爲歌，其辭用得体，其曲名《用得寶》，于船頭唱之。玄宗臨觀大悦，下詔褒賞。得，傍从水，丁紇反。体从人从本，都董反。事見正史。按，《得寶子》、《得鞛子》、《胡鞛子》、《得至寶》、《康老子》與《得寶歌》，其源似皆起於《得体歌》，正史可據。《國史補》、《樂府雜録》所解俚鄙，姑存之備考。

《荔枝香》玄宗幸驪山，楊貴妃生日，命小部張樂長生殿，因奏新曲，未有名，會南方進荔枝，因名曰《荔枝香》。

《清平調》帝與貴妃幸興慶宮沉香亭，會木芍藥初開，梨園弟子奏樂，上曰：「賞名花，對妃子，焉用舊曲？」宣李白進《清平調》三章，令李龜年等約略調撫絲竹，上自吹玉笛倚曲。《清平調》爲三調中之清調平調，古《房中》遺聲也。

《宮中行樂詞》亦命李白撰。

《一斛珠》初，梅妃極承寵愛，後爲太真所奪，遷上陽宮，妃怨慕，帝亦每念之。一日，有夷使貢珠，命封一斛賜之。妃不受，獻詩，上覽之悵然，令樂府以新聲度其詩，號《一斛珠曲》。

《春光好》明皇製，互見羯鼓内。

《金華》　《洞真》　《流芳菲》《會要》：「天寶十三載，改諸樂名，有此諸曲，立石刊太常寺。」

《王昭君》《五更轉》《萬歲長生》《飲酒》《鬥百草》《思歸樂》商調，亦犯角。《會要》：「太常梨園別教院法曲，有此六曲。」

《赤白桃李花》《望瀛府》《獻仙音》《聽龍吟》《碧天雁》《獻天花》按，明皇嘗製法曲四十餘。以上六曲見《陳氏樂書》。法曲本隋樂，其音清而近雅，煬帝厭其聲澹，曲終復加解音。明皇酷愛之，選子弟教之梨園，當時稱《梨園法曲》也。

《婆羅門》商調曲。開元中，西涼府節度楊敬述進。

《霓裳羽衣曲》《樂苑》：玄宗製《霓裳羽衣曲》十二遍。凡曲終必遽，唯霓裳羽衣曲將畢，引聲益緩。《逸史》：「帝與術士羅公遠遊月宮，見仙女數百，皆素練霓裳羽衣舞，問其曲，曰《霓裳羽衣》。帝默記其音而還，故作是曲。」鄭嵎《津陽門詩》注：「帝月宮聞仙樂，但記其半，於笛中寫之。會西涼進《婆羅門曲》，與其聲調相符，遂以月中所聞爲之散序，用敬述所進曲作爲腔，名《霓裳羽衣曲》云。」

《望月婆羅門》《拂霓裳》二曲見《教坊記》。

《涼州》宮調大曲。有《大遍》、《小遍》。西涼府都督郭知運撰進。初，涼州進新曲，明皇命諸王於便殿觀之。曲終，諸王皆稱萬歲，獨寧王不賀。明皇詢其故，寧王曰：「夫曲者，始于宮，散于商，成于角、徵、羽。臣見此曲宮離而少徵，商亂而加暴。宮者君也，商者臣也。宮不勝則君體卑，商有餘則臣事僭。臣恐異日臣下有悖亂之事，陛下有播越之禍，兆于斯曲矣。」其先見如此。

《伊州》商調大曲，前五疊，入破五疊。開元中西涼節度蓋嘉運進。

《甘州子》《甘州大曲》羽調。

《胡渭州》商調曲。唐有兩渭州，一屬關内，一屬隴右。此出隴右渭州，爲近邊地，故以胡渭州別之。開元中，樂工李龜年、鶴年兄弟尤妙製《渭州》。《五行志》云：「天寶樂曲，多以邊地爲名，其曲遍繁聲名《入破》。安、史亂，西幸後，其地盡爲吐蕃所没破，乃其兆也。」洪容齋曰：「今樂府所傳大曲，皆出于唐，而以州名者五：《伊》、《涼》、《熙》、《石》、《渭》也。《涼州》今轉爲《梁州》，唐人已多誤用。」按唐《地理志》，涼州屬隴右道，盡古雍、梁二州之境。用之非誤。

《陸州》曲有《大遍》、《小遍》。又有《簇拍陸州》。按，唐邊地無陸州。嶺南雖有其州，名與此不合。惟寧朔境所置降胡州，魯、麗、含、塞、依、契，時稱爲六胡州，陸字或六之誤也。宋人瞽曲，用《六州・大遍》，疑即此。俟博識者審之。

《玄真道曲》《大羅天曲》《紫清上聖道曲》《景雲曲》《九真曲》《紫極曲》《小長壽曲》《承天樂曲》《順天樂曲》玄宗末年，寖好神仙之事，詔道士司馬承禎製《玄真道曲》，茅山道士李會元製《大羅天曲》，工部侍郎賀知章製《紫清上聖道曲》。太清宫成，太常韋縚又製《景雲》等六樂曲。

《凌波曲》《太平廣記》：「玄宗東都晝寢，夢凌波池中龍女拜床下，帝爲鼓胡琴，拾新舊之聲，爲凌波曲，龍女再拜而去。及覺，命禁樂習而翻之，奏池上，龍女復見，因置廟歲祀之。」按：此似附會興慶祀龍池之事者，説未可據，姑存備考。

《謫仙怨》玄宗幸蜀，行次駱谷，謂高力士曰：「吾不用張九齡之言，至此。」索長笛吹一曲，潸然流涕。後有司録成譜以進，且請曲名，上曰：「吾因思九齡，可名此曲爲《謫仙怨》。」其音怨切，諸曲莫比。人自西川傳得者，無由知其本事，但呼爲《劍南神曲》。

《雨霖鈴》帝幸蜀，入斜谷棧道，屬霖雨彌旬，聞鈴聲與山相應，悼念貴妃，因採其聲爲《雨霖鈴曲》以寄恨。時獨梨園善觱篥樂工張徽從至蜀都，以其曲授之。洎至德中，復幸華清宫，從官嬪御，皆非昔人，帝於望京樓令徽奏此曲，不覺悽愴流涕。後入法部，有大曲。

《渭城》《陽關》本王維送人使安西詩，後被于歌，所云「更與慇懃唱渭城」與「聽唱陽關第四聲」是也。

《想夫憐》羽調曲。白居易詩「嘗愛夫憐第二句，倩君重唱夕陽開」，王維「秦川一半夕陽開」是也。又有《簇拍想夫憐》。《國史補》云：「司空于頔以樂曲有《想夫憐》，其名不雅，將改之。客曰：『南朝相府曾有瑞蓮，故歌爲《相府蓮》，後人語訛耳。』」《樂府解題》遂用其説。」按：此亦客之曲逢頔指，妄爲之説耳。假果名《相府蓮》，豈不尤爲不雅乎？

《山鷓鴣》《韻語陽秋》：「李白有聽此曲詩：『清風動窗竹，越鳥起相呼。』蓋其曲效鷓鴣之聲爲之。」

《九曲詞》《營州歌》並高適作，歌塞上事。九曲，取黄河九曲爲名。漢李尤、晉傅玄《九曲歌》七言二句者，大指自嘆年歲晚暮，非適詞所本也。《河滿子》「河」一作「何」。白樂天云：「開元中，滄州何滿犯罪繫獄，撰此曲進，四辭八疊，其聲哀斷，鞫獄者爲奏，明皇不許，竟坐刑。」元微之《何滿子歌》云：「何滿能歌能宛轉，天寶年中世稱罕。嬰刑繫在囹圄間，下調哀音歌憤懣。梨園弟子奏玄宗，一唱承恩羈網緩。便將何滿爲曲名，御譜親題樂府纂。」與白説稍殊。《長命女》羽調曲，亦名《長命西河女》。大曆中，有樂工加減其節奏爲新聲，將軍韋青令家姬張紅紅暗記其拍。紅紅後入宜春院，宮中號記曲娘子，聞青死，慟絶。《漁父引》玄真子張志和作。《欸乃曲》欸音哀。乃，如字讀。棹船相應聲。元次山有《欸乃曲》。《永新婦》《御史娘》《柳青娘》《桂苑叢集》云：「國樂有《永新婦》、《御史娘》、《柳青娘》，皆一時之妙。」今按，永新乃開元中宜春院内人許和子，御史娘乃貞元時宮中御史娘子田順，皆以善歌聞，詳見《樂府雜録》。柳青娘者，豈亦歌妓之名，後遂沿爲曲名歟？《章臺柳》韓翃從辟淄青，姬柳氏置都下，值盜覆兩京。數歲，翃遣使間行求之，以練囊盛金，題此詞爲寄，柳亦和其詞酬。柳後陷身番將沙吒利，翃入朝，復取得完聚。《成德樂》大曆中王表有其詞。《樂世》《急樂世》《六么》《樂世》，羽調曲。初，唐人賀朝詩，有「上客無勞散，聽歌樂世娘」。《張説集》亦有《樂世詞》。初，貞元中，樂工進曲，德宗命録出要者，因名爲《録要》，《唐書》所謂《録要雜曲》是也。後語譌爲《緑腰》，又作《六么》。白樂天《聽六么》詩云：「管急絲繁拍漸稠，六么宛轉曲終頭。誠知樂世聲聲樂，老病人聽未免愁。」觀此知《樂世》亦《録要》中一曲也。《團雪散雪曲》貞元中，駙馬王士平與義陽主反目，帝兩幽之，不令相見。舉子蔡南史、獨孤申叔爲義陽子歌詞，有二曲，言其離處之狀。上聞而惡之，欲罷科舉，後流南史而止。《拜新月》吉中孚妻張氏有詞。《皇帝感》《教坊記》有此曲名。《盧綸集》有《皇帝感詞》。《天長地久詞》亦見《盧綸集》。其和聲云：「天長久，萬年昌。」《萬歲樂曲》憲宗朝，汴州劉弘撰《聖朝萬歲樂譜》三百首進。　《金縷衣》李錡常唱此詞。　《楊柳枝》即古之《折楊柳》。段安節以爲始于白傅者，以其詞至白盛行也。白詩云：「六么水調家家唱，白雪梅花處處吹。古歌舊曲君休聽，聽取新翻楊柳枝。」而永豐一闋，至達禁中，爲尤著云。　《桂華曲》居易感蘇州東城古桂作，音韻怨切，聽輒動人。　《浪淘沙》居易與劉禹錫並有作。

《捲白波》居易云：「飲酒曲也。」　《掃市舞》楊虞卿善歌此詞，白樂天哭之，有「何日重聞掃市歌」之句。宋潘閬謫信州，戲爲《掃市舞詞》云：「出砒霜，價錢可，贏得撥灰兼弄火，暢殺我。」其遺調也。　《羅嗊曲》一名《望夫歌》。羅嗊，古樓名，陳後主所建。元稹廉問浙東，有妓女劉采春，自淮甸而來，能唱此曲，閨婦行人，聞者莫不漣泣。《竹枝子》《竹枝》本出巴渝，其音協黄鍾羽，末如吴聲。有和聲，七字爲句。破四字，和云「竹枝」；破三字，又和云「女兒」。後元和中，劉禹錫謫其地，爲新詞，更盛行焉。　《三閣詞》劉禹錫作，詠陳後主起臨春、結綺、望仙三閣置三妃嬪事，吴聲曲。　《杜韋娘》《教坊記》有其曲名。劉禹錫詩：「春風一曲杜韋娘。」言妓人歌《杜韋娘》曲，非指妓人名也。《拋毬樂》酒筵中拋毬爲令，其所唱之詞也。禹錫亦有作。　《紇那曲》亦見《禹錫集》。按：紇那，樂府不著所出，今考天寶中崔成甫所翻《得体歌》，有「得体紇那也，紇囊得体那」之句，豈其所本歟？　《文叙子》長慶中，俗講僧文叙善吟經，其聲宛暢，感動里人，樂工黄米飯狀其念四聲「觀世音菩薩」，乃撰此曲。　《思帝鄉》令狐楚有《坐中聞思帝鄉有感》詩。　《花遊曲》《李賀集》，寒食日諸王妓遊，賀賦此曲，與妓彈唱。按賀本傳，樂府數十篇，雲韶諸工皆合之絃管。是知賀曲辭入樂爲多，惜不能明，姑録此以例其餘。　《刮骨鹽》權德輿詩：「含羞斂態勸君住，更奏新聲刮骨鹽。」按，鹽曲自六朝人有《昔昔鹽》，後曲稱鹽者不一，詳後《西戎樂》注。　《仙韶法曲》　《上雲》　《自然真仙》

《明明》〔二〕《難思》《平珠》《無爲》《有道》《調元》《立政》《獻壽》《高明》《聞天》《儀鳳》《同和》《閑雅》《多稼》《金鏡》文宗好雅樂，鄙《鄭》、《衛》之音，嘗采開元雅樂，製《雲韶樂章》《上雲》等二十曲，及《霓裳羽衣舞曲》。後改雲韶院爲仙韶院，曲亦以仙韶名。嘗按樂，謂大臣曰：「笙磬同音，沈吟忘味，不圖爲樂，一至于斯。」自是臣下功高者輒賜之。

《憶秦郎》　《憶秦娥》一名《秦樓月》，一名《雙荷葉》。文宗宫人阿翹善歌，出宫嫁金吾衛長史秦誠。誠出使新羅，翹思念，撰小詞名《憶秦郎》。誠亦於是夜夢傳其曲拍，歸日合之無異。後有《憶秦娥》，或即出此。《莊嶽委談》云：「詩餘中《憶秦娥》、《菩薩蠻》稱最古，以詞出太白也。」余謂太白在當時，直以風雅自任，即近體盛行，七言律鄙不肯爲，寧屑事此？且二詞雖工麗，而氣衰颯，於太白超然之致，不啻穹壤。殆晚唐人詞，嫁名于白耳。《菩薩蠻》見後。

《萬斯年曲》會昌初，宰相李德裕製獻，即《天仙子》調也。

《謝秋娘》《夢江南》《憶江南》《江南好》李德裕鎮浙日，悼亡妓謝秋娘，用隋煬所作《望江南》調撰《謝秋娘曲》，後仍從本名，亦曰《夢江南》。白樂天作此詞，改爲《憶江南》。後人又因樂天首句，以《江南好》名之。劉禹錫亦有作。凡曲名遞改换，多如此。

《閑中好》會昌中，段成式與鄭符、張希復遊長安永壽寺，嘗同作此詞。

《播皇猷曲》　《蔥嶺西曲》《新霓裳羽衣曲》《泰邊陲曲》宣宗妙音律，内殿賜讌，多自裁新曲，俾禁中女伶，遞相教授。有曰《播皇猷》者，率高冠、方

〔二〕「明明」，原本闕第二字，《武英殿聚珍版叢書》本《唐會要》卷三十三「諸樂」：「上雲曲、自然真仙曲、明明曲、難思曲、平珠曲、無爲曲、有道曲、調元曲、立政曲、獻壽曲、高明曲、開天曲、儀鳳曲、同和曲、閑雅曲、多稼曲、金鏡曲。（諸樂並不言音調數目。）」據補。

履、褎衣、博帶，趨走俯仰，皆合規矩，于于然有唐、虞之風焉。有曰蔥西士女踏歌隊者，率言蔥嶺之士，樂河、湟故地歸國，復爲唐民也。《霓裳曲》者，皆執節幡，被羽服，態度凝澹，飄飄然，有翔雲舞鶴見左右。如是數十曲，流傳民間。《泰邊陲曲》有辭云：「海岳晏咸通。」後懿宗繼統，年號適紀咸通，人以其爲讖云。

《菩薩蠻》《杜陽雜編》云：「大中初，女蠻國入貢。其人危髻金冠，瓔珞被體，人謂之菩薩蠻。當時倡優遂製《菩薩蠻曲》，文士亦往往聲其詞。」《温庭筠傳》亦有宣宗愛唱《菩薩蠻》之説，知此詞出于唐之晚季。今《李太白集》有其詞，後人妄托也。按：《杜陽》謂倡優見菩薩蠻製曲，其説亦未盡，當是用其聲音節奏耳。考南蠻驃國嘗貢其國樂，其樂人冠金冠，左右珥璫，絛貫花鬘，珥雙簪，散以毳，如女飾，而其國亦在女王蠻西南，故當時或以爲女蠻。且其曲多佛曲，具在後簡《夷樂部》，則其稱爲《菩薩蠻》，尤可信。凡曲名有稱《女王國》、《穿心蠻》、《八拍蠻》者，皆出蠻中曲調，以意求之可得。此詞後一名《重疊金》，一名《子夜歌》。

《新添聲楊柳枝》温庭筠作。時飲筵競歌，獨女優周德華以聲太浮艷不取。

《感恩多》李群玉詩：「惟有管絃知客意，分明唱出感恩多。」

《道調子》懿宗解音律，一日命樂工吹觱篥，初弄道調，上謂是曲誤，拍之。樂工乃依其節奏撰曲，名爲《道調子》。

《嘆百年曲》懿宗篤愛同昌公主，薨後思念不已，伶人李可及造此曲。餘詳舞曲内。

《別趙十》《憶趙十》李可及能歌《別趙十》、《憶趙十》。可及轉喉爲新聲，須臾變態百數，京師效之，呼爲拍彈。

《昇平樂》商調，見《薛能集》。

《金鎖曲》僖宗朝，内製袍千領，賜塞外吏士。神策將軍馬直於袍中絮得金鎖一枝，詩一首，爲人所告，奏聞，帝令直赴闕，以宮人賜爲妻。有情者爲《金鎖曲》，流於世。

《讚成功曲》昭宗劉季述之變，鹽州雄毅軍使孫德昭有反正功，光化四年正月宴保寧殿，上自製此曲以褒之。

《永遇樂》杜秘書工小詞，鄰女酥香能諷才人歌曲，悦而奔之。事發，杜流河朔，述此决别。女持紙三唱而死。見《錦繡萬花谷》，云唐人。

附：《百年歌》《五代史》：晉王克用破孟方立還，置酒三垂崗，伶人奏《百年歌》，至于衰老之際，聲辭甚悲，坐上皆悽愴，克用慨然捋鬚，指其子存勗而嘆：「後二十年，其能代我戰於此乎？」後存勗果于三垂崗破梁軍，凱旋告廟。　《如夢令》唐莊宗修内苑，掘得斷碑，有詞云：「曾宴桃源深洞，一曲舞鸞歌鳳。長記別伊時，和淚出門相送。如夢，如夢，殘月落花烟重。」名《宴桃源》。莊宗使樂工入律歌之，又使翰林作數篇，後人改爲《如夢令》。按：莊宗知音，能度曲，自爲優，名曰李天下。至今汾、晉之俗，往往能歌其聲，通謂之「御製曲」。　《檀來歌》周世宗伐南唐，軍中製。《念家山》《念家山破》《邀醉舞破》《恨來遲破》南唐後主翻舊曲爲《念家山破》，其音焦殺，名尤不祥，識者以爲亡徵。后周氏，尤善音，復作《邀醉舞》、《恨來遲新破》，皆行于時。　《嵇康》江南曲，後主所製。國亡後，有薛九能歌之。見王銍《侍兒小名録》。　《醉妝詞》蜀後主衍，宮中裹小巾，其尖如錐。宮妓多衣道服，簪蓮花冠，施胭脂夾臉，號醉妝。作此詞。　《銀漢曲》衍舟巡閬中，自製《水調銀漢曲》命工歌之。又嘗自製《甘州詞》，令宮人歌之。其詞哀怨，聞者悽愴。　《還鄉歌》吴越錢鏐游衣錦軍製。　《道家步虛詞》唐以前多五言，其破爲長短句，自李德裕始。并附。

以上大小曲一百七十九曲，有年代題義可考。略著其説如右。

《祓禊曲》　《嘆疆場》宫調。　《濮陽女》羽調。　《回紇》商調。　《柘枝引》羽調。　《柘枝大曲》　《團亂旋》三曲互見舞曲内。　《戎渾》　《塞姑》　《鎮西樂》　《鎮西子》　《蓋羅縫》「蓋」一作「合」。　《雙帶子》　《崑崙子》　《金殿樂》　《墻頭花》　《戰勝樂》　《劍南臣》　《征步郎》　《水鼓子》「鼓」一作「沾」。　《浣沙女》　《醉公子》　《一片子》　《南歌子》　《八拍蠻》　《達摩支》　《鳳歸雲》以上曲名見《樂府詩集》。　《和風柳》　《美唐風》　《透碧空》　《巫山女》　《度春江》

《衆仙樂》《龍飛樂》《長慶樂》《慶雲樂》《繞殿樂》《泛舟樂》《放鷹樂》《放鶻樂》《天下樂》《大明樂》《同心樂》《黄鍾樂》《賀聖朝》《泛玉池》《迎春花》《鳳樓春》《負陽春》《帝臺春》《繞池春》《滿園春》《柳含烟》《替楊柳》《倒垂柳》《浣溪沙》《撒金沙》《紗窗恨》《金簑嶺》《隔簾聽》《恨無媒》《望梅花》《好郎君》《紅羅襖》《摘得新》《北門西》《煮羊頭》《河瀆神》《二郎神》《醉鄉遊》《醉花間》《燈下見》《醉思鄉》《太白星》《剪春羅》《會嘉賓》《當庭月》《歸國遥》《戀皇恩》《憶先皇》《聖無憂》《戀情歡》《戀情深》《憶漢月》《定風波》《木蘭花》《更漏長》《破南蠻》《芳草洞》《守陵宫》《臨江仙》《虞美人》《映山紅》《獻忠心》《卧沙堆》《怨黄沙》《遐方怨》《怨胡天》《送征衣》《送行人》《望梅愁》《阮郎迷》《牧羊怨》《羅裙帶》《同心結》《一捻鹽》《阿也黄》《劫家雞》《緑頭鴨》《下水船》《留客住》《喜長新》《羌心怨》《女王國》《天外聞》《賀皇化》《五雲仙》《滿堂花》《南天竺》《定西番》《西國朝天》《荷葉杯》《感庭秋》《月遮樓》《西江月》《上行杯》《喜春鶯》《大獻壽》《鵲踏枝》《萬年歡》《曲玉管》《謁金門》《巫山一段雲》《西河獅子》《西河劍氣》《儒士謁金門》《武士朝金闕》《操工不下》《麥秀兩岐》《摭言》載朱梁封舜卿使蜀，好唱麥秀兩岐事，亦不言何調。《金雀兒》《滻水吟》《玉搔頭》《鸚鵡杯》《路逢花》《初漏滿》《相見歡》《遊春苑》《訴衷情》《折紅蓮》《洞仙歌》《喜回鑾》《喜秋天》《静戎烟》《普恩光》《蘇合香》《七星管》《朝天》天竺伎有朝天舞曲，不知即此否？《看月宫》《宫人怨》《駐征遊》《泛濤溪》《胡相問》《帝歸京》《喜還京》《遊春夢》《留諸錯》《黄羊兒》《花黄發》《望遠行》《思友人》《唐四姐》《上韻》《中韻》《下韻》《木笪》《八拍子》《漁歌子》《十拍子》《措大子》《風流子》《吴吟子》《生查子》《胡醉子》《山花子》《水仙子》《緑鈿子》《金錢子》《赤棗子》《心事子》《胡蝶子》《沙磧子》《酒泉子》《迷神子》《得蓬子》《剉碓子》《麻婆子》《紅娘子》《歷刺子》《北庭子》《劍器子》《獅子》《女冠子》《仙鶴子》《贊普子》《蕃將子》《回戈子》《帶竿子》《摸魚子》《南鄉子》《大吕子》《南浦子》《撥棹子》《曹大子》《引角子》《隊踏子》《化生子》《金娥子》《捨麥子》《多利子》《毘砂子》《西溪子》《劍閣子》《嵇琴子》〔二〕《莫壁子》《胡攢子》《唧唧子》《玩花子》大曲。《踏金蓮》《薄媚》《賀聖樂》《胡僧破》《平翻》《相馳逼》《大寶》《吕太后》《一斗鹽》《羊頭神》《大姊》《舞大姊》《急月記》《斷弓絃》《碧霄吟》《穿心蠻》《羅

〔二〕清内府本、《四庫》本以下闕。

步底》《千春樂》《龜茲樂》《醉渾脱》《映山雞》《四會子》《昊破》《舞春風》《迎春風》《看江波》《寒雁子》《又中春》《玩中秋》《迎仙客》《同心結》以上曲名見《教坊記》。《雙吹管》《東飛凫》《花成子》《月成弦》《孤獨怨》《金吾子》六曲見《甫里集》。《玉樓春》《蕃女怨》《玉蝴蝶》《更漏子》四曲見温庭筠詞。《更漏子》疑即前《更漏長》。《應天長》《江城子》一名《江神子》。《喜遷鶯》《小重山》四曲見韋莊詞。《薄命女》一名《長命女》。《採桑子》一名《羅敷令》，一名《醜奴兒》令二曲名，見和凝詞。《搗練子》《阮郎歸》一名《醉桃源》，一名《碧桃春》。《賣花聲》即《浪淘沙》，亦名《曲冥》。《蝶戀花》四曲見李後主詞《歸國謡》《薄命妾》《點絳唇》《思越人》《金錯刀》一名《醉瑶瑟》。《芳草渡》《壽山曲》七曲見馮延巳《陽春集》。又《蜀檮杌》云，蜀主衍嘗執板自唱《思越人詞》。《滿宮花》見張佖詞。《醉花間》《中興樂》《月宮春》《接賢賓》四曲見毛文錫詞。《望江怨》見牛嶠詞。《三字令》《賀明朝》一曲見歐陽炯詞。《杏園芳》見尹鶚詞。《南柯子》一名《風蝶令》，一名《望秦川》見毛熙震詞。《擷芳詞》《古今詞話》以爲唐曲。《後庭怨》宋建隆中掘得石刻有此詞，《花草粹編》以爲唐曲。

右二百九十七曲，題義無考。其録自《樂府詩集》者，多譜初、盛唐人絶句詩爲曲。録自《教坊記》者，律絶詩及填詞爲曲者互有之。録自温、韋以下集者，並止是填詞。先後撰曲年代似約略可推，然亦不敢妄爲定云。

唐音癸籤卷十四

海鹽胡震亨遯叟著

樂通三

琴曲

高宗《白雪曲》顯慶中，帝以琴曲失傳，令有司修習。太常丞吕才言：「琴曲本宜合歌，請依琴中舊曲，以御製雪詩爲《白雪歌辭》。又古今樂府奏正曲後，復有送聲，亦君唱臣和之義。請以群臣長孫無忌、于志寧、許敬宗等所和詩爲送聲，合十六節。」帝善之。乃命太常著於樂府。才復譔《琴歌》、《白雪》等曲，帝亦製歌詞十六，皆著樂府。　玄宗《金風樂》

《黄鍾羽調曲》《崇文書目》，帝有《金風樂弄》一卷，載琴音第一、第二、第三拍宫調指法。又《黄鍾羽調》一首附卷。

盧照鄰《明月引》　沈佺期《霹靂引》　張説《鳳歸來》集稱《琴歌》，不著其名所自。　李白《雉朝飛操》《雙燕離》琴歷，河間新歌，有其曲名。《飛龍引》　《山人勸酒》　《幽澗泉》　顧況《幽居弄》蔡邕《五弄》之一也。　《龍宫操》況自叙大曆初在滁州大水作。　劉商《胡笳十八拍》自序：「擬董庭蘭《胡笳弄》作。」

李頎有《聽庭蘭彈胡笳歌》。　韓愈《拘幽操》《越裳操》《岐山操》《履霜操》《雉朝飛操》《猗蘭操》《將歸操》《龜山操》《殘形操》《别鶴操》　鮑溶《湘妃列女操》　孟郊《列女操》　李賀《走馬引》即樗里牧恭所造《天馬引》。　《渌水辭》蔡邕《五弄》之一。　劉禹錫《飛鳶操》　李約《東杓引》約患琴家無角聲，乃造《東杓引》七拍，有麟聲繹聲，以備五音。　張祜《思歸引》即衛賢女邵所造《離居操》也。　李群玉《昇仙操》　陳康士《琴曲》一百章　《宫調》二十章　《商調》十章　《角調》五章　《徵調》七章　《楚調》五章　《黄鍾》二十章　《離憂》七章　《沈湘》七章　《側蜀》七章　《縵角》七章　《玉女》五章康士字安道，以善琴知名。　進士姜阮、皮日休皆爲序以述其能。　蕭祜《無射商》九調祜因胡笳創。　僧皎然《風入松》操始嵇康。　郎大家《宋氏宛轉歌》王敬伯遇神女所歌曲。

琴曲在古有五曲、九引、十二操、二十一雜歌，作者相繼，名目寖繁。唐自高宗製曲以來，文士所作操引，多擬古曲爲名，可考見者有此。其他名同琴曲，非必譜於琴者，不概録。於時楚、漢舊聲，傳授猶存，一代精此藝者，自趙耶利、董庭蘭、賀若夷、若夷，文宗時琴待詔，文宗嘗聽其曲，嘉賞之，賜緋。人因稱其曲爲《賜緋調》。　鄭宥以及楊子儒、王敬遨之輩，不可指數。而斲製之妙，京師樊、路，蜀雷、郭，吴沈、張諸氏外，汧公之響泉、韻磬，晉公之大、小忽雷，尤擅爨焦珍譽。聊用附記云。

羯鼓曲

太簇宫曲　《色俱騰》《耀日光》《乞婆娑》《大勿》《大通》《舞山香》《羅犁羅》《蘇莫賴耶》《俱倫僕》《阿個盤陀》《蘇合香》《藏鈎樂》《春光好》《無首羅》《鶻嶺鹽》《疏勒女》《要殺鹽》《通天樂》《萬載樂》《景雲》《紫雲》《承天樂》《順天樂》

太簇商曲　《蘇羅》《㮈利梵》《大借席》《耶婆色雞》《堂堂》《半社渠》《君王盛神武》《赫赫君之明》《大鉢樂背》《大沙野婆》《破陣樂》《黄駿蹄》《放鷹樂》《英雄樂》《思歸》《憶新院》《西樓送落月》《㩧霜風》《九成樂》《傾杯樂》《百歲老壽》《還城樂》《打毬樂》《飲酒樂》《舞厥麽賦》《太平樂》《大酺樂》《大寶樂》《聖明樂》《婆羅門》《尌加那》《萬歲樂》《秋風高》《回婆樂》《夜半擊羌兵》《香山》《優婆師》《匝天樂》《禪曲》《渡積破虜迴》《五更囀》《黄鶯囀》《大定樂》《越殿》《須婆》《鉢羅背》《大秋秋鹽》《栗時》《突厥鹽》《踏蹄長》

太簇角曲　《大蘇賴耶》《大春楊柳》《大東祇羅》《大郎賴耶》《即渠沙魚》《大達麽支》《俱倫毗》《悉利都》《移都師》《阿䳮鸚鳥歌》《飛仙》《楊下採桑》

《西河師子》《三臺》《舞石州》《破勃律》

徵羽調與胡部失載。

諸佛曲調　《九仙道曲》《盧舍那仙曲》《御製三元道曲》《四天王》《半閣磨奴》《失波羅辭見柞》《草堂富羅》二曲　《于門燒香》《寶頭伽》《菩薩阿羅地舞曲》《阿彌陀大師曲》

大食曲　《雲居》《九巴鹿》《阿彌羅衆僧曲》《無量壽》《真安曲》《雲星曲》《羅利兒》《芥老雞》《散花》《大燃燈》《多羅頭尼摩訶鉢》《婆娑阿彌陀》《悉馱低》《大統》《蔓度大利香積》《佛帝利》《龜茲大武》《僧個支婆羅樹》《觀世音》《居麼尼》《真陀利》《大與》《永寧賢者》《恒河沙》《江盤無始》《具作》《悉家牟尼》《大乘》《毗沙門》《渴農之文德》《菩薩緱利陀》《聖主興》《地婆拔羅伽》《南山起雲》《北山起雨》二曲宋璟造。

按，羯鼓，龜兹、高昌、疏勒、天竺部之樂。狀如漆桶，下承以牙床，用兩杖擊之，其聲焦殺鳴烈，合太簇一均。玄宗素達音律，尤善於此，稱之爲「八音領袖」。嘗遇春旦初晴，柳杏將吐，嘆曰：「對此景物，豈可不與他判斷？」取羯鼓縱擊《春光好》一曲，顧柳杏皆已發拆矣。笑謂嬪嬙内官：「此一事不唤我作天公，可乎？」又製《秋風高》，每至秋風迴徹，纖翳不起，即奏之，必遠風徐來，庭葉紛下，其妙絶如此。時汝陽王璡，帝兄寧王子，帝愛而以羯鼓授之。璡嘗戴砑絹帽打曲，上自摘紅槿花一朵，置於帽上，奏《舞山香》一曲，而花不墜，帝誇賞其能。蓋羯鼓難在頭項不動。宋開府璟嘗與帝論之云：「頭如青山峰，手如白雨點。」「山峰」取不動，「雨點」取碎急，正此。前諸曲調，載南卓《録》。内九十二曲，帝所親製，餘亦並開元、天寶時曲。緣此樂本出戎羯，故以夷語爲名者居多，大半有聲無辭，其譜然也。是器所重，在棬與杖。棬鐵貴精鍊至匀，開元供御者，人多傳寶。亦有養杖木脊溝中二十年，取其絶濕氣復柔膩者。一時人主好尚，達官雅士，相傚求精工至此。後曲調寖失傳，如務本里樂工打《耶婆色雞曲》，失結尾之類，時有之。至宋而古曲益不存，唯邠州一父老能之，中有《大合蟬》、《滴滴泉》之曲。其人死，羯鼓遺音遂絶。

琵琶曲

《勝蠻奴》　《火鳳》　《傾杯樂》貞觀中，裴神符作此三曲，聲度清美，太宗深悦之，盛行於時。　《鬱輪袍》王維覓解，岐王引入公主第彈此曲。　《八十四調》賀懷智譜。懷智，開元梨園弟子。《連昌宫辭》：「夜半月高絃索鳴，賀老琵琶定場屋。」　《西凉州》段和尚製。即《道調凉州》也，亦謂之《新凉州》。段，莊嚴寺僧，名善本，爲唐琵琶第一藝。　《新翻羽調緑腰》　《楓香調》貞元中，有康崑崙善琵琶，因兩市祈雨鬥樂，崑崙登東街綵樓，彈一曲《新翻羽調緑腰》，必謂無敵。街西亦於綵樓上出一女郎，抱樂器，先云：「我亦彈是曲，兼移在《楓香調》中。」下撥，妙絶入神，崑崙驚愕，即拜請爲師。女郎更衣出，乃段師也。翌日，德宗召入内，因令教授崑崙。段師奏曰：「且遣崑崙不近樂器十餘年，候忘本態，然後可教。」詔許之。後果盡段師之藝。《玉宸宫調》《凉州宫調》，有《大遍》、《小遍》。小者，貞元初康崑崙翻入琵琶，以初奏玉宸殿，故有此名。合諸樂即黄鍾宫調也。《蕤賓調》《散水調》《白集・謝曹供奉琵琶新調譜寄家妓》詩云：「蕤賓掩抑嬌多怨，散水玲瓏峭更清。」《薄媚》劉禹錫詩：「一聽曹剛彈薄媚，人生不合出京城。」《楊下採桑》

《雀啅蛇》《胡王調》《胡瓜苑》王沂生不解絃管。忽旦睡，至夜迺寤，索琵琶絃之，成諸曲，人不識聞，聽之者莫不流涕。其妹清學之，總不成。事見《朝野僉載》。《道調宫》

昭宗末，内供奉關小紅爲梁祖强彈之，意不得而殂。

《玉宸宫》《夷則宫》《神林宫》《蕤賓宫》《無射宫》《玄宗宫》《黄鍾宫》《散水宫》《仲呂宫》《商調》《獨指》《泛清商》《好仙商》《側商》《紅綃商》《抹商》《玉仙商》《角調》《雙調角》《醉吟角》《大呂角》《南呂角》《中呂角》《高大殖角》《蕤賓角》《羽調》《鳳吟羽》《背風香》《背南羽》《背平羽》《應聖羽》《玉宫羽》《玉宸羽》《風香調》《大呂調□曲》《凉州》《伊州》《胡渭州》《甘州》《緑腰》《莫靼》《傾盃樂》《安公子》《水牯子》《阿濫泛》《湘妃怨》《哭顔回》王蜀節使王保義女，適荆南高從誨子保節。嘗夢異人授琵琶諸調，其曲自《凉州》下二百餘，因刊石以傳。事見《北夢瑣言》。意王素善琵琶，托諸夢以神之，如前王沂耳。所異者徵調中有《湘妃怨》、《哭顔回》。世人琵琶多不彈徵調，未解爲何？

琵琶始自烏孫公主造，馬上彈之，自下逆鼓曰琵，自上順鼓曰琶。舊皆用木撥。貞觀中，裴洛兒始廢撥用手，所謂搊琵琶者是也。開元中，賀懷智以鵾雞筋作絃，用鐵撥彈之，而段師善本亦云用皮絃，撥聲如雷。自後則曹保有子善才，善才有子綱，皆習此藝。次有裴興奴，與綱同時。曹善運撥，興奴長攏撚，詩人多詠之者。其琵琶曲調，沈存中云：「懷智有譜，以爲八十四調內，黄鍾、太簇、林鍾三宫聲，絃中彈不出，須管色定絃。其餘八十一調，皆以此三調爲準，更不用管色。元稹詩有『琵琶宫調八十一，三調絃中彈不出』，謂此也。」今聊録唐人傳記所見曲名，備大略云[一]。沈云：「如今之調琴，須先用管色合字定宫絃，乃以宫絃下生者，隔二絃，上生者，隔一絃取之。凡絃聲皆當如此。」今人苟簡，不復以絃管定聲，故其高下無準，出於臨時。懷智《琵琶譜》，調格與今樂全不同。唐人樂學精深，尚有雅律遺法。

箏曲

《迎君樂》正商調二十八疊。《槲林嘆》分絲調四十四疊。《秦王賞金歌》小石調二十八疊。《廣陵散》正商調二十八疊。《行路難》正商調二十八疊。《上江虹》正商調二十八疊。《晉城仙》小石調二

[一]「大」，原本作「太」，據《四庫》本改。

十八疊。《絲竹賞金歌》小石調二十八疊。《紅窗影》雙柱調四十疊。《思歸樂》

唐善箏者，開元中内人薛瓊瓊，元和至太和李青青、龍佐，大中以來有常述本及史從、李從周。惟曲名不概見。此則大和中廣陵倡崔氏女夢其亡姨葹奴所傳者，見《冥音録》。豈亦如琵琶夢授故事，借托之以神其藝也歟？何事之恰符而疊見也！

笛曲

《悲風》等二十四曲　《歡樂樹》等二十四曲　《關山月》　《折楊柳》　《落梅花》　《紫雲迴》明皇遊月宫，聞上清樂曲，歸而以玉笛寫之，因名。載樂章，令太常刻石。《阿濫堆》驪山有禽，名阿濫堆。明皇銜玉笛，採其聲翻爲曲，遠近效之。張祜詩「至今風俗驪山下，村笛猶吹阿濫堆」是也。

笛有雅笛、羌笛，唐所尚殆羌笛也。其樂與觱篥、簫、笳列横吹部者同。有《悲風》、《歡樂樹》等四十餘曲，見前鼓吹曲内。乃如《關山月》、《折楊柳》、《落梅花》，唐人詠吹笛多用之。而横吹部曲名獨亡述者，知當時笛曲尚多，入樂署行用者亦非全耳。玄宗雅好斯樂，傳記稱其御玉笛爲貴妃倚曲者不一事，而其時笛工孫處秀始作犯聲，人以新異，競相效習。曲有犯調，則曲益繁多，當不可復紀矣。乃談者獨稱李謨。謨嘗吹笛江上，寥亮逸發，能使微風颯至，舟人賈客有怨嘆悲泣之聲，感蛟龍出聽，或有之。至謂玄宗按樂上陽，謨傍宫墻竊得其譜，見元稹及張祜詩。

積以謨爲「長安少年」。世豈有天家屋垣僅如窗隔，能屬耳得聲調宛悉者哉？考之謨本教坊子弟，隸吹笛第一部，明皇嘗召之與永新娘逐曲者，樂譜正所有事，何須竊聽？好事者姑爲説，詫天上樂不易流傳爾。惟謨所論笛一聲出入九息，一疊十二節，一節十二敲，笛材一歲伐，過期伐音窒，未期伐音泛，遇至音必裂，爲深得笛理，可取。蓋謨之外孫許雲封，爲韋刺史應物述云。

觱篥曲

《別離難》天后朝士人妻作，詳見前雜曲内。後樂家以其族宫轉器以應律管，因譜其音爲衆器之首。至今鼓吹，教坊用之，以爲頭管。《雨霖鈴曲》明皇造，樂工張野狐善觱篥，吹之。詳見前明皇樂曲内。野狐，即徽也。《楊柳枝曲》《新傾杯曲》宣宗善吹觱篥，自製此二曲，有數拍不均，嘗命俳優辛骨䏶拍，不中，因瞋目視之，骨䏶憂懼，一旦而斃。《道調》懿宗嘗命史敬約吹，因撰《道調子曲》。詳見前《道調子》下。《勒部羝曲》將軍尉遲青素善觱篥，時有王麻奴，河北推第一手。後訪尉遲，於高般涉調中吹《勒部羝曲》。曲終，尉遲曰：「何必高般涉也！」即自取銀字管，於平般涉中吹之，麻奴恭聽愧謝，不敢復言音律。

觱篥一名悲篥，以竹爲管，以蘆爲首，出於胡中，其聲悲。人亦稱爲蘆管。曲名見於唐故實中者止此，其餘多與笛同。朱崖李相有家僮薛陽陶，少精此藝，後爲小校，至咸通猶存。淮南李相蔚召試賞之，元、白及羅昭諫集中皆有其贈詩。

舞曲

軟舞曲　《垂手羅》古舞曲有《大垂手》、《小垂手》，此其遺也。　《蘭陵王》　《回波樂》　《春鶯囀》　《烏夜啼》　《半社渠》　《借席》　《凉州》　《屈柘枝》《柘枝》，羽調。《屈柘枝》，又是商調也。

《團亂旋》一作《團圓旋》　《甘州》　《緑腰》　《蘇合香》

健舞曲　《拂菻》西域國名。菻，力稔切。　《黄麞》　《柘枝》一説云本拓枝，訛爲柘枝。沈亞之有賦，似謂戎夷之舞。今舞人衣冠類蠻服，疑出南蠻諸國也。用女童舞，胡帽施金鈴，繡羅寬袍，銀帶。白樂天詩「帶垂鈿胯花腰重，帽轉金鈴雪面迴」是也。其曲爲羽調。有《屈柘枝》，爲角調，又有《五天柘枝》、《那胡柘枝》。其舞也，先藏女童二蓮花中，以鼓招之，花拆而後見，對舞相占，實舞中之雅妙者。故唐人詩有云：「三敲畫鼓聲催急，一朵紅蓮出水遲。」又云：「白雪慢回抛舊態，黄鶯嬌囀唱新詞。」其舞若歌之大略，亦可得矣。　《大渭州》　《達磨支》　《大杆阿連》大杆，一作稜大。

《阿遼》　《劍器》舞衣五色，曲中吕宫。段安節云：「即公孫大娘所舞。」然唐人用此，多有作「劍氣」者，豈字之誤歟？　《胡旋》本出康居，舞者立毬上，旋轉如風。　《胡騰兒》出安西。珠帽、桐布衫、雙靴，及手叉腰，應曲節舞。李端詩云：「洛下詞人抄曲與。」知舞曲非一矣。

雜舞曲　《打毬樂》舞衣四色，窄繡羅襦，銀帶簇花，折上巾，順風脚，執毬杖。貞觀初，魏鄭公奉詔造，其調存焉。

《玉兔渾脱》舞衣四色，繡羅襦，銀帶，玉兔冠。中宗時，吕元泰嘗上書諫都市坊邑相率爲渾脱，駿馬胡服，名爲「蘇莫遮」，旗鼓相當，騰逐喧噪，戰争之象，不爲雅樂云云。《潑寒胡戲》有《蘇莫遮》曲，豈《渾脱舞》同出海西，亦歌此曲調歟？先此，武后末年，《劍氣》入《渾脱》，始爲犯聲。《劍氣》，宫調。《渾脱》，角調。爲以臣犯君也。　《英王石州》商調，互見中宗樂曲内。

《婆羅門舞》舞衣緋紫色，執錫環杖。開元中，西凉節度楊敬述進。　《霓裳羽衣舞》明皇夢遊月宫，寫天樂，作舞曲，調黄鍾商。《韻語陽秋》云：「舞用女人一人。」《齊東野語》云：「奏樂女人三十人，每番十人迭奏。」《樂志》云：「曲凡十二遍，他曲終必遽，唯此曲將畢，引聲益緩。」白樂天詩云：「散序六奏未動衣，中序擘騞初入拍。」又云：「繁音急節十二遍，唳鶴曲中長引聲。」大略可考者此。《夢溪筆談》云：「《國史補》言：客有以《按樂圖》示王維，維曰：『此《霓裳》第三疊第一拍也。』引工按曲，果信。此未然。《霓裳曲》凡十二疊，前六疊無拍，至第七疊方謂之『疊遍』，自此始有拍而舞作，故白樂天詩有『中序擘騞初入拍』之句。中序即第九疊也，第三疊安得有拍？但言第三疊第一拍，即其妄矣。」　《伊州》《五天》《開元教坊記》云：「教坊諸宫人，唯舞此二曲。」宫人、内人之辨，詳樂署注。　《鼓舞曲》開元時，邠王家馮正正、心兒，薛王家高大山、李不藉，岐王家江張生，俱以善鼓聞。以其鼓變輕小，取便易，調高聲尖。是時宋娘、祁娘，俱稱善鼓。宋能作曲及舞鼓，祁工落花吹笛，李阿八善鼓架。凡棚車上打鼓，非《火祆》即《阿遼破》也。《阿遼》見前，《火祆》即《穆護砂曲》。　《凌波曲》天寶中，女伶謝阿蠻善舞此曲，常入宫中，楊貴妃遇之甚厚。　《蓮花鋋舞》本出北同城。岑參詩云：「慢臉嬌娥纖復穠，輕羅金縷花蔥蘢。回裾轉袖若飛雪，左鋋右鋋生旋風。忽作出塞入塞聲，翻身入破如有神。」　《字舞》以舞人亞身於地，布成字，爲字舞。合成花字者，又爲花舞，則亦字舞也。太和中，王建《宫詞》云：「羅衫葉葉繡重重，金鳳銀蛾各一叢。每遇舞頭分兩向，太平萬歲字當中。」自武后《聖壽樂》舞「聖超千古」十六字，德宗《奉聖樂》舞「南詔奉聖樂」五字，歷朝製字舞，未可詳紀。　《新霓裳羽衣舞》文宗時教坊進舞女三百人，舞《新霓裳羽衣》。　《嘆百年舞》懿宗與郭妃悼念同昌公主，李可及爲《嘆百年曲》及舞。舞人皆盛飾珠翠，仍畫魚龍地衣以列之。曲終樂闋，珠翠覆地，調語悽惻，聞者流涕。上益厚賜之。《菩薩蠻舞》舞衣絳繒，窄砌衣，卷冠。李可及嘗於安國寺作此舞。《河傳舞》乾符中，綿竹王俳優能腰背一船，船中載十二人，舞《河傳》一曲。舞遍最長。《兒童解紅舞》用兩童，衣紫緋繡襦，銀帶，花鳳冠，綬帶。亦《柘枝》之類。五代和凝有歌。

唐舞惟文武二舞，憲古佾數，而歌雅歌。自太宗復製《七德》、《九功》，佾數較古有倍，而聲容亦漸多可議矣。其後歷朝相沿，各製樂舞，臣下更多撰獻。雖名托雅正，而事歸矜侈，具在前簡，概無足譏。此則零雜舞名，純遠乎雅者，然以考其曲題，而求其聲度，不可廢而無纂。其《霓裳》、《柘枝》二曲，唐人多所歌詠，故復備釋焉。

散樂

歌舞戲

《大面》一名《代面》，出北齊蘭陵王長恭，膽勇善戰，以其顔貌無威，每入陣即著面具，後乃百戰百勝。戲者衣紫腰金執鞭。唐相沿弄此，亦入歌曲。《鉢頭》昔有人父爲虎所傷，遂上山尋其父屍，山有八折，故曲有八疊。戲者披髮素衣，面作啼狀。《踏謡娘》北齊有人姓蘇，䶕鼻，實不仕而自號爲郎中。嗜飲酗酒，每醉輒毆其妻，妻銜悲訴於鄰里。時人弄之，丈夫著婦人衣，徐步入場行歌。每一疊旁人齊聲和之云：「踏謡和來，踏謡娘苦和來。」以其且步且歌，故謂之踏謡。以其稱冤，故言苦。及其夫至，則作毆鬥之狀，以爲笑樂。今則婦人爲之，遂不呼郎中，但云阿叔子；調弄又加典庫，全失舊旨。或呼爲「談容娘」，又非。《蘇中郎》後周士人蘇葩嗜酒落魄，自號中郎，每有歌場輒入獨舞。今爲戲者，著衣戴帽，面正赤，蓋狀其醉也。《傀儡子》一作《窟礧子》。相傳陳平爲木偶美人示冒頓閼氏，解平城圍，後樂家翻爲戲。其引歌舞有郭郎者，髪正禿，善優笑。後魏人凡戲場必在俳兒之首也。《通考》云：「李勣破高麗，戲《傀儡子》戲。」《參軍戲》《樂府雜録》云：「參軍戲，舊説始自漢館陶令石耽，有贓犯，和帝令遇宴，衣白夾衫，命優伶戲弄辱之，經年，釋爲參軍，誤也。開元中，李仙鶴善此戲。帝授韶州同正參軍，以食其禄，是以陸鴻漸撰詞言『韶州』，蓋繇此矣。」按，鴻漸少嘗爲優人，此云撰詞者，謂其授官制詞，爲人所暗譏也，用證參軍始於李仙鶴耳。《假婦人》大中以來，孫乾飯、劉璃瓶、郭外春、孫有態善弄此戲。僖宗幸蜀時，有劉貞尤能之，後籍教坊。《弄賈大獵兒》《樂府雜録》載此戲，隸清樂部。《排闥戲》昭宗光化中，孫德昭之徒刃劉季述。帝反正，命樂工作《樊噲排闥戲》以樂焉。

雜戲

《天竺斷手足刳剔腸胃伎》高宗惡其驚人，嘗敕禁。《潑寒胡戲》冬月，爲海西胡人裸體，寒水潑之，自則天末年始。中宗嘗因蕃夷入朝，作此戲御樓觀之，所歌曲即《蘇摩遮》也。《倒舞伎》睿宗時，婆羅門獻樂，舞人倒行，以足舞於極銛刃鋒，倒植於地，低目就刃以歷臉中。又植於背下，吹觱篥者，立其腹上，終曲而無傷。又伏伸其手，兩人躡之，旋身繞手，百轉無已。《拔河戲》玄宗時，嘗作此戲。御製詩，仍令宰相張説等和。説詩略云：「今歲好拖鈎，横街敞御樓。長繩繫日住，貫索挽河流。」俗傳此戲必致年豐，故帝命北軍作之，以求歲稔。《竿木伎》明皇時教坊有王大娘，善戴百尺竿，竿上施木山，狀瀛洲方丈，仍令小兒持絳節，出入其間，而舞不輟。時劉晏以神童召，嘗令賦詩，有「樓前百戲競争新，唯有長竿妙入神」之句。《羊頭渾脱》《九頭獅子》《弄白馬》《益錢》《尋橦》《跳丸》《吐火》《吞刀》《旋槃》《觔斗》諸戲屬鼓架部。史云：「明皇每賜宴，設酺會，教坊大陳山車、旱船、尋橦、走索、丸劍、戲馬、鬥雞諸戲，其名不一。」《樂書》云：「明皇在藩，先有散樂一部，平逆韋實賴其力。後即位設戲，輒分兩朋較優劣，使人心意勇，亦謂之熱戲焉。」《蹴毬戲》唐變古蹴鞠戲爲蹴毬，其法植兩修竹，高數丈，絡網於上爲門，以度毬，毬工分左右朋，以角勝負。《擊踘》宣宗特善此戲，所御馬趫捷特異，每持鞠杖乘勢奔躍，運鞠於空中，連擊至數百，而馬馳不止，迅若流電。二軍老鞠手，咸伏其能。《角力戲》凡陳諸戲畢，左右兩軍擂大鼓，引壯士裸袒相搏較力，以分勝負。《瞋面戲》其戲以手舉足加頸上。唐優人劉吃陀奴能不用手而脚自加頸。《五方獅子》每一獅子用十二人，執紼弄之，名獅子郎，屬龜兹部。《骨鹿舞》《胡旋舞》《樂府雜録》云：「《夷部樂》有此二舞，俱於小圓毬子上舞，縱橫騰踏，兩足終不離於毬子，即所謂《踏毬戲》也。」《舞盤伎》以下見《通典》，云前代之伎至唐尚存者。《長橋伎》《跳鈴伎》《擲倒伎》《跳劍伎》《舞輪伎》《透三峽伎》《高絙伎》《獼猴緣竿伎》《弄椀珠伎》

右散樂有二種，或寫象人物謔弄，或逞炫藝絶角劇，並俳優所肆，非部伍之聲。然其陳也，必佐以致語篇唱，優人辭捷者謂之斫撥。則亦皆樂曲之餘，不可遺也，故復識其目以備考。其互見前《舞部》及後之《夷樂部》者，亦因當時行用之舊兩存云。

四夷樂

東夷四　《高麗樂》起自後魏得其樂，唐仍隋，列於十部伎。樂器十七色，工十八人，紫羅帽，飾以鳥羽，長袖，雙雙并立而舞。歌曲有《芝栖》，舞曲有《歌芝栖》。武后時尚餘二十五曲，貞元末止存一曲。《百濟樂》貞觀中滅其國，盡得其樂。中宗時工人亡散，開元中岐王範復奏置之。歌曲入般涉調。《新羅樂》貞觀中嘗遣使獻女樂。《日本樂》大中七年獻。

南蠻三　《扶南樂》隋有其樂器，以《天竺樂》轉寫之。王維有《扶南曲》。《南詔樂》貞元中，南詔異牟尋因西川押雲南八國使韋皋獻夷中歌曲，皋因之以作《奉聖樂》。詳前各朝樂内。《驃國樂》貞元中，驃國王雍羌，因南詔重譯獻其國樂。其國與天竺相近，故樂多演釋氏經論之詞。曲十有二。一曰《佛印》，驃云《没馱彌》，國人及天竺歌以事王也。二曰《讃娑羅花》，驃云《隴莽第》，國人以花爲衣服，能浄其身也。三曰《白鴿》，驃云《答都》，美其飛止遂情也。四曰《白鶴游》，驃云《蘇謾底哩》，謂翔則摩空，行則徐步也。五曰《鬥羊勝》，驃云《來乃》。昔有人見二羊鬥海岸，彊則見，弱者入山，時人謂之「來乃」。來乃者，勝勢也。六曰《龍首獨琴》，驃云《彌思彌》，此一絃而五音備，象王一德以畜萬邦也。七曰《禪定》，驃云《掣覽詩》，謂離俗寂静也，七曲唱舞皆律應黄鍾商。八曰《甘蔗王》，驃云《遏思略》，謂佛教民如蔗之甘，皆悦其味也。九曰《孔雀王》，驃云《桃臺》，謂毛采光華也。十曰《野鵝》，驃云□□，謂飛止必雙，徒侣畢會也。十一曰《宴樂》，驃云《籠聰綱摩》，謂時康宴會嘉也。十二曰《滌煩》，亦曰《笙舞》，驃云《扈那》，謂時滌煩暋，以此適情也。五曲律應黄鍾兩均：一黄鍾商伊越調，一林鍾商小植調。初奏樂，有贊者一人先導樂意，其舞容隨曲。用人或二、或六、或四、或八至十，兩兩相對，爲赴節之狀，有類中國《柘枝舞》焉。《玉海》：「國史志有《驃國樂頌》一卷，今亡。」

西戎七

高昌樂樂器十二色，舞人白襖、赤帶、紅抹額。貞觀中伐其國，盡得其樂，列於十部伎。

龜茲樂起自呂光破龜茲，因得其聲。流傳至隋，有西國龜茲、齊朝龜茲、土龜茲三部。唐仍隋，列十部伎。樂器十五色，工二十人。其歌曲有《善善摩尼》，解曲有《婆伽兒》，舞曲有《小天》，又有《疏勒鹽》。

疏勒樂自後魏通西域，得其樂，唐仍隋，列十部伎。樂器十色，工十二人。歌曲有《兀利死讓樂》舞曲有《遠服》，解曲有《鹽曲》，曲調有《昔昔鹽》、《一臺鹽》。洪适曰：「《昔昔鹽》，羽調曲。」《玄怪録》載蘧蒢三娘工唱《阿鵲鹽》。又有《突厥鹽》、《黄帝鹽》、《白鴿鹽》、《神雀鹽》、《疏勒滿座鹽》、《歸國鹽》。唐詩「媚賴吳娘唱是鹽」，「更奏新聲刮骨鹽」，然則歌詩謂之鹽者，亦如吟行曲引之類爾。

康國樂起自周代得其樂，唐仍隋，列十部伎。樂器四色，工七人。歌曲有《戢殿農和正》，舞曲有《賀蘭鉢鼻始》、《末奚波地》、《農慧鉢鼻始》、《前拔地慧地》等四曲。其舞急轉如風，俗謂之胡旋。

安國樂後魏通西域得之，唐列十部伎。樂器十色，工十二人。歌曲有《附薩單時》，舞曲有《末奚》，解曲有《居和祇》。

天竺樂起自張重華據涼州日貢樂，後國子爲沙門來遊，又傳其方音樂。器九色，工十二人。唐仍隋，列十部伎。《隋書》云：「歌曲有《沙石彊》，舞曲有《朝天曲》。」《陳氏樂書》云：「曲調有《普光佛曲》、《彌勒佛曲》、《日光明佛曲》、《大威德佛曲》、《如來藏佛曲》、《藥師琉璃光佛曲》、《無威感德佛曲》、《龜茲佛曲》，並入婆陀調。《釋迦牟尼佛曲》、《寶花步佛曲》、《觀法會佛曲》、《帝釋幢佛曲》、《妙花佛曲》、《無光意佛曲》、《阿彌陀佛曲》、《燒香佛曲》、《十地佛曲》，並入乞食調。《大妙至極曲》，解曲並入越調。《摩尼佛曲》，入雙調。《蘇密七俱陀佛曲》、《日光騰佛曲》，入商調。《邪勒佛曲》，入徵調。《觀音佛曲》、《永寧佛曲》、《文德佛曲》、《婆羅樹佛曲》，入羽調。《遷星佛曲》入般涉調。《提梵》，入移風調。

西涼樂起苻氏之末，呂光、沮渠蒙遜等據有涼州，變龜茲聲爲之，號爲秦漢伎，蓋涼人所傳中國舊樂，雜以羌之聲也。其樂器聲調並出自西域，唐仍隋，列十部伎，樂器十九種，工二十七人。其歌曲有《楊澤新聲》、《神白馬》、《永世樂》，解曲有《萬世豐》，舞曲有《于寘佛曲》。

北狄樂北狄之樂，本馬上樂。自漢以來，總歸鼓吹部。後魏樂府，始有北歌，周、隋世與西凉樂雜奏。至唐存者五十三章，名目可解者六章：《慕容可汗》、《吐谷渾》、《部落稽》、《鉅鹿公主》、《白浄王太子》、《企喻》也。其不可解者，咸多可汗之辭。金吾所掌有《大角》，此即後魏世所謂《簸邏迴》者是也，其曲亦多可汗之辭。北虜之俗，皆呼主爲可汗也。開元中，歌工長孫元忠，自其祖貞觀中受業侯將軍貴昌，世習北歌，聲調相授，雖譯者不能通知其辭義。

《周官》：「鞮鞻氏掌四夷之樂，與其聲歌。」祭祀及燕饗，作之門外，美德廣之所及也。自南北分裂，音樂雅俗不分，西北胡戎之音，揉亂中華正聲。降至周、隋，管絃雜曲多用西凉，鼓舞曲多用龜兹，燕享九部之樂，夷樂至居其七。唐興，仍而不改。開元之末，甚而升胡部於堂上，使之坐奏，非惟不能釐正，更揚其波。於是昧禁之音，益流傳樂府，浸漬人心，不可復浣滌矣。今采唐太常所隸夷樂，附於諸樂曲之後，以俟正樂者考焉。〔一〕

樂署

太常寺，其屬有協律郎，掌和六律六吕。其署曰太樂署，掌教樂人調合鍾律。曰鼓吹署、掌鼓吹。梨

〔一〕「西北胡戎之音」以下至此，《四庫》本作：「西北降至周、隋，管絃雜曲多用西凉，唐興，仍而不改，開元之末則更有甚焉。今采唐太常所隸夷樂，附於諸樂曲之後，以俟正樂者考焉。」

園院。掌俗樂，在太常寺内西北。

内教坊掌俗樂，武德末置。雲韶府武后改稱。左右教坊　宜春北院並明皇增置。上精曉音律，以太常不應典雜伎，更置左右教坊，命中官爲之，使教新聲散樂倡優之伎。又選坐部子弟三百，教於梨園，號皇帝梨園弟子院，因改名別教院。宫女數百，亦爲梨園弟子，居宜春北院。梨園法部更置小部音聲三十餘人。其雲韶教坊妓女稱宫人，宜春妓女稱内人，聲色尤殊。文宗朝，復改雲韶院爲仙韶院云。

唐音癸籤卷十五

海鹽胡震亨遯叟著

樂通四

總論

往代之詩樂，徵其文觀之，其興衰可見也。樂之所感，微則占於音，章則見於詞。微於音者，聖人察之；章於詞者，賢人畏之。沈亞之。

《詩》訖於周，《離騷》訖於楚，自後《詩》之流爲賦、頌、銘、贊、文、誄、箴、詩、行、詠、吟、題、怨、嘆、章、篇、操、引、謡、謳、歌、曲、詞、調，名二十有四，皆詩人六義之餘也。繇操而下八名，皆起於郊祭軍賓、吉凶苦樂之際。在音聲者，因聲以度調，審調以節唱，句度短長之數，聲韻平上之差，莫不繇之準度。而又别其在琴瑟者爲操、引，採民甿者爲謳、謡，備曲度者總得謂之歌、曲、詞、調，斯皆繇樂以定詞，非選詞以配樂也。繇詩而下九名，皆屬事而作，雖題號不同，悉謂之爲詩。後之審樂者，往往採取其詞，度爲歌曲，蓋選詞以配樂，非繇樂以定詞也。元稹。

古之論樂者，一曰古雅樂，二曰俗部樂，三曰胡部樂。古雅樂更秦亂而廢，漢世惟采荆、楚、燕、代之謳，稍協律吕，以合八音之調，不復古矣。晉、宋六代以降，南朝之樂多用吴音，北國之樂僅襲夷虜。及隋平江左，魏三祖清商等樂存者什四，世謂爲華夏正聲，蓋俗樂也。時沛國公鄭譯復因龜兹人白蘇祇婆善胡琵琶，而翻七調，遂以製樂。唐人因而用之，以定律吕。繇是觀之，漢世徒以俗樂定雅樂，隋氏以來，則復悉以胡樂定雅樂。唐至玄宗，始以法曲與胡部合奏，夷音夷舞進之堂上，而雅樂之工，以坐立伎部不堪者充之，過爲簡賤至此，宜乎正聲淪亡，古樂之不可復矣。吴萊。

馬端臨云：「隋唐燕樂，西戎之樂居大半。鄭夾漈以爲音未有不自西出，此固一説。愚則以爲自晉氏南遷之後，戎狄亂華，如苻氏出於氐，姚氏出於羌，皆西戎也，亦既奄有中原，而以議禮制度自詭。及張氏據河右，獨能得華夏之舊音。繼以吕光、秃髮、沮渠之屬，又皆西戎也。蓋華夏之樂流入於西戎，西戎之樂混入於華夏，自此始矣。隋既混一，合南北之樂，而爲七部伎。所謂清商三調者，本中華之樂，晉室播遷而入於涼州，張氏亡而入於秦，姚氏亡而入於江南，陳亡而復入北，其轉折如此。則其初固本不盡出西戎也，要不可不辨。」

近時樂家，多爲新聲，其音譜傳移，類以新奇相勝，故古曲多不存。頃見一教坊老工，言惟大曲不敢增損，往往猶是唐本〔二〕，而絃索樂家守之尤嚴。言《涼州》者，謂之護索，取其音節繁

〔二〕「本」，原本作「木」，據《四庫》本改。

雄」，言《六么》者，謂之轉關，取其聲詞閑婉。元微之詩云：「凉州大篇最豪嘈，録要散序名蘢撚。」護索、轉關，豈所謂豪嘈、蘢撚者耶？唐起樂皆以絲聲，竹聲以之合樂，樂家所謂「細抹將來」者是也。故王建《宫詞》云：「琵琶先抹緑腰頭，小管丁寧側調悠。」近世以管色起樂，而猶存「獨抹」之語，蓋誦襲弗悟爾。《蔡寛夫詩話》。

詞曲

古樂府者，詩之旁行也；詞曲者，古樂府之末造也。倚聲製詞，起於唐之季世。《困學紀聞》。古樂府詩，四言、五言，有一定之句，難以入歌，中間必添和聲，然後可歌，如「妃呼豨」、「伊何那」之類是也。唐初歌曲，多用五七言絶句，律詩亦間有采者，想亦有贘字贘句於其間，方成腔調。其後即以所贘者作爲實字，填入曲中歌之，不復別用和聲，則其法愈密，而其體不能不入於柔靡矣，此填詞所繇興也。宋沈括考究所始，以爲始於王涯，又謂前此貞元、元和間爲之者已多云。遯叟。朱子云：「古樂府只是詩，中間却添許多泛聲。後來人怕失了那泛聲，逐一聲添個實字，遂成長短句，今曲子便是。」荆公云：「古之歌者，皆先有詞，後有聲，故曰『歌永言，聲依永』。如今先撰腔子，後填詞，却是永依聲也。」

世所盛行宋元詞曲，咸以昉於唐末，然實陳隋始之。蓋齊梁月露之體，矜華角麗，固已兆端。至陳隋二主，並富才情，俱湎聲色，所爲長短歌行，率宋人詞中語也，煬之《春江》、《玉樹》等篇尤近。至《望江南》諸闋，唐、宋、元人沿襲至今，詞體濫觴，實始斯際。自文皇以鴻裁碩藻，撥六朝餘習而力反之，子昂、太白，相望並興，逮少陵氏作，出經入史，刬絶淫靡，有唐三百年之詩，遂屹然羽翼商周，驅駕漢魏。藉令非數君子砥柱其間，則《花間》、《草堂》，將踵接於武德、開元之世，詎宋元而後顯哉？蓋六朝、五代一也，障其瀾而上，則詩盛而爲唐；襲其流而下，則詞盛而爲宋。余因是知陳、李、少陵，厥功於藝苑甚偉；而歐陽、王、蘇、黄、秦諸君子，弗能弗爲三嘆而致惜也。胡應麟《莊嶽委譚》。

詩至於唐而格備，亦至於唐而體窮。故宋人不得不變而之詞，元人不得不變而之曲。胡應麟《詩藪》。王元美云：「《三百篇》亡，而後有騷、賦；騷、賦難入樂，而後有古樂府；古樂府不入俗，而後以唐絶句爲樂府；絶句少宛轉而後有詞，詞不快北耳而後有北曲；北曲不諧南耳，而後有南曲。」

律調

凡樂，每調皆具七聲，而樂家惟取其起調畢曲之律以名之，蓋以起調之字之聲爲主，中間逗遛曲折，雖行乎均内七聲，末復歸於本律，謂以六聲贊助，以成其調，其實一聲也。朱晦庵。

拍

曲之有拍，蓋以爲樂節也。牛僧孺嘗字之爲樂句，大爲韓公所賞。明皇嘗遣黄幡綽造拍板譜，於紙上畫兩耳以進云：「但有耳，無定節奏也。」遯叟。

叠

舊傳《陽關三叠》，然今歌者，每句再叠而已，通一首言之，又是四叠，皆非是。或每語三唱以應三叠之説，則叢然無復節奏。嘗得古本《陽關》，其聲宛轉凄斷，不類向之所聞，每句皆再唱，而第一句不叠。樂天詩云：「相逢且莫推辭醉，聽唱陽關第四聲。」注：「第四聲，勸君更盡一杯酒。」以此驗之，若第一句叠，則此句爲第五聲。今爲第四聲，則第一句不叠，審矣。東坡。

遍

曲有大遍，有小遍。元稹詩「逡巡大遍凉州徹」，所謂大遍者，有序、引、歌、𪛆、嗺、哨、催、攧、衮、破、行、中腔、踏歌之類，凡數十解。有數叠者，裁截用之，則謂之摘遍，今人大曲皆是裁用，悉非大遍也。《夢溪筆談》。

破

唐人以曲遍中繁聲爲入破，陳氏《樂書》以爲曲終者非也。如《水調歌》凡十一疊，第六疊爲入破，當是曲半調入急促，破其悠長者爲繁碎，故名破耳。起於天寶間，有此名，卒兆安史亂，家國破。《五行志》以爲非祥兆，然竟不可革云。遯叟。

犯

樂府諸曲，自古不用犯聲，以爲不順也。唐自天后末年，《劍氣》入《渾脱》，始爲犯聲之始。《劍氣》宫調，《渾脱》角調，以臣犯君，故爲犯聲。明皇時，樂人孫處秀善吹笛，好作犯聲。時人以爲新意而效之，因有犯調。五行之聲，所司爲正，所欹爲旁，所針爲偏，所下爲側，故正宫之調正犯黄鍾宫，旁犯越調，偏犯中吕宫，側犯越角之類。陳暘。

解

自古奏樂，曲終更無他變。隋煬帝以清樂雅淡，曲終復加解音，至唐遂多解曲。如《火鳳》用《移都師》解，《柘枝》用《渾脱》解，《甘州》用《吉了》解，《耶婆娑雞》用《屈柘急遍》解之類。

《古今樂録》云：「傖歌以一句爲一解，中國以一章爲一解。」王僧虔云：「古曰章，今曰解。作詩有豐約，制解有多少。」是解本章、什通名，非僅言其卒章之亂也。自隋唐曲終解曲盛行，遂將解字當卒章字用，而章解之解别稱疊、稱遍，不復更稱解矣。遯叟。下同。

唐人樂府不盡譜樂

古人詩即是樂，其後詩自詩，樂府自樂府。又其後樂府是詩樂，曲方是樂府。詩即是樂，《三百篇》是也；詩自詩，樂府自樂府，謂如漢人詩，同一五言而「行行重行行」爲詩，「青青河邊草」則爲樂府者是也；樂府是詩，樂曲方是樂府者，如六朝而後諸家擬作樂府，鐃歌《朱鷺》、《艾如張》，横吹《隴頭》、《出塞》等只是詩，而吴聲《子夜》等曲方入樂，方爲樂府者是也。至唐人始則摘取詩句譜樂，既則排比聲譜填詞，其入樂之辭，截然與詩兩途。而樂府古題，作者以其唱和重複，沿襲可厭，於是又改六朝擬題之舊，别創時事新題。杜甫始之，元、白繼之。杜如《哀王孫》、《哀江頭》、《兵車》、《麗人》等，白如《七德舞》、《海漫漫》、《華原磬》、《上陽白髮人》、《諷諫》等，元如《田家》、《捉捕》、《紫躑躅》、《山枇杷》諸作。各自命篇名，以寓其諷刺之指，於朝政民風多所關切，言者不爲罪，而聞者可以戒。嗣後，曹鄴、劉駕、聶夷中、蘇拯、皮、陸之徒相繼有作，風流益盛。其辭旨之含鬱委宛，雖不必盡如杜陵之盡善無疵，然其得詩人詭諷之義則均焉。

即未嘗譜之於樂，同乎先朝入樂詩曲。然以比之諸填詞曲子僅佐頌酒賡色之用者，自復霄壤有殊。郭茂倩云：「自《風》、《雅》之作，以至於今，莫非諷興當時之事以貽後世之審音者。儻採歌謡以被聲樂，則新樂府其庶幾焉。」斯論爲得之，惜無人行用之爾。

唐音癸籤卷十六

海鹽胡震亨遯叟著

詁箋一

蔚藍　《度人經》：「諸天名也。隱語無義理可解，非青藍之藍。」杜甫《梓州金華道觀》詩：「涪右衆山内，金華紫崔巍。上有蔚藍天，垂光抱瓊臺。」借作顔色字，爲蕊宫寫貌。遯叟。下同。

十枝　初唐人詠日，用「十枝」字，謂扶桑九日居下枝，一日居上枝也，出《山海經》。扶桑，嚴忌《哀時命》作搏桑，音同。李白詩：「游搏桑兮挂左袂。」

黄雲　沈佺期《改年觀赦》詩：「六甲迎黄氣，三元降紫泥，」《望氣經》云：「黄雲四出，主赦。」黄氣，黄雲也。華蓋象雲，六甲乃華蓋杠傍星名，故用之。

景雲　《孝經援神契》：「天子孝，景雲出遊。」崔融《則天挽歌》：「空餘天子孝，松上景雲飛。」

濯枝雨　蘇味道《單于川對雨》詩：「還從濯枝後，來應洗兵辰。」《風土記》：「六月大雨，爲濯枝雨。」洗兵，用《六韜》周伐殷遇雨事。

香雲香雨　雨未嘗有香也，而李賀詩：「依微香雨青氛氳。」元微之詩：「雨香雲淡覺微和。」雲未嘗有香，而盧象詩云：「雲氣香流水。」此楊用修語也。陳晦伯駁之，謂雲雨未嘗無香，引《拾遺記》「員嶠山石，燒之成香雲，遍潤成香雨」爲證。詩人寫物，正不必問其有出處與否。若以員嶠有香雲香雨方敢用之，則詩亦大拙鈍矣，晦伯何足以難用修乎？

鯉魚風　李賀詩：「門前流水江陵道，鯉魚風起芙蓉老。」九月風也。

石尤風　陳子昂：「寧知巴峽路，辛苦石尤風。」戴叔倫：「知君未得去，慚愧石尤風。」司空文明：「無將故人酒，不及石尤風。」唐人屢用之，而無其解，洪容齋意其爲打頭逆風。今觀宋孝武《丁督護歌》：「願作石尤風，四面斷行旅。」則亦如嶺嶠颶風，四面俱具之類，非僅打頭逆風明矣。

格澤　儲光羲詩：「格澤爲君駕。」《大人賦》：「建格澤之長竿。」注云：格澤氣，如炎火狀，起地上至天，詳《漢書·天文志》。

中和節　唐以正月晦日爲一節。孝和朝有《晦日行幸》諸詩。後德宗以前世上巳、九日皆大宴集，而寒食多與上巳同時，欲於二月立節，於是李泌請廢正月晦，以二月朔爲中和節。帝乃著令，與上巳、九日爲三令節，中外皆賜緡錢，宴會，君臣賡賦爲多。

重三　張説《三月三日》詩：「暮春三月日重三。」五月五日曰重五，九月九日曰重九，則三月三日亦宜曰重三也。鄭良孺。下同。

耗磨日　張説有《耗日飲酒》詩：「耗磨傳茲日。」又云：「流傳耗磨辰。」俗謂正月十六日爲耗磨日，是日官司不開倉庫，故説詩有「還將不事事」語。

小歲日　過臘一日，俗謂小歲日，行拜賀禮，見崔寔《月令》。盧照鄰「人歌小歲酒」，此也。

五更點　夜更，五五相遞爲二十五點，唐李郢詩「二十五聲秋點長」是也。韓退之詩：「雞三號，更五點。」尤末更足五點之證。今更點去末更之二，并去初更之二配之，起宋世避「寒在五更頭」之讖而然，不足二十五點之舊矣。

北斗城　《三輔黃圖》：「長安故城，城南爲南斗形，城北爲北斗形，故號斗城。」何遜《咸陽》詩「城斗疑連漢」，杜「秦城近斗杓」、「秦城北斗邊」、「北斗故臨秦」，以此。《芥隱筆記》。

蝦蟆陵　唐人屢用入詩。白樂天：「自言本是京城女，家在蝦蟆陵下住。」謝良輔：「取酒蝦蟆陵下，家家守歲傳卮。」齊已：「翠樓春酒蝦蟆陵，長安少年皆共矜。」其地在長安城東南，與曲江近，爲妓女及名酒所出之處。《長安志》曰：「常樂坊内家東有大冢，俗呼爲蝦蟆陵，曲中出美酒，長安稱之。相傳是董仲舒墓，門人至此下馬，故名。」一云：漢武幸芙蓉園，至此下馬，諺訛爲蝦蟆陵矣。詳《國史補》。遯叟。下同。

漢武泉 趙嘏有《經漢武泉》詩：「芙蓉池苑起清秋，漢武泉聲落御溝。」漢武泉者，即曲江之源，在長安城南，東匯爲曲江。隋惡曲之名，稱芙蓉池。至唐引黃渠之水漲曲江，復故名。別於其南起芙蓉苑，而泉爲濱江農家湮塞，遂不著。宋程大昌撰《雍録》最詳核，於曲江獨遺此泉，惟張禮《遊城南記》備其本末云。

中南 《文苑英華》，太宗有《望中南山》詩，或疑終南之誤，非也。《毛詩・秦風・終南》注：「終南山，即周之中南山。」潘岳《關中記》云：「以其山在天之中，居都之南，故曰中南。」彭叔夏《辨證》。

東蒙峰 杜詩云：「故人昔隱東蒙峰，已佩含景蒼精龍。故人今居子午谷，獨在陰崖結茅屋。」東蒙乃終南山峰名。种明逸《東蒙新居》詩亦云：「登遍終南峰，東蒙最孤秀。」南士不知，故注杜詩者妄引顓臾爲東蒙主，以爲魯地。《稗海》。

巏嵍山 唐末盧龍幕客馬彧與鎮州幕客韓定辭以學問相試。彧《贈定辭》詩：「別後巏嵍山上望，羨君時復見王喬。」巏嵍山，地志無考。今按《顔氏家訓》：「柏人城北有一孤山，古書無載者。唯闞駰《十三州志》以爲舜納于大麓，即此山，今猶有堯祠在焉。俗或呼爲宣務山，或呼爲虚無山，莫知所出。趙郡士族有李穆叔、季節兄弟，及李普濟爲有學問，並不能定鄉邑此山。余嘗爲趙州佐，見太原王邵讀柏人城西古碑，碑是漢桓帝時柏人縣民爲縣令徐整所立，銘曰：『土有巏務山，王喬所仙。』方知此巏務山也。『巏』字無所出，『務』字依諸字書，即旄丘之旄也。『旄』字，《字林》一音亡付反，今依附俗名，當音權務耳。入鄴，爲魏收説之，收大嘉嘆。值其爲《趙州莊嚴寺碑》，銘曰『權務之精』，即用此也。」〔一〕今或詩作「巏嵍」，與《家訓》異。考韻書，堥、嵍、⿱敄石、務通作旄，前高後下丘名也。謨袍、耳由、亡付三切俱通。遯叟。下同。

五松山　在南陵銅井西，初不知何名。李白以其山有松，一本五幹，蒼翠異恒，題今名。詩云：「徵古絶遺老，因名五松山。」人皆知白改九子爲九華，不知更有改五松事。

盧龍山　《圖經》：「金陵城西北有獅子山，臨大江，晉中宗以形勢同塞上盧龍，易名爲盧龍山。」李白《三山望金陵》詩：「盧龍霜氣冷，鳷鵲月光寒。」正指此也。元人注李集，以此盧龍爲北平郡山，殊可笑。昭代王弇州《登金陵盧龍山》詩：「似聞司馬江東日，分得盧龍塞上山。」

西塞山　有兩西塞山。「西塞山前白鷺飛，桃花流水鱖魚肥。」此吴興之西塞也。「勢從千里奔，直入江中斷。嵐横秋塞雄，地束江流滿。」此韋江州所詠武昌之西塞也，絶不相混。宋

〔一〕按，以上文字見宋刻本董正功《續家訓》卷七，非出《顔氏家訓》。

陸游誤合爲一，王弇州復曲爲之説云：「武昌西塞，峭壁洪濤，不類志和詞中景色。其北岸遥山人家處，故當於此漁釣。」不知志和生平室居在越州，舟居多在苕、霅間，未聞其從楚江泛宅也。本傳所載甚明，兩公顧弗考耳。吴興西塞，即今慈湖鎮道山磯是。

女墳湖　白樂天詩：「女墳湖北武丘西。」《文苑英華辨證》云：女墳，真娘墓也。此非是。皮、陸《女墳湖》詩自注：吴王葬女之所。按《吴越春秋》：「闔閭葬女閶門西郭，舞白鶴市中，令萬人隨觀。」即其事也。

向吴亭　在潤州官舍。杜牧之《潤州》詩：「向吴亭東千里秋。」陸龜蒙詩：「秋來懶上向吴亭。」今刻牧之集者，改爲句吴亭，失之矣。《孔氏雜説》。

御亭　庾信詩：「御亭一回望，風塵千里昏。」王維《送元中丞》：「東南御亭上，莫問有風塵。」蓋翻庾詩也。御亭，吴大帝所建，在晉陵。後太守李襲譽用庾詩「望」字，改爲望亭。李嘉祐有《自蘇臺至望亭驛詩》。遯叟。

萬歲樓　孟浩然、王昌齡、皇甫冉俱有《登萬歲樓》詩。京口子城西南月觀，在城上者，或云即萬歲樓。士人以爲南唐時，節度使每登此樓西望金陵，嵩呼遥拜。其實非也。《京口記》云：「晉王恭所作。」《稗海》。

三河　唐詩：「天子三河募少年。」又：「節使三河募年少。」謂河内、河東、河西，近長安畿輔地也。楊用修以黄河、析支河、湟中河解之，遠矣。此三河那得有少年募？弇州。

五津　蜀江自湔縣至犍爲有五津，曰白華津、萬里津、江首津、涉頭津、江南津，出《華陽國志》。王勃《送杜少府之任蜀州》「風烟望五津」用此。楊用修。

陵陽　《城冢記》：吴太子和陵，在吴興郡城北西陵山，故吴興舊有陵陽之稱。許渾《霅溪宴别》云：「誰堪從此去，雲樹滿陵陽。」李涉在維揚，見吴興劉全白員外之愛姬名宋態者，作詩云：「陵陽夜宴使君筵，解語花枝在眼前。」皆指此。宋牟巘寓居吴興，因名其詩曰《陵陽集》。今人多不知之。遯叟。

雲根　杜詩：「穿水忽雲根。」錢起：「奇石雲根淺。」賈島：「移石動雲根。」詩人多以雲根名石，以雲觸石而生也。六朝人先用之，宋孝武《登樂山》詩：「屯烟擾風穴，積水溺雲根。」陳晦伯。

槽　今黄河舟子稱水落爲歸槽，槽本馬槽，象渠形言之也。白詩：「江鋪滿槽水。」元詩：「江流初滿槽。」元自注：「槽爲楚語。」遯叟。下同。

沓潮　劉禹錫《連州》詩：「屯門積日無回飆，滄波不歸成沓潮。轟如鞭石矻且摇，亘空欲駕黿鼉橋。」《番禺記》：「兩水相合曰沓潮。蓋風駕前潮不得去，後潮之應候者復至，則爲沓潮，海不能容而溢。」吾鄉亦有此諺云。

市暨　杜：「市暨瀼西巔。」市井泊船處，夔人呼爲市暨。水横通山谷處，夔人謂之瀼。杜有《瀼西寒望》詩。

亥市　顧况詩云：「亥市風烟接。」張籍詩云：「江村亥日長爲市。」按，洪氏《隆興職方乘》云：「嶺南村落有市，謂之虚，以其不常會，多虚日也。西蜀曰痎，言如痎疾。間而復作。江南惡以疾稱，因止曰亥。」獨徐筠《水志》云：「荆吴俗以寅申巳亥日集於市，故名亥市。」其説較洪氏爲雅。

二庭　唐詩：「二庭歸望斷，萬里客心愁。」二庭者，沙鉢羅可汗建庭於淮合水，謂之東庭；吐陸建牙於鏃曷山，謂之北庭。二庭以伊列水爲界。鄭良孺，下同。〔二〕

瓠蘆河苜蓿烽　岑參塞上詩：「苜蓿烽邊逢立春，瓠蘆河上淚沾巾。」《西域記》云：「塞外無驛郵，往往以烽代驛。玉門關外有五烽，苜蓿烽其一也。」又云：「瓠蘆河下廣上狹，洄波甚急，深不可渡，上置玉門關〔三〕，即西域之咽喉矣。

拂雲祠　唐朝萬軍與突厥以河爲界，北岸有拂雲祠。突厥每犯邊，必先謁祠禱解，然後料

〔二〕此條及以下二條，清内府本、《四庫》本無。
〔三〕「深不可渡上置玉門關」九字，原本漫漶不清，據高大大藏本《三藏法師傳》卷一補。

兵度而南。事見張仁愿傳。李益：「漢將新從虜地來，旌旗半上拂雲堆。單于每近沙場獵，南望山陰哭始回。」山陰即所謂北岸者是也。君虞正以拂雲在虜地，吾兵奪之，虜望而哭，故足雄耳，豈浪用漢事哉？古人作邊詞未許不知地里者輕讀。遯叟。下同。

金潾　張籍《蠻中》詩：「銅柱南邊毒草春，行人幾日到金潾。」今本「潾」作「麟」，誤也。金潾乃交趾地名，水經注所謂「金潾清渚」是也。

唐音癸籤卷十七

海鹽胡震亨遯叟著

詁箋二

洞案 鄭谷詩：「端簡爐香裏，濡毫洞案邊。」宋景文云：「凡朝會排正仗，吏供洞案，設前殿兩螭首間。案上設燎香爐，修注官夾案立，其名爲洞。人多不知。予疑通朱漆爲案，故名洞云。」景文此解恐未是。洞洞，敬也。案列於中，以起人敬，或其取義歟？遯叟。下同。

閂班 元微之詩：「閂班雲汹湧，開扇雉參差。」朝班，左右合爲閂班。《武后紀》：「御殿日，昧爽，宰相兩省官閂班於香案前，俟扇開，通事贊拜。」正元詩所云也。《唐·百官志》：「尚輦局，大朝會扇一百五十六，常朝不全設，惟左右扇三。」許渾有《秋日候扇》詩，蓋即所謂俟扇開贊拜者。今本作「候朝」，淺人所改。

勘契 元《酬樂天待漏》詩：「未勘銀臺契，先排浴殿關。」唐制，殿門啓閉，設魚契對較。魚契者，刻檀爲魚，金飾鱗鬣。別刻檀板爲坎，足以容魚。一置門使所，一留宫中。發鑰較勘，相同始開，謂之勘契。銀臺者，銀臺門也。學士院在銀臺門内，浴堂殿又在蓬萊殿東。未開銀臺門，已召對浴堂殿，先排闢而入，言其近君之密也。劉鄴亦有《待漏》詩：「玉堂簾外漏遲遲，明月初沉勘契時。」

藥樹　唐正衙宣政殿庭皆植松。開成中，詔入閤賜對官班退立東邊松樹下是也。殿門外復有藥樹。元微之詩云：「松間待制應全遠，藥樹監搜可得知？」自晉魏以來，凡入殿奏事官，以御史一人立殿門外，搜索而後許入，謂之監搜御史，立藥樹下，至唐猶然。太和中始罷之。《石林燕语》。

罘罳　余見前輩詩語稱罘罳，及余時有所作詩，俱似殿閣檐角網。今考《漢書·文帝紀》：「未央宮東闕罘罳災。」崔豹注云：「罘罳，屏也，復也。」顔師古云：「連闕曲覆重刻垣墉之處，其形罘然。」一曰屏。劉熙《釋名》云：「罘罳，在外門。罘，復也。臣將入請事，於此復重思也。」《古今注》云：「罘罳，復思也。合板爲之，亦築土爲之，每闕殿舍皆有焉，郡國亦樹之。合諸説觀之，大抵是屏墻之類。」段成式云：「士林間多呼殿榱爲復護，雀網爲罘罳，誤。」據此，其非檐角網可知矣。第所釋之義，終未明耳。《宛委餘編》。

白間　杜詩：「當宁陷玉座，白間剥畫蟲。」《文選·景福殿賦》云：「皎皎白間，微微列錢。」注：白間，窗也。《墨莊漫録》。

瓊澀　蔡衡仲一日舉温庭筠《華清宫》詩「澀浪浮瓊砌，晴陽上綵斿」之句，問予曰：「澀浪，何語也？」予曰：「子不觀《營造法式》乎？宫墻基自地上一丈餘，叠石凹入如崖隒狀，謂之叠澀。石多作水紋，謂之澀浪。」衡仲嘆曰：「不通《木經》，知澀浪爲何等語耶！」因語予曰：「古人賦景福、靈光、含元者，一一皆通《木經》也。」《升庵外集》。

彤騶　褚亮詩：「彤騶出禁中。」蓋謂伍伯服赤幘唱騶出禁中也。《中華古今注》：漢制，伍百，服赤幘纁衣韋韎，率其伍以導引。鄭良孺。

夕烽　杜：「夕烽來不近，每日報平安。」唐《兵部烽式》云：「寇賊不滿五百人，放烽一炬；得蕃界事宜，知欲南入，放兩炬；蕃賊五百騎以上，放三炬；千人放四炬，餘寇萬人亦四炬。其放烽一炬，至所管州縣鎮止。兩炬以上者，並至京。元放烟火處，即録狀馳驛奏聞。若依式放烽至京訖，賊回者放烽一炬報平安。凡放烽，報賊者，三應三滅；告平安者，兩應兩滅。」遯叟。

過馬　韓偓詩云：「外使進鷹初得按，中官過馬不教嘶。」有自注云：「上每乘馬，必中官馭以進，謂之過馬。既乘之，蹀躞嘶鳴也。今北都使宅尚有過馬廳，蓋唐時方鎮亦僭傚之，因而名廳事云。」《春明退朝録》。

六印　杜《瘦馬行》：「細看六印帶官字。」考《唐六典》，凡在牧馬，以小官字印印右膊，以年辰印印右髀，以監名印印尾側。二歲以飛字印印左髀膊。細馬、次馬以龍形印印項左。送尚乘者，印三花及飛字印。外又有風字印。官馬賜人者，以賜字印。配諸軍及充傳送驛者，以出字印。印凡八，此云六印，意賜、配者不在數耳。遯叟。

十家

唐女妓入宜春院，謂之内人，亦曰前頭人，謂在上前也。骨肉居教坊，謂之内人家，有請俸。其得幸者，謂之十家。鄭嵎《津陽門詩》：「十家三國争光輝。」蓋家雖多，亦以十家呼之。三國，秦、韓、虢國也。鄭良孺。

拔河戲

中宗清明節幸梨園，命侍臣爲拔河戲，韋承慶等應制獻詩。其法以大麻絙，兩頭繫十餘小索，每索數人執之以挽，力弱爲輸。玄宗亦行之，有詩謂俗傳此戲必致年豐云。遯叟。

白打錢

王建詩：「寒食内人長白打，庫中先散與金錢。」韋莊詩：「内官初賜清明火，上相閑分白打錢。」《齊雲論》：白打，蹴踘戲也，兩人對踢爲白打，三人角踢爲官場。又丁晉公有「白打大蹤厮」。《焦氏筆乘》。

兩省

杜甫《退朝》詩：「宫中每出歸東省。」《贈岑參》詩：「君隨丞相後，我往日華東。」按唐制，宣政殿前東廊曰日華門，門東，門下省在焉；西廊曰月華門，門西，中書省在焉。兩省遺、補，以東西分左右。時杜爲左拾遺，岑爲右補闕，故其詩云云。政事堂設中書省中，宰相共議政事於此。故岑之出，又爲隨丞相後也。遯叟。下同。

黄閣　杜贈嚴武詩：「扈聖登黄閣，明公獨妙年。」武時爲給事中。王伯厚云：「給事中，屬門下省。開元中改爲黄門省，故名黄閣。」此非是。《漢舊儀》：「宰相聽事閣曰黄閣。」給事分判省事，得借稱黄閣也，詩題稱嚴爲閣老。《六典》云：「中書舍人在省，以年深一人爲閣老，判本省雜事。」給事之在東省，其判事與中舍對秩，抑又可借稱閣老矣。伯厚又引《通鑑》，王涯亦嘗稱給事中鄭蕭、韓佽爲閣老，此爲得之。

三署禮闈　唐人贈省郎詩多用三署及禮闈。如沈佺期「三署有光輝」、「分曹值禮闈」之類。官之有郎，自秦始。秦置三署，諸郎隸焉，故稱郎者，猶本所始。漢制，尚書郎主作文書起草，更直建禮門。《爾雅》：「宫中門謂之闈。」兹去建稱禮，蓋省文。梁武詔：「禮闈凌替，郎置備員。」建禮之稱禮闈，舊矣。

哀烏　《漢書·天文志》：「五帝坐後聚十五星爲哀烏，郎位。」《晉志》亦作依烏。所謂郎官上應列宿者，此也。儲光羲《贈韋昭應》詩「有我哀烏郎」，正用此。近刻儲集者，不知所出，改哀烏爲哀鳳，殊堪捧腹。

御史擢省郎　唐御史以擢省郎爲美遷，故蘇味道有《賀故人崔、馬二御史拜省郎》詩，極致艷羡之意，蓋其時遷轉之法自如此。御史職雖雄緊，於唐尚未爲尊也。司空圖爲分司御史，盧攜贈之詩曰：「姓氏司空貴，官銜御史卑。老夫如且在，不用嘆屯奇。」可證。小説有改「卑」字爲

「尊」者，亦見今日官制，妄疑之耳。試檢《舊唐書》司空本傳自明。

翰林院　唐翰林院本内供奉藝能技術雜居之所，以辭臣待書詔其間，乃藝能之一爾。開元以前，猶未有學士之稱。或曰翰林待詔，或曰翰林供奉，如李太白猶稱供奉。自張垍爲學士，始別建學士院於翰林院之南，則與翰林院分而爲二。然猶冒翰林之名，蓋唐有弘文館學士、麗正殿學士，故此特以翰林別之。其後遂以名官，訖不可改。俗稱翰林學士爲坡者，蓋唐德宗時，嘗移學士院於金鑾坡上，故稱鑾坡。唐制，學士院無常處，駕在大内則置於明福門，在興慶宮則置於金門，不專在翰林院。然明福、金門，不以爲稱，不常居之爾。《石林燕語》。

粗官　「寄語長安舊冠蓋，粗官到底是男兒。」宣武節度王彦威詩也。「粗官寄與真抛却，賴有詩情合得嘗。」忠武節度薛能詩也。唐人舊俗，不歷臺省出領廉車節鎮者，呼爲粗官。然能故歷臺省者，何云云？大率時情重内輕外，厭薄戎旃，雖以節使之尊，自目迺爾。遯叟。下同。

一麾　《筆談》謂今人守郡用顔延年「一麾乃出守」，誤自杜牧始。此説亦未爲是。觀《三國志》：「擁麾守郡。」《文選》：「建麾作牧。」此語在牧之前久矣。漢制，太守車兩幡，所謂麾也。唐人如杜子美、柳子厚、劉夢得皆用之，謂之誤不可。

五馬　唐人詠太守多用五馬，如「人生五馬貴」、「五馬爛生光」之類甚多。或引《詩》「孑孑干旟」、「良馬五之」，以太守比州長之建旟爲解，則本篇「四之」、「六之」，又何獨不用也？宋龐機先云：「古制，朝臣乘駟馬車。漢時，太守出，則增一馬。」《遯齋閑覽》及《學林新編》引之，然不如潘子真之説爲確。子真云：「禮，天子六馬，左右驂。三公九卿駟馬，左驂。漢制，九卿秩中二千石，亦右驂。太守則駟馬而已。其有功德加秩中二千石者，亦右驂，故以五馬爲太守之美稱云。」胡仔。

中和樂職　《王褒傳》：「益州刺史王襄使褒作《中和》、《樂職》、《宣布》三詩。」此是監司領朝廷德化，無與太守事，今人頌太守治政，往往用之，似失考。中和者，言政教隆平，得中和之道；樂職者，謂百官萬姓，樂得其常道；宣布者，謂德化周洽遍四海，各爲篇名。張曲江任洪州日有詩曰：「樂職在中和。」此語尤謬。《野客叢談》。

鶴俸　皮日休《新秋即事》：「酒坊吏到常先見，鶴俸符來每探支。」注云：吴都有鶴料。案，殊未詳鶴俸之説。曾文彥和博學之士，有《次韻趙仲美》詩云：「寧羨一囊供鶴料，會看千里躍龍媒。」注云：「唐幕府官俸，謂之鶴料。」《墨莊漫録》。按，竇友封爲元相武昌幕府，有詩云：「邑人興謗易，莫遺鶴支錢。」

驅雞　荀悦《申鑒》曰：「睹孺子之驅雞，而見御民之術。孺子之驅雞，急則驚，緩則滯，馴則安。」此泛言治術，然其用之縣令，則始韋蘇州之「驅雞嘗理邑」。後許渾亦有「遯迹驅雞吏」之句。遯叟。下同。

簿尉　杜《送高適》詩：「脱身簿尉中，始與捶楚辭。」韓愈詩：「判司卑官不堪説，未免捶楚塵埃間。」杜牧詩：「參軍與縣尉，塵土驚劻勷。一語不中治，笞箠身滿瘡。」據此，唐時卑官，不免笞撻，正與今代同。史稱代宗命劉晏考所部刺史有罪者，五品以上刻治，六品杖訖奏聞，豈但簿尉已哉！

帖職　皇甫曾《贈國子柳博士兼領太常博士》詩：「博士本秦官，求才帖職難。」以兼官爲帖職也。

員外檢校等名　太宗定官額，其後復有員外置，又有特置、同正員、檢校、兼守、判知之類，又有置使之名，或因事而置，事已則罷，或遂置而不廢，其名類頗多。節使幕僚至檢校中丞，往往而是。末葉鎮帥無不檢校台司，如薛能詩「舊將已爲三僕射」之類，逾濫至此。

官稱别名　唐人好以它名標榜官稱，今漫疏一二於此。太尉爲掌武，司徒爲五教，司空爲空土，侍中爲大貂，散騎常侍爲小貂，御史大夫爲亞台、爲亞相，中丞爲獨坐、爲中憲，侍御史爲端公、雜端，殿中爲副端，諫議爲大坡、大諫，補闕爲中諫，又曰補衮，拾遺爲小諫，給事郎爲夕郎、夕拜，知制誥爲三字，起居郎爲左螭，舍人爲右螭，又並爲修注，吏部尚書爲大天，禮部爲大儀，兵部爲大戎，刑部爲大秋，工部爲大起，吏部郎爲小天，選郎爲省眼，禮部郎爲小儀，爲南省舍人，今曰南宫，刑部郎爲小秋，祠部爲冰廳，屯田爲田曹，水部爲水曹，太常卿曰樂卿，少卿爲少常、奉常，鴻臚爲客卿，大理爲棘卿，評事爲廷平，將作監爲大匠，少監爲少匠，秘書監爲大蓬，少監爲少蓬，左右司爲都公，太子庶子爲宫相，宰相相呼爲堂老，兩省相呼爲閣老。尚書丞郎爲曹長，御史拾遺爲院長，下至縣令曰明府，丞曰贊府、贊公，尉曰少府、少公、少仙云。《容齋四筆》。

唐音癸籤卷十八

海鹽胡震亨遯叟著

詁箋三

麻紙　唐中書制詔有四：封拜敕書用簡，以竹爲之；畫旨而施行者曰發日敕，用黄麻紙；承旨而行者曰敕牒，用黄藤紙；赦書皆用絹。黄紙始貞觀間，或曰取其不蠹也。紙以麻爲上，藤次之，用此爲重輕之辨。又將相除徙内出制，不繇中書，獨用白麻紙，因謂之白麻。杜詩「黄麻似六經」，舉其概而言。《石林燕語》。

緋魚　白樂天爲中書舍人，六品，著緑，其詩有「白頭猶未著緋衫」。後與元微之同加朝散，登五品，始易緋，贈元詩有「青衫脱早差三品，白髮生遲校二年」。其自江州司馬除忠州刺史，借服色緋魚，有詩：「魚綴白金隨步躍，鵲銜瑞草繞身飛。」後除尚書郎，復有脱刺史緋詩云：「便留朱紱還鈴閣，却著青袍侍玉除。無奈嬌癡三歲女，繞腰啼哭覓銀魚。」唐百官服色，視階官之品，宋視職事官，此爲異。蔡寛夫。

蜜印　權德輿《哭劉尚書》詩：「命賜龍泉重，追榮蜜印陳。」蜜印者，謂贈官刻蠟爲印，懸綬以賜也。不知起何時，始見《晉·山濤傳》：「濤薨，敕贈司徒蜜印紫綬，侍中貂蟬，新沓侯蜜印青朱綬。」唐人文筆中亦多用此。劉禹錫《爲人謝追贈表》云：「紫書忽降於九重，蜜印加榮於後夜。」有改作「密」者，誤。遯叟。

衙　今監司郡守初上事，既受官吏參謁，至晡時，僚屬復伺於客次，胥吏列立庭下通刺，曰衙，以聽進退之命。禮不知起何時，岑參爲虢州上佐，有《衙郡守》詩，此也。洪邁。

玉帳　杜子美《送嚴公入朝》云：「空留玉帳術，愁殺錦城人。」又《送盧十四侍御》云：「但促銀壺箭，休添玉帳旂。」玉帳乃兵家厭勝方位，其法出《黄帝遁甲》，以月建前三位取之。如正月建寅，則巳爲玉帳，於此置軍帳，堅不可犯，主將宜居。《雲谷雜記》。

東選南選　唐貞觀初，以京師米貴，令東人選者集洛州，謂之東選。高宗時，以嶺南五管，黔中都督府得即任土人，而官或非其才，乃遣郎官御史爲選補使，謂之南選。其後江南、淮南、福建，因歲水旱，亦時遣選補使就選，廢置不恒。老杜《送魏司直》詩：「選曹分五嶺，使者歷三湘。」謂魏充南選也。銓選何事，可便宜越萬里外行乎？杜戒魏「雅節在周防」，又云「嫌疑陸賈裝」，則一時掌南選使，概可知矣。遯叟。下同。

進士科故實　唐進士初止試策。調露中，始試帖經，經通，試雜文，謂有韻律之文，即詩賦也。雜文又通，試策，凡三場。其後先試雜文，次試論、試策、試帖經爲四場。第一場雜文放者，始得試二、三、四場。其四場帖經被落，仍許詩贖，謂之贖帖。至於制舉試策，元以羅非常之才，乃問策外，亦試詩賦，其觭重如此。唐試士重詩賦者，以策論惟勦舊文，帖經祇抄義條，不若詩賦可以盡才。又世俗偷薄，上下交疑，此則按其聲病，可塞有司之責。雖知爲文華少實，捨是益汗漫無所守耳。説詳《選舉志》。今代重經義，亦此意也。

舉場每歲開於二月。每秋七月，士子從府州覓解紛紛，故其時有「槐花黄，舉子忙」之諺。

府州解送，最重京兆、同華。京兆解送上十人，謂之等第。多成名，不則往往牒貢院請放落之由。同華解首送者，亦無不捷。咸通中，李建州頻爲京兆參軍，主試，出《月中桂》詩，張喬擅場。頻以許棠老於場屋，改薦棠爲首，棠因而登第。《國史補》云：「外府不試而解，謂之拔解。」京兆蓋試而升者。

其時雖有國子監、郡縣學，而人不爲重。玄宗嘗敕天下罷鄉貢，悉繇國子監、郡縣學舉送，然竟不能改。咸通中，温飛卿任太學博士，主秋試，以邵謁詩爲工，榜於堂，仍請之禮部，謁竟不得第而死。太學解送成事之難，與外府無異。

舉子麻衣通刺，稱鄉貢。繇户部關禮部各投公卷，亦投行卷於諸公卿間。舊嘗投今復投者曰温卷。禮部例得采名望收録。凡造請權要，謂之關節，激揚聲價，謂之往還，士成名多以此。

按麻衣色白，故其時稱舉子爲白衣公卿。宋朝制同。今代洪武初亦然，後乃稍易玉色。《七修類稿》云。

試場在都省，亦稱都堂，及稱東堂。試夜給燭三條。韋承貽《都堂紀事》：「三條燭盡鍾初動，九轉丹成鼎未開。」

榜放於禮部南院，張院東別墻，陳標詩所云「春官南院粉墻東」者是也。歲每三十人爲率。李山甫詩：「麻衣盡舉一雙手，桂樹只生三十枝。」言得者之少而難如此。東都舉，永泰及太和初元亦一行，據杜紫微《東都登第》詩「三十三人走馬迴」，合兩都又當六十餘人矣，蓋間舉之事。

詩家詠登第多用淡墨榜事，指榜頭禮部貢院四字也。或云文皇以飛帛書之，或云象陰注陽受之狀，或云值書史醉，字體濃淡相間，反致其妍，後遂相沿。衆説不一。

關試，吏部試也。進士放榜敕下後，禮部始關吏部。吏部試判兩節，授春關，謂之關試，始屬吏部守選。其讌集之名凡九，以關試後曲江亭聞喜一宴爲盛。放榜後稱新及第進士，關試後稱前進士。唐進士，今鄉貢之稱；前進士，乃今進士稱也。《摭言》云：「進士及第後，知聞或遇未及第時題名處，則爲添『前』字。」故唐人登第詩有「名曾題處添前字，送出城人乞舊衣」之句。乞衣，亦見張籍詩。當時下第舉子丐利市猥習，可憫笑者。

先輩，原以稱及第者，觀諸家詩集中題有下第獻新先輩詩可見。後乃以爲應試舉子通稱。又有必先之稱。《乾𦠆子》載閻濟美與盧景莊同應舉，閻稱盧云：「必先聲價振京洛。」《雲溪友議》：「劉禹錫納牛僧孺卷曰：『必先期至矣。』」《太平廣記》：「鄭光業入試，有一人突入鋪，欲其相容，呼必先、必先不置。」必先似云名第必居先，與「先輩」同一推敬意。韓儀與關試後新人詩，有「休把新銜惱必先」句，此必先又謂下第同人也。

家慶　唐人與親别而復歸，謂之拜家慶。盧象詩云：「上堂家慶畢，顧與親恩邇。」孟浩然詩云：「明朝拜家慶，須著老萊衣。」《韻語陽秋》。

傳席　今人家娶婦，輿轎迎至大門，則傳席以入，弗令履地。然唐人已爾。樂天《春深娶婦家》詩云：「青衣轉氈褥，錦繡一條斜。」《輟耕録》。下同。

煖屋　今之入宅與遷居者，鄰里醵金治具，過主人飲，謂之曰煖屋，或曰煖房。王建《宫詞》：「大儀前日煖房來。」則暖屋之禮，其來尚矣。

勝常　王廣津《宫詞》云：「新睡起來思舊夢，見人忘却道勝常。」勝常，猶今婦人言萬福也。前輩尺牘有云「尊候勝常」者，「勝」字當平聲讀。《老學庵筆記》。

秩　白公詩：「已開第七秩，飽食仍安眠。」又：「年開第七秩，屈指幾多人？」年六十二所作。其「行開第八秩」詩自注：「俗謂七十以上爲開第八秩。」蓋以十年爲一秩云。「秩」字于古無考。《禮》：「年九十日有秩。」豈所本歟？《芥隱筆記》。

門子　儲光羲《貽太學張筠》詩：「璧池忝門子。」門子，嫡子之將代父當門者，蓋公子也。

見《選·補亡詩》引《周禮》鄭注。鄭良孺。

髀兒 高崇文詩：「那個髀兒射雁落。」鄙語呼人曰骸兒也。《北夢瑣言》。

丫頭 吴中呼女子之賤者爲丫頭。劉賓客《寄贈小樊》詩：「花面丫頭十三四，春來綽約向人時。」《輟耕録》。

練師 《唐六典》：「道士有三號，曰法師，曰威儀師，曰律師。其德高思精者，謂之練師。女道士亦同。」今諸家詩題止稱女道士爲練師，不知何故？遯叟。下同。

莫徭盧亭 顧況《酬漳州張使君》詩：「薛鹿莫徭洞，網魚盧亭洲。」《地理志》：「莫徭，夷蜒名。自云其先祖有功，常免徭役，故以爲名。」薛鹿，即殺鹿。《集韻》：「躠與殺同音同義。」此省爲薛也。盧亭者，居海島，赤身無衣，常下海捕魚，能伏水中三四日不死，相傳爲盧循子孫，亦名盧餘。漳郡唐初所開，固當以此入詠。

龍户馬人 韓退之詩：「衙時龍户集，上日馬人來。」龍户，在儋耳珠崖，其人目睛皆青碧，善伏水，蓋即所謂崑崙奴也。馬人者，馬文淵遺兵，居對銅柱，言語飲食，與中華同，號曰「馬留」。事見俞益期牋，恐即此。《宛委餘編》。

白題 《史記·功臣表》：「潁陰侯斬胡白題將一人。」服虔注：「白題，胡名。」梁有白題國入貢，裴子野引以證，人服其博識。白題出處止此。欲求其所以名白題，無説也。杜《秦州》

詩：「馬驕朱汗落，胡舞白題斜。」借爲題額之題屬對，意指當時《胡旋》等舞，入自秦西北，桐衫珠帽，有似白額者而言，正詩家使字巧法，非真謂白題當如此解也。讀者善會其意始得。宋注紛紛曲證，失之遠矣。遯叟。

唐音癸籤卷十九

海鹽胡震亨遯叟著

詁箋四

上頭　今世女子初笄曰上頭。花蕊夫人《宫詞》：「年初十五最風流，新賜雲鬟使上頭。」入詩遂爲雅語。遯叟。下同。

入月　《黄帝内經》：「月事以時下。」謂天癸也。《史記》：「程姬有所避，不願進。」注：「天子諸侯群妾，以次進御，有月事止不御，更不口説，以丹注面目，的的爲識，令女史見之。」王建《宫詞》：「密奏君王知入月，唤人相伴洗裙裾。」語雖情致，但天家何至自洗裙裾？密奏云云，更不諳丹的故事矣。

時世妝　唐婦人妝名時世頭。《因話録》：「西平王治家整肅，不許時世妝梳。」白樂天《時世妝歌》：「圓鬟無鬢堆髻樣，斜紅不暈赬面狀。」然亦有作「時勢」者。權德輿詩：「叢鬢愁眉時勢新。」元微之《教閨人妝束》詩：「人人總解争時勢，都大須看各自宜。」豈時人避廟諱改

「世」爲「勢」乎？抑以鬆鬢危髻，取勢頗高，改「勢」字貌之乎？正不如作「時世」爲雅切耳。

男子拜　世謂婦人立拜起於武后，其實不然。周天元時，命内外命婦拜天臺，皆執笏俯伏如男子，可見以前婦人無俯伏者，惟下手立拜耳。王建《宮詞》有云：「臨上馬時齊賜酒，男兒跽拜謝君王。」知當時宮女不作男子拜矣。本朝命婦入朝，贊行四拜，皆下手立拜；惟謝拜賜時，一跪叩頭，遵古禮也。于慎行《筆麈》云：「古者婦人肅拜，兩膝齊作虚坐，手至地而頭不下，今以古婦人之拜爲揖，故加之拳曲而跪。」

靨飾　《説文》：「靨，頰輔也。」《洛神賦》：「明目善睞，靨輔承權。」自吳宮有獺髓補痕之事，唐韋固妻少時爲盜刃所刺，以翠掩之，女妝遂有靨飾。其字二音，一音琰，一音葉。温飛卿詞：「繡衫遮笑靨，烟草雙飛蝶。」此音葉。又云：「粉心黄蕊花，靨眉山兩點。」此音琰。楊升庵。

纏足　張邦基《墨莊漫録》云：「婦人之纏足，傳記皆無所出。獨齊東昏有鑿金爲蓮花帖地，令潘妃行其上一事，見《南史》，而不言其足若何。」又云：「古樂府、六朝詞人體狀婦人眉目、唇口、腰肢、手指無不有，獨無一言稱纏足。唐之杜牧、李商隱之徒亦然。僅韓偓《香奩集》有《詠屧子》一詩：『六寸膚圓光緻緻。』唐尺短，以今校之，亦自小，然亦不言其弓也。」惟《道山新聞》云：「李後主宮嬪窅娘纖麗善舞，後主作金蓮，高六尺，蓮中作品色瑞蓮，令窅娘以帛繞脚，令纖小屈上作新月狀，著素襪舞其中，回旋有凌雲之態。」唐鎬詠之曰：「蓮中花更好，雲裏月長新。」繇是人皆效之，以纖弓爲妙。以此知札脚自五代始也。《輟耕録》。

愚謂纏足事始雖不見史傳，然善讀史者，自當以意求之。從來婦人足履之制，惟《晉書》之《五行志》附見兩言云：「男子屐方頭，婦人圓頭。」而《唐·車服志》爲尤詳，其言云：「后妃大禮著舄，燕見用履，命婦服用舄履亦同，而民俗不盡遵用。武德初，婦人曳線鞾，開元中用線鞋，侍兒則著履。」夫鞋鞾同圓頭之式，圓頭適足小之用，而履舄之方而貴者，反令賤者躡之，詳繹時風，纏足自寓，亦何必明白言之，始謂史書有載哉？大抵有男女來，便分男女體態。婀娜細步，纖小玉趺，古人定蚤鑿此竅，不待今日。其漸變漸妍，或至五代始作弓樣則有之。若謂纏束非始古人，待古人亦太村且拙矣。「鈿尺裁量減四分，纖纖玉筍裹輕雲。五陵年少欺他醉，笑把花前出畫裙。」杜牧有詩。「新羅繡行纏，足趺如春妍」，見晉《清商曲》。「纖纖作細步，精妙世無雙」，見漢《焦仲卿妻》詩。云古無詩，亦失考。遯叟。

寶袜 袜，女人脇衣也。隋煬帝詩「錦袖淮南舞，寶袜楚宫腰」、盧照鄰詩「倡家寶袜蛟龍被」、謝偃詩「細風吹寶袜，輕露濕紅紗」是也。或謂起自楊妃，小説僞書，不可信。崔豹《古今注》謂之腰綵，注引《左傳》「衵服」，謂日日近身衣也，知古已有之矣。《升庵詩話》。

輕容 紗之至輕者，有所謂輕容，出《唐類苑》，云：「輕容，無花薄紗也。」王建《宫詞》

云：「嫌羅不著愛輕容。」元微之有寄白樂天白輕容，樂天製而爲衣，而詩中「容」字乃爲流俗妄改爲「庸」，又作「庸榕」，蓋不知其所出。《齊東野語》。

屠蘇　周王褒詩：「飛甍彫翡翠，繡桷畫屠蘇。」屠蘇，本草名，畫於屋上，因草名以名屋。杜詩云：「願隨金騕褭，走置錦屠蘇。」此屠蘇，屋名也。後人又借屋名以名酒，孫思邈有屠蘇酒方。又大帽形類屋，亦名屠蘇。《南史》：謠云「屠蘇障日覆兩耳」是也。《升庵詩話補遺》。

榮　韓退之詩：「前榮饌賓親。」沈括云：「《禮》：『洗當東榮。』屋翼謂之榮。」東西注屋則有之，未知前榮何在。今考《文選》王元長《曲水詩序》注：「榮爲屋檐。檐一名摘，一名宇，即屋之四垂也。又謂之楣，又謂之梠，則屋凡有檐處皆可謂之榮矣。故李華《含元殿賦》有風交四榮之説。張祜《法雲檜》詩：「謝家雙植本南榮。」南榮，正前榮耳。《藝苑雌黄》。參。

勾欄　《韻書》：「木爲之，在階際。」《古今注》：「漢顧成廟槐樹設扶老鈎欄。」其始也。王建《宫詞》、李長吉《宫娃歌》，俱用爲宫禁華飾。自晚唐李商隱輩用之倡家情詞，如「簾輕幕重金鈎欄」之類，宋人相沿，遂專以名教坊，不復佗用。《漢書注》：「賣隸妾納闌中。」以爲曲中麗飾稱可，以爲寓簡賤意專稱亦可。遯叟。

屈戌　今人家窗户設鉸具，或鐵或銅，名曰環紐，即古金鋪之遺意，北方謂之屈戌，其稱甚古。梁簡文詩：「織成屏風金屈戌。」李商隱詩：「鎖香金屈戌。」李賀詩：「屈膝銅鋪鎖阿甄。」屈膝當是屈戌。《輟耕録》。

葳蕤鎖　韓翃詩：「春樓不閉葳蕤鎖，緑水迴通宛轉橋。」《封禪書》：「紛綸葳蕤。」張楫曰：「亂貌。」《録異傳》載：建安中河間鬼婦遺葳蕤鎖與人别，其鎖以金縷相屈伸。古樂府《烏夜啼》：「歡下葳蕤鎖，交儂那得住。」陳晦伯。

泥窗　蜀人謂糊窗爲泥窗。花蕊夫人《宫詞》云：「紅錦泥窗繞四廊。」非曾遊蜀，亦所不解。《老學庵筆記》。

緑沉　杜甫詩：「雨抛金鎖甲，苔卧緑沉槍。」薛蒼舒注引車頻《秦書》云：「苻堅造金銀緑沉細鎧，以緑沉爲精鐵。」按，《北史》：「隋文帝嘗賜張奫緑沉甲、獸文貝裝。」《武庫賦》云：「緑沉之槍。」唐鄭槩聯句有「亭亭孤筍緑沉槍」之句。《續齊諧記》云：「王敬伯夜見一女，命婢取酒，提一緑沉漆盒。」王羲之《筆經》：「有人以緑沉漆竹管見遺，亦可愛翫。」蕭子雲詩云：「緑沉弓項縱，紫艾刀横拔。」恐緑沉如今以漆調雌黄之類，若調緑漆之，其色深沉，故謂之緑沉，非精鐵也。姚寬《叢語》。楊升庵云：「《鄴中記》：『石虎造象牙桃枝扇，或緑沉色，或木雞色，或紫紺色，或鬱金色。』蓋畫工設色名也。」

退紅　唐有一種色，謂之退紅。王建《牡丹》詩云：「粉光深紫膩，肉色退紅嬌。」王貞白《倡樓行》云：「龍腦香調水，教人染退紅。」《花間集》：「床上小薰籠，昭州新退紅。」蓋退紅若今之粉紅，髹器亦有作此色者，今無之矣。紹興末，縑帛有一等似皂而淡者，謂之不肯紅，亦退紅之類也。《老學庵續筆記》。

瓊可爲白　謝惠連《雪賦》：「庭列瑶階，林挺瓊樹。」善《注》：「瓊，赤玉也〔二〕，瓊樹恐誤。」按，瓊之爲赤玉，見《説文》。但《毛詩傳》言瓊非一，惟云玉之美者，非以爲玉色名。《詩傳》在《説文》前，尤可據。謝蓋用《詩傳》，不用《説文》耳。陳張正見「雎陽生玉樹，雲夢起瓊田」，隋王衡「璧臺如始構，瓊樹似新栽」，以及李賀「白天碎碎墮瓊芳」，李義山「已隨江令誇瓊樹，又入盧家妒玉堂」，並從謝作白用，似不爲誤。遯叟。

隱囊　古人呼車靷之俗名。顔師古曰：「靷，韋囊，在車中，人所凴伏也。今謂之隱囊。」王右丞詩：「隱囊紗帽坐彈棋。」蓋取車中靷爲坐彈棋耳。《顔氏家訓》曰：「梁全盛日，貴游子弟，駕長檐車，跟高齒屐，坐棋子方褥，凴班絲隱囊。」名之曰囊，意其物視褥爲高，故用之凴，亦用之坐也。鄭良孺。

尼師壇　張希復《與段成式同賦宣律師袈裟》云：「共覆三衣中夜寒，披時不鎮尼師壇。無因蓋得龍宫地，畦裏塵飛葉相殘。」梵語尼師壇，此云隨坐衣，唐言坐具也。《翻譯名義》云：

〔二〕「赤」，《四部叢刊》景宋本《六臣注文選》卷十三作「亦」。

「元佛初度五人及迦葉兄弟，並製袈裟左臂，坐具在袈裟下。後度諸衆，徒侣漸多，年少比丘，儀容端美，入城乞食，多爲女愛，由是製衣角在左肩，後爲風飄，聽以尼師壇鎮上。」此覆中夜外鎮也。遯叟。

越窑 許渾詩：「沉水越瓶寒。」又：「越瓶秋水澄。」陸龜蒙詩：「九秋風露越窑開，奪得千峰翠色來。」越窑爲諸窑之冠，至錢王時愈精，臣庶不得通用，謂之秋色，即所謂柴窑者是。俗云：「若要看柴窑，雨過青天色。」與許、陸詩正同。《留青日札》。

暖簧 笙簧必用高麗銅爲之，艷以緑臘。簧暖則字正而聲清越，故必用焙而後可。陸天隨詩曰：「妾思冷如簧，時時望君暖。」樂府亦有簧暖笙清之語。《齊東野語》。

蝦蟆更 周遵道《豹隱紀談》：「内樓五更絶，梆鼓交作，謂之蝦蟆更，外方謂之攢點。」郝天挺云：「江南以木柝警夜，曰蝦蟆更。」張蠙《錢塘夜宴》詩：「觱篥調高山閣迥，蝦蟆更促海城寒。」詳詩意，郝説爲近。遯叟。下同。

夜半鍾 張繼：「夜半鍾聲到客船。」歐公以半夜非鳴鐘時爲語病。《庚溪詩話》謂：「于鵠詩：『定知別後宫中作，遥聽緱山半夜鍾。』温庭筠：『悠然旅榜頻回首，無復松窗半夜鍾。』皇甫冉：『夜半隔山鍾。』陳羽：『隔水悠悠午夜鍾。』唐人屢用。」《詩眼》引《南史》齊武帝景陽樓有三更、五更鍾，丘仲孚讀書，以中宵鍾爲限，阮景仲爲吴興守禁夜半鍾，云實有半夜鍾，用之不妨。愚謂繼詩特言其早，見行役勞耳。胡元瑞云：「詩流借景立言，惟在聲律之調，興象之合，區區事實，彼豈暇計？無論夜半是非，即鍾聲聞否未可知也。」尤爲得解。

三翼　元微之詩：「光陰三翼過。」《越絶書》及《水戰兵法内經》有大翼、中翼、小翼舟名，蓋戰船之輕捷者。張景陽《七命》：「浮三翼，戲中沚。」梁元帝「白華三翼舸」、「三翼自相追」，張正見「三翼木蘭船」，並用此。鄭良孺。

五兩　太白「扁舟敬亭下，五兩先飄颻」，權德輿「曉風摇五兩」，張祜「南風吹五兩」，王維「惡説南風五兩輕」，出郭景純《江賦》：「覘五兩之動静。」凡候風，以雞羽重五兩，繫五丈旗顛，立軍營中綄船上候之，楚謂之五兩。《留青日札》。

歡帆　余生長澤國，每聞舟子呼造帆曰「歡」，稱牽船之索曰「彈平聲子」，使風之帆爲去聲。意謂俗諺耳。及觀唐樂府有詩云：「蒲帆猶未織，争得一歡成？」而鍾會呼捉船索爲「百丈」，趙氏注云：「百丈者，牽船篾，内地謂之宣音彈。」韓昌黎詩云：「無因帆江水。」而《韻書》去聲内亦有扶帆切者，是知方言俗語，皆有所據。陸放翁入蜀，聞舟人祠神，方悟杜詩「長年」、「三老」、「攤錢」之語，亦此類也。《齊東野語》。

活船　白太傅詩：「暑退衣服乾，潮生船舫活。」吴中以水長船動爲船活，采入詩中，便成佳句。《閲耕餘録》。

彈棋　戲之有彈棋，始漢武，以代蹴踘之勞。其法用石爲局，中隆外庳，黑白棋各六枚，先列棋相當，下呼上擊之，以中者爲勝。李頎《彈棋歌》：「藍田美石青如砥，黑白相分十二子。聯翩百中皆造微，魏文手巾不足比。緣邊度隴未可嘉，鳥跂星懸正復斜。迴飆轉指速飛電，拂四取五旋風花。」按，魏文帝《彈棋賦》：「緣邊間造，長斜迭取。」丁廙賦：「風馳火燎，令牟取五。」梁元帝《謝彈棋局啓》：「鳳峙鷹揚，信難議擬；鳥跂星懸，何曾彷彿！」頎詩多本此。魏文善此技，用手巾拂之，無不中。唐順宗在春宮日，甚好之，時多名手。至長慶末，好事家猶見有局，尚多解者。今則不傳矣。遯叟。

六赤葉子　李洞有《贈龍州李郎中先夢六赤後打葉子》詩，六赤，古之瓊畟，今之骰子也。葉子者，如今之册葉。唐人藏書，皆作卷軸，後苦卷軸難數卷舒，多以葉子寫之，如吴彩鸞《唐韻》、李郃《彩選》之類是也。骰子格本備檢用，故亦以葉子寫之，因以爲名。唐世士人宴聚，盛行葉子格，五代、宋初猶然，後漸廢不傳，見歐陽《歸田録》。楊用修以葉子爲紙牌，失之矣。陳晦伯。

唐音癸籤卷二十

海鹽胡震亨遯叟著

詁箋五

酒名春　東坡云：「唐人酒多以春名。」今具列一二。金陵春李白詩：「堂上三千珠履客，甕中百斛金陵春。」　竹葉春杜甫詩：「山杯竹葉春。」　麴米春杜：「聞道雲安麴米春，纔傾一盞便醺人。」　抛青春韓愈詩：「百年未滿不得死，且可勤買抛青春。」　梨花春白居易詩：「青旗沽酒聽梨花。」注：杭人釀酒，聽梨花時熟，號爲梨花春。　若下春烏程有若下春。劉禹錫詩：「鸚鵡杯中若下春。」　石凍春富平有石凍春。鄭谷贈其宰詩云：「易博連宵醉，千缸石凍春。」　土窟春出滎陽。　燒春出劍南。並見唐《國史補》。　松醪春見唐裴鉶《傳奇》。

銷腸酒　鄭谷詩：「險事消腸酒，清歡敵手棋。」《拾遺記》：「張華以西羌糵漬北胡麥爲醇酒，大醉不揺蕩，令人肝腸爛，當時謂之消腸酒。」鄭詩似用此。

藍尾酒　元日飲屠蘇酒，從小者起以至老，名藍尾酒，唐人多入詩用。按《時鏡新書》：「晉有問董勛者，曰：『俗以小者得歲，故賀之；老者失歲，故罰之。』」意即「闌」字，取闌末之意，借用藍耳。侯白《酒律》又言：「此酒巡匝到末，連飲三杯以慰之，亦名婪尾。」唐人《河東記》載申屠澄遇老翁嫗留飲，澄讓曰：「始自主人翁，即巡，澄當婪尾。」則知婪爲自謙之辭，如俗云貪杯然。與藍又另一解矣。並方言，而各有其義。遯叟。下同。

火前　白樂天《茶》詩：「紅紙一封書後信，緑芽十片火前春。」齊己詩：「高人愛惜藏巖裏，白甀封題寄火前。」火前者，寒食禁火之前也。今世俗多用穀雨前茶，稱爲雨前。《學林新編》云：「茶之佳者，造在社前，其次火前，其下則雨前。」

皋盧　葉大味苦澀，似茗而非。南越茶艱致，煎此爲飲以代之，非佳品也。皮日休有「石盆煎皋盧」，取其名之僻入句耳。詳《本草》及《南越志》。

雲子　杜詩：「飯抄雲子白。」葛洪《丹經》用「雲子碎雲母」。今蜀中有碎礫，細長而圓者，白雲子石也。杜以飯粒似之，故云。《許彦周詩話》。

麩炭　白樂天詩云：「日暮半鑪麩炭火。」麩炭語留傳不一。《北夢瑣言》：「優人安轡新嘲李茂貞燒京闕云：『京師但賣麩炭，便足一生。』」遯叟。下同。

五粒松　松以粒言，舊矣。唐詩如「松暄翠粒新」、義山。「翠粒照清露」、夢得。「松齊一夜懷貞白，霜外空聞五粒風」，魯望。又李賀有《五粒小松歌》。豈古人本其初菩有似乎粒，故言粒歟？乃亦有稱鬣者。按松穗皆雙股，栝松三股，種傳自高麗。所謂華山松者，每穗五股，稱五鬣松。松穗初生，少可言粒，多至五亦言粒，於體物未愜矣。段成式云：「五粒者，當言鬛。」甚得之，非謂凡粒皆可通呼鬛也。

榿　《杜集》有《乞榿木》詩，又有「榿林礙日吟風葉」句。《韻書》不收「榿」字，無音。鄭氏注曰：「五來反。」若然，當作「𣓈」字。嘗見前輩讀若欹韻，頗以爲疑。後見劍南詩有「著書增木品，搜句覓榿栽」，又荆公詩云：「濯錦江邊木有榿，小園封殖佇華滋。」益信欹音爲然。榿惟蜀有之，不才木也，或謂即榕云。《齊東野語》。

木綿樹　大可合抱，高數丈。花紅似山茶，而蕊黄色，瓣極厚。春初葉未舒時，花開滿樹，望之爛然如錦，又如火之燒空。既結實，大似酒杯，絮茸茸如細毳，半吐於杯之口，所獲與江南草本歲藝者異。唐王叡詩：「紙錢飛出木綿花。」蓋其盛開之時，正與春社相值。又李商隱：「木綿花飛鷓鴣啼。」則花盡葉長，春已老矣。《西事珥》。下同。

桄榔樹　李德裕詩：「桄榔樹葉暗蠻溪。」桄榔身似椶櫚，而色緑似竹，亦有絲自裹，高七八丈，亭亭直上，葉大如掌，皆攢於樹之杪，甚濃密。其杪抽絲蔓千百條，長丈餘，垂下如縷，蕤蕤可玩。南中樹，此種形之最異者。張九齡詩：「里樹桄榔出。」謂其特高，出群木之表也。

桂　張九齡詩：「蘭蕊春葳蕤，桂花秋皎潔。」段成式云：「桂花三月生，黄而不白。曲江云『桂花秋皎潔』，妄矣。」按《圖經》，桂有三種，菌桂、牡桂及單名桂。賓、宜、韶、欽諸州，種類亦各不同。有三月、四月生花，全類茱萸者。亦有八、九月生花者，今東南桂皆然。其花色，黄白之外亦有丹者。成式安得據所見，遂謂曲江爲妄乎！遯叟。下同。

牡丹　余觀唐人牡丹入詩，不但中、晚，即初、盛概有，歐公不知何故，謂篇什爲少。此花移植於武后，賦句於婉兒，譜《清平調》於太真。有此三名雌爲之破天荒，雖矢音不多，已占盡一代風流矣。寧待「買栽」、「看到」等語出，始云盛哉！鄭樵謂芍藥見於《風》、《雅》，最古；牡丹晚出，依芍藥得名，故其初曰木芍藥，亦如木芙蓉之依芙蓉以爲名。而爲唐人所重，貴游競趨，至今彌甚，遂使芍藥爲洛譜衰宗矣。

玉蕊花　唐人甚重玉蕊花。唐昌觀花發，致仙女下降。元、白、劉夢得、張籍、王建與嚴復休有唱和詩。李德裕出牧潤州，招隱山觀有此花，因有《憶翰林院玉蕊》之作，但不詳其花之狀若何。後見《周益公集》有《玉蕊辨證》一卷，云嘗從招隱致得一本，條蔓如荼蘼，種之，冬凋夏茂，柘葉紫莖，久之根株合抱成樹。花苞初甚微，經月漸大，暮春方八出。須如冰絲，上綴金粟。花心復有碧筒，狀類膽瓶。其中别抽一英，出衆須上，散爲十餘，猶刻玉然。花名玉蕊以此。益公又以爲人多與瓊花、瑒花相混。瓊花即八仙花，瑒花即山礬花，亦名米囊花。並白，而實與玉蕊異云。

合昏　杜子美《佳人》詩云：「合昏尚知時，鴛鴦不獨宿。」合昏，即合歡，葉至暮即合，今夜合花是。《墨莊漫録》。

杜鵑　潤州鶴林寺杜鵑，今俗名映山紅，又名紅躑躅者。此花在江東，彌山亘野，殆與榛莽相仍。而説者以爲外國僧鉢盂中所移，上玄命三女下司之，已逾百年，終歸閬苑。蓋物以希見爲珍，不必果異種也。王建《宫詞》云：「太儀前日暖房來，囑向昭陽乞藥栽。敕賜一窠紅躑躅，謝恩未了奏花開。」雖宫禁中，其重如此。《容齋一筆》。

荳蔻　杜牧之詩云：「娉娉嫋嫋十三餘，荳蔻(稍)[梢]頭二月初。」不解荳蔻之義。閲《本草》，荳蔻花作穗，嫩葉卷之而生，初如芙蓉，穗頭深紅色，葉漸展，花漸出，而色微淡。南人取其未大開者謂之含胎花。言尚小，如妊身也。姚寬《叢語》。

折麻　《楚詞》云：「折疏麻兮瑶華，將以遺兮離居。」瑶華，謂麻之華白也。謝靈運詩云：「瑶華未堪折，蘭苕已屢摘。路阻莫贈問，何以慰離析。」沿《楚辭》意，用於離居。唐人駱賓王《思家》詩云：「旅行悲泛梗，離恨斷疏麻。」錢起《題輞川》詩云：「折麻定延佇，乘月期相尋。」用並同謝。至於起《贈趙給事》詩乃云：「不惜瑶華報木桃。」則以瑶華爲玉，誤矣。《韻語陽秋》。

拗花　南方謂折花曰拗花。唐李賀詩：「試問酒旗歌板地，今朝誰是拗花人？」又古樂府：「拗折楊柳枝」。《輟耕録》。

麴塵　唐人詠柳，如劉禹錫之「龍墀遥望麴塵絲」，使「麴塵」字者極多。《禮記·月令》：「薦鞠衣於上帝，告桑事。」注云：「如鞠塵色。」《周禮·内司服》「鞠衣」，鄭司農云：「鞠衣，黄桑服也，色如鞠塵，象桑葉始生。」此用之柳，又象其花絮之穗耳。姚寬《叢語》。下同。

栗皺　杜甫詩云「嘗果栗皺開」，或作「皺」字，殊不可解。《集韻》：「皺，側尤切，革紋蹙也。」《漢上題襟》周繇詩云「開栗戈之紫皺」，貫休云「新蟬避栗皺」，又云「栗不和皺落」，即栗蓬也。

訶梨勒　包佶《訶梨勒葉》詩：「茗飲暫調氣，梧丸喜伐邪。」按《本草》，訶梨勒樹似木梡，花白，子似梔子，主消痰下氣等疾。來自南海舶上，廣州亦有之。茗亦能下氣，此言其功勝茗。梧丸，謂入用丸如梧子也。今醫家所用訶梨勒，是其子，不聞用葉者，應是《本草》失收耳。遯叟。

相思子　《筆叢》謂唐人骰子近方寸，凡四點當加緋者，或嵌相思子其中。温庭筠詩云：「璦瓏骰子安紅豆，入骨相思知也無？」相思子即今紅豆也。愚按，嶺南、閩中有相思木，歲久結子，色紅，如大豆，故名相思子。每一樹結子數斛，非即紅豆也，豈飛卿姑借用耶？徐氏《筆精》。

紅藍　藍，《説文》：「染青草也。」所謂青出於藍者是也。白樂天詩：「老絲練緑紅藍染，染成紅線紅於藍。」李益詩：「藍葉鬱重重，藍花石榴色。少女歸少年，光華自相得。」此則紅花也，本非藍，以其葉似藍，因名爲紅藍。《本圖草經》云。遯叟。下同。

蒲草　王叡詩「蒲草頭花柳葉裙」，李咸用《詠紅薇》詩：「畫出看還欠，蒲爲插未輕。」蒲草作花，古已有之矣。

嘉草　柳子厚《種白蘘荷》詩：「庶氏有嘉草，攻禬事久泯。」《本草》：「蘘荷，葉似初生甘蕉，根似薑芽。中蠱者服其汁，卧其葉，即呼蠱主姓名。」庶氏以嘉草除蠱毒，宗懍謂嘉草即此也。陳晦伯。

席萁　王建詩：「單于不向南牧馬，席萁遍滿天山下。」顧非熊詩：「席萁草斷城池外，護柳花開帳幕前。」李長吉：「秋浄見旄頭，沙遠席萁秋。」秦韜玉：「席萁風緊馬豩豪。」唐人屢用之。《酉陽雜俎》云：「席萁，一名塞蘆，生北胡地，」蓋可爲簾，亦可充馬食者。《五代史》云：「契丹地有息雞草尤美，而本大，馬食不過十本而飽。」意席萁即息雞，一物而音訛耳。劉會孟注賀集，以席萁爲箕踞之義，楊升庵駁之爲塞上地名，並誤。遯叟。

箯簩　亦曰簩箯，舊云出思牢國。又一名澀勒。質薄而空，大者逾二寸，澀可挫爪，久則以漿水漬之，還復快利。坡詩「倦看澀勒暗蠻村」謂此。李商隱有《射魚》詩云：「思牢弩箭磨青石，綉額蠻奴三虎力。」則此物亦中箭材矣。《西事珥》。

駊騀　白居易《武丘留别諸妓》云：「清管曲終鸚鵡語，紅旗影動駊騀嘶。」《廣韻》：「駊𩡧，蕃大馬也。」音薄寒，亦有直作薄寒者。遯叟。下同。

黑暗 杜詩：「黑暗通蠻貨。」段成式以爲南人稱象牙白暗，犀角黑暗，杜蓋用方言，而不詳暗之義。考《本草圖經》云：「犀文有倒插，有正插，有腰鼓插。」其類極多，足爲奇異。波斯呼犀角爲黑暗，言難識别耳。

鷓鴣音 《嶺南録異》云：「鷓鴣，吴楚之野悉有，嶺南偏多。臆前有白圓點，背上間紫赤色。大如野雞，多對啼，其鳴自呼，鈎輈格磔。李群玉《山行聞鷓鴣》詩云：『方穿詰曲崎嶇路，又聽鈎輈格磔聲。』」《韋莊集·鷓鴣》詩：「懊惱澤家非有恨，年年常憶鳳城歸。」舊注：懊惱澤家，鷓鴣音。（有）〔與〕此不同。

喚起催歸 韓退之詩：「喚起窗全曙，催歸日未西。無心花裏鳥，更與盡情啼。」山谷曰：「吾每哦此詩，而了不解其意。自謫峽川，時春晚，憶此詩方悟之。」喚起、催歸，二鳥名，若虚設，故人不覺耳。喚起聲如絡緯，圓轉清亮，偏於春曉鳴，亦謂之春喚。催歸，子規鳥也。《冷齋夜話》。

撥穀 太白樂府：「撥穀飛鳴奈妾何。」撥穀，即布穀。牝牡飛鳴，以翼相拂。佩之，夫妻相愛。見《爾雅注》及《本草》。遯叟。下同。

烏鬼 杜《峽中》詩有「家家養烏鬼，頓頓食黄魚」之句，解烏鬼者，其説不一。有引元微之詩「病賽烏稱鬼」，云南人染病，競賽烏鬼，爲杜詩之證，似乎爲確。然於「養」字終説不去，對下聯亦無情。至有謂烏鬼爲祀神之猪，尤可笑。畢竟是鸕鷀，方與食黄魚可通，聯法爲合耳。若謂今峽中稱鸕鷀無此名，因生他辨，方言今古不同者多，可一概論耶！

稚子　杜詩：「筍根稚子無人見。」姚寬引杜牧詩「小蓮娃欲語，幽筍稚相攜」，孔平仲引唐人《食筍》詩「稚子脱錦繃，駢頭玉香滑」，證稚子爲筍。然作此解，與下「鳬雛」句亦不成聯法。僧贊寧謂竹根有鼠，大如猫，名竹豚，亦名雉子。稚即雉字，字畫小訛。《桐江詩話》又謂筍生正雉哺子之時，言雉子之小，在竹間人不能見。二説依稀近之。雖未必果是，然猶不失解詩之法。

西施魚　李義山詩：「西施因網得。」又：「網得西施贈别人。」考東坡《異物志》，魚有名西施者，美人魚也。出廣中大海，食之令人善媚。屠用明。

簄　陸魯望《寄吴子華》詩：「到頭江畔尋漁事，織作中流萬尺簄。」簄，取魚具也。《西陽雜俎》：「晉時錢塘有人作簄，年取魚億計，號萬尺簄。」石梁絶水曰洪，射洪之得名是也。以竹爲魚梁，從竹爲簄。此字《唐韻》不收。鄭良孺。

魚論斗　《前漢·貨殖傳》：「水居千石陂。」言養魚一歲收千石。唐皮日休《釣侶》詩：「一斗霜鱗换濁醪。」注云：「吴中賣魚論斗，酒乃論觔。」《芥隱筆記》。

鳳子　韓偓詩：「鴻兒唼啑雌黄嘴，鳳子輕盈膩粉腰。」崔豹《古今注》：「蛺蝶大者爲鳳子。」《西清詩話》。

蟢子　權德輿詩：「昨夜裙帶解，今朝蟢子飛。鉛華不可棄，莫是藁砧歸。」韓翃詩：「少婦比來多遠望，應知蟢子上衣巾。」俗説：裙帶解，有酒食；蟢子緣人衣，有喜事。其來蓋遠。《東山》「蠨蛸」，疏云：「蠨蛸，小蜘蛛長脚者，俗名蟢子。荆州、河南名喜母，著人衣，主有親客至。」久入《三百篇》注脚矣。遯叟。

唐音癸籤卷二十一

海鹽胡震亨遯叟著

詁箋六

楊炯　「祆星六丈出，沴氣七重懸。」上句用天文書，「五殘、六賊、司詭、咸漢四星，並去地可六丈。所出非其方，其下有兵衝不利。」下句用緯書。《春秋文耀鉤》：「楚有蒼雲如蜺，圍軫七盤。」又漢高困平城，亦有月暈圍參畢七重之事。「二月河魁將，三千太乙軍。」上句用六壬占，六壬，十二月將，二月卯合戌將曰河魁。下句用太乙占。太乙星，天帝神，主知兵革。漢武嘗畫鏠旗，奉之指所伐國。《藝文志》有其兵法。

駱賓王　《送人入蜀》：「海客乘槎渡，仙童馭竹迴。」上用嚴君平卜肆事，下用介象令人騎竹自吴往蜀事。曹能始《蜀中詩話》以馭竹爲費長房葛陂事，引《寰宇記》葛陂在蜀温、雙間爲據。按《後漢書·長房傳》注，葛陂在豫州新蔡境，與蜀無涉。

《代郭氏答盧照鄰》：「迢迢芋路望芝田，渺渺函關限蜀川。」芋是蜀事，芝是商洛事。時盧在秦中，郭在蜀中，二語當句作對，言相望情。誤本「芋」作「芊」，改者愈謬，遂不可通。楊用修以宕渠古賨國姓芊，改爲「芋」，合「芝田」不成句矣。蹲鴟又增一《餉羊帖》乎？

陳子昂 《乞推禄命》詩：「非同墨翟問，空滯殺龍川。」事出《墨子》。墨子之齊，日者語之曰：「帝今日殺龍北方，先生之色墨，不可以北。」墨子果不遂而反。 又《贈暉上人》詩：「四十九變化，一十三死生。」一出《法華經》，一出《道德經》，雖算博士未如其工也。《法華經》隨喜分第五十人義，三藏四門衆四十八人，合最初最後五十人。最後第五十人但自解，不化陀；其四十九人，師弟子展轉相授，自行化陀。

杜審言 《送李嗣真使河東》詩：「子月開階統，房星受命年。」時則天改唐爲周，遣使，故所用皆姬周受命事。子月，周正朔，周興，五星聚房。出《春秋元命苞》。天子必有神靈符紀，開階立隧，《孔演圖》之文。

沈佺期 《贈韋舍人》詩：「一經書舊德，五字擢英材。」上用韋氏事，下用晉中書郎虞松事。「五字」用之中舍，唐人尤多。

《獄中詠燕》：「不如黄雀語，能雪冶長猜。」似以冶長縲絏之釋繇鳥語，與《論語正義》不同。《正義》云：「舊説冶長解鳥語，故繫之縲絏，今以其不經去之。」《海録》引舊疏，止載鳥語，餘不詳，無從證佺期異同之故。記之俟博洽者。

宋之問 《宿雲門寺》詩：「樵路鄭州北，學井阿巖東。」「州」疑作「洲」，「學井」疑是「舜井」。孔靈符《會稽記》：「鄭弘于若耶溪遇神人，以溪中採薪爲難，願朝南風，暮北風，後果然。」周處《風俗記》：「餘姚，舜之餘族所封也，故有歷山、舜井。」宋詩用鄭洲、舜井，蹉句對法。

李嶠　《還洛》詩：「將交洛城雨，稍遠長安日。」「交」字用《東京賦》「總風雨之所交」；「陶甄荷吹萬，頌嘆歸明一」，用《荀子》「明一者皇」。

《中宗降誕日長寧公主滿月侍宴》詩：「大火乘天正，明珠對月圓。」中宗以十月生，是月日躔大火之次。日，君象，故以爲比。人但知下句之工，不知上句之大。史稱中宗十一月誕，似誤。《内殿柏梁體詩》題稱十月誕辰，可證。「祚新金篋裏」，用虞舜金繩玉柙符命事，初復辟，故云新。「歌奏玉筐前」，用有娀氏女玉筐覆燕遺二卵事。本娥女作歌，此借爲侍宴者奏歌，又使事家點合之妙。

嶠與李乂皆有《送沙門玄奘三僧還荆門應制》詩，此是江陵白馬寺玄奘，中宗時與景、俊二師同召至京，歸鄉終本寺，非貞觀中求法奘師也。詳《高僧傳》。

鄭愔　《長寧公主東莊》詩：「公門襲漢環，主第稱秦玉。」主嫁弘農楊慎父，用先世太尉公事。今本「環」爲「壞」，誤。

張九齡　《和御製送張説赴朔方》詩：「爲奏薰琴倡，仍題瑶劍名。」薰倡故爲帝言，然考是時實炎月；題劍，用漢肅宗賜尚書韓稜等寶劍事，時説正官尚書，其精切如此。

王維　《櫻桃》詩：「中使頻傾赤玉盤。」用《拾遺録》漢明帝宴群臣，大官進櫻桃，以赤瑛爲盤事。

《老將行》：「恥令越甲鳴吾君。」本《説苑》齊雍門狄語。《説苑》云：「越甲至齊，雍門狄請死之，曰：昔者王田於囿，左轂鳴，車左請死之，曰：『吾見其鳴吾君也。』今越甲至，其鳴君豈左轂之下哉！」維自用成語也，有改爲「鳴吾軍」者妄。

《送楊長史赴果州》詩：「官橋祭酒客，山木女郎祠。」蜀道艱險，行必有禱祈。女郎，其叢祠之神，客即禱神之行客也，合兩句讀之，深無限遠宦跋涉之感。有辨女郎爲何許人者，都是説夢。元人注：「女郎爲女仙謝自然。」曹能始以自然貞元間人，不合，謂是張魯女，更以祭酒字信客爲魯。如此解詩，詩何可通！

《輞川》詩：「來者復爲誰，空悲昔人有。」輞川舊爲宋之問别業，摩詰後得之爲莊，昔人似指之問。非爲昔人悲，悲後人誰居此耳，總達者之言。

孟浩然

《陪張始興泛江》：「洗幘豈獨古，濯纓良在兹。」幘壞水洗傅墨，雖良刺史事，後漢揚州刺史巴祗。然用以唤濯纓作對，亦大費紐合矣，孟不善用實乃爾！

李頎

《題璿公山池》云：「遠公遯迹廬山岑，開山幽居祇樹林。」弇州公以「開山」聲調不協，欲改爲「開士」，此元人郝天挺《唐詩鼓吹注》中説也。吾謂遠公即指璿公，開山即就上廬山衍下做到山池上，意義實然，雖不叶，不可改也。不然，一人耳，既擬之遠公矣，復泛稱爲開士，可乎？

李白　《贈潘侍御論錢少陽》：「雖無二十五老者，且有一翁錢少陽。」用介子推事。《説苑》：「介子推年十五相荆，仲尼使人往視，廊下有二十五俊士，堂上有二十五老人。」

《越女詞》：「東陽素足女，會稽素舸郎。相看月未墮，白地斷肝腸。」月墮，猶語比語也，出謝監逸詩。謝《東陽溪中贈詩》：「明月在雲間，迢迢不可得。」答云：「但問情若何，月就雲中墮！」

《梁甫吟》：「手接飛猱搏彫虎，側足焦原未言苦。」出張衡《思玄賦》，賦又出《尸子》。賦云：「執彫虎而試象兮，跕焦原而跟止。」《尸子》云：「中黄伯曰：『余左執太行之獶，而右搏彫虎，唯象之未與試焉。』又曰：『莒國有石焦原者，廣五十步，臨百仞之谿，莒國莫敢近，有以勇見莒子者，獨却行齊踵焉。』」

《草大還》篇：「髣髴明窗塵，死灰同至寂。擣冶入赤色，十二周律曆。赫然稱大還，與道本無隔。」並用《參同契》語。《參同契》云：「歲月將欲終，毁性傷壽年。形體爲灰土，狀若明窗塵。擣冶并合之，馳入赤色門。」又云：「周旋十二節，節盡更須親。色轉更爲紫，赫然成還丹。」

白有《邯鄲才人嫁爲廝養卒婦》詩，此謝朓舊題也，蓋設爲其事，寓臣妾淪擲之感耳。楊用修以爲此卒即御趙王武臣歸者。果此卒也，才人亦不枉矣，何詩爲？《正陽》辨之，未及此，總固哉説詩者。

太白《秦女卷衣》，即梁吴均《秦王卷衣》題也，其事莫詳。吾謂此非嬴秦，或苻秦耳。《晉·載記》秦苻堅滅燕，得慕容冲，有龍陽姿，愛幸之，與其姊清河公主並寵，宮人莫進，長安引

「一雌復一雄，雙飛入紫宮」歌之。均本辭「秦帝捲衣裳」、「持此贈龍陽」，白所擬亦云：「顧無紫宮寵，敢拂黃金床。」似皆謂此。若嬴秦，安得有男寵事？白亦不應作「天子居未央」語矣。記之俟通識者。後羅隱《秦望山》詩有「霸主卷衣纔二世」，晚末人傳誤，不足憑。

白《丁都護歌》所詠雲陽水道舟行艱礙之苦，蓋爲齊瀞所開新河作也。按潤州舊不通江，瀞開元中爲刺史，始移漕路京口塘下，直達於江，立埭收課。江北瓜步亦開新河，但瓜步岸庳，入江爲易，白嘗有詩美之。京口岸高，水淺濁，用牛曳舟爲難，故白有此歌以言其苦。其名《丁都護歌》者，初宋高祖即京口開東府，有女，其夫見殺，呼督護丁旿問收殯事，每問輒嘆息呼之，人因寫爲歌。白感其土俗之事，即用其土之古歌名以爲歌也。舊注全不知此，特備拈出。本歌稱督護，白改云都護者，《宋書·樂志》亦稱旿爲直都護，可通用耳。

太白《蜀道難》一詩，《新史》謂嚴武鎮蜀放恣，白危房琯、杜甫而作，蓋採自范攄《友議》。沈存中、洪駒父駁其說，謂爲章仇兼瓊作，蕭士贇注又謂諷幸蜀之非，說不一。按白此詩，見賞賀監，在天寶入都之初，乃玄宗幸蜀、嚴武出鎮之前，歲月不合。而兼瓊在蜀，著功吐蕃，亦無據險跋扈之迹可當此詩，皆傅會不足據。《蜀道難》自是古曲，梁陳作者，止言其險，而不及其他。白則兼採張載《劍閣銘》「一人荷戟，萬夫趦趄，形勝之地，匪親弗居」等語用之，爲恃險割據與羈留佐逆者著戒。惟其海說事理，故苞括大，而有合樂府諷世立教本旨。若第取一時一人事實之，反失之細而不足味矣。諸解者惡足語此？

太白《古風》六十首，第一首自詠詩業「志在删述」，第二首《蟾蜍薄太清》，即詠玄宗寵武妃、廢王皇后事，殊覺不倫。及讀結語「沈嘆終永夕，感我涕沾衣」，始知白自有深指在。彼蓋謂當世相如是我，賦《長門》悟主，我事耳。作是觀，吟脉纔有倫次。

又按《古風》六十篇中，言仙者十有二。其九自言遊仙，其三則譏人主求仙，不應通蔽互殊乃爾。白之自謂可仙，亦借以抒其曠思，豈真謂世有神仙哉！他詩云「此人古之仙，羽化竟何在」，意自可見。是則雖言遊仙，未嘗不與譏求仙者合也。時玄宗方用兵吐蕃、南詔，而受籙、投龍，崇尚玄學不廢，大類秦皇、漢武之爲，故白之譏求仙者，亦多借秦漢爲喻。白他詩又云：「窮兵黷武今如此，鼎湖飛龍安可乘？」其本指也歟！

《山人勸酒》琴曲，詠四皓出佐太子事，末云：「浩歌望嵩嶽，意氣遥相傾。」嵩嶽非商顏地，用此者，明皇時盧鴻一、王希夷諸人皆隱居嵩山，時蒙徵召顧問。太子瑛之廢，諸人並無一言救止如四皓，致不滿意耳。

《古豫章行》，詠白楊生豫章山，秋至爲人所伐。太白亦有此辭，中間止著「白楊秋月苦，早落豫章山」兩句。首尾俱作軍旅喪敗語，並不及白楊片字，讀者多爲之茫然。今詳味之，如所云「吴兵照海雪」及「老母與子别，呼天野草間」、「樓船若鯨飛，波蕩落星灣」，皆永王璘兵敗事也，蓋白在廬山受璘辟，及璘舟師鄱湖潰散，白坐繫尋陽獄，並豫章地，故以白楊之生落於豫章者自況，用志璘之傷敗及己身名隳壞之痛耳。其借題略點白楊，正用筆之妙，巧於擬古，得樂府深意者。蕭、楊二家注，何曾道著一字來！

唐音癸籤卷二十二

海鹽胡震亨遯叟著

詁箋七

杜子美

《龍門奉先寺》：「天闕象緯逼，雲卧衣裳冷。」宋人以「闕」爲實字，屬對不切，欲改爲「閲」，又有欲改爲「闚」者。龍門號雙闕，自有據。此古詩，何論對法乎？介甫諸公，枉費雌黄到此。

《宴王使君宅》「留歡卜夜閑」，或謂「閑」爲杜公家諱，必「闌」字之誤，如失韻何？考宋卞氏本自作「上夜闌」，蓋投轄之意，合上「泛愛容霜鬢」讀之，殊穩帖。

《北征》：「天吴及紫鳳，顛倒在短褐。」劉子威以「天吴」、「九鳳」同出《山海經》，欲改「紫」爲「九」。又引王中行説，「吴」當作「芊」，以字書無此字爲疑。中行字知復，宋人，以博學聞。按《詩》「不吴不敖」之「吴」，空胡切，《説文》徐注云：「作音華者謬。」則世故有讀作華者矣。王所云音芊，當作「華」字，或筆誤，或古自有此別體耳。《詩》第取聲律可諷。「吴」字作空胡切讀，欠響；讀若「華」，即響。用「紫鳳」，響；用「九鳳」，抑又欠響。然則「紫鳳」自可無改。而「吴」之讀爲「華」，王説亦儘自有會，可無疑也。

「掖垣竹埤梧十尋，洞門對雪長陰陰」，黄山谷以下有「青春深」句，不宜有雪，當是畫壁上雪，既牽强；張伯成以西北地寒，積陰處深春雪間未消，又認做真雪，説不去。此「雪」字自爲梧竹清陰下耳。

《送李秘書赴蜀幕》：「石出倒聽楓葉下，櫓摇背指菊花開。」下句注者多不得其解。今按《十道記》，荆州有菊潭，芳菊被涯，所謂飲其水者多壽，即此也。李從荆州上峽，故云「背指」。又「櫓摇」用荆州故事，令貼切，非泛泛言時物也。「倒聽」句既奇，非此「背指」險絶語對之不稱。十四字具許大神力，豈容草草讀過！

《竹橋》：「天寒白鶴歸華表，日落青龍見水中。」《異苑》：「太康二年冬，大雪，南州人見二白鶴語橋下曰：『今兹寒不減堯崩年也。』」舊注作丁令威化鶴事，誤。橋可稱龍，出《楚辭》「麾蛟龍以梁津」。本竹橋，故又用費長房葛陂竹化爲龍事，云龍見水中也。

《出峽》詩：「五雲高太甲，六月曠摶扶。」五雲、太甲，出王勃「華蓋西臨，藏五雲於太甲」，《益州夫子廟堂碑》語。黄帝象五色雲作華蓋，星之有華蓋，以象華蓋名之。其柱旁六星，曰六甲。文人筆藻，尊名之爲太甲。凡雲西行不雨。言西臨，言藏者，勃以華蓋當雲，言雲之不雨，喻夫子道之不行也。杜用此，蓋即借爲蜀中故事。若云回望西蜀，五雲空高，况已之不得志於蜀而去耳。下句是言此去南徙，未有摶扶風力可借。一言蜀，一言出蜀後。用事雖實，而調故靈活，此其所以爲老杜歟！按，勃「華蓋」二語，段成式以爲張燕公嘗問僧一行，不能解。王伯厚雖有杠旁之解，而不敢決太甲之即六甲，皆緣從星象中生解，不悟其雖言星，實言雲也。通讀勃碑下文「雷雨」句，意義自明，而杜所以引用之旨，亦豁然矣。

《劉貢父詩話》以杜詩「功曹非復漢蕭何」爲誤用。王定國引《高祖紀·孟康注》：「蕭何爲主吏。主吏，功曹也。」葉石林甚韙之。然詩如此，亦僻矣。杜修可曰：「《吴志》：虞翻爲孫策功曹，策曰：『孤有征討事，卿復以功曹爲吾蕭何，守會稽耳。』」時子美有京兆功曹之命，故以之自况。

《杜位宅守歲》詩，稱位爲阿戎。按，阮籍與王戎父渾爲友，嘗謂渾曰：「共卿語，不如與阿戎談。」後人以位爲甫從弟，不應用父子事，妄改「阿戎」爲「阿咸」。此必宋初人所改，東坡與子由詩便有「欲唤阿咸來守歲」之句矣。正不知呼人爲阿戎，必父前可呼，想其時位恰有父在，故云。此自可意而得，何以疑而改爲？

杜公《蜀中答裴迪逢早梅見憶》詩：「東閣觀梅動詩興，還如何遜在揚州。」《梁書》：「建安王偉刺揚州，遜爲水曹行參軍兼記室。」遜集有《揚州法曹梅花盛開》詩。時迪在蜀依王侍郎，杜有詩與迪云：「風物悲遊子，登臨憶侍郎。」自注：「王侍郎時爲蜀牧。」東閣云者，擬王也。裴依王，何依建安，而何恰有梅詩，故用相比。今人詠梅輒曰何水部，豈知老杜初拈出時，切確不可移易如此！揚州非今揚州。《廣陵志》因僞蘇注收爲彼地故實，襲誤久矣。古揚州治建業，其治廣陵者，南兗州也。附識。

子美《贈重表姪王評事》詩，言己之曾老姑嫁爲王之高祖尚書婦，與房、杜交，識秦王潛龍時，反覆數百言甚備。尚書疑指王珪，然史自言珪母李，房、杜微時知其必貴耳，非杜亦非妻也。更珪初爲太子僚，與秦王水火，長流後召用，廷臣猶加以仇讎之目，元非太宗素交。此必另一人，雖顯貴，史失傳耳。古今從龍勳舊，爲史傳所漏者多矣，何獨此！

《飲中八仙》，内蘇晉無一事可考。舊注云蘇珦子，又云許公之子。許公止一子，名善。珦子即同名，彼讜直有時譽，不聞嗜酒，且前卒，總非也，當從闕疑。焦遂止袁郊《甘澤謠》載其與陶峴諸人爲山水遊一事，餘無見。舊注僞造醉吃一則，云出《唐史拾遺》，近《天中記》亦誤收入酒部，不可不辨。

《賀沈東美除膳部郎》詩内稱沈爲通家，又有「禮同諸父」等語，舊注以東美爲沈既濟之子。杜氏與既濟家無舊契，此必雲卿之與甫祖必簡同官修文者可當耳。久懷此説，未敢決。後讀《太平廣記》，東美家有狐怪事一則，注云：「太子詹事佺期之子。」益爲豁然。《廣記》四百四十八卷。

《寄劉使君伯華》，叙其先世，當是劉憲後人。憲仕天后朝，以推按來俊臣貶，俊臣敗，轉鳳閣舍人，故云「翠虚捎魍魎，丹極上鵾鵬」。景龍中，憲選直修文館學士，時文館寵賚甚盛，故又有「雕章五色筆，紫殿九華燈」、「宴引春壺酒，恩分夏簟冰」等句。劉辰翁既不悉其爲憲，即亦不憶有《景龍文館記》内事，浪讀「冰」字爲「凝」，欲改「酒」字爲「滿」對之，殊太妄率。

《天育驃騎歌》：「伊昔太僕張景順，考牧攻駒閲清峻。遂令大奴字天育，別養驥子憐神駿。」舊注以大奴爲王毛仲，非也。景順官太僕少卿、秦州監牧都副使，毛仲即起自奴隸，時以霍國公領内外閑廐，景順實爲之屬，嘗對玄宗云：「臣稟仲之令。」其語見張説《監牧頌德碑》中，可考。此大奴，第牧馬監奴耳。

「一辭故國十經秋，每見秋瓜憶故丘。今日南湖採薇蕨，何人爲覓鄭瓜州？」自注：「鄭秘監審。」劉辰翁以瓜州爲金陵瓜步，此非郡望，可呼人乎？況審，繇之子，鄭州人，非昇州人也。審嘗仕爲袁州刺史，或又刺隴右之瓜州，史失載耳。然因瓜憶瓜州退宦，亦太謔，非詩之正。

《答楊梓州》：「悶到楊公池水頭，坐逢楊子鎮東州。却向清溪不相見，回船應載阿戎遊。」楊子，謂梓州也。阿戎，謂梓州之子。公到梓州，不得見楊，聊與其子游，因寄楊此詩耳。楊公池定是古迹，以與梓州姓同，取巧用之。或疑楊公必梓州父，既可笑；或又欲改楊公池爲房公池，合讀之何味？舊注皆夢説也。

《麗人行》：「楊花雪落覆白蘋，青鳥飛去銜紅巾。」注者作春遊景色解，大憒憒！此詩紀楊氏諸姨與國忠同游事，非苟作也。《廣雅》：「楊花入水化爲萍。」《爾雅翼》：「蘋根生水底，不若小浮萍無根漂浮。」國忠實張易之之子，冒楊姓，乃與虢國通，不避雄狐之誚，是無根之楊花落而覆有根之白蘋也。又「楊白花，飄蕩落南家」，爲北魏淫詞，用之真切於比者。青鳥，西王母使者，飛去銜紅巾，則幾於感帨矣。詠時事不得不隱晦其詞，然意義自明，惜從來無與發覆者。

《哀江頭》：「一箭正墜雙飛翼。」諸家不得其解。如黄山谷、楊用修射雉等説，皆可笑之極。不知雙飛翼正指上第一人之同輦者而言，謂貴妃也。本繇軍士逼縊，而托之隨輦才人箭射而墮，總不敢斥言其事而爲之辭。詩爲君父詠，應如是也。讀下句即接「明眸皓齒今何在」云云，其義自明，何假多説乎？唐制，巡幸，宫人扈從者騎而挾弓矢，見武宗朝《王才人傳》，想明皇時蚤已然，蓋實有其事而借用之。

「黄昏胡騎塵滿城，欲往城南望城北。」有作「忘城北」，又有作「忘南北」者，訖無定本。今按，曲江在都城東南，《兩京新記》云其地最高，四望寬敞，靈武行在，正在長安之北。公自言往城南潛行曲江者，欲望城北，冀王師之至耳。他詩「都人回面向北啼，日夜更望官軍至」，即此意。若用「忘」字，第作迷所之解，有何意義？且曲江已是城南矣，欲更往城南，何之乎？

《哀王孫》起語：「長安城頭頭白烏，夜飛延秋門上呼。」延秋門，帝西幸所出門也。梁侯景克建業，修朱雀等門，人心不忘梁，有童謡云：「白頭烏，拂朱雀，還與吴。」引用正寓復興之望，烏得云呼者？《説文》：「烏，孝烏也。孔子曰『烏盱』，呼也。取其助氣，故以爲烏呼。」劉孝威詠《烏生八九子》云：「氄毛不自暖，張翼强相呼。」杜詩無一字無來歷如此。

《鄜州省家》：「遠愧梁江總，還家尚黑頭。」舊注及劉辰翁評注皆云：總，梁臣，後歷陳入隋，放還江都，杜以其仕三朝失節，揭「梁」字愧之。今考總放還時，年已七十餘，故其詩亦自有「白首入轘轅」之句，何言黑頭？此自就總初陷侯景時事自比耳。按總傳：初，總年少，仕梁有名。景陷臺城，避難崎嶇，還會稽郡山陰都陽里。公遘禄山難，已近五十，嘆己亂後還家，不及總尚是黑頭時爲可愧，非以總爲堪愧，下「梁」字，學《春秋》筆法也。

杜之去國，以救房琯。琯之貶，雖以陳濤之敗，實因諸王分鎮之策，深中肅宗之忌，爲纔者所構而致。集中詩爲琯傷者不一，傷琯正傷己也。而尤莫詳於《荆南述懷》之三十韻，中間「盤石圭多翦」，爲琯之建策原，「凶門轂少推」，又若爲琯之自將咎，最一篇警策所在。其「漢庭和異域，晉史坼中台。霸業尋常體，宗臣忌諱災」等語，似又舉和親回紇事，較分鎮抑揚論之，若曰琯去位始有和親事，國體損而宗臣以忌諱斥矣，無非宛轉爲琯出脱，明己之救琯者，未爲不是。生平出處，一大關目，莫備此篇，無一字不深厚悱惻，讀之如起少陵與之晤語。向來諸家，句句錯解，埋没至寶到今，殊可太息。

代宗避吐蕃幸陝，倉卒中百官少有至者，杜詠其事，有「狼狽風塵裏，群臣安在哉」之句。公意中大有昔年靈武追駕之感，言隨主患難者少，以嘆己之嘗效忠，未蒙報禮。若僅爲當日群臣刺諷，有何意味？

唐音癸籤卷二十三

海鹽胡震亨遯叟著

詁箋八

韋應物　《睢陽感懷》詩盛稱張巡忠烈，且云「宿將降賊庭，儒生獨全義」，「儒生」謂巡，「宿將」則謂許遠也。當時城陷，巡遇害，賊議生致一人洛陽，乃以遠行，遠卒不屈，中途死。巡子去疾，欲專以爲父功，上書謂遠心有向背，請追奪官爵。詔下尚書省，以二人忠烈並著，不可安輕重，議乃罷。然時論猶紛紜不齊，至元和中，韓愈爲文力辯之，始定。蘇州此詩，正作於議論未定之前，不可爲二人定評也。

顧況　有《囝》詩一章，略曰：「囝生閩方，閩吏得之，乃絶其陽。郎罷別囝，吾悔生汝。人勸不舉，果獲是苦。囝別郎罷，心摧血下。隔地絶天，及至黄泉，不得在郎罷前。」囝音蹇。閩俗呼子爲囝，呼父爲郎罷。此爲唐閹宦作也。唐宦官多出閩中小兒私割者，號「私白」，諸道每歲買獻之於朝，故當時號閩爲中官區藪，備載《唐書·宦官傳》。時中貴人初秉權作焰，况詩若憐之，亦若簡賤之，寓有微意在。

劉長卿　《過賈誼宅》：「秋草獨尋人去後，寒林空見日斜時。」初讀之似海語，不知其最確切也。誼《鵩賦》云「四月孟夏，庚子日斜」、「野鳥入室，主人將去」，「日斜」、「人去」，即用誼語，略無痕迹。徐興公。

李益　《聽曉角》：「無限塞鴻飛不度，秋風吹入《小單于》。」大角曲名有《小單于》，詳前《樂通》。此借云吹入《小單于》處去，與李白「江城五月《落梅花》」同一用法也。

元白　白詩：「鞍馬呼教住，骰盤喝遣輸。長驅波捲白，連擲采成盧。」注：「骰盤、捲白波、莫走鞍馬，皆酒令。」又：「打嫌調笑易，飲訝卷波遲。」注：「抛打曲有《調笑令》，飲酒曲有《卷白波》。」元詩「能唱犯聲歌，偏精變籌義」、「叫噪擲骰盤，生獰攝觥使」，又「曲庇桃根盞，橫講捎雲式」，又「籌著隨宜放，投盤止罰啀。紅娘留醉打，觥使及醒差」，注：「《舞引紅娘》，抛打曲名。酒中觥使，席上古職。」讀兩家詩句，唐飲客章程可概見。

孟東野　孟詩用字之奇者，如《品松》：「抓挐指爪牗。」牗，均也。《寒溪》：「柧椾吃無力。」柧，棱木，即觚。椾即箋。言畏寒，觚箋蹇吃無力。《峽哀》：「踔猎猿相過。」踔，足蹋也。犬食曰猎，借以狀猿之行。《冬日》：「凍馬四蹄吃，陟卓難自收。」陟卓，崎嶇獨立之貌。又好用疊字，如「噗噗家道路」，噗噗，即嘩嘩。「抱山冷殑殑」，殑殑，即兢兢。至「嵩少玉峻峻，伊雒碧華華」、「强强上聲攬所憑」諸類，又自以意叠之，幾成杜撰，總好奇過耳，孟佳處詎在是！

李賀

《宋書》：廢帝景和二年，「鑄二銖錢，形式轉細，無輪郭，如今之剪鑿者，謂之來子錢」。李賀：「榆穿來子眼，柳斷舞兒腰。」謂榆莢似此小錢也。

《擬庾肩吾還自會稽歌》：「脉脉辭金魚，羈臣守迍賤。」金魚，舊以魚袋釋，梁無其制也。庾乃簡文宫僚，《東宫舊事》「中庶子掌門鑰，鑰施懸魚」，云辭金魚，自指舊署言耳。

《上雲樂》：「八月一日君前舞。」舊注引《齊諧記》八月一日赤松子採柏藥事爲解，此非也，「一日」當作「五日」。《上雲樂》乃俳樂獻壽之辭，以千秋名節，始玄宗。玄宗以八月五日生，是日讌樂爲盛，故賀擬辭用之。他帝即無有此月一日生者，故知字誤也。

盧仝

《月蝕》詩，《新書》言其譏切元和逆黨，考之不合。按此詩叙有年月云「元和庚寅」，則吐突承璀討王承宗無功而歸之歲也。初，憲宗信用承璀，令典神策，拜大帥，專征。及敗衄，仍不加罪，寵任如故，有太陰養蟾蜍爲所食之象，故取以比諷。「恒州陣斬酈定進，項骨脆甚春蔓菁」，定進者，承璀驍將，初交戰即被殺，師因氣折無功，詳見《承宗傳》，此正實紀其事處。其云「官爵奉董秦」者，秦，史思明降將，歸正賜屬籍封王，後竟附朱泚爲逆。是時承宗蒙赦復官爵，正與秦同，仝以其反覆必叛，故又借秦爲比。通閱前後，爲承璀而作甚明，若云逆黨，則構逆時去此尚遠，安得預爲譏切乎？韓集亦載此詩，删改過半，題云《效玉川子作》，謙不敢當改也。

然此詩粗縱，至竟不可名詩，或如《送窮》、《乞巧》等製入文類，於體爲愜。惜韓公更少此一改耳。

劉禹錫　《文宗挽歌》：「聖情悲望處，兄日下西山。」人君兄日姊月，出《春秋感精符》，武宗以弟及，故用之。今本作「沉日」，是淺學所改。又劉有《公主下嫁》詩「天母親調粉，日兄憐賜花」云。

宋吴復齋云：「禹錫與柳子厚詩，有『柳家新樣元和脚』之句。『脚』字人多不曉。高子勉嘗舉以問山谷，山谷云：『取其字製之新。』有徐仙者，學山谷書，陳無己贈詩，亦有『肯學黄家元祐脚』之句。」愚謂「脚」字即當會「樣」字意解之自明。

張祜　集有《孟才人》詩，序稱才人以歌笙獲寵武宗。帝疾亟，爲帝歌《河滿子》曲，甫發聲，腸斷而絶。事與其人，《后妃傳》無之。傳惟載王才人者，武宗寵之，欲立爲后，弗果，帝大漸，即自經於幄中。王弇州疑而欲合爲一。然所引李衛公《兩朝獻替記》，王才人自以驕妒忤旨不良死，若孟才人以義死，故一時詩人詠之，其各是一人明矣。

賈島　《桑乾》絶句，謝枋得注云：「旅寓并州十年，一旦别去，豈能無情？故望并州以爲故鄉也。」讀之不覺失笑。此島自思鄉作耳，其意恨久客并州，遠隔故鄉，今非惟不能歸，反北渡桑乾。還望并州，又是故鄉矣，豈念并州哉？念咸陽之不得歸云耳。謝注有分毫相似否？王世懋。

杜牧　有絶句云：「杜詩韓筆愁來讀，似倩麻姑癢處抓。」稱文爲筆，始六朝人。《沈約傳》云：「謝玄暉善爲詩，任彦昇工於筆，約兼而有之。」又梁簡文帝《與湘東王書》論文章之弊，亦分詩與筆爲言。牧所本也。

許渾　《靖恭里感事》詩，題不明斥爲何人，其句云「乾坤三事貴，華夏一夫冤」，此惟退相可以當之。文宗朝，宋申錫謀去宦官，反爲宦官所構，謫死。考本傳有王守澄欲遣騎就靖恭里屠申錫家語，知此詩爲申錫作無疑。

渾《凌歊臺》詩：「湘潭雲盡暮山出，巴蜀雪消春水來。」以地里考之，「湘潭」當作「江潭」。按凌歊臺在今當塗黄山，直踞大江之上，西望大江上源，則博望山與梁山，稱爲天門者，兩崖中豁，楚、蜀遠通，其水真有從巴蜀雪消而來之勢。稍東，直瞰牛渚磯，磯水深黑不測，是云江潭。而潭上諸山，疊疊環峙，薄暮嵐消山見，則暮山雲盡而出，尤對岸真景之的的者。宋人郭功甫《姑熟》詩：「牛渚對峙凌歊臺，長江倒挂天門開。」從來題詠者，大都不出此二景，而渾獨善寫之，最爲工盡。若湘潭去此甚遠矣，可因字之偶誤，遂謂渾詩果爾乎？昔賢如用修、弇州，並不疑「湘」字爲譌，欲改「暮山」「山」字從「烟」，那有是處？用修又襲方回之説，以宋祖裕節儉，渾「三千歌舞」句爲誣，譏渾無史學。不知宋二武皆稱祖，武帝高祖，孝武帝世祖。《地志》稱孝武登此臺置離宫，而《本紀》亦載其幸南豫州者再，校獵姑熟者一，與《地志》合。是嘗嗤高祖裕爲田舍翁者，三千歌舞宜有之，無史學竟屬何人耶？「百年便作萬年計」，又似約略孝武後人借南苑三百年痴想，概入之以盡宋事，要使寬展耳。古作者使事，别有深會在，未可輕議。

李商隱　昔楚襄王與宋玉遊高唐之上，見雲氣之異，問宋玉。玉曰：昔先王夢遊高唐，與神女遇，玉爲高唐之賦。先王，謂懷王也。宋玉是夜夢見神女，寤而白王，王令玉言其狀，使爲《神女賦》。《文選》「玉」、「王」二字各誤，後人遂云襄王夢神女，其實非也。古樂府詩有之：「本是巫山來，無人睹容色。惟有楚懷王，曾言夢相識。」李義山亦云：「襄王枕上原無夢，莫枉陽臺一片雲。」足以互證。《西谿叢語》。

古樂府《清溪小姑曲》云：「開門白水，側近橋梁。小姑所居，獨處無郎。」唐李義山詩：「神女生涯元是夢，小姑居處本無郎。」小姑，蔣子文第三妹也。楊炯《少姨廟碑》云：「虞帝二妃，湘水之波瀾未歇；蔣侯三妹，青溪之軌迹可尋。」《升庵詩話》。

莫愁者，郢州石城人。今郢有莫愁村，畫工傳其貌，好事者多寫寄四遠。古詞「莫愁在何處？莫愁石城西。艇子打兩槳，催送莫愁來」者是也。李義山《馬嵬》詩：「如何四紀爲天子，不及盧家有莫愁。」此莫愁者，洛陽人。梁武帝《河中之水歌》「洛陽女兒名莫愁」、「十五嫁爲盧家婦」、「盧家蘭室桂爲梁，中有鬱金蘇合香」者是也。古有兩莫愁在。《容齋三筆》。

《利州江潭作》自注：「感夢金輪所。」《蜀志》：「則天父士彠爲利州都督，泊舟江潭，后母感龍交娠后。」然史不載其事。雖建寺賜真容，不聞别有祠設，豈后欲諱之耶？「自攜明月移燈疾，欲赴行雲散錦遥」，言龍銜珠爲燈，而散鱗錦以交合。龍性淫，義山爲代寫其淫，工美得未曾有。散錦，本木華《海賦》中語。

以《錦瑟》爲真瑟者痴，以爲令狐楚青衣，以爲商隱莊事楚、狎綯，必綯青衣亦痴。商隱情詩借詩中兩字爲題者儘多，不獨《錦瑟》。胡元瑞云：「《錦瑟》一篇，是義山有感而作，大概《無題》中語，但首句略用錦瑟引起耳。宋人認作詠物，以『適怨清和』字面附會穿鑿，遂令本意懵然。且至『此情可待成追憶』處更説不通。學者試盡屏此等議論，只將題面作青衣，詩意作追憶讀之，當自踴躍。」

張喬　《文苑英華》載喬《七松亭》一詩，有「已比子真棲谷口，豈同陶令卧江邊」之句，題不著爲何人作。考唐史，鄭少師薰退居隱巖，手植七松，自號七松處士，云異代可與五柳先生作對。喬詩蓋爲薰作，「陶令」一聯，亦政用薰語也。喬咸通中應舉，薰以其詩苦道真，嘗延之門下，見《鄭谷集》注，可互證。

陸龜蒙　《雜諷》云「紅蠶緣枯桑」、「童麇來觸犀」、「歌鵝慘於冰」、「赤舌可燒城」，皆用《太玄》語。《困學紀聞》。

唐彦謙　葉夢得《石林詩話》以楊大年、劉子儀喜唐彦謙《題漢高帝廟》云「耳聞明主提三尺，眼見愚民盜一抔」，語皆歇後，如三尺律、三尺喙皆可，何獨劍乎？愚按，《漢高帝紀》曰：「吾以布衣，提三尺取天下。」又《韓安國傳》：「高帝曰：『提三尺取天下者，朕也。』」皆無「劍」字，唯注曰：「三尺，謂劍也。」出處既如此，則詩家用其本語，何爲不可？《庚溪詩話》。

司空圖《耐忍居士歌》：「咄，諾。休，休。莫，莫。」咄，拒物之聲。諾，敬言也。圖隱身不出，其本懷姑爲擬議之辭，先叱之，隨諾之，因以休休莫莫自決耳。與「咄嗟」二字自不同。劉貢父及王楙各有辨，俱不明，聊爲正之。

附訂譌 沈佺期《答魑魅》詩既作魑魅問，不應托影答辭。 宋之問「紫禁仙輿詰旦來」，《左傳》：「詰朝相見。」謂明早也。今以爲今日，李迥秀「詰旦重門聞警蹕」，誤亦同。 陳子昂「吾聞中山相，乃屬放麑翁」，秦西巴乃孟孫氏之臣，非中山相。 李白繞朝贈士會策，指方策之策也，白「臨行相贈繞朝鞭」，誤以鞭爲策。「山陰道士如相見，應寫《黄庭》換白鵝」，誤以《道德經》爲《黄庭經》。《醉過東山》引「浩浩洪流」之詠，誤以嵇康詩爲謝安詩。 杜甫《諸將》詩用玉魚金盌，本沈炯「茂陵玉盌，遂出人間」語，以上有「玉魚」字，遂易作「金盌」。「何顒好不忘」、「細學何顒免興孤」，凡兩用於佛寺，當時周顒因「周妻何肉」語，失憶其姓而誤。衛鶴乘軒，指軒車之軒，云「軒墀曾寵鶴」，誤。乘槎至天河，海上客也，「奉使虛隨八月槎」，誤爲漢之張騫。劉越石爲胡騎所圍，中夜奏胡笳，賊流涕解圍去，「胡騎中宵堪北走」，誤用爲笛詩。又「贈爾秦人策，莫鞭轅下駒」，誤與李白同。 顧況「燕作巢，避戊己」，見《博物志》，驗之信。況四言「燕燕於巢，綴緝維戊」，誤用。 張籍「衛青不敗由天幸，李廣無功爲數奇」，《史記》，天幸乃霍去病，非衛青。又《漢書音義》，數音朔，則亦不可與天屬對。《成都曲》：「錦江近西烟水緑，新雨山頭荔枝熟。萬里橋邊多酒家，遊人愛向誰家宿？」似未嘗至成都者。成都無山亦無荔枝，然此詩自不礙其風致。**白樂天**《長恨歌》云：「峨眉山下少人行，旌旗無光日色薄。」峨眉在嘉州，與幸蜀路全無交涉。

劉禹錫《踏歌行》：「爲是襄王故宫地，至今猶是細腰多。」《墨子》云：「楚靈王好細腰。」《韓非子》云：「楚莊王好細腰。」凡兩見，不聞襄王。**杜牧**「珊瑚破高齊，作婢舂黄糜。」按，李詢得珊瑚，其母令青衣而舂，無「糜」字。牧趁韻撰造，非事實。又有詩「甘羅昔作秦丞相」，《史記》「羅年十二，事秦相文信侯」，後封上卿，未嘗爲秦相。《北史·彭城王滺傳》云：「昔甘羅爲秦相，未聞能書。」《儀禮疏》云：「甘羅十二相秦，未必要至五十。」知此謬循襲已久。**李商隱**《史記》載秦始皇封泰山，風雨暴至，休樹下，封其樹爲五大夫。五大夫者，秦官名，第九爵也。商隱《五松驛》詩：「獨下長亭念故秦，五松不見見輿薪。」名驛者誤，商隱復誤。雖然，前此庾信已有「山封五樹松」句矣。**許渾**《冀州記》：「緱氏仙人廟者，昔王僑爲柏人令，於此登仙。」渾詩「王子求仙月滿臺」，又「可憐緱嶺登仙子，猶自吹笙醉碧桃」，則以王僑爲王子喬。《金陵懷古》：「石燕拂雲晴亦雨，江豚吹浪夜還風。」石燕出零陵，非出金陵。其物遇雨則飛，止還爲石，晴何緣得飛？取對偶工緻，而非其實。**陸龜蒙**《藥名詩》云「烏啄蠹根回」，乃是烏喙，非烏啄也。又「斷續玉琴哀」，藥名止有續斷，無斷續。

唐音癸籤卷二十四

海鹽胡震亨遯叟著

詁箋九

鎮 六朝人詩用「鎮」字，唐詩尤多，如褚亮「莫言春稍晚，自有鎮開花」之類。《韻書》：「鎮，壓也，亦安之也。」蓋有常之義，約略用之代「常」字，令聲俊耳。遯叟。

生 李白《戲杜甫》云：「借問别來太瘦生，只爲從前作詩苦。」太瘦生，唐人語也。至今猶以「生」爲語助，所謂可憐生、作么生之類。《談苑》。

泥 俗謂柔言索物曰泥，乃計切，諺所謂軟纏也。杜子美詩「忽忽窮愁泥殺人」，元微之《憶内》詩「泥他沽酒拔金釵」，《非烟傳》詩「脉脉春情更泥誰」，楊乘詩「晝泥琴聲夜泥書」，又元鄧文原贈妓詩有「銀燈影裏泥人嬌」，後人用者不一。《升庵外集》。

踏 李賀《感諷》詩：「縣官踏飧去，簿吏復登堂。」《禮記》：「毋嚃羹。」嚃，大歠也。又《説文》：「𦧇，歠也，若犬之以口取食，並托合切。」今轉用俗字達合切爲踏，見暴吏踐躪小民，無顧恤之意。遯叟。下同。

嗺　公宴合樂，每酒行一終，伶人必唱嗺酒，然後樂作。此唐人送酒之辭，本作碎音，今多爲平聲，文士亦或用之。葉石林引王仁裕詩「淑景易從風雨去，芳樽須用管弦嗺」爲證。然仁裕本集自云「淑景即隨風雨去，芳樽宜命管弦開」，而下聯仍有催韻，石林不知據何本也。

底　顔師古《刊謬正俗》云：「或問俗謂何物爲底丁兒反，底義何訓？答曰：此本言何等物，其後遂省，但直云等物耳。」「等」字本音都在反，又轉音丁兒反。應瑗詩云：「文章不經國，筐篚無尺書。用等稱才學，往往見嘆譽。」言其用何等才學見嘆譽而爲官。以是知去何而直言等，其言已舊。今人不詳所本，乃作「底」字。老杜：「文章差底病。」差底，猶何底之意也。

煞　羅鄴詩「江似秋嵐不煞流」，不甚流也。殺音近厦，今京中諺猶然。《升庵外集》。

差　韓愈《詠海》詩：「颶風有時作，掀簸真差事。」韓偓詩：「而今若有逃名者，應被品流呼差人。」差，異化切，怪也。遯叟。

依　今俗謂相抵曰挨。樂天詩「坐依桃葉妓」、「日醉依香枕」，依音烏皆反，正挨字。《野客叢書》。

相　杜「恰似春風相欺得」，白「爲問長安月，誰教不相離」，相，思必切，讀若瑟，今北人皆呼相爲斯是也。遯叟。

請 白「當時綺季不請錢」，姚合「每月請錢共客分」，叶平聲讀。

司 武元衡「惟有白髮張司馬」，白「四十著緋軍司馬」，並入去聲伺字韻。

磷 《論語》「磨而不磷」，力刃切。杜「此道未磷緇」、「但取不磷緇」，皆作平聲。

十 白：「緑漲東西南北水，紅欄三百九十橋。」十作平聲，讀若諶。

予 孟浩然《送辛大不及》「日暮獨悲予」，用《楚辭》「目眇眇兮愁予」，從上聲讀。

與 杜《簡鄭廣文》：「賴有蘇司業，時時與酒錢。」「與」字有四音，本音余吕切者，讀之不響，作於改切，讀響。黄山谷改作「乞」字，音丘既切讀，正不必也。

中興之中 《詩·（蒸）［烝］民·序》：「任賢使能，周室中興焉。」中，陸德明《釋文》：「張仲反。」故老杜詩云「新數中興年」，又「百年垂死中興時」，詩人留意音訓如此。

中酒之中 今言中酒之中，多以爲平聲，祖《三國志》「中聖人、中賢人」之語。齊己《柳》詩曰：「穠低似中陶潛酒，軟極如傷宋玉風。」按，《前漢·樊噲傳》：「軍士中酒。」注：「竹仲反。」己公或祖此。

蒲萄 白「燭淚粘盤纍蒲萄」，蒲，叶入聲讀。

枇杷 白「況對東谿野枇杷」、張祜「生摘枇杷酸」，枇，並叶入聲。

琵琶 白「四弦不似琵琶聲」、「忽聞水上琵琶聲」，張祜「宫樓一曲琵琶聲」，琵，亦並叶入聲也。

親家　男女兩姻家相謂曰親家，俗作去聲呼，見《唐・蕭嵩傳》。盧綸《王駙馬花燭》詩「人主人臣是親家」，亦用此音。

嫖姚　霍嫖姚，《漢史》服虔注：「音飄飖。」顔師古注：「嫖，頻妙切。姚，羊召切。」唐人入詩，多用平聲。前此庾信、王褒諸人，亦俱作平聲用，以虔元有此音故爾，然顔音爲確。按宋景文云：「古人詩用事簡而當，亦不以字害句，故音韻清濁，隨宜改易，直取意順則已。至唐人以律格自拘，不復敢用。惟白樂天往往有之，晏丞相殊嘗許之曰：『詩人乘語俊，當知用字。』」讀諸家詩，當以宋説參觀。

忽地　王建詩「楊柳宫前忽地春」，忽地，猶言忽底，蓋以地爲助辭。遯叟。

格是　樂天詩云：「江州去日聽筝夜，白髮新生不願聞。如今格是頭成雪，彈到天明亦任君。」元微之詩云：「隔是身如夢，頻來不爲名。憐君近南住，時得到山行。」「格」與「隔」二字義同，格是，猶言已是也。《容齋一筆》。

至竟　唐人多言至竟，如云到底也。杜牧云「至竟息亡緣底事」、「至竟江山誰是主」之類。《戒庵漫筆》。

朅來　唐人詩多用「朅来」二字。《楚辭》：「車既駕兮朅而歸，不得見兮心傷悲。」《韻書》：「朅，却也，去也。」又發語辭，張衡「回志朅來從玄謀」，劉向「朅來歸耕永自疏」，與《楚辭》

所用之「朅」，皆去字之義。顔延年《秋胡》詩「朅來空復辭」，兼發語辭用，後人入詩，多從顔作虚字。楊用修引《吕氏春秋》膠鬲問武王「朅去朅至」，欲作「盍」字解，恐未合。遯叟。下同。

匹如　白樂天「匹如元是九江人」，匹如，猶言比如，譬如也，後來坡老常用之入小牘及詩。

遮莫　《藝苑雌黄》云：「遮莫，蓋俚語，猶言儘教也。自唐以來有之，故當時有『遮莫你古時五帝，何如我今日三郎』之説。然詞人亦稍有用之者。杜詩云：『久拚野鶴如雙鬢，遮莫鄰雞下五更。』李太白詩：『遮莫根枝長百尺，不如當代多還往；遮莫親姻連帝城，不如當代自簪纓。』」有用爲禁止之辭者，誤。

寧馨　唐張謂詩：「家無阿堵物，門有寧馨兒。」以「寧」爲去聲。劉夢得《贈日本僧智藏》詩：「爲問中華學道者，幾人雄猛得寧馨。」以「寧」爲平聲。《王衍傳》：「何物老嫗，生寧馨兒！」又《南史》：「宋王太后怒廢帝，謂侍者：『取刀來剖我腹，那得生寧馨兒？』」今吴人語音尚用「寧馨」字爲問，猶言何若也。東坡詩：「六朝文物餘丘壠，空使英雄笑寧馨。」坡與張謂作去聲讀者爲是。《緯略》。

阿那　李白「萬户垂楊裏，君家那阿邊」，李郢「知入笙歌阿那朋」，阿那，猶言若個也。遯叟。下同。

裏許　戴叔倫「秋風裏許杏花開」，許，裏之助辭。

諸餘　王建詩「朝回不向諸餘處」、「若教更解諸餘語」，諸餘，猶他也。又有用衆諸者，意亦略同。

他時　常談以爲前日，亦可以言後日，杜詩「今日江南老，他時渭北童」是也。《史記》：「異日韓王納地效璽。」《漢書》：「異時算軺車。」皆指前日言。鄭良孺。

斟酌　杜「斟酌嫦娥寡，天寒奈九秋」，又「經過憶鄭驛，斟酌旅情孤」，斟酌，猶約略之意。遯叟。下同。

料理　杜「詩酒尚堪驅使在，未須料理白頭人」，料理，出《王徽之傳》，六朝歌謠有「皂莢相料理」之語。

處分　唐人用「處分」二字，分，去聲，今人讀爲平聲者誤，劉禹錫《和令狐楚聞思帝鄉曲》「滄海西頭舊丞相，停杯處分不須吹」及白居易「處分貧家殘活計」可證。

禁當　杜「數日不可更禁當」，禁，平聲讀。

斬新　杜「斬新花蕊未應飛」，非「斬」字不能形容其新，在可解不可解之間。

上番　杜：「無數春笋滿林生，柴門密掩斷人行。會須上番看成竹，客至從嗔不出迎。」番，甫患切，數也，遞也，更也。似用意屢屢看之，猶諺「上緊」之意，見毛晃《韻書》。字本去聲，韓退之用作平聲云：「且嘆高無數，庸知上幾番。」翻案故借別音示巧，非真謂當作平聲讀也。

朣朧　古樂府《秦女休行》：「朣朧擊鼓赦書下。」朣朧，鼓聲也。唐人所用字不同。沈佺期「籠僮上西鼓」，柳子厚「籠銅鼓報衙」，第取其音之同耳。即《秦女》本曲，見《太平御覽》者亦作「隴橦」，各異。

欸乃　欸，嘆聲也，讀若哀，烏來切；又應聲也，讀若靄，上聲，倚亥切；又去聲，於代切；無襖音。乃，難辭，又繼事之辭，無靄音。今二字連讀之，爲棹船相應聲，柳子厚詩云「欸乃一聲山水綠」是也。元次山有《湖南欸乃歌》，劉蜕有《湖中靄迺歌》，劉言史《瀟湘》詩有「閑歌曖迺深峽裏」，字異而音則同。後人因柳集中有注云「一本作襖靄」，遂即音欸爲襖，音乃爲靄，不知彼注自謂別本作「襖靄」，非謂欸乃當音襖靄也。黄山谷不加深考，從而實之；其甥洪駒父又辯爲當作「[illegible]靄」，杜撰尤甚。毛晃取入韻中，至誤，後人沿襲不察。靄迺、襖靄既有兩本，不妨並行，豈必比而同之，以爲一音乎？黄公紹《韻會》。

闌干　劉方平詩「北斗闌干南斗斜」，權德輿詩「銅壺漏滴斗闌干」，曹唐詩「南斗闌干北斗稀」，並出曹子建「月落參横，北斗闌干」。《韻書》：「欄干，横斜貌。象斗之將没也。」又「苜蓿長闌干」、「玉容寂寞淚闌干」，亦當以横斜爲解。而淚之闌干，不但言其横流，更有借用汍瀾之意。遯叟。

温暾　南人方言曰温暾者，乃懷暖也。唐王建《宫詞》「新晴草色暖温暾」，又白樂天詩「池水暖温暾」，則古已然矣。《輟耕録》。又李商隱詩「疑穿花逶迤，漸近火温馨」，亦暖氣之意。

鯽溜　孫炎作反切俚語數百種，謂就爲鯽溜，謂團曰突欒，謂精曰鯽令，謂孔曰窟籠，不可勝舉。唐盧仝詩云「不鯽溜鈍漢」，今人言不慧者爲不鯽溜，此俚人反語也。宋景文公《筆記》。

夭邪　唐詩：「錢塘蘇小小，人道最夭邪。」又：「長安女兒雙髻鴉，隨風趁蝶學夭邪。」夭音歪。《升庵外集》。

乖角　猶言乖張也。唐人《詠焚書坑》詩：「祖龍算事渾乖角，將爲詩書活得人。」或云乖角猶乖覺，蓋反言之。遯叟。

儓儗　李白詩：「五月造我語，知非儓儗人。」儓儗，言癡也。祝穆。按《史·司馬相如賦》：「仡以佁儗。」丑吏、魚吏二切，又音態礙，注：「不前也。」雖似俗語，其來已久。

冬烘　唐人言冬烘，是不了了之語，故有「主司頭腦太冬烘，錯認顏標作魯公」之語，人以爲戲談。今蜀人多稱之。《避暑録話》。

藉在　杜「白頭無藉在」，《千金翼論》云：「老人之性，必恃其老，無有藉在。」如云無賴藉也。《杜注》。

龍鐘　老杜詩：「何太龍鐘極，於今出處妨。」薛蒼舒注：「龍鐘，竹名，謂其年老如竹之枝葉搖曳，不自矜持。」説既可笑。唐李濟翁《資暇録》云：「鍾即涔蹄，足所踐處。龍致雨上下，所踐之鍾，固淋漓濺澱矣。」尤穿鑿難通。惟蘇鶚《演義》云：「龍鍾，不昌熾、不翹首貌，如鬢參、拉搭、觳觫之類。」似爲近之，然未有實據。考《埤蒼》：「蹖踵，行不進貌，古字從省，蹖因作龍，踵又借作鍾。」此自有正解，何煩曲爲之説乎。遯叟。下同。或云：龍鍾、潦倒，二合音也，龍鍾切癃字，潦倒切老字。

麻茶　李涉：「今日顛狂任君笑，趁愁得醉眼麻茶。」似即眼花之意。

紇梯紇榻　崔涯《嘲妓》詩，用「紇梯紇榻」四字寫其著屐聲，此俗語至今有之，然亦有所本。《楚辭·卜居》：「將突梯滑稽，如脂如韋，以絜楹乎？」晦庵注：「突梯，滑澾貌。」紇梯，蓋即突梯。紇榻，亦即紇澾也。自屈原來已有此方言矣。

得得　猶特特也。王建「親故應須得得來」，貫休「萬水千山得得來」。

舉舉　韓退之《送陸暢》「舉舉江南子」，方崧卿云：「唐人以人有舉止者爲舉舉。」

棖棖　王叡：「棖棖山響答琵琶。」

恰恰　王績：「年光恰恰來。」杜：「自在嬌鶯恰恰啼。」

按，詩中用俗語，皆有所本。如《困學紀聞》所摘：「分付」出《漢·原涉傳》，「區處」出《黄霸傳》，「自由」出《五行志》，「相於」出《晉·后妃傳》，「消息」出《魏·少帝紀》，「鄭重」出《王莽傳》，「分外」出魏程曉上疏，「婁羅」出《南史·顧歡傳》，「本分」出《荀子》，「措大」出《五代·漢世家》，「本色」出《唐·劉仁恭傳》，「商量」出《易·卜商兑注》，「傳語」出《後漢·清河王慶傳》，「收拾」出《光武紀》，「尋思」出《劉矩傳》，「世情」出《墨子》，「爾來」出孔明《出師表》，「阿誰」出《蜀·龐統傳》，「罷休」出《史記·(孔)[孫]武傳》，「安排」出《莊子》，「如今」出《杕杜·箋》，「可人」出《雜記》，「年紀」出《光武紀》，「留連」出《後漢·劉陶傳》，「已分」出魏文帝書，「新鮮」出《太玄》。有舉之不能盡者，姑識此以例其餘。

又事有俚俗沿用者，附辨於後。

桃李鄭良孺云：世因唐人「桃李悉在公門」一語，遂謂門人爲桃李，祇若列在門墻者耳，不知中有報答之義。晉趙簡子謂陽虎曰：「惟賢者爲能報恩，不肖者不能。植桃李者，夏得休息，秋得其食。植蒺藜者，夏不得休息，秋得刺焉。今子之所得者蒺藜也。」唐人刺裴度詩「不栽桃李種薔薇」，「荆棘滿庭君始知」，正用此。

椿萱王弇州云：今人以椿萱擬父母，當是元人傳奇起耳。大椿氏八千歲爲春秋，以擬父猶可；萱引《詩》語「言樹之背」，殊不切。觀唐元微之詩「萱近北堂穿土早」，宋丁謂之「草解忘憂憂底事」，則唐、宋人必不以萱擬母也。喬梓，所謂喬仰而高，梓俯而畀，周公之所以撻伯禽也，却久。

登科之爲折桂《避暑録》云：世以登科爲折桂，此謂却詵對策東堂，自云桂林一枝也。自唐以來用之。温庭筠詩云：「猶喜故人新折桂，自憐羈客尚飄蓬。」其後以月中有桂，故又謂之月桂。而月中又言有蟾，故又改桂爲蟾，以登科爲登蟾宫。用却詵事固已可笑，而展轉相訛復爾。文士亦或沿襲因之，弗悟也。

又爲遷鶯 遯叟云：《詩》：「伐木丁丁，鳥鳴嚶嚶。出自幽谷，遷於喬木。」鄭箋云：「嚶嚶，兩鳥聲。」正文與注，皆未嘗及黄鶯。初唐人韋元旦有「遷木早鶯求」，韋嗣立有「多愧春鶯曲，相求意獨存」，孫處玄《黄鶯》詩「高風不借便，何處得遷喬」，於是直以嚶鳴遷木者爲黄鶯，遞相組織，用之登第進士，如「眼看龍化門前水，手放鶯飛谷口春」之類，不一而足，至今猶相沿云。

兄弟用夜雨對床 遯叟云：「寧知風雨夜，復此對床眠」，此韋蘇州《示甥詩》也。後東坡與子由詩引此情至之語，後人彷效，遂用爲兄弟故事，至今無異同。又如樂天《招張司業》：「能來同宿否？聽雨對床眠。」鄭都官《贈僧》：「每思聞净話，夜雨對繩床。」何嘗只爲兄弟用耶？

僧用碧雲《野客叢書》云：「《文選》有江淹《擬湯惠休詩》曰：『日暮碧雲合，佳人殊未來。』今人遂以爲真休上人詩，用之僧家，此誤自唐已然。如韋莊詩曰：『千斛明珠量不盡，惠休虚作碧雲詞。』許渾《送僧南歸》詩曰：『碧雲千里暮愁合，《白雪》一聲秋思長。』曰：『湯師不可問，江上碧雲深。』權德輿《贈惠上人》詩曰：『支郎有佳思，新句凌碧雲。』孟郊《送清遠上人》詩曰：『詩誇碧雲句，道證青蓮心。』張祜《贈高閑上人》詩曰：『道心黄蘗長，詩思碧雲秋。』惟韋蘇州《贈皎上人》詩曰：『願以碧雲思，方君怨别辭。』似不失本意。」《西溪叢語》云：「柳子厚《聞徹上人亡寄楊侍郎》云『空花一散不知處，誰采金花與侍郎』，蓋用惠休《菊問贈鮑侍郎》云『玳枝兮金英，緑葉兮紫莖』也。」劉禹錫《送義舟師》詩云「如蓮半偈心常悟，《問菊》新詩手自攜」，本此。用「碧雲」似又不如「問菊」確也。

唐音癸籤卷二十五

海鹽胡震亨遯叟著

談叢一

四子軼事，不少概見，惟楊盈川有呼朝士爲麒麟楦一事。

「當時自謂宗師妙，今日唯觀對屬能」，義山自詠爾時之四子。「爾曹身與名俱滅，不廢江河萬古流」，杜少陵自詠萬古之四子。

嘗怪陳射洪以拾遺歸里，何至爲縣令所殺。後讀沈亞之《上鄭使君書》云：「武三思疑子昂排擯，陰令邑宰拉辱，死非命。」始悟有大力人主使在，故至此。排擯不知云何。子昂，故武攸宜幕屬也，釁所生必自此始矣，遊凶人間得自免，故難哉！

杜必簡「未見替人」之謔，非侮宋也，宋與杜差肩交，正挹宋深聊戲耳。宋《祭杜文》云：「君之將亡，贈言宛轉。命子誡妻，既懇且辨。」其見待之莊實如此。

延清張仲之一事，吾不能爲之解。雲卿弄詞丐寵，其猶在末減耳。兩人者，一憯盡，一以壽終，抑天道有然。

燕公鉉業且未論如何，得士子一聯，手題政事堂賞借，今宰相有此勝韻否？曲江公《湞陽峽》詩：「惜此生遐遠，誰知造化心。」讀此欲笑柳子厚一篇《小石城山記》，蚤被此老縮入十個字中矣。柳嘗謂燕公文勝詩，曲江詩勝文，見采掇素嚮云。

孟襄陽伴直，從床底出見明皇，有諸乎？果爾，不逮坦率宋五遠矣。令人主一見意頓盡，何待誦詩始決也？

宋人以荆公《四家詩》不選太白，嫌其羡説富貴，多俗情。而近代王弇州亦謂其《上皇西巡》一歌「地轉錦江成渭水」等句，不異宋人東狩錢塘封事，譏論尤切。夫白亦詩酒自娱，跌宕一生者耳，安能顧語忌，拘教義，爲是屑屑者哉？詩人各自寫一性情，各自成一品局，固不得取錦袍豪翰，强繩以瘦笠苦藻，必同籥吹爲善也。

太白永王璘一事，論者不失之刻，即曲爲諱，失之誣。惟蔡寛夫之説爲衷，其言云：「太白非從人爲亂者。蓋其學本出從横，以氣俠自任。當中原擾攘時，欲藉之以立奇功耳。其詩曰：「空名適自誤，迫脅上樓船。」又云：「南風一掃烟塵净，西入長安到日邊。」亦可見其志矣。大抵才高意廣如孔北海之徒，固未必有成功，而知人料事，尤其所難。議者或責以璘之猖獗而欲仰以立事，不能如孔巢父、蕭穎士察於未萌，斯可矣。若其志，亦可哀矣。」斯言也，起太白九原，儻亦心服。

杜子美傲誕，好自誇標其詩，嘗向鄭虔言之。虔猥云：「汝詩可已疾。」會虔妻痁作，語虔：「去讀吾『子璋髑髏血模糊，手提擲還崔大夫』，立瘥矣。如不瘥，讀句某；未間，更讀句某；如又不瘥，雖和、扁不能爲也。」余每誦此，覺此老稱詩豪舉態躍躍目前，爲絶倒。是出《語林》，唐撰也。本朝人豈不悉鄭遠謫，無從取蜀詩舉似，要以借同心期人曲模高詡生面，正所謂頰添三毛，不必有之而愈肖者。後人拈公詩「氣劘屈賈壘，目短蕭劉墻」等，爲公大言自負證，太實相，那能使吟子得真杜影子看。

千載僅有杜詩，千載僅有杜公詩遘耳。凡詩，一人有一人本色，無天寶一亂，鳴候止寫承平；無拾遺一官，懷忠難入篇什，無杜詩矣。故論杜詩者論於杜世與身所遘，而知天所以佐成其詩者實巧。

杜陵之依嚴武，契分不薄。斥武父名一事，《舊史》云不爲忤，《新史》云武銜之，欲殺而免。《新史》本唐小説，以武貽杜詩有「莫倚善題《鸚鵡賦》」之句也。洪容齋獨以爲武決不肯自比黄祖，《杜集》中詩，爲武作者幾三十篇，意並殷至，没後《哭歸櫬》及《八哀詩》尤痛，似決無欲殺事，不如《舊史》足據，其言甚辨。雖然，武伉暴人也，於幕客他可忍，肯并忍其呼父名，恬不介意乎？言欲殺過，言不爲忤亦過。重以武有殺章彝之事，杜嘗依彝梓州，最厚且久，處其際，不尤難言哉！《荆南追述》詩「結舌防讒柄，探腸有禍胎」，情稍見矣。殺機時動，幸不犯殺鋒，《新史》殆非全誣。若贈答追輓詩中無一語介介，則甫之厚，而亦風人之義也。

王摩詰與儲光羲並有受僞署一事，儲不聞昭雪，王昭雪後，宦路稍亨，或以棣萼故。人生一死自難，何敢輕議？雖然，未若李華也。華自傷隳節，力農，甘貧槁終身，徵召不起，較摩詰知所處矣。

高適，詩人之達者也，其人故不同。甫善房琯，適議獨與琯左；白誤受永王璘辟，適獨察璘反萌，豫爲備。二子窮而適達，又何疑也？

岑嘉州罷郡佐幕日，正崔寧跋扈、杜相委棅時也。嗣後鎮帥往往阻命，參佐自拔匪易，蜀事漸非矣。思深哉，《招蜀客北歸》一辭乎！蚤智徵焉，勸忠寓焉，是不當僅以詩人目者。

王績之詩曰：「有客談名理，無人索地租。」隱如是，可隱也。陶潛之詩曰「饑來驅我去」、「叩門拙言辭」，如是隱，隱未易言矣。白樂天之詩曰：「冒寵已三遷，歸朝始二年。囊中貯餘俸，園外買閑田。」如是罷官，官亦可罷也。韋應物之詩曰「政拙忻罷守，閒居初理生」、「聊租二頃田，方課子弟耕」，罷官如是，恐官正未易罷耳。韋與陶千古並稱，豈獨以其詩哉！

韋左司：「身多疾病思田里，邑有流亡愧俸錢。」仁者之言也，劉辰翁謂其居官自愧，閔閔有恤人之心，正味此兩語得之。若高常侍「拜迎官長心欲碎，鞭撻黎庶令人悲」，亦似厭作官者，但語微帶傲，未必真有退心如左司之一向淡耳。

大曆詩家，包佶最有功名。德宗西狩日，佶領租庸鹽鐵，間道遣貢行在，王室賴以紓難。十才子如司空附元載之門，盧綸受韋渠牟之薦，錢起、李端入郭氏貴主之幕，皆不能自遠權勢。考劉長卿嘗爲鄂岳觀察吴仲孺誣奏繫獄，朝遣御史就推得白。仲孺正令公壻，豈長卿生素剛婞，不屑隨十才子後曳裾令公門下歟？亦可微窺諸人之品矣。仲孺之爲郭氏壻，見令公夫人墓誌中。

詩道須前後輩相推引。李、杜兩大家，不曾成就得一個後輩來，殊可惜。惟昌黎公有文章官位聲名，任得此事。公又實以作人迪後擔子一身肩承，史稱其獎借後輩，稱薦公卿間，寒暑不避。而會其時，所曲成其業與其身名如孟郊、李賀、賈島其人者，又皆間出吟手，能偕公翻門新異，換奪一世心眼傳後。以故繼諸人而起者，復燈燈相繼續不衰，追頌公亦因不衰。終唐三百年，求文章家一大龍門，非公其誰歸？韓門詩派之衆且遠，詳見宋張洎論張籍格律中。

或問余：「退之，道學人也。史譏其作《毛穎傳》近戲，白樂天謂其病没繇服丹藥，而張籍祭以詩，亦有『坐出二侍女，合彈琵琶箏』句，似稍蓄聲伎者，然歟否耶？」余曰：「退之亦文士雄耳。近被腐老生因其闢李、釋，硬推入孔家廡下，翻令一步那動不得。」

柳子厚污王叔文黨，坐貶荒遠，不得昭雪以死。惟范仲淹論之，以爲覲子厚述作，涉道非淺，如叔文果狂甚，必不交。叔文人望輕，然傳稱知書，好論理道，其引劉、柳等决事禁中，如議罷中人兵權，忤俱文珍輩，又絶韋皋私請，欲斬支使劉闢，意非忠乎？會順宗病篤，皋銜私恨，揣憲宗意，請監國而誅叔文，子厚輩名爲黨人者，豈復見雪？史書因其成敗書之，無所裁正耳。此論亦恕亦確，然則韓誌柳墓，何無一言爲此事辯乎？曰：當愈時，叔文未可原，而其説尚未可盡也。

李賀之見格進士舉，元稹修怨也。韓愈之爲賀作《諱辨》以辨者，雖才賀，實與稹素分徑，激而爲之説也。稹黨李逢吉，與裴度左；愈受裴度知，與稹及逢吉左。愈集有刺逢吉詩可考，道固不同。初稹以詩投賀，賀誚明經出身，不當言詩，因結憾，倡犯諱事阻其進。事見《劇談録》。

陳師道嘗言劉叉一生只有兩事：作《冰柱》、《雪車》二詩，以遂身後之名；取韓退之金，以濟生前之困。可謂簡而當矣，余每讀此，欲絶倒。

孟郊、賈島，皆以詩窮至死，而平生尤自喜爲窮苦之辭。孟有《移居》詩云：「借車載家具，家具少於車。」乃是都無一物耳。又《謝人惠炭》云「暖得曲身成直身」，人謂非其身備嘗之，不能道此句也。賈云：「鬢邊雖有絲，不堪織寒衣。」就令堪織，能得幾何？又其《朝饑》詩云：「坐聞西床琴，凍折兩三絃。」人謂其不止忍饑而已，其寒亦何可忍也。此歐公語。雖近謔，寫二子窮態頗盡。

樂天平生詩文既高，立朝議論，忠直而有用。爲郡守，所至有遺愛；處謫地，不少挫屈；於牛、李二黨，雖與之從游，不爲所污，亦不致爲所忮賈禍。晚年優游分司，有林泉聲伎之奉，嘗自叙其樂，謂本之於省分知足，濟之以家給身閑，文之以觴詠弦歌，飾之以山水風月，一皆實録。又深明佛理，洞究性原，而其所得者，全名高壽，禄位亦不爲不貴，是真可慕羡者。倪思。樂天非不愛官職者，每説及富貴，不勝津津羡慕之意。讀樂天詩，使人惜流光，輕職業，滋頽惰廢放之念，非《蟋蟀》風人「無已太康，職思其居」之義也。羅大經。合此兩家評，足盡白氏矣。

唐詩人生素享名之盛，無如白香山。初疑元相白集序所載未盡實，後閲《豐年録》，開成中，物價至賤，村路賣魚肉者，俗人買以胡綃半尺，士大夫買以樂天詩。則所云交酒茗，信有之。又從《酉陽雜俎》得劄青事，有刺樂天詩意於身，詫「白舍人行詩圖」者，是又人體膚且爲所涅矣，豈但疥墻壁已哉！因嘆此老得名至此，豈不折盡一生福來？鷩無他虧，而禍酷斬祚，將無造物者有意爲之缺陷耶？

夢得《靖安佳人怨》及白氏《太和九年某月日感事》詩，爲武相伯蒼、王相廣津作者，實並銜宿怨故。劉先於叔文時斥武，宜武有補郡見格之報。白嘗因覆策事救王，王固不應下石訐白母大不幸事，令白有江州謫也。事各有曲直，而怨之淺深亦分。在風人忠厚之教，總不宜有詩。然欲爲兩人曲諱，如坡公之説，則政自不必耳。

劉禹錫妓有爲李逢吉奪去，請以詩不得者。又有是李紳妓，贈以詩，紳因轉贈者。小説非必盡實，然以一人詩，乾賠既冤，白賺亦太倖，殊堪盧胡。

劉禹錫播遷一生，晚年洛下閒廢，與緑野、香山諸老優游詩酒間，而精華不衰，一時以詩豪見推。公亦自有句云：「莫道桑榆晚，爲霞尚滿天。」蓋道其實也。公自貞元登第，歷順、憲、穆、敬、文、武凡七朝，同人彫落且盡，而靈光巋然獨存，造物者亦有以償其所不足矣。人生得如是，何憾哉？

杜牧之門第既高，神穎復雋，感慨時事，條畫率中機宜，居然具宰相作略。顧回翔外郡，晚乃升署紫微，堤築非遥，甑裂先兆。亦繇平昔詩酒情深，局量微嫌疏躁，有相才，乏相器故爾。自牧之後，詩人擅經國譽望者概少，唐人材益寥落不振矣。

紫微與元、白待張祜一案，幾成詩獄。初，杜與白論詩不合，而祜亦常覓解於白，失其意。後彭陽公薦祜詩於朝，元復左袒白，奏罷之。紫微守秋浦，因激而爲祜稱不平，與祜交偏厚，贈祜詩有「不羨人間萬户侯」句，而於元、白，盛稱李戡欲用法治其詩之説。使諸公仕路相值，豈有幸哉！獨惜一祜詩，受鏑於斯，因受盾於斯，匪拜詩賜紫微，拜詩禍紫微矣。嘆賢達成心難化至此！

温、李皆遊令狐相之門，交皆不終。温不終以平昔狼籍，口語不慎，故恨尚淺；李不終以其忘家恩，受贊皇黨人辟，從宦塗門户起見，恨較深。温楊子院一訴，僅置不理；李《九日感舊》

詩，至并所題廳閉之不處，情可知已。士君子出身一有倚托後，便去就兩難。李錯處不在忘恩，正在受恩初耳。然亦見當時黨禍之烈，其微蔓亦如此。温、李詩皆輕艷，李集中情詩尤多，然妻死，府主選樂籍一人贈之，自云棲志禪玄不納，有謝啓辨生平篇什中無賴事非實。信爾，當非僅佻達一生者。

薛大拙在晚雋中，自負甚高，名譽亦甚盛。但屑屑較量官位，有「舊將已爲三僕射，賤身猶是六尚書」之嘆，且自鄙節帥爲粗官，若不可一日居者。嘗令其幼子具櫜鞬見客，云：「與渠消災。」生當用武之世，賤藐武人若爾，安得不禍及乎？

皮、陸以萍合唱和吴中，因而齊稱。是時皮已登第，陸尚困舉場。然後來皮不免於難，陸以散人扁舟五湖三泖間，終享隱居之樂，所得又視皮孰多也？

唐音癸籤卷二十六

海鹽胡震亨遯叟著

談叢二

杜甫詩中每自稱潛夫，顧況詩中每自稱悲翁，可作對。

唐詩人別號概有之，如皮日休之間氣布衣，不迂乎？元次山既號猗玗子矣，復四易其號爲浪士、漫郎、漫叟、聱叟，不太繁乎？皆可發一笑者。

人知老杜官拾遺，不知太白亦嘗徵拜拾遺；世以草堂屬杜，乃李詩亦恰號《草堂集》。兩大家巧合如此。李以拾遺徵在歿後，故史不著，范傳正墓碑記之。

太白每自比相如，少時蘇頲所品目也。其薦以玉真公主，見魏灝序，譏而出以張垍，亦見范碑云。

老杜宴集，往往贊人食味，如「且食雙魚美，誰看異味重」之類，不一而足。至「華筵直一金」，直與估價，過矣。酸窮可憐，於法自當得貧。

蘇渙以盜始，以盜終，其人何如人哉？杜稱爲静者，寄詩望其致主堯舜，屢讚不已，殊可怪。湖南後交游益寥落，窮途傾蓋，許與遂至過濫耳。「即今漂泊干戈際，屢貌尋常行路人」，豈獨爲曹將軍言哉！

李贈杜止一詩，杜憶李有數詩，意尤懇至。李闊略，杜繾綣，同調也。疑李輕杜者非是。大曆才子及接開、寶諸公相倡和者，未可僂指。錢起、司空曙之於王維，戎昱之於杜甫，其尤著者。

唐人詩譜入樂者，初、盛王維爲多，中、晚李益、白居易爲多。以時事入詩，自杜少陵始；以名場事入詩，自孟東野始。韓退之多悲，詩三百六十，言哭泣者三十首；白樂天多樂，詩二千八百，言飲酒者九百首。方勺云。

白公好以年幾入詩，不止百十處，後東坡亦然。

詩不改不工，老杜所謂「語不驚人死不休」是也。今人第哂白香山詩率易，不知其詩亦非草草就者。宋張文潛嘗得公詩草真蹟，點竄多與初作不侔云。

詩人慕同調，挹師資，多不勝企羨情。昔人以得文友詩敵，其適遺形，其樂忘老，非虚也。羅紹威慕羅江東詩，用魏人沈、任集中作賊語，號己詩爲《偷江東集》，大是可兒。

王轂舉生平得意句，市人爲之罷毆；李涉贈「相逢莫避」詩，夜客爲之免剽。唐愛詩、識詩人何多！

人嗜吟，便有一種痴興，好以詩舉似人，博人贊美。雍陶亟揖遊客，周朴狂追士人，豈伊真昧見罔，抑亦聊寄賞懷。

方采山云：「詩有態乎哉？乃杜有『詩態憶吾曹』也，『賦詩新句穩，不覺自長吟』，此其態也歟？可也。『詩成覺有神』、『興來縱筆搖五嶽』，以此言態，態乃嶄矣。今之態甚乎哉！」此言有爲而發，然實中詩人通病。

詩有偶然到處，雖名手極力搜索，亦不能加。楊汝士不知於此道何如，能令白公托言「冷淡生活」閣筆？元笑白善全其名，夫豈惟古人之能全其名哉？亦其能服善，不若今人强顏争勝，甘出醜無忌耳。元稹鎮武昌，嘗命從事周復唱酬。復辭稹：「某偶以大人往還獲一第，實不能詩賦。」稹嘆曰：「質實如是，賢於能詩遠矣。」今天下安得有此等人！

「詩未有劉長卿一句，已呼阮籍爲老兵；筆語未有駱賓王一字，已駡宋玉爲罪人。」此皇甫湜爲元和時人嘆也。嗟乎！今纔搦管，便駡前輩者多矣。湜在，當何如致慨？

余嘗與客品摘唐賢詩，客輒以爲無庸是。此豈欲爲死人請，正懼我亦以此待彼耳。牛僧孺未第時，以詩謁劉中山，中山爲之飛筆點竄，牛唯唯占謝，而心實銜之，至作相後纔吐。中山公愧悔，至以之戒子孫。王建云「人怪考詩嚴」，此「怪」字正古今通病也。詩非同調，豈可浪與言哉！

晚唐人集，多是未第前詩，其中非自叙無援之苦，即訾他人成事之由。名場中鑽營惡態，忮懻俗情，一一無不寫盡。

唐士子應舉，多遍謁藩鎮州郡丐脂潤，至受厭薄不辭。如平曾「三緘卹旅途」之恨、張汾「二千貫出往還」之誇，鄙穢種種。至所干投行卷，半屬諛辭，概出贋勦，若小説所稱「百錢買自書鋪」并「荆南表丈一時乞取」者，真堪令人捧腹。士風淩夷至此，總科舉爲之流弊也。

《唐實録》載韋執誼從兄夏卿爲吏部侍郎，執誼爲翰林學士，受財爲人求科第，夏卿不應，乃探出懷中金以納夏卿袖，夏卿擺袖引身而去。豈當時鬻科價尚廉，可第從懷中齎攜耶？然納袖法今竟通行。

進士科初采名望，後滋請托，至標榜與請托争途，朋甲共要津分柄，如所云「欲得命通，問瑝、嵎、都、雍」等諺，更可駭詫矣。嗚呼，今日得無類之！按朋甲，唐人有畫圖，畫舉子七十八人，列二隊，指呼紛紜，如相嘲競者，意諸甲必各有脉路與朝貴通，成就人，故氣力足以奔走同輩，令入隊耳。若攬場十惡，又是一種無賴舉子，禮部得而黜之者，非其倫也。

王弇州譏唐舉子津私禁臠，自比優伶；關節倖璫，身爲軍吏。豈知更有從朱三乞薦表後復逃去自潔，如殷文珪者哉？名場險行一至此。

樂帥子高雞泊殺王鐸一事，李山甫導之也。史言山甫數舉進士被黜，怨中朝大臣，故有此舉。考鐸傳，咸通典試，而小説山甫罷舉，亦在咸通中，山甫被黜即鐸也，豈泛怨哉？舉子主司至此塗地盡，而唐事亦不可爲矣。

韋莊在中朝時嘗奏詩人不第者十五人，歿者贈官，存者補賜進士第。嗟乎，彼謂一第足重人哉？莊亦擢是科者耳，建僭號而儼然爲之相，何取進士第？

劉夢得嘗愛張文昌「朝衣暫脱見閑身」之句，及自爲詩，有云「沉舟側畔千帆過，病樹前頭萬木春」，若不勝宦途遲速榮悴之感，曲爲之擬者。嗟乎！人所繇不能真脱朝衣長享閑者，正以此耳。思之能無浩嘆！

嘗謂客曰：讀韓滉「黄金散盡教歌舞，留與他人樂少年」，聲伎不必蓄；讀白樂天「多少朱門鎖空宅，主人到老不曾歸」，園亭不必置。客曰：「如此，太喫虧了。」因一笑。

唐人仕宦，每重内輕外，如「領郡輒無色」、「欲把一麾江海去」，見諸詩不一。至州縣親民吏，尤視爲輕，銓曹不甚加意。薛保遜有文云：「嘗於灞上逆旅，見數物象人，詰之，口輒動，皆云：『江淮嶺表州縣官也。』嗚呼，天子生民，爲此輩笞撻。」治之不古，此尤其大端歟！

韋應物《答故人見諭》詩：「時風重書札，物情敦貨遺。機杼十縑單，慵疏百函愧。嘗負交親責，且爲一官累。」唐時仕路，亦蚤復重此事，令人以守正爲憂。私覿行則公道不明，禮際盛則剥取必横，以釀亂實隱而大。

「一出縱知邊上事，舉朝誰信語堪聽」，此李涉《連雲堡》詩也。邊上事，做不得，説不得，今古一揆。

杜詩云：「任轉江淮粟，休添苑囿兵。由來貔虎士，不滿鳳凰城。」最曙天下大計矣。人主守在四夷，區區添兵京城，足救緩急乎？

椓人可畏，主兵柄尤可畏。唐人諷切及此輩者，自況之《囝》詩、居易之《司天臺歌》、李商隱之《有感》二律外，無聞焉。即其詩旨，亦靡弗譎而晦也。使天下不敢言，而猶欲恃之以保危祚，何怪乎終爲令孜諸奴所誤哉！

黄巢之亂，禮闈試士，出「至仁伐至不仁賦」題，士子有「錯把黄巢比武王」之誚。而其時主兵出討巢者，且攜姬妾行，致幕客有「夫人北來，不如降巢」之謔。始知末世人心肝大抵多同。

唐初及第人多從赤尉或幕辟入臺省，漸陟樞要，非回旋數十年，不能致相位。迨末季，崔昭緯登第七年相，柳璨登第四年相矣。國事逾亟，仕路乃逾捷，有國者之殷鑒也。

世多以「歇後鄭五」爲笑柄，鄭五未可笑也。渠嘗有詩《題中書堂》云：「側坡蛆蜫蝓，蟻子競來拖。一朝白雨中，無鈍無嘍囉。」言國運且衰，旦夕有愚智同盡之禍也，若今人處此，則一切諱言矣。

唐有殷安者，嘗謔其子堪爲宰相，曰：「汝肥頭大面，不識今古，噇食無意智，不作宰相而何？」我謂肥頭大面，能噇食，猶盛時有福氣宰相也。若末世，只「無意智不識今古」七字，勾做宰相矣。記僖、昭時有白衫舉子乞而歌於市云：「執板高歌乞個錢，塵中流浪且隨緣。直饒到老長如此，猶勝危時弄化權。」嗟乎！使下第舉子，寧爲乞丐，無爲宰相，天下安得不亡？

余每讀韓偓臨歿遺所藏召對燭跋，及顔蕘、朱葆光諸人正旦嶽祠，號慟望拜舊闕事，爲淚落。至讀羅昭諫請錢鏐舉兵討梁，又不禁髮上衝冠矣。當年誤國者，不知幾何人，亦又不知易面向何處去。獨留此數老爲忠義碩果，亦王澤之猶存，而詩教之未盡墜地也。

唐音癸籤卷二十七

海鹽胡震亨遯叟著

談叢三

有唐吟業之盛，導源有自。文皇英姿間出，表麗縟於先程；玄宗材藝兼該，通風婉於時格。是用古體再變，律調一新，朝野景從，謡習寖廣。重以德、宣諸主，天藻並工，賡歌時繼，上好下甚，風偃化移，固宜于喁遍於群倫，爽籟襲於異代矣。中間機紐，更在孝和一朝。于時文館既集多材，内庭又依奥主，游讌以興其篇，獎賞以激其價。誰鬯律宗，可遺功首？雖猥狎見譏，尤作興有屬者焉。

太宗作詩，每使虞世南和，世南死，即靈座焚之。開元帝製《春雪》、《春臺望》等詩，舍人蔡孚稱美，請示百僚，編《國史》。孚撰《偃松篇》，帝亦令群臣盡和之。後德宗作詩，每示韋綬。嘗示以《黄菊歌》，綬方疾，遽和進，敕令頤養，勿復爾，人主尚急知音如此。文宗宸藻不知何如，稗史稱其嘗以所製示鄭相覃，覃奏乞留聖慮萬機，意不悦。覃出，復示李相宗閔，宗閔嘆服不已，一句一拜，懷而出之。上笑謂之曰：「勿令適來阿父子見。」始知此道受詉不受砭，明知面謾，總不著惱，雖天子正與人同爾。歷朝諸帝與群下賡唱篇目，正史不概具，今從《實録》、《會要》、《類要》、《文館》、《集賢》、《兩京》等記，《遺事》、《語林》及《册府元龜》、《玉海》諸類書抄綴於後備考，用見風之本自上云。

神堯　翠華殿賦詩武德七年四月宴王公親屬。　內殿賦詩八年五月宴五品以上及外戚。

太宗　中華殿賦詩貞觀二年十二月，宴突利可汗及三品以上。　兩儀殿賦柏梁體五年，破突厥，宴突利可汗。　幸慶善宮賦詩六年閏八月，宴三品以上，又九月宴從臣。　積翠池賦詩十一年十月，宴五品以上，各賦一事，帝得尚書。　定州賦詩十九年，征遼班師，至州賦。　幸靈州賦詩二十年八月，時北荒悉平，詩勒石。　又玄武門宴群臣、正日臨朝、太原守歲、經戰地、幸陝、還陝，並有詩，群臣屬和。

高宗　安樂川賦詩顯慶五年十二月，校獵，宴侍臣蕃客。　狩陸渾賦詩龍朔元年十月。　咸亨殿賦柏梁體儀鳳三年七月，宴近臣諸親。　又七夕玄圃宴、重九宴並有詩。

中宗　景龍二年七夕兩儀殿九日登慈恩塔閏月九日登總持浮圖十月幸三會寺十一月十五日誕辰二十一日安樂公主出降十二月幸薦福寺　立春宴二十一日幸臨渭亭三十日幸長安故城　三年人日清暉閣登高晦日幸昆明池二月八日送沙門玄奘等歸荊州十一日幸太平公主南莊七月幸望春宮送節度張亶八月幸安樂公主西莊九日幸臨渭亭十一月安樂公主入新宅十五日誕辰、長寧公主滿月十二月十二日幸温泉宫十四日幸韋嗣立山莊十五日幸白鹿觀十八日幸秦始皇陵四年正月五日蓬萊宫宴吐蕃使人日重宴大明宫八日立春内殿賜綵花晦日幸滻水二月一日送金城公主三日幸司農王光輔莊二十一日宴桃花園三月一日清明幸梨園拔河戲三日祓禊渭濱十一日宴昭容院四月一日幸長寧公主莊六日幸興慶池觀競渡、過竇希玠宅。以上並賦詩命侍臣和或止命侍臣賦。

玄宗　開元初，麗正院賜學士宴。十年，送道士司馬承禎。十三年，登封禮畢洛城酺宴，宴兩相、禮官麗正學士送許景先等爲各州刺史及送裴寬、蕭嵩、張嘉貞、崔日知、宇文融、王晙、張説諸重臣并採訪朝集等使。十四年，幸寧王宅。十五年端午，宴武成殿。十二月，登驪山石甕寺。十七年，左相張説、右相宋璟、太子少傅源乾曜上官宴東堂，又同宴樂遊園，又御春明樓、臨右相園亭。十八年八月五日，千秋節御花蕚樓受賀。二十三年，張守珪獻捷飲至。二十五年，花蕚樓設宴。天寶二載，送太子賓客賀知章，又送張暐還鄉。四載，幸朝元閣，又花蕚樓宴毗伽可汗妻。十載，御朝元閣觀慶雲。十四載，宴群臣勤政樓，並賦詩。

肅宗　餞李光弼鎮泗州賦詩乾元二年。

德宗　宴麟德殿貞元四年三月。　中和節宴麟德殿十四年。　中和節賜宴曲江六年，又十七年。上巳賜宴曲江亭六年。　九日賜宴曲江亭四年、十年、十一年、十三年、十八年。　又九月十八日追賞重陽、幸章敬寺、餞張建封歸鎮，並賦詩。

文宗　幸龍首池賦喜雨詩開成元年。　夏日與五學士聯句三年。　上巳宴曲江賜裴度詩四年。

宣宗　重陽宴群臣詩、太液亭餞宰臣崔鉉鎮淮南詩。

唐才人藝士行卷歌篇，不知何緣多得傳徹禁掖，如韓翃、馮定、戎昱、錢起諸詩句之類，人主往往能舉之。豈一代崇尚在此，嘗私采之外庭資乙覽故耶？興起詩教，又不獨在情洽賡歌一節也。

唐人詩集，多出人主下詔編進。如王右丞、盧允言諸人之在朝籍者無論，吴興晝公，一釋子耳，亦下敕徵其詩集置延閣。更可異者，駱賓王、上官婉兒，身既見法，仍詔撰其集傳後，命大臣作序，不泯其名。重詩人如此，詩道安得不昌？《徵晝公集牒》云：「敕浙西觀察使牒湖州當州皎然禪：師集牒得集賢殿御書院牒，前件集庫無本交闕進奉，牒使請速寫送院訖垂報者。牒州寫送使者，故牒。貞元八年正月十日牒。」載宋刻《晝公集》後，可證。

唐試士初重策，兼重經，後乃觭重詩賦。中葉後，人主至親爲披閱，翹足吟詠所撰，嘆惜移時。或復微行，諮訪名譽，袖納行卷，予階緣。士益競趨名場，殫工韻律，詩之日盛，尤其一大關鍵。

唐時風習豪奢，如上元山棚，誕節舞馬，賜酺縱觀，萬衆同樂。更民間愛重節序，好修故事，綵縷達於王公，妝粔不廢俚賤。文人紀賞年華，概入歌詠。又其待臣下法禁頗寬，恩禮從厚，凡曹司休假，例得尋勝地讌樂，謂之旬假，每月有之。遇逢諸節，尤以晦日、上巳、重陽爲重，後改晦日，立二月朔爲中和節，並稱三大節。所游地推曲江最勝，本秦之隑洲，開元中疏鑿，開成、太和間更加淘治。南有紫雲樓、芙蓉苑，西有杏園、慈恩寺，環池烟水明媚，中有綵舟，夾岸柳陰四合，入夏則紅蕖彌望。凡此三節，百官游讌，多是長安、萬年兩縣有司供設，或徑賜金錢給費。選妓携觴，幄幕雲合，綺羅雜沓，車馬駢闐，飄香墮翠，盈滿於路。朝士詞人有賦，翼日即留傳京師。當時倡酬之多，詩篇之盛，此亦其一助也。

唐詞人自禁林外，節鎮幕府爲盛。如高適之依哥舒翰，岑參之依高仙芝，杜甫之依嚴武，比比而是，中葉後尤多。蓋唐制，新及第人，例就辟外幕，而布衣流落才士，更多因緣幕府，躡級進身。要視其主之好文何如，然後同調萃，唱和廣。《摭言》稱李固言在成都，有李珪、郭圓、袁不約、來擇諸詩人從公，爲一時蓮幕之盛，惜其詩不傳。惟裴度開淮西幕，有韓愈、李正封郾城闕聯句詩；徐商帥襄陽，有周繇、段成式、韋蟾、温庭皓《漢上題襟詩集》；崔璞領吴郡，皮日休爲從事，有吴士陸龜蒙、司馬都、鄭璧、魏朴、顔瑄闕隴西李縠、南陽張賁，共撰《松陵集》，尚有存者。其人故掌籤之遺秩〔二〕，其詩亦應教之緒篇也歟？

〔二〕「其人」，原本漫漶不清，《四庫》本作「闕」，據清内府本補。

唐朝士文會之盛，有楊師道安德山池宴集。預宴賦詩外有岑文本、劉洎、褚遂良、許敬宗、上官儀及師道兄續。于志寧宴群公於宅。其時有岑文本、杜正倫、令狐德棻、祖孝孫、許敬宗、封行高，各賦一字。高正臣《晦日置酒林亭》、《晦日重宴》及《上元夜效小庾體》等詩。《晦日置酒》，有陳子昂、王勔、張錫、解琬、長孫正隱、崔知賢、高紹、高球、郎餘令、王茂時、周思鈞、周彦暉、周彦昭、弓嗣初、高嶠、劉友賢、徐皓、陳嘉言、韓仲宣、高瑾二十人，同用「華」字。《重宴》，思鈞、彦暉、嗣初、嘉言、仲宣、嶠、瑾七人，同用「池」字。《上元夜》，知賢、嘉言、仲宣、瑾，同用「春」字。並吟流之佳賞，承平之勝事。師道尚桂陽主，官侍中，主亦工爲詩。志寧天策學士，後入相，愛賓客，好接引後進。正臣官衛尉卿，善書，陳子昂爲其《晦日》詩序，稱爲渤海宗英，平陽貴戚，其豪盛可知。開元、天寶間，寧、薛諸王駙馬豪貴家，多好客，時王維詩名爲盛，無不拂席迎之。肅、代而後，勳績富貴稱郭令公；元和以來，裴令公尤爲烜赫。郭少子曖尚代宗女昇平主，賢明有才思，尤喜詩人，錢起、李端十才子，俱以能詩出入其門。每宴集賦詩，主坐視簾中，詩之美者，賞百縑。端中宴詩成，有「荀令」、「何郎」之句，衆稱絶妙，或謂宿構，起請以己姓爲韻試之，復有「金埒」、「銅山」之句。曖大喜，出名馬金帛爲贈。裴居守洛都，築園，名堂緑野，時出家樂，與白居易、劉禹錫、李紳、張籍、崔群諸詩人游讌聯句，纏錦既奢，箋霞尤麗，所云「昔日蘭亭無艷質，此時金谷有高人」者，至今可追想其盛。他林泉社會，文字雅飲，雖詩篇同詑，而人地非匹，未足爲豪，羌可無綴。

唐至開元而海内稱盛，盛而亂，亂而復，至元和又盛。前有青蓮、少陵、後有昌黎、香山，皆爲其時鳴盛者也。咸通而後，奢靡極，釁孽兆，世衰而詩亦因之氣萎語偷，聲繁調急，甚者忿目褊吻，如戟手交罵者有之。王化習俗，上下交喪，而心聲隨焉，豈獨士子罪哉！王弇州云：「靈武回天，功推李、郭；椒香犯蹕，禍始田、崔。是則然矣。不知僖、昭困蜀、鳳時，温、李、許、鄭輩得少陵、太白一語否？有治世音，有亂世音，有亡國音，故曰聲音之道與政通也。大力者爲之，故足挽回頹運；沈幾者知之，亦堪高蹈遠引。」旨哉言矣。

唐音癸籤卷二十八

海鹽胡震亨遯叟著

談叢四

唐人一時齊名者，如富、吴，嘉謨、少微。蘇、李，前味道、嶠，後頲、乂。燕、許，燕國公張説、小許公蘇頲。蕭、李，穎士、華。韓、柳，愈、宗元。四傑，王、楊、盧、駱。四友，杜審言、李嶠、崔融、蘇味道，稱文章四友。三俊，元稹、李德裕、李紳。皆兼以文筆爲稱。其專以詩稱有沈、宋，佺期、之問。錢、郎，起、士元。時人語「前有沈、宋，後有錢、郎」，是也。又錢、郎、劉、李，合劉長卿、李嘉祐稱之，亦時人語。鮑、謝，防、良輔。元、白，稹、居易。劉、白，合劉禹錫稱。温、李，商隱、庭筠。賈、喻，島、鳧。出顧雲文。皮、陸，日休、龜蒙。吴中四士，賀知章、劉昚虚、包融、張旭。一云無昚虚，有張若虚。廬山四友，楊衡、符載、崔群、宋濟。三舍人，王涯、令狐楚、張仲素。大曆十才子，盧綸、吉中孚、韓翃、錢起、司空曙、苗發、崔峒、耿湋、夏侯審、李端。咸通十哲等目。許棠、張喬、喻坦之、劇燕、任濤、吴罕、張蠙、周繇、鄭谷、李栖遠、温憲、李昌符，謂之十哲，實十二人。至李、杜，王、孟，高、岑，韋、孟，王、韋，韋、柳諸合稱，則出自後人，非當日所定。按，楊憑有詩云：「直用天才衆却瞋，應欺李杜久爲塵。」憑，大曆中人也。知兩公身没未幾，世已有並稱矣，但至韓公始大定耳。王、孟以下諸合稱，則宋人論詩所定也。

詩才遲速，天分有限。賈島三年十字，遲自可傳；王璘半日萬言，速更何取？必也捷成爲貴，楊師道之當筵立構，王子安之覆被起書，李太白之頮面四絶，温飛卿之叉手八韻，敏與工兼，才斯稱異爾。

詩人蚤慧者，權德輿三歲，能變四聲。又四歲，能賦詩。五歲令狐楚、能詞章。林傑，口占王霸壇詩。六歲王勃、善文詞。楊牢、題彈棋局。七歲李百藥、能屬文。駱賓王、詠鵝。杜甫、詠鳳凰。李泌、知爲文。李賀，以長短之製名動京師。八歲劉晏、獻《封泰山頌》。楊嗣復，知屬文。九歲王維、知屬辭。元稹，工屬文。十歲李白，通《詩》、《書》。十二歲李乂，工屬文。十三歲楊收，善文詠。又蘇頲、史稱其幼詠死兔及嘲尹字，不知是幾何歲。白居易生七月即識「之」、「無」二字。及汪先、范氏子之類尤多。其或夭折，或富貴壽考，亦皆不可一律論。

科名之高者，崔元翰京兆解頭、禮部狀頭、宏詞及制科三等敕頭，咸首捷。武翊黄府選爲解頭，及第爲狀頭，宏詞爲敕頭，時謂武氏三頭，章孝標贈翊黄詩「花錦文章開四面，天人科第占三頭」是也。又張又新時亦號三頭。

詩人年高者，賀知章八十六，秦系、羅隱並八十餘，員半千九十四，丘爲九十六，蕭德言九十七。而王季文、劉商、施肩吾、陳陶、黄損世皆傳其仙去，尤不可以年甲計者。且未論真否，貴穩吟膽，使無預愁。惟盧昇之師資孫思邈，復主其家，四十上不免小厄，孤負與活神仙相處一番耳。

胡元瑞嘗考唐人父子兄弟文學並稱，及諸家安平遘遇窮達之不同，載《詩藪》外編。讀者觀其人而論其世，家之盛者，固可慕；遇之窮者，猶可引而自慰也。爰稍增訂，録左方。

父子則薛收、薛元超，李百藥、李安期，褚亮、褚遂良，許叔牙、許子儒，宋令文、宋之問，趙武孟、趙彦昭，敬播、敬之弘，陳子昂、陳光，沈佺期、沈東美，賈曾、賈至，蘇瓌、蘇頲，李適、李季卿，崔日用、崔宗之，蕭嵩、蕭華，李善、李邕，張説、張均，崔良佐、崔元翰，杜甫、杜宗武，房融、房琯，鄭繇、鄭審，蕭穎士、蕭存，獨孤及、獨孤郁，張毅夫、張禕，郄純、郄士美，樊澤、樊宗師，裴倩、裴均，歸崇敬、歸登，劉禹錫、劉承雍，路泌、路隨，李懷遠、李景伯，于休烈、于肅，張薦、張又新，李端、李虞仲，韋表微、韋蟾，韋貫之、韋澳，段文昌、段成式，皇甫湜、皇甫松，苗晉卿、苗發，李程、李廓，李泌、李繁，韋綬、韋温，崔群、崔亮，楊凌、楊敬之，崔璩、崔渙，温庭筠、温憲，章孝標、章碣，劉迺、劉伯芻，劉三復、劉鄴，鄭亞、鄭畋，李磎、李沇。又張文琮二子戩、錫，韋安石二子陟、彬，包融二子佶、何，王景三子之咸、之賁、之渙，吕渭四子温、恭、儉、讓，穆寧四子質、贊、員、賞，竇叔向五子常、群、牟、庠、鞏，劉知幾六子貺、餗、秩、彙、迅、迥。

兄弟則孔紹安、孔紹新，蓋文懿、蓋文達，馬敬淳、馬敬潛，秦景通、秦煒，路紀、路鼓，崔湜、崔液，席豫、席晉，周思茂、周思鈞，杜易簡、杜審言，韋承慶、韋嗣立，來濟、來恒，崔日知、崔日用，薛曜、薛稷，王維、王縉，皇甫曾、皇甫冉，崔敏童、崔惠童，元結、元融，蔡希周、蔡希寂，李渤、李涉，暢當、暢諸，柳公綽、柳公權，許康佐、許堯佐，楊虞卿、楊汝士，柳中庸、柳中行，李翰、李觀，馮宿、馮定，李遜、李建，吴通微、吴通玄，鄭仁規、鄭仁表，柳渾、柳識，唐臨、唐皎，周繇、周繇。三人者，自前王之涣兄弟外，張文琮、張文瓘、張文收，沈佺期、沈全交、沈全宇，喬知之、喬侃、喬備，李乂、李尚一、李尚貞，楊憑、楊凌、楊凝，韋綬、韋纁、韋純，蘇冕、蘇弁、蘇衮，白居易、白敏中、白行簡，韋述、韋迅、韋逌。四人者，自前呂、穆二家外，楊發、楊假、楊收、楊嚴。五人者，張知謇、知玄、知晦、知泰、知默，及前竇氏連珠。六人者，王劇、王勔、王勃、王助、王劼、王勸，及前劉晛兄弟。七人者，趙夏日、趙冬曦、趙和璧、趙安貞、趙居貞、趙頤貞、趙覲貞。八人者，賀德仁、賀德基，劉知柔、劉知幾等同號高陽里[一]。此外如崔蒞等兄弟四人，崔瑶等五人，崔邠等六人，崔琯等八人，並載唐史。又閩人林藻一家，兄弟九牧，載《地志》，然率以爵位顯。大抵兄弟齊名，聲實相副者，三人則已盛矣。四五以上，惟王、竇二氏庶幾。自餘張、趙諸人，雖當時並有名字，亦未必盡然，姑録以備數。若三羅同姓通譜，原非真屬連枝，所不概入。

[一]「同號」，原本不清，據清內府本補。

祖孫則孔紹安、孔日新，姚思廉、姚璹，岑文本、岑羲，員半千、員俶，杜審言、杜甫，張鷟、張薦，許敬宗、許彦伯，韋嗣立、韋弘景，杜佑、杜牧，鄭絪、鄭顥，唐次、唐彦謙，殷侑、殷盈孫，唐臨、唐紹，馮宿、馮涓，高士廉二孫球、瑾。魏徵、謨，于志寧、休烈，狄仁傑、兼謨，李敬玄、紳之類，以世次稍遠不録。

父子祖孫三世者，徐齊聃子堅，堅子嶠；武平一子就，就子元衡、儒衡；崔融子禹錫，禹錫子巨；李栖筠子吉甫，吉甫子德裕；錢起子徽，徽子可復、可及、珝；柳芳子冕、登，登子璟；柳公綽子仲郢，仲郢子璞、璧、珪、玭；鄭餘慶子澣，澣子處誨、從讜。又陸餘慶孫海，海孫長源。四世者，王播子起，起子龜，龜子蕘；盧綸子簡能、簡辭、弘正、簡求，簡能子知猷，簡辭子貽殷，弘正子虔灌，簡求子汝弼，嗣業，嗣業子文紀。内盧氏尤文彩與官爵同盛，史稱鬱爲鼎門云。

開元以前，詞人鮮弗達者；天寶以後，才士鮮弗窮者。即間有之，然弗數見也。第今製作行世，則景龍、垂拱，百不二三；大曆、元和，十嘗五六，造物乘除亦巧矣。輒據唐人雜説，類次數條，以見其概云。

《唐書》云太宗以海内漸平，鋭意經籍，開文學館以待四方才俊，與選者杜如晦、房玄齡、虞世南、陸德明、于志寧、蘇世長、褚亮、姚思廉、孔穎達、李元道、李守[素]、蔡允恭、顔相時、薛收、蓋文達、蘇旭、薛元敬、許敬宗。後收卒，以劉孝孫補之，世謂十八學士，擬於登瀛洲焉。

右唐初太宗世顯者。天策所收顔師古、褚遂良等，尚不止此。

又云：「景龍二年，中宗於修文館置大學士四員，學士八員，直學士十二員。李嶠、宗楚客、趙彦昭、韋嗣立爲大學士，李適、劉憲、崔湜、鄭愔、盧藏用、李乂、岑羲、劉子玄爲學士，薛稷、馬懷素、宋之問、武平一、杜審言、沈佺期、閻朝隱、韋安石、徐堅、韋元旦、徐彦伯、劉允濟爲直學士。」

右高和世顯者。先是，武氏修《三教珠英》，徵天下文士二十六人，徐彦伯爲首，餘率前諸學士，張説、王無競、富嘉謨亦與焉。

《玄宗紀》：開元元年夏，郭元振同三品。秋，張説爲中書令。冬，以姚崇同三品，盧懷慎同平章事。四年冬，宋璟爲黄門監，源乾曜、蘇頲同平章事。八年春張嘉貞，十四年夏李元紘，二十一年春韓休，冬裴耀卿、張九齡俱同平章事。

右玄宗開元中宰相至十數人，皆文學士也。先是，又有魏知古等。古今詞人之達，莫盛此時。繼之林甫、國忠，雖天資險獪，然俱以不學稱，唐治亂判矣。《席豫傳》云：豫與韓休、許景先、徐安貞、孫逖、張九齡先後掌綸誥。又蘇頲、蘇晉、賈曾、賈至、齊澣、王丘、李乂等，並以文學爲中書舍人。

右二則，初、盛間詞人顯者。

《賀知章傳》云：「神龍中，知章與越州賀朝萬、齊融，揚州張若虚、邢巨，湖州包融，俱以吴、越之士，文詞俊秀，名揚於上京。朝萬止山陰尉，齊融崑山令，若虚兖州兵曹，巨監察御史，融遇張九齡，引爲懷州司户、集賢直學士。數子，人間往往傳其文，獨知章最貴。神龍中，有尉氏李澄之，善五言詩，蹉跌不偶，六十餘爲參軍卒。」又《唐新語》云：「長壽中，滎陽鄭蜀賓詩知名，年老甫授一尉，之官未幾卒。」二事甚類。

右初、盛間窮而間有達者。

《國史補》云：「開元以後，位卑而名著者：李北海邕、王江寧昌齡、李館陶、鄭廣文虔、元魯山德秀、蕭功曹潁士、張長史旭、獨孤常州及、崔比部、梁補闕肅、韋蘇州應物。」

右載《唐詩紀事》。崔比部、李館陶不列名。按是時詩文有重望而不甚顯者，崔則崔顥、崔曙，李則李翰、李華，舍四人外無赫稱，必居二於此。

《明皇雜録》云：「天寶末，劉希夷、王泠然、王昌齡、祖詠、張若虚、張子容、孟浩然、常建、李白、劉昚虚、崔曙、杜甫，雖有文章盛名，皆流落不偶。」

右二條，盛唐詩人窮者。李、杜，古今流落之魁，然置諸人中，覺猶爲顯達也。一笑。

《丹陽集》云：「潤州，延陵有包融、儲光羲，曲阿有丁仙芝、緱氏主簿蔡隱丘、監察御史蔡希周、渭南尉蔡希寂、處士張彦雄、張朝、校書郎張暈、吏部常選周瑀、長洲尉談戭，句容有殷遥、硤石主簿樊光、横陽主簿沈如筠，江寧有右拾遺孫處玄、處士徐延壽，丹徒有江都主簿馬挺、武進尉中堂構、十八人皆有詩名。」

右亦多盛唐間人，吴、楊所産也。殷氏叙其履歷，但一二稍顯。自餘布衣冗秩，旁午篇中，豈此方當時遂無貴且文者耶？

《盧綸傳》云：「綸與吉中孚、韓翃、錢起、司空曙、苗發、崔峒、耿湋、夏侯審、李端，號大曆十才子。」綸户部郎中，起考功郎中，發都官員外，峒右補闕，湋右拾遺，審侍御史，宦俱不甚顯。獨中孚侍郎，翃知制誥，差著。而端竟終杭州司馬。時秦系、劉方平布衣，顧況司户，于鵠從事，張南史參軍，厄尤甚焉。

右中唐詩人之窮者。嗣是權、武、裴、元、韓、白諸公驟顯，元和遂以中興。繼之郊寒、島髡，藉盲、仝枉，二李、賀、觀。歐陽並夭，其窮益又甚矣。

《劇談録》云：「自大中、咸通之後，每歲試春官者千餘人，其間有名，如何植、李玫、皇甫松、李孺犀、梁望、毛濤、貝庥、來鵠、賈隨，以文章稱；温庭筠、鄭瀆、何涓、周鈐、宋耘、沈駕、周繇，以詞賦顯；賈島、平曾、李陶、劉得仁、喻坦之、張喬、劇燕、許琳、陳覺，以律詩著；張維、皇甫川、郭鄩、劉延暉，以古風名。皆厄於一第，然其間數公，麗藻英詞，播於海内，與虚薄竊聯名級者，殆不可同年語矣。」

右晚唐詩人窮者，如此其衆，又過於前。然司馬、羅隱輩，尚不止是。今製作多不傳，徒空名寄於簡册，雖頗勝當時華要，亦可悲也。

唐舉子不中第者，《語林》、《劇談》所紀外，又有來鵬、宋濟、嚴惲、王璘、李洞、胡曾、張祜、江爲、盧汪、孫定、許琯。琯後爲羽流。

歐陽澥、李山甫、司馬禮等，大率皆晚唐。而盛唐則老杜以不第獻賦，其他孟浩然等雖布衣，然非舉子也。諸人生不成名，今紀載又將没没，余惜而詳著之。

王弇州嘗爲文章九命之説，備載古今文人窮者。今摘唐詩人，稍加訂定録後。

一、貧困　杜甫、浣花靈月，乞人一絲兩絲。鄭虔、履穿四明雪，饑拾山陰橡。蘇源明、爇薪照字，垢衣生蘚。王季友、賣履自給。陽城、屑榆作粥，不干鄰里。賈島、嘆鬢絲如雪，不堪織衣。孟郊、苦寒恨敲石無火。盧仝、長鬚赤脚，濯園自資。周朴。寄食僧居，不能娶婦。

二、嫌忌　張九齡、李邕、蕭穎士、見忌李林甫。顏真卿、見忌元載。武元衡、見忌王叔文。韓愈、見忌李逢吉。李德裕、見忌李宗閔。白居易、見忌李德裕。張祜、元、白並沮其進。温庭筠、李商隱、見忌令狐綯。韓偓。見忌崔胤。

三、玷缺　四傑、輕浮。沈、宋、險猾。李嶠、浮沈致責。蘇味道、模稜充位。張説、大肆苞苴。賀知章、縱心沈湎。王維、鄭虔、儲光羲、李華、陷身逆虜。柳宗元、劉禹錫、躁事權臣。劉長卿、怨懟多忤。嚴武、驕矜無上。李白、見辟狂王。秦系、出妻獲謗。崔顥、數棄伉儷。元稹、改節奥援。李德裕、樹黨掊擊。李益。感恩藩鎮。

四、偃蹇　四傑、内盈川僅至令長。李、杜、淪落吴、蜀。孟浩然、以禁中忤旨，放還終老。薛令之、以苜蓿致嫌奪官。蕭穎士、及第三十年，纔爲記室。沈千運、窮老五十年以死。王昌齡、詩名滿世，棲遲一尉。賈島、温飛卿、皆以龍鱗魚服，顛躓不振。孟郊、公乘億、温憲、劉得仁、潘賁之徒。老困名場，僅得一第，或方鎮一辟，憔悴以死。至其詩所謂「鬢毛如雪心如死，猶作長安下第人」、「十上十年皆下第，一家一半已成塵」、「一領青衫消不得，著朱騎馬是何人」，又有揶揄路鬼、憔悴波臣、獼猴騎土牛，鮎魚上竹竿之喻。噫，其窮甚矣！

五、流貶　流徙則李義府、鄭世翼、盧藏用、沈佺期、宋之問、元萬頃、閻朝隱、郭元振、崔液、李善、李白、吴武陵，貶削則杜審言、杜易簡、韋元旦、杜甫、劉允濟、李邕、張説、張九齡、李嶠、王勃、蘇味道、崔日用、武平一、王翰、鄭虔、蕭穎士、李華、王昌齡、劉長卿、錢起、韓愈、柳宗元、李紳、白居易、劉禹錫、吕温、陸贄、李德裕、牛僧孺、楊虞卿、李商隱、温庭筠、賈島、韓偓、韓熙載、徐鉉。

六、刑辱　杜審言、爲州僚構繫，賴孝子得伸。温庭筠、被邏卒毆縛，訴鎮帥不理。劉長卿、李太白、吴武陵、並先就刑囚，纔赴貶所。王無競、李邕、盧崇道。俱身受敕杖，然後殞亡。

七、夭折　范攄子、七歲能詩，十歲卒。林傑、六歲能文，十七歲卒。李賀、二十六。王勃。二十九。

八、無終　張藴古、劉禕之、李福業、王劇、王勔、范履冰、苗神客、陳子昂、王昌齡、李邕、王涯、舒元輿、盧仝、姚漢衡、劇燕、路德延、汪台符、郭昭慶、鍾謨、潘佑以冤，鄭愔、宋之問、崔湜、蕭至忠、薛稷、蘇渙、江爲、宋齊丘以法，駱賓王、張巡、顔真卿、温庭皓、周朴、孫晟以義，王無競、劉希夷以讎，薛能、皮日休以亂，盧照鄰以水，伊璠以猛獸。

九、無後　楊炯、絶後，葬兄弟手，宋之問有文哀之。李太白、蕭穎士、有子而獨，孫女流落，俱爲俗人妻。崔曙、一女名星。白居易、一侄曰龜。王維、四弟，無子。陽城、三昆，不娶。崔珏、張又新。皆有二子，而崔子並見法，張子並没于水。

弇州云：「古人謂詩能窮人。夫貧老愁病，流竄滯留，人所不謂佳者也，然而入詩則佳；富貴榮顯，人所謂佳者也，然而入詩則不佳，是一合也。泄造化之秘，則真宰默讎；擅人群之譽，則衆心未厭。故呻佔推琢，幾於伐性之斧；豪吟縱揮，自傅爰書之竹。矛刃起於兔鋒，羅網布於雁池，是二合也。循覽往匠，良少完終，爲之愴然以慨！」

唐音癸籤卷二十九

海鹽胡震亨遯叟著

談叢五

唐人作《詩本事》，諸稗説所載，資解頤多矣。其間出自傅會，借盾可攻者，蓋亦有焉。爰摘一二左方，餘可概云。

靈隱長明燈下駱、宋續吟事，人以舉義者不死快，信之。雖然，非實也。此無論駱之元有與宋往還詩，宋之亦有叙四子之歿文字，不至不識面孔；宋文載《文苑英華・祭文類》。即此詩屬對合掌，體拗澀，那得宋句在内？好事者第偷取駱集冒之宋，添作一段話耳。但細看本詩自辨。

戎昱爲京兆尹李鑾所知，欲妻以女，嫌姓僻，令改，不可而止。後憲宗嘗舉其和親詩而忘其人，顧左右：「是姓名稍僻者。」左右舉昱對，帝頷之。昱姓固僻，然其《上崔中丞》詩：「千金未必能移性，一諾從來擬殺身。」求知激切之辭，與改姓事無涉也。范攄欲傅合爲一，并易詩中「移性」爲「移姓」，使昱一生作詩，下一嫌字不得，不大苦乎？高獲對光武：「臣受性父母，不可改之于陛下。」見范《史》。

說者謂王建作《宫詞》，爲王守澄所持，獻詩末句有「不是當家頻向說，九重争得外人知」句，守澄懼而止。今觀詩全篇並叙樞密内庭恩寵秘密事，故以是結之，益致艷詫意，言非自向人説，人那得知耳。此豈挾制語哉？唐時詩人於宫禁事皆儘説無忌，楊阿環、孟才人尚入篇詠，建詞有何嫌，必制人以自全也？

李涉井欄砂贈詩一事，或有之，至此盗歸而改行，八十歲後遇李彙征，自署姓名爲韋思明，備誦涉他詩，瀝酒酹涉，則《雲溪友議》所添蛇足也。唐人好爲小説，或空造其事而全無影響，或影借其事而更加緣飾。即黄巢尚予一禪師號，爲僞造一詩實之，况此小小夜劫乎？

小説，令狐綯曾以舊事訪温庭筠，庭筠誚其出《莊子》不知，綯怒之，卒不登第，庭筠詩「因知此恨人多積，悔讀南華第二篇」謂此。考庭筠詩原爲哭亡友作，云：「終知此恨難消遣，辜負《南華》第二篇。」嘆己不能齊物，如莊周之忘哀也。温之嘗誚令狐相未必虚，而此詩則何嘗爲令狐發也耶？

有云曹唐寓江陵寺亭沼間，得句「水底有天春漠漠，人間無路月茫茫」。明日還坐沼上，見素裳女子步詠前句，迫訊之，遽没，數日唐殂。考此乃唐劉阮《遊仙》詩「洞裏有天」云云，元不説水底，人改之以就所云池沼者。詩讖故有之，然率然自出胸臆，故驗。可須人點竄代爲之歟？

唐詩人名誤者，王績《藝文志》誤作勣，《紀事》又誤以爲有此兩人，皆非是。

盧鴻一，《新唐書》本傳去一字，單名鴻，誤。

賀朝、萬齊融，賀、萬，姓也，《舊唐書》以賀名朝萬，而分齊融爲姓名，誤。今從梁肅《越州開元寺碑》、李華《潤州鶴林寺碑》改正。

張祜之祜，人多作「祐」字者。《小説》，張子小名冬瓜，或以譏之，答云：「冬瓜合出瓠子。」則張之名祜不名祐，可知矣。

喻鳧、喻坦之，兩人也。《品彙·爵里考》，以坦之即鳧之字，混爲一人。今考宋陳直齋《書録》，各有其集。《文苑英華》，兩人詩亦分載，調各不同。而謝皐羽《睦州詩派》，載新定之以詩鳴於唐者二人，實並列焉，尤文獻在本鄉足據者也。

李白，蜀人，非今山東人也。山東李白之説，出於杜詩。云山東者，乃當時關東海稱，《戰國策》頓弱語秦始皇：「山東戰國有六。」意白時正寓關東故耳。《舊史》傳白，不書郡望，援杜句直書爲山東人，史例之變，然實非以其嘗家任城而云山東也。齊、魯之稱山東，自元始，於唐此地尚隸河南，未有今山東稱。今《東省通志》據杜詩徑收白爲山東人，而蜀楊用修起争之，以白嘗自比謝安稱「東山李白」，并欲改杜詩之山東爲東山，用概絶東省借白之疑端。抑知白東山、山東兩稱，原各不相蒙者乎？

韋應物，正史無傳，賴《國史補》數語，足存其生平爲人及官閥之概，當時仕只蘇州刺史而止，未嘗又别爲他官。沈明遠爲補傳，較《國史》尤詳備，而刺蘇而後，復有江淮鹽鐵轉運守、太僕少卿兼御史中丞一銜，則采自劉禹錫《舉自代狀》，其搜補亦云勤矣。今考《白樂天集》，有書與元稹論應物云：「其詩身後人始知貴。」此書作元和中，而劉之狀稱太和六年，則應物殁已久矣，當另是同姓名一人耳。蘇州正不藉卿銜重，何庸誣之！

唐中葉僧道内殿供奉，並有法號之賜，至末季濫觴極矣。偶檢得杜光庭、釋貫休兩頭銜，録之以資一噱：

杜光庭銜：唐引駕傳真天師、特進、檢校太傅、光禄大夫、行尚書户部侍郎、崇真館大學士、上柱國、彭城郡蔡國公、弘教大師、金門羽客、文章應制、内殿供奉、三教談論、廣成先生、食邑五千户、實封一千六百户賜紫某。出《道藏》。

貫休銜：大蜀國龍樓待詔、明因辨果功德大師、翔麟殿引駕、内供奉、經律論道門選練教授、三教玄逸大師、守兩川僧録大師、食邑三千户、賜紫、大沙門某。《畫苑》。

靈澈一遊都下，飛語被貶；廣宣兩入紅樓，得罪譴歸。貫休在荆州幕，爲成汭遞放黔中；修睦赴僞吴之辟，與朱瑾同及於禍。齊己附明宗東宫談詩，與宫僚高輦善，東宫敗，幾不保首領。畢竟詩爲教乘中外學，向把茅底隻影苦吟，猶恐爲梵網所未許，可挾之涉世，同俗人俱盡乎？

唐名緇大抵附青雲士始有聞，後或賜紫，參講禁近，階緣可憑，青雲士亦復借以自梯，如陸希聲、韋昭度以澈、晉兩師登庸，尤其可駭異者，君子於此嗟世變已。

從來羽士解化，未有不以爲得仙者，其詩亦往往非真。如《真仙通鑑》所載李昇與元、白共飲詩，雲房先生傳亦有之。黄損得仙歸，所題詩「門前鑑湖」云云，即賀季真詩，蓋皆好事者所綴合也。嘗疑許遜晉人，至唐顯，吕巖唐人，至宋顯，定屬僞托。顧舉世信之，不能奪耳。

女子能詩者有矣，惟宋尚宫姊妹五人爲異。下此威、光、哀三人，亦所罕覯，恨失其姓。尚宫，宋之問後裔也，見《雲溪友議》陸暢《催妝》詩一則内。又如吉中孚張氏、孟昌期孫氏、元稹裴氏、杜羔劉氏、元載王氏、彭伉張氏、李拯盧氏，並作合有緣，無慚對撰，尤爲人世有數夫婦。第未知鏡中影艷，雅副韻藻否耳？爲一笑。

唐人雜體詩見各集及諸稗説中者，有《五雜俎》，始於漢，顔真卿與晝公諸人有擬。《兩頭纖纖》，漢人有「兩頭纖纖月初生」古辭，唐王建有擬。建又有擬古謡「一東一西隴頭水」，亦「兩頭纖纖」之類。《盤中》詩，始漢蘇伯玉妻寄夫詩，寫從中央周四角屈曲成文，名盤中。至竇滔妻蘇氏，益衍爲《璿璣圖》。天寶二載，范陽盧母王氏撰迴文詩八百十二字，字數與《璿璣圖》同。又會昌中有張暌爲邊將不歸，妻侯氏作詩，繡作龜形寓意，上之朝，乞夫歸。皆盤中之類。《離合》，字相拆合成文，始漢孔融。唐權德輿有《離合》詩，時人多和之。《迴文》，晉傅咸有《迴文反覆》詩，温嶠有《迴文虚言》詩，唐人劉賓客及皮、陸倡和，並有《迴文》詩。集句，亦始傳咸。昭宗時有同谷子者，集《五子之歌》譏時政。《風人》詩，此與藁砧體不同。藁砧語如隱謎，理資箋解，此則以前句比興引喻，後句即覆言以證之。或取諸物，如《子夜歌》：「攤門不安橫，無復相關意。」或取之同音，如《懊儂歌》：「桐樹不結花，何由得梧子。」微旨所寄，無假猜推而知。唐人以其近于《詩》之南箕、北斗，可備采風，故命爲《風人詩》。張祜、皮、陸爲多。《迴波詞》，其詞先以「迴波」二言引端，三句，句六言。始則天朝，盛于中宗時。佞者歌以丐寵，而忠者亦倣以寓規焉。《大言》、《小言》、《了語》、《不了語》，宋玉有《大言》《小言賦》，晉人倣之，爲了語、危語。唐顔真卿有《大言》、《小言》，雍裕之有《了語》、《不了語》。真卿又有《樂語》、《饞語》、《滑語》、《醉語》諸聯句。晝公更有《暗思》、《遠意》、《樂意》、《恨意》，亦此類也。縣名、州名、藥名、古人名、四氣、四色、字謎等類。縣名起齊竟陵王子良，州名起梁范雲。唐皮、陸有《縣名離合詩》。藥名起齊王融及梁簡文，唐張籍、皮、陸有《藥名離合詩》。古人名詩，未詳起于何人，唐權德輿及皮、陸並有《古人名》詩。四氣亦起王融、范雲，唐雍裕之有《四氣》、《四色》等詩。字謎起鮑照《井字》等謎，唐蘇頲有《尹字謎》，李太白有《許雲封謎》。又有故犯聲病，全篇字皆平聲、皆側聲者，又一句全平、一句全側者，全篇雙聲、全篇疊韻者，律詩有側句并用韻故犯鶴膝者，縷舉不盡。皮、陸有全篇平側詩，温庭筠與皮、陸又並有全篇疊韻詩。王融：「園蘅炫紅藹，湖荇燁黄華。」梁武帝：「後牖有朽柳。」侍臣和云：「梁王長康强。」此純用疊音詩也。杜子美：「卑枝低結子，接葉暗藏鶯。」白樂天：「量大嫌甜酒，才高笑小詩。」此間用疊音，隨其語意所到輒就成之者也。純用涉于戲，間用更于篇法中增一巧，詩料入二老神爐中，頑鐵無不成金耳。上下雙用韻，章碣「東南路盡」一律，正韻押天、船、眠、邊，上四句又押畔、岸、看、算，此正八病中之鶴膝。章自號爲《變體詩》云。

以上並體同俳諧，然猶未至俚鄙之甚也。其最俚鄙者，有賀知章之輕薄，祖詠之渾語，賀蘭廣、鄭涉之詠字，蕭昕之寓言，李紓之隱語，張著之機警，李舟、張彧之歇後，姚峴之謅語影帶，李直方、獨孤申叔、曹著之題目，黎瓘之翻韻，見《國史補》及《雲溪友議》諸書，皆古來滑稽餘派，欲廢之不得者。

韻牒始段成式。段押句好押窮韻、惡韻，其平聲好韻不僻者，書竹簡，稱爲韻牒。又有遞聯，細班竹爲之，以白金鎖首，如茶挾形，分客以免互送之煩，今韻牌之類是也。

詩箋始薛濤。濤好製小詩，惜紙幅長賸，命匠狹小爲之，時謂便，因行用。其箋染潢作十種色，故詩家有「十樣蠻箋」之語。

詩筒始元、白。白官杭州，元官越州，每和詩，入筒中遞之。白有詩云：「爲向兩川郵吏道，莫辭來去遞詩筒。」

或問：「詩板始何時？」余曰：「名賢題詠，人愛重爲設板，如道林寺宋、杜兩公詩，初只題壁，後却易爲板是也。」又問：「今名勝處少有宋、杜句，而此物正不少，奈何？」余曰：「亦有故事。劉禹錫過巫山廟，去詩板千，留其四；薛能蜀路飛泉亭，去詩板百，留其一。有此辣手，會見清楚在。」

唐音癸籤卷三十

海鹽胡震亨遯叟著

集録一

唐人集見載籍可采據者：一曰《舊唐書·經籍志》，一曰《新唐書·藝文志》，一曰《宋史·藝文志》，一曰鄭樵《通志·藝文略》，一曰尤氏《遂初堂書目》，一曰馬端臨《文獻·經籍考》。端臨所引書又二：一曰晁公武《讀書志》，一曰陳直齋《書録解題》。此數書者，唐人集目盡之矣。今校除重複，參合有無，依世次先後，具列卷目左方備考。

帝王

太宗四十卷　高宗八十六卷　則天《垂拱集》一百卷、《金輪集》十卷　中宗四十卷　睿宗十卷　玄宗卷亡

德宗卷亡　濮王泰二十卷

初唐

陳叔達十五卷　竇威十卷　褚亮二十卷　虞世南三十卷　蕭瑀一卷　沈齊家集十卷　薛收十卷　楊師道十卷　庾抱十卷　孔穎達五卷　王勣五卷　郎楚之三卷　魏徵二十卷　許敬宗八十卷　于志寧四十卷　上官儀二十卷　李義府四十卷　顔師古六十卷　岑文本六十卷　劉子翼二十卷　殷聞禮一卷　陸士季十卷　劉孝孫三十卷　鄭世翼八卷　崔君實十卷　李百藥三十卷　孔紹安五十卷　高季輔二十卷　潘温彦博二十卷　李玄道十卷　謝偃十卷　沈叔安二十卷　陸楷十卷　曹憲三十卷　蕭德言二十卷　潘求仁三卷　殷芊三卷　蕭鈞三十卷　袁朗十四卷　楊續十卷　王約一卷　許恭十卷　任希古十卷　凌敬十卷　王德儉十卷　徐孝德十卷　杜之松十卷　宋令文十卷　陳子良十卷　顔凱十卷　劉顥十卷　司馬僉十卷　鄭秀十二卷　耿義褒七卷　楊元亨五卷　劉綱三卷　王歸一十卷　馬周十卷　薛元超三十卷　高智周五卷　褚遂良二十卷　劉褘之七十卷　郝處俊十卷　崔知悌五卷　李安期二十卷　唐觀五卷　張太素十五卷　鄧玄挺十卷　劉允濟二十卷　駱賓王十卷　盧照鄰二十卷　楊炯《盈川集》三十卷　王勃三十卷　狄仁傑十卷　李懷遠八卷　盧受采二十卷　蘇味道十五卷　薛耀二十卷　王適二十卷　喬知之二十卷　郎餘慶十卷　盧光容二十卷　崔融六十卷　閻鏡機十卷　李嶠五十卷，雜詠詩十二卷　喬備六卷　陳子昂十卷　元希聲十卷　李適十卷　沈佺期十卷　徐彦伯前集十卷，後集十卷　宋之問十卷

杜審言十卷　谷倚十卷　富嘉謨十卷　吴少微十卷　劉希夷十卷，詩集四卷　徐鴻詩一卷　張柬之十卷
桓彦範三卷　韋承慶六十卷　閭丘均二十卷　郭元振二十卷　崔湜詩一卷　趙彦昭詩一卷　魏知古二十卷　閻朝隱五卷　蘇瓌十卷　員半千十卷　李乂五卷　姚崇十卷　丘悦十卷　劉子玄三十卷　盧藏用三十卷　令狐德棻三十卷　許彦伯十卷　劉洎十卷　來濟三十卷　杜正倫十卷　李敬玄三十卷　裴行儉二十卷　崔行功六十卷　張文琮二十卷　麴崇裕二十卷　劉憲三十卷　薛稷三十卷　武平一詩一卷
宋璟十卷　蔣儼五卷　趙弘智二十卷　賀德仁二十卷　許子儒十卷　蔡允恭二十卷　張昌齡二十卷
杜易簡二十卷　顔元孫三十卷　姚璹七卷　杜元志十卷　楊仲昌十五卷　崔液十卷　蘇頲三十卷，外集二卷　張説三十卷　徐堅三十卷　元海十卷　李邕七十卷　王澣十卷　張九齡二十卷　康國安十卷　孫逖二十卷　趙冬曦卷亡　毛欽一三卷　王助《雕蟲集》一卷

盛唐

王維十卷　苑咸卷亡　康希銑二十卷　張均二十卷　權若訥十卷　白履忠十卷　鮮于向十卷　康玄辨十卷　嚴從三卷　陶翰卷亡　崔國輔卷亡　高適二十卷　賈至二十卷，《別集》十五卷　張孝嵩十卷
儲光羲七十卷　蘇源明三十卷　李白《草堂集》二十卷　杜甫六十卷，《小集》六卷，《外集》一卷，《補遺》五卷、又八卷　岑參十卷　盧象十二卷　蕭穎士十卷，新集三卷　崔顥一卷　綦毋潛一卷　祖詠一卷　李頎一卷

孟浩然三卷　包融一卷　李華前集十卷，中集二十卷　李翰三十卷　王昌齡五卷　邵説十卷　裴倩五卷，《湓城集》五卷　元結十卷　劉彙三卷　丘爲卷亡　獨孤及《毘陵集》二十卷　顔真卿《吴興集》十卷，《廬江》、《臨川集》各十卷　李峴一卷　樊澤十卷　崔良佐十卷　湯賁十五卷　劉迥五卷　武就五卷　于休烈十卷　張謂詩一卷　常建詩一卷　王季友詩一卷　閻防詩一卷　劉方平詩一卷

中唐

元載十卷　李泌二十卷　崔祐甫三十卷　常衮十卷　劉太真三十卷　于邵四十卷　歸崇敬二十卷　竇叔向七卷　顧況十五卷　張繼詩一卷　張南史詩一卷　蘇渙詩一卷　柳郯詩一卷　鄭常詩一卷　衛準詩一卷　陳蜕詩一卷　鮑防集五卷，《雜感詩》一卷　韋應物詩十卷　劉長卿詩十卷　錢起詩十二卷　李端詩三卷　司空曙詩二卷　包何詩一卷　包佶詩一卷　郎士元詩一卷　皇甫冉詩一卷　皇甫曾詩一卷　秦系詩一卷　盧綸詩十卷　崔峒詩一卷　吉中孚詩一卷　韓翃詩五卷　耿湋詩二卷　嚴維詩一卷　李嘉祐詩一卷　李益詩一卷，《從軍詩》五十首　戎昱詩五卷　暢當詩二卷　許經邦詩一卷　楊凝二十卷　楊凌卷亡　吴德光十卷　楊衡詩一卷　章八元詩一卷　麴信陵詩一卷　林藻詩一卷　林蘊一卷　陳羽詩一卷　朱灣詩四卷　于鵠詩一卷　朱放詩一卷　張碧歌行集二卷　雍裕之詩一卷　長孫佐輔《古調集》一卷　楊炎十卷　陸贄二十卷　柳渾十卷　鄭餘慶五十卷　韋牟渠詩十卷　張建封集二百三十篇，無卷　張薦三十卷　崔元

翰三十卷　羅讓三十卷　張登詩六卷　陳詡詩十卷　戴叔倫詩十卷　劉商詩十卷　陸迅十卷　柳冕詩四
卷　姚南仲十卷　鄭絪三十卷　李吉甫二十卷　李絳二十卷　武元衡十卷　權德輿五十卷，《童蒙集》十卷
裴度二卷　令狐楚《漆奩集》一百三十卷　韓愈四十卷　張籍詩七卷　王建詩十卷　孟郊詩十卷　盧仝《玉
川子詩》一卷　劉叉詩一卷　賈島《長江集》十卷，《小集》三卷　李賀詩五卷　歐陽詹十卷　李觀三卷　李翺
十卷　樊宗師二百九十一卷　皇甫湜三卷　柳宗元三十卷　吕温十卷　楊巨源詩一卷　鮑溶詩五卷　韋
武十五卷　齊抗二十卷　劉言史歌詩六卷　白居易《長慶集》七十五卷　元稹《長慶集》一百卷，《小集》十卷
劉禹錫四十卷　竇常十八卷　竇鞏詩一卷　穆員十卷　羊士諤一卷　張仲方三十卷　吴武陵詩一卷　武
儒衡二十五卷　韋貫之三十卷　符載十四卷　郗純六十卷　李道古《文輿》三十卷　董侹《武陵集》卷亡　温
造八十卷　李涉詩一卷　陸暢詩一卷　劉軻一卷　李約詩一卷　費冠卿詩一卷　施肩吾詩十卷　徐凝詩
一卷　沈亞之九卷　殷堯藩詩一卷　皇甫鏞十八卷　王仲舒十卷　李虞仲四卷　蔣防一卷　白行簡二
十卷　熊孺登一卷　姚合詩十卷　張祜詩十卷　周賀詩一卷　莊南傑《雜歌行》一卷　王叡《聯珠集》五卷
段文昌三十卷　牛僧孺五卷　韋處厚七十卷　李程一卷　杜元穎一卷　王涯十卷　舒元輿一卷　李德
裕二十卷，《外集》十卷，《姑臧集》五卷　李紳《追昔遊詩》三卷　王起一百二十卷　劉栖楚二十卷　崔咸二十卷
袁不約詩一卷　滕珦卷亡　鄭澣三十卷　馮宿四十卷　劉伯芻三十卷　李廿一卷　李敬方詩一卷　朱慶
餘詩一卷　裴夷直詩一卷　章孝標詩一卷　顧非熊詩一卷　薛瑩《洞庭詩集》一卷　李廓詩一卷　劉三復

十三卷　封敖八卷　皇甫松一卷　歐陽衮二卷　陳商十七卷　柳仲郢二十卷　來澤三卷

晚唐

杜牧《樊川集》二十卷　李商隱《玉溪生詩》三卷，《樊南集》四十卷　段成式七卷　温廷筠《握蘭集》三卷，《金荃集》十卷，詩五卷　許渾《丁卯集》二卷　李群玉詩三卷，後集五卷　李遠詩一卷　雍陶詩十卷　喻鳧詩一卷　喻坦之一卷　潘咸詩一卷　方干詩十卷　趙嘏《渭南集》三卷，《編年詩》三卷　盧肇《文標集》三卷　丁稜詩一卷　姚鵠詩一卷　劉威詩一卷　孟遲詩一卷　馬戴詩一卷　項斯詩一卷　郁渾《百篇集》一卷　劉得仁詩一卷　儲嗣宗詩一卷　司馬札詩一卷　孫樵三卷　魏謨十卷　劉綺莊十卷　李善夷《江南集》十卷　韓琮詩一卷　崔珏詩一卷　李郢詩一卷　劉滄詩一卷　李頻詩一卷　鄭嵎《津陽門詩》一卷　于武陵詩一卷　于鄴詩一卷　朱景玄詩一卷　曹鄴古風詩二卷　劉駕古風詩一卷　聶夷中詩二卷　于濆古風詩一卷　鄭誠卷亡　邵謁詩一卷　王滷《詠史詩》一卷　胡曾集十卷　張喬詩二卷　許棠詩一卷　許郴詩一卷　李昌符詩一卷　周繇一卷　來鵬詩一卷　陳黯三卷　曹唐詩三卷　周慎辭五卷　李山甫詩一卷　羅鄴詩一卷　薛逢詩十卷　薛能詩十卷，《繁城集》一卷　沈棲遠十卷　劉鄴《甘棠集》三卷　劉蜕十卷　鄭畋五卷，又《鳳池藁》六十卷　公乘億《珠琳集》一卷　鄭賓十卷　高駢詩一卷　顧雲《鳳策聯華》三卷，雜藁四十三卷　章碣詩一卷　崔櫓《無譏集》四卷　崔塗詩一卷　秦韜玉《投知小録》三卷　周朴詩一卷　張爲詩一卷　羅虬《比紅兒詩》一卷皮日休《文藪》十卷，集十七卷，詩一卷　陸龜蒙詩編十卷，《笠澤叢書》三卷　司空圖《一鳴集》三十卷　韓偓《香奩集》一卷，《翰林集》一卷　鄭谷《雲臺編》三卷，《宜陽集》三卷　唐彦謙詩三卷　李洞詩一卷　唐球詩一卷　李咸用《披沙集》六卷　吴融詩四卷　吴蛻一字至七字詩二卷　陸希聲《頤山集》一卷　陸扆七卷　朱朴詩四卷　張玄晏二卷　高蟾詩一卷　袁皓《碧池書》三十卷　羊昭業十五卷　鄭良士《白巖集》十卷　錢珝《舟中録》二十卷　王駕詩六卷　吴仁璧詩一卷　孫郃《小集》三卷，《文纂》四十卷　鄭準《渚宫集》一卷　褚載詩三卷　王貞白詩七卷　曹松詩三卷　王希羽詩一卷　裴説詩一卷　齊夔一卷　康駢《九華雜編》十五卷　黄璞十卷　譚正夫一卷　沈光五卷　程晏七卷　王秉五卷　劉干詩一卷　陳光詩一卷　王德輿詩一卷　湯緒《灊陽雜題詩》三卷　韋靄詩一卷　羅浩源《廬山雜詠詩》一卷　謝蟠隱雜感詩二卷　陸元皓《詠劉子詩》三卷　趙摶歌詩二卷　周濆一卷　張友正一卷　張安石《涪江集》一卷　蔣吉一卷　鄭渥詩一卷　任翻詩一卷　嚴郾詩二卷　鄭巢詩一卷　蘇拯詩一卷　周曇《詠史詩》八卷　孫元晏《六朝詠史詩》一卷，《覽北史》三卷　張次宗十卷　吕述《東平小集》三卷　薛廷珪一卷　王虬十卷　陳蟠隱五卷　文丙詩一卷　鄭氏《貽孫集》四卷　養素先生《貽榮集》三卷

閏唐

李琪《金門集》十卷　羅紹威《偷江東詩》五卷，《政餘集》一卷　馮道詩集十卷　李愚《白沙集》十卷　和凝

《游藝集》五十卷　王仁裕《詩集》十卷，《雜集》六十二卷　杜荀鶴《唐風集》十卷　羅衮二卷　王轂詩三卷　崔拙二卷　賈緯《草堂集》三十五卷　梁震一卷　張沈《一飛集》三卷　符蒙詩一卷　李雄《鼎國詩》三卷　盧士衡詩一卷　熊皦《屠龍集》五卷　高輦《崑玉集》一卷，《丹臺集》三卷　李瀚十卷　王朴十卷　扈載十卷　孫開物十六卷　孟貫詩一卷　譚用之詩一卷　劉兼詩一卷　李後主煜集十卷，《集略》十卷，詩一卷　以下南唐　殷文圭《冥搜集》二十卷，《登龍集》十五卷，又《雜集》六十卷　楊夔集五卷，《冗書》十一卷　周延禧《百一集》二十卷　宋齊丘集六卷　李建勳二十卷　沈彬《閒居集》十卷　沈顏《聱書》十卷，《陵陽集》五卷　江文蔚三卷　孫魴詩五卷　韓熙載五卷　左偃《鍾山集》一卷　熊皎《南金集》二卷　江爲一卷　成彦雄《梅嶺詩集》五卷　陳陶十卷　潘佑《滎陽集》二十卷　孫晟五卷　徐鉉三十卷　徐鍇十五卷　孟賓于《金鰲詩集》二卷　章震《肥川集》十卷　郭昭度《芸閣集》十卷　李爲光《斐然集》五卷　孟拱辰《鳳苑集》三卷　李明詩五卷　郭鵬詩一卷　李叔文詩一卷　朱存《金陵覽古詩》二卷　李中詩三卷　伍喬一卷　韓溉詩一卷　韋莊《浣花集》二十卷　以下蜀　張蠙詩二卷　馮涓集十三卷、《龍吟集》三卷、《長樂集》一卷　盧延讓詩一卷　牛嶠《歌詩》三卷　王超《洋源集》十卷、《鳳鳴集》三卷　毛文晏《昌城後寓集》十五卷、《西閣集》十卷　楊九齡十卷　李昊二十卷　羅隱《歌詩》十四卷、《甲乙集》三卷、《外集詩》一卷　以下吴越　丘光庭三卷　皮光業詩一卷　李宏皋二卷　以下湖南　劉昭禹詩一卷　廖匡圖詩二卷　廖凝詩二卷　廖邈詩二卷　韋鼎詩一卷　孫光憲《紀遇詩》十卷，《雜集》五十五卷　翁承贊詩一卷　以下閩　徐夤《探龍集》五卷，別集五卷　黄滔十五卷　崔道融《申唐詩》三卷，《東浮集》九卷　林

寬詩一卷　劉乙一卷　謝璧詩四卷，《詠高士詩》一卷。鄭夾漈云：不詳何代人。下同　王周詩一卷　朱鄴詩三卷　楊弇詩一卷　賀蘭明吉一卷　徐融一卷　韋説詩一卷　李翥《魚化集》一卷　張琳十卷　徐杲八卷　宗嚴一卷　楊士達《擬諷諫集》五卷　戚同文《孟諸集》二十卷　王振詩一卷　倪明基詩一卷　孫該詩一卷　蔡融詩一卷　王嘏一卷　程遜十卷　鄭賓《行宮集》十卷　崔遘二卷　趙暘詩一卷　李鍇詩一卷　李殷《古風詩》一卷　王棨詩一卷　張鼎詩一卷　張韋詩一卷　李慎詩一卷　馬幼昌四卷　沈文昌二十卷　李松《錦囊集》三卷，別集一卷　陳九疇五卷　楊懷玉《忘筌集》三卷　王倓十卷　喬諷十卷　李洪茂十卷　李堯夫《梓潼集》二十卷　勾令言《玄舟集》十二卷　童九齡《潼江集》二十卷　塗昭良八卷　沈松《錢金集》八卷　程簡之《金縷集》十二卷　程柔《安居雜著》十卷　喬舜《擬謡》十卷　方納《遠華集》一卷　張傑詩一卷　戴文《迴文詩》一卷　熊惟簡《湘西詩集》三卷　左紹沖三卷　章鄖詩一卷　冀訪《詠史》十卷　杜輦《詠唐史》十卷　趙容《刺賢詩》一卷　閻承琬《詠史》三卷，《六朝詠史》六卷　童汝爲《詠史》一卷　龔霖詩一卷　蔡崑詩一卷　黄寺丞詩一卷　以下失名　皮氏《玉笥集》一卷　李氏《金臺鳳藻集》五十卷　《蘆中詩集》二卷，失姓名

方外

僧惠頤八卷　玄範二十卷　法琳三十卷　靈澈十卷　皎然十卷　靈一一卷　懷浦一卷　無可一卷　棲白一卷　尚顔《荊門集》五卷　子蘭一卷　齊己《白蓮集》十卷，《外編》十卷　貫休三十卷　虛中《碧雲集》一

卷　修睦《東林集》一卷　處默詩一卷　可朋《玉壘集》十卷　曇域《龍華集》十卷　晉光詩一卷　自牧《括囊集》十卷　楚巒詩一卷　無願一卷　應之一卷　智暹一卷　康白詩十卷　王梵志詩一卷　寒山子詩七卷　龐蘊《詩偈》三卷，三百餘篇　智閑《偈頌》一卷，二百餘篇　道士吴筠十卷　主父果詩一卷　鄭遨《擬峰集》二卷　杜光庭《廣成集》一百卷，《壺中集》三卷

宫閨

上官昭容集二十卷　花蕊夫人宫詞一百首　女道士李季蘭詩一卷　魚玄機詩一卷　薛濤詩一卷

右諸集帝王八集，三百六卷。初唐一百五十二家，二千六百五十五卷。盛唐四十九家，五百六十卷。中唐一百六十四家，二千四百四十五卷。晚唐一百三十七家，七百六十九卷。閏唐一百四十三家，一千二百二十九卷。方外、宫閨三十八家，三百二十八卷。總計集六百九十一家八千二百九十二卷。内晚唐許郴，閏唐孟貫、劉兼三家，出宋刻《百家唐詩》，嘉靖中雲間朱氏重刻。集之晚出而非僞者，故并附。

按，《舊唐書·藝文志》集部止載開元以上，未全。《新書·志》全載，而有倫次。《宋志》通載五代，其目爲多，然亦詳于近而略於前。晚唐與《唐志》相當外，猶溢出數家；若盛唐、中唐，較《唐志》亡其半；初唐十亡八九，幾于無存；而閏、晚之間，世次尤爲錯亂難據。延閣籤帙，隨手簿録，史官漫不經意故也。《鄭志》出《宋志》之前，抄合唐二《志》成書，混亂時有。尤、晁、陳

三氏，但録一時民間存者，亡者不載，尤無所發明，同之夾漈。晁、陳考訂爲詳，評騭亦確，但披目寥寥，不勝散亡之恨。此則諸家集録之概，可得論次者也。

自宋嚴滄浪稱唐詩有八百家，後人傅會，謾云千家。今合諸家集録，實數如此，即七百亦不滿。其中諸集，有單行詩者，有不分詩文概稱集者，亡佚寖遠，難可悉稽。約略此八千卷，文筆定四占其三，詩大抵爲卷二千止矣。余以千卷籤唐音，在亡之數，其猶幸相半也乎！

又同人倡和有《珠英學士集》，武后時崔融集修三教珠英學士李嶠、張説等詩五卷。大曆年《浙東聯倡集》，志不詳何人，疑鮑防、吕渭與嚴維諸人倡和詩也。二卷。《諸朝彦過顧况宅賦詩》一卷《集賢院壁記詩》李吉甫、武元衡、常衮題詠集二卷。《壽陽倡詠集》裴均，十卷。《渚宫倡和集》前人，二十卷。《荆潭倡和集》裴均、楊憑，一卷。《盛山倡和集》韋處厚與元稹等十人詩，十二題一卷。《斷金集》李逢吉、令狐楚酬倡，一卷。《三舍人集》王涯、令狐楚、張仲素五七言絶句，一卷。《三州倡和集》元稹、白居易、崔元亮，一卷。《元白繼和集》一卷。《汝洛集》劉禹錫、白居易倡和，一卷。《劉白倡和集》三卷《洛中集》令狐楚、劉禹錫倡和，一卷。《彭陽倡和集》前人，三卷。《吴蜀集》劉禹錫、李德裕倡和。一卷。《漢上題襟集》段成式、温廷筠、崔珏、余知古、韋蟾等襄陽幕府倡和詩什及書箋，十卷。《松陵集》皮日休在吴郡幕府與陸龜蒙酬倡詩，六百五十八首，十卷。《僧廣宣與令狐楚倡和詩》一卷。《僧靈澈酬倡詩》十卷。《峴山倡詠集》八卷。疑顔真卿與劉全白等倡和詩。《唐名賢倡和集》二十卷，《宋志》存四卷。《荆夔詠和集》一卷。《翰林歌辭》一卷。以上三編失撰人名。

餞送詩有《朝英集》，開元中張孝嵩出塞，張九齡、韓休、崔沔、王翰、胡皓、賀知章所撰送行歌詩，三卷。《賀監歸鄉詩集》，一卷。《送白監歸東都詩》，一卷。蕭欣《送邢桂州詩》，一卷。《謝亭詩》，李遜鎮襄陽，以送行詩筆于亭，一卷。《送毛仙翁詩集》。牛僧孺、韓愈等贈，一卷。

題詠勝境有《九華山詩録》，唐僧應物編，一卷。《麻姑山詩》，一卷。《雁蕩詩》，一卷。《惠山詩》，一卷。《廬山瀑布詩》，一卷。《岳陽樓詩》，一卷。《道林寺詩》，袁皓集，二卷。《雲門寺詩》，一卷。《廬山簡寂觀詩》，一卷。《青城山丈人觀詩》，二卷。《虎丘寺題真娘墓詩》，劉禹錫等二十二人，一卷。《道塗雜題詩》，采唐人道塗間詩，一卷。

一方人士詩有《丹陽集》，開元中，丹陽進士殷璠彙次潤州包融、儲光羲、丁仙芝、蔡隱丘、蔡希周、蔡希寂、張彦雄、張潮、張暈、周瑀、談戭、殷遥、樊光、沈如筠、孫處玄、徐延壽、馬挺、申堂構十八人詩，前各有評，一卷。《池陽境内詩》，一卷。《江夏古今記詠》，一卷。《宜陽集》，袁州劉松集其州天寶以後詩四百七十篇，六卷。《泉山秀句集》。黄滔集閩人詩，自武德盡天祐末，三十卷。

家集有《李氏花萼集》，李乂、尚貞、尚一。二十卷。《韋氏兄弟集》，韋會，弟弼。二十卷。《竇氏聯珠集》，竇群、常、牟、庠、鞏。五卷。《廖氏家集》。湖南廖匡圖編，一卷，匡圖弟兄子姪匡凝、邈、融等並工詩。

省試詩有《前輩詠題詩集》，採開元至大中省試詠詩三百五十篇，四卷。《中書省試詠題詩》，一卷。

《同題集》，柳玄撰，十卷。《文場秀句》，王起編，一卷。《臨沂子觀光集》，梁王轂集禮部所投詩，三卷。〔一〕

僧詩有《五僧詩集》，鴻漸等，一卷。《十哲僧詩》，清江等，一卷。《三十四僧詩》，吴僧法欽集二百餘篇，三卷。《弘秀集》，宋寶祐李龏編唐僧皎然以下五十二人詩五百首，十卷。以諸僧名弘才秀，故名。自序云：「禪餘風月，客外山川，千古下一目可見。」李唐緇流名什，實賴此得存。内無本、清塞、僧鸞，返初；寶月，齊朝僧；惠標，陳朝僧：誤入者，并宜删。

道家詩有《洞天集》。漢乾祐中王貞範集道家神仙隱逸詩，五卷。

婦人詩有《瑶池新建》。唐蔡省風集唐世能詩婦人李秀蘭至程長文二十三人詩什一百十五首。一卷。

〔一〕此條及以下三條原本無，據中山大學圖書館藏清康熙刻本補。

唐音癸籤卷三十一

海鹽胡震亨遯叟著

集録二

唐人選唐詩，其合前代選者，有《續古今詩苑英華集》，唐僧惠浄輯，自梁至唐初劉孝孫止，十卷。《麗則集》，集《文選》以後至唐開元詞人詩，唐李氏撰，不著名，五卷。《古今詩人秀句》，吴兢同越僧玄監撰，二卷。皎然訾其所選不精，多采浮淺之言，無益詩教。《玉臺後集》。天寶中李康成續徐陵《玉臺新詠》，自陳、隋至唐初沈、宋、四傑而下，附以己作，十卷。

選初唐有《正聲集》，孫季良撰，三卷。《唐新語》云：以劉希夷詩爲集中之最。《奇章集》，録李林甫至崔湜百餘家詩奇警者，不知撰人姓名，四卷。《搜玉集》。自四傑至沈、宋三十七人，詩六十三篇，不詳撰人名，一卷。

合選初、盛唐有《國秀集》。國子進士芮挺章撰，所載李嶠、沈、宋訖祖詠、嚴維九十人詩二百二十篇，三卷。樓穎序稱其譴謫蕪穢，登納菁英，成一家之言。

選盛唐有《河嶽英靈集》，殷璠撰，三卷。上卷常建、李白、王維、劉昚虚、張謂、王季友、陶翰、李頎、高適，中卷岑參、崔顥、薛據、綦毋潛、孟浩然、崔國輔、儲光羲、王昌齡、賀蘭進明，下卷崔曙、王灣、祖詠、盧象、李嶷、閻防。二十四人，詩二百三十四首，品藻各冠篇額。自序：「諸人皆河嶽英靈，故便以爲號。如名不副實，才不合道，縱權壓梁、竇，終無取焉。」《篋中集》，元結撰，結以近代詩人拘限聲病，惟吴興沈千運獨挺流俗，能與人異，取其詩及同時相效者五六人，爲編一卷。《起予集》。大曆中曹恩撰，五卷。

選中唐有《南薰集》，竇常集韓翃至皎然三十人詩，分《西掖》、《南宮》、《外臺》爲目，人各繫事繫贊，三百六十篇，三卷。《御覽詩》，憲宗敕學士令狐楚纂進，一卷。又名《選進集》。所載代、德兩朝暨元和初諸家凡三十人詩，三百餘首。內惟李益、盧綸、楊凝居多，其詩皆妍艷短章，原題亦多以嫌諱有所改易。取資宸矚，非允藝裁。《中興間氣集》，高仲武集，二卷。起自至德元年，終大曆末年，錢、劉而下二十六人，五言詩一百四十首，七言附之。倣《河嶽英靈》，人各冠之以評。自序：「但體格風雅，理致清新，則朝野通載，格律兼收云。」《極玄集》。姚合撰，二卷。所載大曆才子及劉長卿、郎士元等十五人、衲子皎然等四人詩，而冠以王維、祖詠，凡二十一人，詩一百首。自題云：「此皆詩家射雕手也。」

合選則《唐詩類選》，大中時，太子校書顧陶集。序云：「國朝以來，杜、李挺生，莫得而間。其亞則昌齡、伯玉、雲卿、千運、應物、益、適、建、況、鵠、當、光羲、郊、愈、籍，合十數子，得蘇、李、劉、謝之風骨，抑退浮僞流艷之辭。其律體切語對，絶聲病，則有沈、宋、燕公、九齡、嚴、劉、錢、孟、司空曙、李端、二皇甫之流，皆妙于新韻，守章句不失其正。」選凡一千二百三十二首，二十卷。《又玄集》，光化中韋莊撰。序云：「自國朝大手名人，至今之作者，或百篇內紀一章，或全集中徵數首。金盤飲露，唯采沆瀣之精；花界食珍，但享醍醐之味。」一百五十人，詩三百首，三卷。《文章龜鑑》。倪宥集前人律詩，卷亡。

五代人選唐詩有《國風總類》，王仁裕，五十卷。《擬玄集》，十卷。《詩纂》，三卷，並梁陳康圖集。《續正聲集》，後唐王貞範編，五卷。《續又玄集》，南唐劉吉編，十卷。《烟花集》，蜀後主王衍集艷詩二百篇，五卷。《名賢才調集》，蜀監察御史韋縠編唐人詩一千首，每一百首爲一卷，隨手成編，無倫次。其所宗者雖李青蓮及元、白，而晚唐人詩十居其七八。《備遺綴英》，僞蜀王承範集，二十卷。外有《李戡詩選》，三卷。檀溪子《聯璧詩集》，三十二卷。無名氏《正風集》，十卷。《垂風集》，十卷，張籍等詩。《名賢絶句詩》。一卷。以上四集，並未詳何代人撰，附記。

右唐人自選一代詩，其鑒裁亦往往不同。殷璠酷以聲病爲拘，獨取風骨。高渤海歷詆《英華》、《玉臺》、《珠英》三選，并訾璠《丹陽》之狹于收，似又耑主韻調。姚監因之，頗與高合，大指並較殷爲殊。詳諸家每出新撰，未有不矯前撰爲之説者，然亦非其好爲異若此。詩自蕭氏《選》後，艷藻日富，律體因開，非耑重風骨裁甄，將何浄滌餘疵，肇成一代雅體？逮乎肆習既壹，多迺徵賤，自復華碩謝旺，閒婉代興，不得不移風骨之賞于情致，衡韻調爲去取，此《間氣》與《極玄》眠《英靈》所載，各一選法，雖體氣觔兩，大難相追，亦時運爲之，非高、姚兩氏過也。觀當日詭異寖盛，晚調將作，二集都未有收，于通變之中，先型仍復不失，則猶斤斤禀殷氏律令，其相矯實用相救爾。鄭谷嘗有詩云：「殷璠裁鑒《英靈集》，頗覺同才得契深。何事後來高仲武，品題《間氣》未公心？」似非深知仲武者。然正見唐人于詩選重此兩編，故獨舉爲評搉。凡撰述愜人意，必久傳。他選亡佚有間，此數選獨行世，可推已。業吟者將求端唐選定趨，盍尚論于斯！胡元瑞云：「芮挺章《國秀》不取李頎七言律，姚武功《極玄》不録王維五言絶，殷璠《河嶽英靈》不稱龍標七言絶，當時月旦迺爾！」愚謂諸家選豈必盡允，要論其去取大凡，窺唐人指趣耳。元録徒繩其細，至宋人以諸選多不載杜甫、李白，爲有意尊之，此又非也。《國秀》成于天寶三載，白入長安未久，甫則漂泊東都齊魯間，名尚未起，何從知而尊之？《英靈》之選稍後，故有白仍無甫。他《南薰》、《御覽》、《間氣》、《極玄》，例皆選中葉之詩，盛時諸家多不入，不獨李、杜也。惟顧陶《類選》，則取冠李、杜；韋穀《才調》，更有李無杜，纔若有意獨尊之者，蓋議論久始有定，而其初不可以是概矣。

自宋至今，唐詩總集，有選家，又有編輯家。唐詩至後代多亡佚，故有編輯家也，兹録其稍著者。

宋

《文苑英華》太平興國中學士李昉等奉詔撰，一千卷，内詩二百三十卷，六朝人居其一，唐人居其九。平南周氏謂：「中晚唐如權德輿、李商隱、羅隱、顧雲等，有全卷收入者。」楊文公以爲出楊徽之之手。唐人詩得傳，實藉此書爲多。《樂府詩集》鄆州郭茂倩輯自漢魏訖唐樂府。其唐人擬古題，皆以類附；題之昉于唐者，特爲《近代曲詞》、《新樂府詞》二目括之。合百卷，唐實居其大半矣。《萬首唐人絶句》洪邁編，五言二十五卷，七言七十五卷，每卷百首，共百卷。上壽皇重華宮，賜札褒美。洪意存務博，隨得隨録，不暇詮次。宋人詩如李九齡、李慎言、郭震、滕白、玉喦、韓溥、王初之屬，多渾入。其尤不深考者，梁何遜稱其字仲言，亦列于内，爲昔人所譏。然唐人絶句一體詩較復多存，此公搜採功，不可廢也。《唐詩紀事》臨邛計敏夫編，八十一卷。序云：「唐人以詩名家，滅没失傳，不可勝數。尋訪三百年間文集、雜説、傳記、遺史、碑記、石刻，宦遊四方，殘篇遺墨，一聯一句，悉收採繕録，凡一千一百五十家。篇什之外，其人可考，即略紀大節，庶讀其詩，知其人云。」按，計氏此書，雖詩與事迹評論並載，似乎詩話之流，然所重在録詩，故當是編輯家一巨撰。收採之博，考據之詳，有功于唐詩不細。外如王棨、莊南傑、季善夷、李咸用，諸並有集詩；李康成、殷璠、芮挺章、高仲武之工品藻，而李、芮亦自有詩，並皆遺漏。又如李元採之爲隋李孝貞字，漫附開元中；僧隱丘《琪樹》詩之爲《丹陽集》中蔡隱丘詩，誤去「蔡」字作僧；晉釋帛道猷詩誤作曇翼，列僧中。皆當是正。亦其編録浩繁，故偶爾失檢，不足爲疵也。

國朝　《百家唐詩》華亭朱警刊，初唐二十一家，盛唐十家，中唐二十七家，晚唐四十二家。警自序：「先人藏有宋刻，成遺志，翻刻行世，而以徐獻忠所撰《詩品》冠其端。」　《初唐詩紀》黄德水編，十六卷。吴琯補成六十卷。《盛唐詩紀》吴琯編，一百十卷。初，德水將編唐《詩紀》，續馮惟訥漢魏六朝《詩紀》，纔首事初唐而亡。琯，新安富室，寓白下，客吴江俞安期、江都陸弼、同郡謝陛得黄遺稿，勸琯補成全唐，僅成初、盛而不克終，客散去，草草付梓。唐人詩有單存隻簡，亦有巨帙尚完者，多寡不倫，難用馮氏前例，以世代詮紀。雖琯欲終之，固知諸客未易卒業。至于遺漏之多，開卷即失一高祖詩，他何論！此皆唐詩編輯家之巨者，他編叢雜，不具論。

選詩

宋　《唐百家詩選》王荆公選，二十卷。初，宋敏求嘗取其家所藏唐人一百八家詩，擇其佳者一千二百四十六首爲一編，荆公因再有所去取，遂行世。嚴滄浪云：「荆公百家詩選，蓋本于唐人《英靈》、《間氣集》，其明皇、德宗、薛稷、劉希夷、韋述之詩，無少增損，次序亦同。孟浩然止增其數篇。儲光羲後，方是荆公自去取。前卷讀之甚佳，非其選擇之精，蓋盛唐人詩，無不可觀者。至於大曆以後，其去取深不滿人意。又如李、杜、韓、柳，以家有其集，不載可也；沈、宋、王、楊、盧、駱、陳拾遺、張燕公、張曲江、賈至、王維、獨孤及、韋應物、孫逖、祖詠、劉眘虛、綦毋潛、劉長卿、李長吉諸公，皆大名家，而此集無之。荆公當時所選，當據宋之所有耳。其序乃言「觀唐詩者，觀此足矣」，豈不誣哉！今人但以荆公所選，斂衽而莫敢議，可嘆也。荆公又有杜、韓、歐、李四家詩選，以韓次杜，又入本代歐陽公，置青蓮之前，識者怪其不倫。《文粹》姚鉉選，内詩十三卷，又皆古體也。選唐賦遺律賦，選唐詩遺律詩，强以古繩今，未爲通鑒。

金元

《唐詩鼓吹》金元好問選唐七言律九十五人五百八十餘篇，十卷。以聲調宏壯震厲，同軍樂之有鼓吹，故名。内初、盛唐僅張説、崔顥、王維、李頎、高適、岑參數篇，餘並元和以後人詩，杜牧之、李義山、陸魯望及五代譚用之獨多，而宋人胡宿詩亦誤入。意遺山偶録，以備檢閲，鄉人郝參政天挺尊事遺山，遂注釋行世耳。郝注尤蕪謬不堪讀。《瀛奎律髓》元初歙人方回取唐五七言律詩，合宋人所作，分門類，每門一卷，共四十九卷，并加注釋，中間評搉引證，亦有合者。但分門各冠小引，及以瀛奎爲兩代取義，總痴絶人勾當爾。《三體唐詩》元周伯弼選唐人五律、七律、絶句三體詩，二十卷，内晚唐爲多。其論絶句有實接、虛接、前對、後對、拗體、側體，論律詩以景物爲實，情思爲虛，有一實一虛，有四實四虛、前虛後實易諧、前實後虛難繼説，亦似近之。要種種自學究事。其注出高安釋圓至，較注《鼓吹》者略勝云。《唐音》元楊士弘選，十五卷，始音一卷，正音十四卷，餘響附之。内五言古詩，獨取盛唐；七言古詩、五言律絶，兼取中唐；七言律絶，兼有晚唐。序云：「自六朝來，正音流靡，四子一變，而開唐音之端。然其律調初變，未能皆純，故列爲唐詩始音。」又云：「唐詩至開元、天寶間，始渾然大備，遂成一代之風。是編專取盛唐者，欲以見其音律之純，係乎世道之盛。故自大曆以降，雖有卓然成家，或淪于怪，或迫于險，或近于庸俗，或窮于寒苦，或流于靡麗，或過於刻削，皆不及録。其遺風之變而僅存者，略附焉。」

國朝

《唐詩品彙》洪武中新寧高棅選，九十卷。初，棅以楊氏《唐音》分始音、正音、餘響，獨得唐人三尺，遂因其目，又詳分之爲正始、正宗、大家、名家、羽翼、接武、正變、餘響、傍流。一體之中，各以此九目區辨其人，叙次其詩。大抵正始爲唐初四子與其前後諸人之詩，與楊之始音同。正宗則五古爲陳子昂、李白，七古亦李白，五律爲李、孟、王、岑、高，七律李、孟、王、岑、高外，有崔顥、賈至、李頎、祖詠、張謂，五絶李、王、孟外，有崔國輔，七絶李與王昌齡。而諸體皆以杜甫爲大家。開元、大曆諸賢不入正宗者，皆爲名家。及爲羽翼，皆楊之所謂正音，而貞元後多爲接武，元和、開成後多爲餘響。正變一目則五古爲韓愈、孟郊，七古爲愈與王建、張籍、李賀，五律爲賈島、姚合、許渾、李商隱、李頻、馬戴，七律亦商隱、渾及劉滄。傍流則釋道宫閨詩。各立序論，以弁其端，多於楊選數倍。又爲《拾遺》十卷附後。《唐詩正聲》棅編《品彙》，得詩五千七百六十九首，慮博而寡要，雜而不純，又拔其尤一千十首，彙是編。自序：「聲律純完，世外自然之奇寶。」《唐詩選》李攀龍選，十三卷。序云：「唐無五言古詩，而有其古詩。陳子昂以其古詩爲古詩，弗取也。七言古詩惟杜子美不失初唐氣格，而縱横有之。太白縱横，往往彊弩之末，間雜長語，英雄欺人耳。至如五七言絶句，實唐三百年一人，蓋以不用意得之，即太白亦不自知其所至，而工者顧失焉。五言律、排律，諸家概多佳句。七言律體，諸家所難，王維、李頎，頗臻其妙，即子美篇什雖衆，憒焉自放矣。作者自苦，亦惟天實生才不盡。後之君子乃兹集以盡唐詩，而唐詩盡于此。」外選家尚多，兹亦不具。

自宋以還，選唐詩者，迄無定論。大抵宋失穿鑿，元失猥雜，而其病總在略盛唐，詳晚唐。至楊伯謙氏始揭盛唐爲主，得其要領，復出四子爲始音，以便區分，可稱千古偉識。惟是所稱正音、餘響者，于前多有所遺，于後微有所濫。而李、杜大家，猥云尔尊，未敢并騭，豈非唐篇一大闕典？高廷禮巧用楊法，别益己裁，分各體以統類，立九目以馭體，因其時以得其變，盡其變以收其詳，斯則流委既復不紊，條理亦得全該，求大成于唐調，此其克集之者矣。高又自病其繁，有《正聲》之選。而二百年後，李于鱗一編復興，學者尤宗之。詳李《選》與《正聲》，皆從《品彙》中采出，亦云得其精華。但高選主于純完，頗多下駟謬入；李選刻求精美，幸無贋寶誤收。王弇州以爲于鱗以意輕退作者有之，舍格輕進作者無是也，良爲篤論。顧欲以是盡唐，侈言此外無詩，則過矣，宜有識者之不無遺議爾。夫盡唐宜何如？亦惟用《品彙》之例，稍潤色焉而可。詩在唐一代，體數變矣。取數變之體，統列一卷之内，自衰盛相形，妍醜互眩，兩存既嫌尾或穢貂，盡棄又惜炧堪續月，故必各自爲域，庶兩無奪倫。此《品彙》之分編者，即繁雜得奏全勳，而諸選之合輯者，縱精嚴難免觭弊也。高所詮九目，强半允愜，惟律詩正變一目内，許渾、李頻、馬戴平調不足稱變，或尚有杜牧、薛能、李洞諸人足擇；五古則夷中、鄴、駕輩，似亦可附郊、愈末，以終變風，斯皆可商者。其最陋五言排律連卷録省試詩，何所取義？而大謬在選中、晚必繩以盛唐格調，概取其膚立僅似之篇，而晚末人真正本色，一無所收；李、杜兩家，尤多爲宋人之論所囿，不能别出手眼，有所去取。藥此衆病，更于初、盛十去二三，益如之；于中唐十去四五，益二三；于晚唐十去七八，益三四，唐選其有定本乎！假我數年，亮可卒業。

唐音癸籤卷三十二

海鹽胡震亨遯叟著

集録三

詩話在集部，與文史同類，用以標成法，擁往篇，備瑣聞，一切資長吟，功此焉在，不可無録。第作者篇目泛濫，多雜糅小説家言中，難以區拚。今但據唐宋各志及焦氏《國朝經籍志》所載「詩話」一目諸書，稍加評騭列後，遺者俟博識補焉。

唐人詩話

《詩品》一卷，李嗣真撰。《評詩格》一卷，李嶠撰。《詩格》一卷，元兢、宋約撰。又一卷，王維撰。又二卷。《詩中密旨》一卷，並王昌齡撰。《詩式》五卷。《詩議》一卷，並皎然撰。《金針詩格》三卷。《文苑詩格》一卷，並白居易撰。《詩格》一卷。《二南密旨》一篇，凡十五門，並賈島撰。《大中新行詩格》一卷，王起撰。《詩例》一卷，姚合撰，亦名《極玄律詩例》。《炙轂子詩格》一卷，玉叡撰。《文章玄妙》一卷，任藩言撰。《緣情手鑑詩格》一卷，李弘宣撰。《主客圖》一卷，張爲撰。立詩家六人爲主，餘分入室、升堂、及門爲客。白居易廣大教化主，上入室楊乘，入室張祜、羊士諤、元稹，升堂盧仝、顧况、沈亞之，及門費冠卿、皇甫松、殷堯藩、施肩吾、周元範、況元膺、徐凝、朱可名、陳標、童翰卿。孟雲卿高古奥逸主，上入室韋應物，入室李賀、杜牧、李餘、劉猛、李涉、胡幽貞，升堂李觀、賈馳、李宣古、曹鄴、劉駕、孟遲，及門陳潤、韋楚老。李益清奇雅正主，上入室蘇郁，入室劉畋、僧清塞、盧休、于鵠、楊洵美、張籍、楊巨源、楊敬之、僧無可、姚合，升堂方干、馬戴、任蕃、賈島、厲玄、項斯、薛濤，及門僧良乂、潘誠、于武陵、詹雄、衛準、僧志定、喻凫、朱慶餘。孟郊清奇僻苦主，上入室陳陶、周朴，及門劉得仁、李溟。鮑溶博容宏拔主，上入室李群玉，入室司馬退之、張爲。武元衡瓌奇美麗主，上入室趙嘏、長孫佐輔、曹唐，升堂盧頻、陳羽、許渾、張蕭遠，及門張陵、章孝標、雍陶、周祚、袁不約。各録其詩一二聯，如近世所云詩派者然。《集賈島句圖》一卷，李洞撰。《國風正訣》一卷，鄭谷撰。《玄機分明要覽》一卷。《風騷指格》一卷，並僧齊己撰。《流類手鑑》一卷，僧虚中撰。《詩體》一卷，倪宥撰。《雅道機要》二卷，前卷不知何人，後卷徐夤撰。《本事詩》唐孟棨撰，纂詞人緣情感事之詩，叙其本事，凡七類，爲一卷。《續本事詩》二卷，僞吴處常子依孟棨類續篇。《抒情集》二卷，盧瓌撰。

以上詩話，惟皎師《詩式》、《詩議》二撰，時有妙解，餘如李嶠、王昌齡、白樂天、賈島、王叡、李弘宣、徐夤及釋齊己、虚中諸撰，所論並聲病對偶淺法，僞托無疑。張爲《主客》一圖，妄分流派，謬僻尤甚。唐人工詩，而詩話若此，有不可曉者。

宋元人詩話 《賓朋宴語》三卷，丘昶撰。昶，南唐進士，仕宋。著此書十五篇，叙唐以來詩賦源流。《風騷要式》一卷，徐衍述。《詩格要律》一卷，王夢簡撰。《詩格》一卷，沙門神彧撰。《處囊訣》一卷，僧保遲撰。《詩評》一卷，僧德淳撰。《詩中旨格》一卷，王玄撰，亦名《擬皎然十九字》。《詩律大格》一卷，徐蜕撰。《詩鑑》一卷，許文貴撰。《詩式》十卷，僧辭遠撰。《楊氏筆苑句圖》一卷，黄錫編。蓋楊億大年所嘗舉者，李義山、唐彦謙之句爲多。又《續句圖》一卷。《續金針詩格》一卷，梅堯臣撰。《吟窗雜詠》三十卷，莆田蔡傳撰。取諸家詩格詩評之類集成之。又爲《吟譜》，凡魏晉而下能詩之人，皆略具本末，總爲此書。今本蒙以陳學士應行之名，分五十卷。《詩苑類格》三卷，李淑撰。《詩點化秘術》一卷，任傳撰。《風雅拾翠圖》一卷，僧惟鳳撰。《詩林句範》五卷。《騷雅式》一卷。《吟體類例》一卷。《律詩洪範》一卷，徐三極撰。《風騷格》五卷，閻東叟撰。《寡和圖》三卷，僧定雅撰。《古今名賢警句圖》一卷，蔡希蘧撰。《潛溪詩眼》一卷，范温元實撰。《天厨禁臠》三卷，惠洪撰。《韻語陽秋》二十卷，葛立方撰。《漁隱叢話》六十卷。《後集》四十卷，胡仔撰。仔自號苕溪漁隱。《聲律發微》一卷，胡源撰。《藝苑雌黄》二十卷，嚴有翼撰。《王禹玉詩話》一卷，王珪撰。《六一詩話》一卷，歐陽脩撰。《詩話》一卷。《續詩話》一卷，並司馬光撰。《中山詩話》三卷，劉攽撰。《東坡詩話》二卷，蘇軾撰。《後山詩話》二卷，陳師道撰。《歸叟詩話》六卷，王直方撰。《石林詩話》二卷，葉夢得撰。《許彦周詩話》一卷，許顗撰。《南宫詩話》一卷，葉凱撰。《艇齋詩話》一卷，曾季貍撰。《西清詩話》三卷，題無名子撰。或曰蔡絛使其客爲之也。《環溪詩話》一卷，吴沆集。《庚溪詩話》二卷。《葉正則詩話》二卷。《珸溪詩話》十卷，黄徹常明撰。《觀林詩話》一卷，吴聿撰。《洪駒父詩話》一卷，駒父名芻。《蔡寛夫詩話》二卷。《吕東萊詩話》

一卷，吕祖謙也。《山陰詩話》一卷，李兼撰。《李希聲詩話》一卷，希聲名錞。《後村詩話》一卷，劉克莊撰。《誠齋詩話》一卷。楊廷秀撰。《隱居詩話》一卷，魏泰撰。《竹坡詩話》一卷，周紫芝少隱撰。《二老堂詩話》一卷，周必大撰。《珊瑚鈎詩話》三卷，張表臣撰。《續廣本事詩》五卷，聶奉先撰。《詩人玉屑》二十卷，内品藻唐人詩二卷，魏慶之撰。《滄浪詩話》一卷，嚴羽撰。《全唐詩話》六卷，尤延之撰。從《紀事》中摘編者。《詩話總龜》《前集》四十八卷，《後集》三十卷，阮一閲編。《古今詩話録》七十卷，李穎撰。《新集詩話》十五卷，不知集者姓名。《唐宋名賢詩話》二十卷。《詩談》十五卷。《吟譜》一卷，元陳繹曾撰。《詩林要語》一卷，范梈德機撰。《詩學禁臠》一卷，不知撰人。《詩家一指》一卷。《古今詩法》一卷，楊載仲弘撰。《詩法源流》一卷。劉孟會《七家詩評》評王維、李白、孟浩然、杜甫、韋應物、孟郊、李賀七家詩。

宋人詩不如唐，詩話勝唐。南宋人及元人詩話，又勝宋初人。如嚴之《吟卷》，劉之《詩評》，解會超矣。餘雖不免蕪雜，遇所獨得，未少起予片益在。胡元瑞評諸家云：「歐、陳率是記事，司馬君實大儒，是事別論。劉貢父滑稽渠率，王直方拾人唾涕。葉夢得非知詩，億或有中；吕本中自謂江西衣鉢，所記甚寥寥；唐子西雖有致語，未可盡憑。葛常之頭巾亹亹，讀之患其難竭；許彦周迂腐老生，洪覺範誕妄浮屠，在彼法當墮無間獄。《竹坡》、《西清》，種種蕪脞，《漁隱》、《總龜》、《玉屑》，但類次前聞，《珊瑚鈎》獨評己作，尤堪抵掌。」取快譏吻則然，不乃近于夸酷？惟論嚴氏謂「如西來一葦，剗除荆棘，獨暢玄風」，論辰翁謂其「玄鑒邃覽，往往絶人，雖道越中庸，自是教外别傳，騷場巨目」，此則語堪千載，我無以易之矣。元瑞又云：「辰翁評詩有妙理，如杜『日月低秦樹，乾坤繞漢宫』，云『此語投贈中有氣，若登高覽勝則俗矣』。王維《早朝》『九天閶闔開宫殿，萬國衣冠拜冕旒』，云『帖子語頗不痴重。』如此類皆有深致。余每謂千家注杜，猶五臣注《選》；辰翁解杜，猶郭象解《莊》。即與作者語意不盡符，而玄言玄理，往往角出，盡拔驪黄牝牡之外。昔人苦杜詩難讀，辰翁注尤不易省也。」

國朝詩話　瞿宗吉《詩話》三卷。　《冰川詩式》四卷。　《都玄敬詩話》二卷。　《南谿詩話》二卷。　《懷麓堂詩話》一卷。　黄勉之《詩法》八卷。　《蜩笑集》一卷。　陳石亭《拘虚詩談》一卷。　《楊升庵詩話》二卷。　又《詩話拾遺》二卷。　皇甫汸《解頤新語》八卷。　徐昌穀《談藝録》一卷。　《名賢詩評》二十卷。　王元美《藝苑卮言》八卷。　又《藝苑卮言》四卷。以上據焦氏《經籍志》録入。焦《志》各書頗備，于詩話一類獨寥寥。豈以本朝人著撰，論尚未定，不欲濫載耶？容更採補。　胡應麟《詩藪》内編、外編、雜編二十卷。

明興，説詩者以博推楊用修，以雅推徐昌穀，以儁推王弇州。用修之書，搜隱摘奇，往往任胸援引，非必盡確，後賢皆駁正未已。昌穀所論，止于五言，不及近體，習漢魏者之偏撰，習唐音者之樸學也。弇州《卮言》，通論文筆，唐詩特其一二，其論初、盛諸家，儘多解頤，至中、晚，草草塞責矣。嘗疑之，未敢置喙，後見其末年自悔書曰：「吾爲此書時，年未四十，語不甚切而傷猥，未爲定論，恐誤人。」乃益爽然服嘆此老之未易窺也。胡《詩藪》自《騷》、《雅》、漢、魏、六朝、三唐、宋、元以迄今代，其體無不程，其人無不騭，其程且騭，亦無弗衷。唐詩，其論詩中之一也，而論定于是。元美才地高，書所腹也；元瑞闕，書所目也。即元美亦稱其上下千古，周密無漏而刻深，成説詩一家言，此可徵矣。吾嘗謂近代談詩，集大成者，無如胡元瑞。其别出勝解者，惟鄭繼之《老杜詩評》，可與劉辰翁諸家詩評並參。前見評彙中。吟人從此入，庶不誤岐嚮爾。弇州自評《藝苑巵言》語，見所書《李西涯樂府後》。其《與胡元瑞書》又云：「僕故有《藝苑巵言》，是四十前未定之書。于鱗嘗謂中多俊語，英雄欺人，意似不滿，僕亦服之。第渠所棄取，却未盡快人意。得足下《詩藪》，則古今談藝家盡廢矣。」其言信然。

唐人詩集，多出後人補編，故多遺漏。其編次之序，又各人自爲政，故本多不同，至注釋尤難言之。他不暇縷舉，即李、杜二大集，經多手改編并注，可商者正夥，附志後以例其餘。

李太白集，其存日魏顥有編，臨終時又手授李陽冰編次爲序。至宋朝，樂史、宋敏求復爲之增益。白罹永王禍後，舊稿散落。陽冰序云：「避地八年，著述十喪其九。」樂與宋從異代搜輯，真有功于李者。敏求本所增者，沿舊目相從，是猶存陽冰所次未紊也。其後曾南豐校書，始取而考其作之先後，重爲之次，陽冰之舊，遂不復存。太白詩閒適遊覽居多，罕及時事，安能如杜詩一一得其歲月次第之？且讀白詩，與讀杜詩自各一法，舍旃白詩中靈筆妙趣，顧作詩時日是求，何爲？曾雖號爲文章大家，吾未敢韙之。至其體例，先古風，次樂府，又仍次古風，尤所不解。注者有春陵楊齊賢、章貢蕭士斌兩家。蕭譏楊事辭不求所本，多取唐廣德後事及宋儒詩詞爲解，乃蕭之解李，亦無一字爲本詩發明，却于詩外旁引傳記，累牘不休。注白樂府引鄭夾漈説尤謬。鄭于樂府之不可考者，概分門類爲遺聲，李樂府從古題本辭本義妙用奪换而出，離合變化，顯有源流。不遡之此爲注，乃引鄭勉强不通之説塞白耶！此等書第當付之祖龍，顧方行世未有議者，可嘆也。

太白集亦大有僞詩攙入。東坡以集中《歸來乎》、《笑矣乎》及《贈懷素草書》數詩爲曾子固所誤入，又以所見富陽國清院、彭澤唐興院太白所題詩皆非是。嚴滄浪亦以白集中《少年行》淺近浮俗爲僞作，及《文苑英華》中《望月》、《對雨》、《望夫石》、《歸舊山》諸詩皆不類，爲後人假名。坡云：「太白豪俊，語不甚擇，往往有臨時卒然之句，故使妄庸敢爾。」雖然，白卒就語，亦自有不衫不履意在。床頭捉刀人故自有真，假托者終不似也。

杜甫集編自唐人樊晃，晃與韋損、柳識同時，潤州刺史也，見《高僧朗然傳》。其後五代孫光憲，宋初鄭文寶、孫僅各有編，今無考。寶元初，翰林王洙原叔始分古體、近體二類，考其歲月以次之。其合古律爲編，始自黄長睿及吾邑魯冷齋先生訔。冷齋序云：「騷人雅士，同知祖尚少陵，同欲模楷聲韻，同苦其意律深嚴難讀也。余謂少陵老人，初不事艱澀左隱以病人，其平易處有賤夫老婦所可道者。至其深純宏妙，千古不可追迹，則序事穩實，立意渾大，遇物寫難狀之景，紓情出不説之意，借古的確，感時深遠，若江海浩洋，風雲蕩汨，蛟龍黿鼉出没其間，而變化莫測，風澄雲霽，象緯回薄，錯峙偉麗，細大無不可觀。離而序之，次其先後，時危平，俗嬿惡，山川夷險，風物明晦，公之所寓舒局，皆可概見。如陪公杖履而遊四方，數百年間，猶對面語，何患於難讀耶？名公巨儒，譜叙注釋是不一家，用意率過，異説如蝟。余因舊集，略加編次。古詩近體，一其先後。摘諸家之善，有考於當時事實及地里、歲月，與古語之的然者，聊注其下。若其意律，乃詩之六經，神會意得，隨人所到，不敢易而言之。叙次既倫，讀之者如親罹艱棘虎狼之慘，爲可驚愕，目見當時甿庶被削刻，轉塗炭爲可憫。因感公之流徙，始而適，中而瘁，至於爲少年輩侮忽以訖死，可傷也。」嘉泰中，建安蔡夢弼據冷齋本爲《會箋》，歲月可疑者明著其莫可考，附卷後。嘉定中，臨川黄鶴父子始取分體舊本，于題下確定其歲月，猶未敢便更其次也。元大德中，廬陵高楚芳者，劉辰翁門下士，則直據黄氏，并其次盡易之，居然不疑，今行世本是也。初原叔編年，第約略詩中語，求其時以爲次，非真有確然可據之歲月。中間牽合雖多，而闕疑之意尚存。自概定于黄鶴，紊改于高氏，高又附辰翁批評以行，于是耳食者奉若杜陵手撰，次序顛倒，不復知原本爲何矣。讀杜詩者，即不可不稍知其歲月，然亦何至每首必定以所作之年，强爲穿鑿，而終失于不可通乎？宋徐居仁、方温叟各有門類杜詩一編，似厭諸家拘攣，爲之破除者。今傳世亦有編體者，不知是其本否？惜義例亦未見妥。老杜一生詩，境遇轉困，格律亦轉老，其孰爲東都、長安，孰爲秦川、蜀中，孰爲夔府、湖南，明眼人覆卷可按。若未到此處，且未許看杜詩在，與分別時次何益？大可省此葛藤也。

宋人注杜詩者，王原叔、宋次道、崔德符、鮑欽止、王禹玉、王深父、薛夢符、薛蒼舒、蔡天啓、蔡致遠、蔡伯世、王彦輔、蘇東坡、徐居仁、謝任伯、吕祖謙、高元之、趙子櫟、趙次翁、杜修可、杜立之、師古、師民瞻、蔡夢弼、郭如達非一家，皆無可觀，以諸注半出學究手，其托名人以行者皆僞也。杜集雖編自王原叔，而原叔實未嘗注。洪駒父云：「鄧慎思撰，内以粲可爲詩僧，虎頭爲僧像，可笑者不一。」東坡《杜詩故事》，乃閩人鄭卬所爲，造僞古人名，僞古人事，增减杜詩見句附合之，而不能言所自出之書。朱晦庵、洪容齋、嚴滄浪諸公皆詳辨之。今行世《千家注》中，尚淘汰未盡，祝和父、陳晦伯類書中亦誤引一二，流傳亂真，蓋最可恨者。祝《事文類聚》，如「學士類」蕭梁之碧山學士，陳《天中記》如陶侃之海山使者、胡奴，不一而足。又焦弱侯《筆乘》亦引阮孚看囊錢、崔浩詩瘦等，皆僞蘇《注》所誤也。陸務觀云：「近世注杜詩者數十家，無一字一義可取。欲注杜詩，須去少陵地位不大遠，乃可下語。今諸家徒欲以口耳之學，揣摩得之，不如勿注可也。」此言誠然。但吾觀諸家，并口耳之學尚未敢言耳。注杜律單行有元虞集《注》，實豫章張性所撰也，學究氣正同宋人。劉將孫曰：「注杜者謂少陵詩史，謂少陵一飯不忘君，因深求之字句間，强傅以時事曲折，第知膚引以爲忠愛，不自知陷于險薄。凡注詩尚意者，易蹈此弊，而杜集爲甚。諸後來忌詩、妒詩、疑詩開詩禍，皆起此而莫之悟，此不得不爲少陵辨者。」將孫，辰翁子也。

坡公論李、杜二集，謂杜集較李集僞撰爲少，此殆不然。宋寶元初本杜詩一千四百五篇，至皇祐中王介甫竟增入二百餘篇，自爲序曰：「予令鄞，客有授予古之詩所不傳者二百餘篇，予知非人所能爲，實甫也。自《洗兵馬》而下，序而次之。」云云。今其詩皆雜入集中，但即看此《洗兵馬》一篇，已較然不可溷真，固易鑒别也。《江南逢李龜年》「岐王」、「崔五」云云，岐王薨于開元十四年，崔五滌亦卒于開元中，時子美方十五歲，天寶後子美又未嘗至江南，他人詩無疑。七言古《杜鵑行》二篇，其一見《司空曙集》；五言律《酒渴愛江清》見《暢當集》，《哭長孫侍御》載《中興間氣集》，杜誦作；絶句《虢國夫人》，張祜《集靈臺》之第二篇。推此，知他集誤入者自復不少。

杜詩即不無誤字，然本無誤而後人以意妄改者亦有之。宋蔡興宗者，爲《杜詩正異》，頗以意改定其字。朱晦庵嫌其未盡，欲改「風吹滄江樹」「樹」字爲「去」，「鼓角滿天東」「滿」字爲「漏」。以「漏天」對上句「燒棧」猶可也，「風吹滄江樹，雨灑石壁來」，正謂風吹樹、雨隨來耳，若第云吹江去，豈復成句哉？亦恐天下無此逆風雨也。近代楊升庵更好改杜詩，如「航」爲「艇」、「照」爲「點」，不一而足，後賢因之爲然爲疑未休。用修當年何不以推敲功改己詩，暇與此老改詩乎？改「航」爲「艇」説始山谷，楊實之，直謂見古本如是。「關山同一照，烏鵲自多驚」，楊附會坡公詞「一點明月窺人」句，云本之此。「照」與「驚」偶儷相當，孰穩易辨也。又如「把君詩過目」作「把君詩過日」，「愁對寒雲雪滿山」作「愁對寒雲白滿山」，「娟娟戲蝶過閑幔」作「娟娟戲蝶過開幔」，「曾閃朱旗北斗閑」作「曾閃朱旗北斗殷」，「因知貧病人須棄」作「不知貧病關何事」，「握節漢臣迴」作「禿節漢臣回」，「新炊間黄粱」作「新炊聞黄粱」。諸家欲爲此老更絃者甚衆，恨無從起此老問之。

唐詩不可注也。詩至唐，與《選》詩大異。説眼前景，用易見事，一注詩味索然，反爲蛇足耳。有兩種不可不注，如老杜用意深婉者須發明，李賀之譎詭、李商隱之深僻及王建《宫詞》自有當時宫禁故實者，並須作注，細與箋釋。建《宫詞》正如鄭嵎《津陽門詩》，非嵎注不知當時事。今杜詩注既如彼，建與賀詩有注與無注同，而商隱一集迄無人能下手，始知實學之難，即注釋一家，亦未可輕議也。元遺山有詩云：「望帝春心托杜鵑，佳人錦瑟怨華年。詩家總愛西崑好，獨恨無人作鄭箋。」蓋謂義山詩用事頗僻，惜無人注釋也。乃遺山《鼓吹》一選，郝天挺所注義山詩，尤蕪謬不通。門墻士親受詩教者尚如此，可望之他人？友人屠用明嘗勸予爲《義山集》作注，以便後學。余笑謂用明曰：「彼自祭魚獺，今又欲我拾獺殘耶？」

唐人詩既多出後人補輯，以故篇什淆錯，一詩至三四見他集中，是正爲難。其顯而易見，習誤不察者，無如釋廣宣《紅樓》、《道場》二律之作沈佺期詩，錢珝《江行絶句》百首之混入其祖起集中。廣宣之誤，始高氏《品彙》，自後歷選者因之；錢氏家集之誤，則宋錢蒙仲已先爲之淆矣。舉斯二則，可例其餘。至《老牛歌》之稱白樂天，《佛骨》詩之稱鄭司徒，五丈夫諸律之出李玫，楊太真數絶之出韋瓘，《毛仙翁送行》詩軸，徐凝、賈島獎褒贈篇，非好事而姑爲托撰，即有爲而借以隱名，尤難勝紀，讀者詳之。廣宣，元和、長慶兩朝並以詩爲内供奉，詔居安國寺紅樓，有詩名《紅樓集》，見白樂天諸家詩題可考。故紅樓應制之詩，以支遁、曇摩爲比，云「自憐深院得翱翔」。其《再入道場紀事》，則在憲宗晏駕、穆宗御極，内殿作功德之時，故有「南方歸去再生天」及「見闕乾坤新定位」等句，而以「兩朝長在聖人前」結之。其詩載《文苑英華》甚明，不知何緣近代諸刻盡作沈詹事，李于鱗選亦然。且紅樓本睿宗在藩舞榭，玄宗開元八年捨建安國寺立院，詳段成式《遊長安諸寺記》及程大昌《雍録》。計此時詹事已前卒矣，安得有紅樓題詩乎？錢珝，起之曾孫也。起釋褐校書，終尚書考功郎。珝官歷中書舍人，掌綸誥，後坐累貶撫州司馬。其《江行絶句》百首正赴撫時塗中所作也。珝有他文載《英華》中，云「夏六月獲譴佐郡，秋八月自襄陽浮舟而下」，今其詩有「潤色非東里，官曹更建章」、「去指龍沙路，徒懸象闕心」、「峴山回首望，如别故鄉人」及「好日當秋半」、「九日自佳節」等句。其官，其謫地，其經塗，其時日，無勿與珝合者，起無是也。後人重起名，借篇貽厥，爲到公增美耳。宋鮑欽止嘗疑起集有珝詩雜入，葛立方亦疑集中《同程九早入中書》、《和王員外雪晴早朝》二律非起作。吾謂《雪晴早朝》聲調還應屬起，至《早入中書》一篇，起未爲此官，與《江行》百首並當歸珝爲是。

唐音癸籤卷三十三

海鹽胡震亨遯叟著

集録四

唐人詩見于金石刻及自有真蹟傳世者，至宋尚多。如宣和内府所收藏載在書譜者，真蹟班班可考。而金石刻收藏之富，無如歐陽文忠、趙明誠兩家，目録備在。南渡後，王象之碑目亦具一二，當時唐人篇什賴法書以俱存者，蓋亦不少矣。今按目求之，未必能全；而斷墨殘行，得留遺世間爲人所傳寶者，當亦未盡堙滅。爰取諸書所載詩目，備列於後，冀好事者共爲搜訪，補余籤所未備云。

《宣和書譜》真蹟

太宗《禊宴》詩行書　明皇《喜雪》詩隸書　《賜裴耀卿》等詩、《送虚己赴蜀川》詩、《春臺望》雜言行書　代宗《南郊口號》、《守歲》詩、《秋日》詩、《重陽》詩、《秋中月夜》詩、《春日晴燕諸王》

詩行書　則天后《夜宴》詩行書　褚遂良《帝京篇》正書　顔真卿《潘丞竹山書堂》詩正書　徐浩《寶林寺》詩正書　元稹《寄蜀人》詩正書　陸扆《贈䛒光草書歌》正書　李磎《送䛒光》詩正書　陸希聲《贈䛒光》詩正書　崔遠《送䛒光》詩正書　張顗《贈䛒光》詩正書。今止存一聯　鄭賨《題經藏詩》正書。今止存一聯。　戎昱《草梅》詩正書　許渾今體詩上下正書，烏絲欄。按唐人多自書其集傳後，如韓偓生時嘗手寫所爲詩成卷，宋嘉祐間裔孫奕出以示人，龐穎公爲漕，奏之，因得官。事見葉石林集，始知不獨用晦然也。　杜光庭《送先輩》詩正書　盧汝弼《贈䛒光》詩正書　王仁裕《送張禹偁》詩正書　李白《詠酒》詩草書　杜牧《張好好》詩行書　白居易《送敏中歸邠寧幕》詩行書　司空圖《贈䛒光草書歌》，又《贈䛒光草書》詩行書　吴融《贈䛒光送别》詩、《贈䛒光草書歌》正書　徐凝《黄鶴樓》詩、《荆巫夢思》詩行書　薛濤《萱草》諸詩行書　齊己《擬嵇康絶交》詩、《謝人惠筆》詩、《懷楚人》詩、《渚宫書懷》詩、《送冰禪姪》詩、《寄冰禪德》詩行書　盧嶽詩《寄明上人》詩正書　張徐州《勸君》詩行書。失其名詩五篇，中皆有「勸君」二字，欲人外形骸，輕利名，筆力清勁，勢若削玉，閲之使人起物外之想。　潘佑書許堅等詩行書　孫昭祚《陽春曲》諸詩、《竹拄杖》諸詩、《朱陳村》諸詩行書。昭祚，五代時中堂吏，學歐陽詢書法。　釋應之《即事》詩行書。應之，五代時僧，筆法學柳公權。　李後主《浩歌行》行書　元宗《草堂》諸詩、《牡丹》詩、《古風》詩、《秋高》詩、《招賢》詩、樂府三篇、《臨江仙》行書　周羲《贈懷素草書歌》草書。譜云：羲，天成間作牧泌陽，唐無天成年號。疑誤。　李霄遠《隱士》詩、《遠花》詩草書。譜云：霄遠，莫詳其出處。其書類亞栖，在唐有盛譽而放逸，實爲知書者所病。　張仲謀《赴舉有感》詩草書。譜云：「仲謀，亡其世貫。」　胡季良《題然公山房》詩草書　《大乘寺》詩、《孔山寺》詩、《崑山寺》詩行書。譜云：「季良，不見史册。」　懷素《草書歌》、《草聖》詩、《早春》詩、《自詠》詩、《寄人》詩、《憶人》詩、《遊山》詩、《題酒樓》詩、《酒船》詩、《勸酒》詩、《狂醉》詩、《醉僧圖》詩、《寄浩公》詩、《論草聖》詩、《夢遊天姥山》等歌草書　亞栖《對御草書歌》、《觀智永草書歌》、《觀懷素草書歌》、《觀高閑草書歌》、《山寺》詩草書　𧦬光《贈登第》詩草書　貫休《夢遊仙》詩行書　釋夢龜《白蓮歌》、《梁園吟》、《粉團山水歌》、《襄陽曲》、《重陽》詩、《謝馬鞭》詩草書。譜云：「夢龜，天復中寓東林寺，作顛草。」　張彦遠《李將軍征回》詩、《惟山廟》詩、《宿僧院》詩、《山行》詩八分書　釋靈該《種柳歌》八分書。譜云：「靈該，會昌中人。」

歐陽脩《集古録》

《流杯亭侍宴》詩武后久視元年，幸臨汝温湯，留宴群臣，應制詩也。李嶠序，殷仲容書。開元十年，汝水壞亭碑，遂沉廢。至貞元中，刺史陸長源以爲嶠之文、仲容之書，絶代之寶也，乃復立碑造亭，又自爲記，刻其碑陰。　韓覃《幽林思》武后時，廬山林藪人韓覃撰，脩爲西京留守推官時，因遊嵩山，得此詩。愛其辭翰皆不俗，録之。　玄宗《謁玄元廟》詩玄宗自書，歲月闕。世有玄宗書《鶺鴒頌》，與此字法正同。碑在北邙山上，洛陽人謂之老君廟也。　崔潭《龜》詩蔡有鄰書，天寶五載勒石。唐世以八分名家者四人，韓擇木、蔡有鄰、李潮史、惟則也。有鄰之書頗難得，而小字尤佳。

李陽冰《阮客舊居》詩詩云：「阮客身何在，仙雲洞口横。人間不到處，今日此中行。」阮客者，不見其名氏，蓋縉雲之隱者也。歲月亦闕。

《崇徽公主手痕》詩李山甫撰。初，僕固懷恩在肅宗時先以二女嫁回紇，懷恩上書自陳六罪，有云「二女遠嫁，爲國和親」是也。其後懷恩既反，病死靈武。從子名臣降唐。大曆四年，始以懷恩幼女爲公主，又嫁回紇，所謂崇徽公主者即此。按，公主手痕在陰地關，唐人題詠勒石者不止一山甫，趙録所收爲多。

《神女廟》詩貞元十四年，李吉甫、丘元素、李貽、孫敬騫等作。脩貶夷陵令時，嘗泛舟黄牛峽，至其祠下，讀數子之詩，愛其辭翰，遂録之。

韓愈《送李愿歸盤谷》詩盤谷，在孟州濟源縣。貞元中，縣令崔刻石後書云：「昌黎韓愈，知名士也。」當時退之官尚未顯，其道未爲當世所宗師，故但云「知名士」。然當時送愿者爲不少，而獨刻此，蓋其文章已重於時矣。

《游道林嶽麓》詩慶曆中，沈傳師撰并書。題云「酬唐侍御姚員外」，而二人之詩不見，不知爲何人也。獨此詩以字畫傳于世，而詩亦自佳。傳師書非一體，此尤放逸可愛。按，唐侍御名扶，其詩尚存，惟姚爲無考。

李文饒《平泉山居》詩讀《山居》詩，見文饒夢寐不忘於平泉，而終不得少償其志者。勇決者，人之所難，而人事固多如此也。文饒詩亦云：「自是功高臨盡處，禍來名滅不由人。」誠哉是言！

《善權寺》詩太和元年勒石，《遊靈巖記》、《辨石鍾山記》附。覽三子之文，皆有幽人之思，迹其風，尚想見其人。至書畫亦皆可喜，蓋自唐以前，賢傑之士莫不工於字書，其殘篇斷藁，時得于荒林敗冢，埋没之餘，多前世無所知名之人，而筆畫有法，往往爲今人所不及，甚可嘆也。

《法華寺》詩越州刺史李紳撰。其後自序題云：「太和甲寅歲遊寺，刻詩于壁。」詳自序所言，似紳自書，然以端州題名較之，字體不類。甲寅，太和八年也。

薛苹《唱和》詩太和中勒石。馮宿、馮定、李紳皆唐顯人，靈澈以詩名後世，皆人所想見者。然詩皆不及苹，豈唱者得於自然，和者牽於强作耶？

僧靈澈詩詩云：

「相逢盡道休官去，林下何曾見一人。」世俗相傳，以爲俚諺。慶曆中，天章閣待制許元爲江淮發運使，因修江岸，得斯石於池陽江水中，始知爲靈澈詩也。澈以詩稱於唐，故其與相唱和者，皆當時知名之士。包侍郎者，佶也；徐廣州者，浩也。《玉蕊》詩沈傳師、李德裕唱和。傳師、宇文鼎《蒙泉》詩附，歲月未詳。蒙泉，今在荆門軍。脩貶夷陵，道荆門，裴回泉上，得二子之詩，佳其詞翰，遂録之。《浮槎寺八紀》詩自云：「雁門釋僧皎，字廣明。作詩雖非工而所載事蹟皆圖經所無，可以資博覽。」浮槎山在今廬州慎縣，其上有泉，其味與無錫惠山水相上下，而鴻漸《茶經》及張又新等《水記》皆不載。及得僧皎紀浮槎八事，亦無之，乃知物之晦顯有時也。

趙明誠《金石録》

天后《少林寺》詩王知敬正書，永淳二年九月。　《羑原神泉》詩韋元旦撰序，篆書，無姓名，垂拱元年四月。《流杯亭侍宴》詩李嶠撰序，殷仲容正書，久視元年九月。　《栖巖寺》詩高宗、則天撰，韓懷信正書，長安二年。《幸閑居寺》詩高宗、睿宗、太平公主詩，八分書，無姓名。武后詩，自草書，長安四年四月。　《游仙篇》武后撰，薛曜正書。　《幽林思》韓覃撰，正書，無姓名。　《石淙》詩武后諸臣撰，薛曜正書。　《六公詠》李邕撰，胡履虚八分書，開元十一年。　明皇《行次成皋》詩史叙行書，開元十三年十月。　《堯子廟》詩于儒卿、房自謙撰，自謙正書，開元十八年三月。　《讀樊丞相傳》詩鄭炅之撰，胡霈八分書。　《小魯真人仙解謡》魯國清述，陳錫正書，天寶三載七月。　崔潭《龜》詩蔡有鄰八分書，天寶五載十一月。　《華嶽廟古松》詩衛包撰并篆書。　明皇《賜道士蔡守冲》詩并謝表批答行書，天寶十一載九月。　李峰途《經劍門》詩程昂正書，天寶十三載。　明皇《上黨宮宴群臣故老》詩行書，天寶中立。　明皇《謁玄元廟》詩行書，天寶中立。　《雲門山投龍》詩趙居貞撰，行書，天寶中立。　《崇徽公主手痕》詩李山甫等正書，大曆四年。　《懷固寂上人》詩顏真卿撰并正書，大曆十二年十二月。　《題朝陽巖》詩李舟撰并正書，大曆十三年九月。　李當、牛叢詩附。　《寶林寺禹廟》詩徐浩撰并正書，大曆中立。　《麟德殿宴群臣》詩德宗撰，皇太子誦行書，顏防書《渾瑊表》附，貞元四年六月。　《仙巖四瀑布》詩路應等唱和，行書，貞元七年三月。　《秋日登戲馬臺》詩侯莫陳遂等正書，無姓名，貞元七年六月。　《茶山》詩并《詩述》。《詩述》，于頔撰。詩，袁高撰，徐璹正書。　劉居簡《歸鄉拜高廟》詩正書，貞元十二年十月。　顧少連、張式《嵩山聯句》正書，貞元十二年十二月。　李吉甫《神女祠》詩正書，貞元十四年正月。　任要《謁夫子廟》詩正書，貞元十四年十二月。　《送張建封還鎮》詩德宗撰，太子誦行書，貞元十四年。　韋渠牟《步虛詞》正書，貞元十六年十二月。　《游琅琊山新寺》詩柳遂正書，無年月。　錢可復元和四年四月題名附。　明皇《送李邕赴滑州》詩柏元封行書，元和五年十月。　《題巫山》詩蔡穆撰，沈幼真行書，元和五年十二月。　崔融《題東林寺》詩正書，無姓名，元和十三年二月重刻。　《感化》詩竇牟撰，正書，無姓名，元和十五年二月。　《明州南樓》詩陳祐撰，胡師模八分書，元和二年十二月。　《谿堂》詩韓愈撰，牛僧孺正書。　《題怪石》詩世傳李德裕作，長慶三年二月。　《蒙泉》詩沈傳師正書，寶曆二年四月。　宇文鼎詩，太和九年附。　裴度、白居易聯句正書，無姓名，太和三年十二月。　《秋日望贊皇山》詩李德裕撰并八分書，太和四年八月。　《桃源》詩劉禹錫撰，李某書，名闕，太和四年。　白居易《游濟源》詩正書，太和五年九月，馮宿詩附。　《游王屋》詩白居易撰，正書，太和六年十月。　李紳《法華寺》詩正書，太和七年三月。　李紳《題少林寺》詩正書，開成元年七月。　皇甫曙《題石佛谷》詩李道夷正書，開成元年十月。　李德裕《平泉山居》詩李德裕八分書。　沈傳師《嶽麓寺》詩行書，文宗時作。　李貽孫《神女廟》詩正書，無姓名，會昌五年九月立。　鄭薰《雪霽開講》詩正書，無姓名，咸通九年九月。　《宿惠山寺》詩王武陵、朱宿、竇群，正書，咸通十二年七月。　鄭畋《謁昇仙太子廟》詩正書，無姓名，禧宗乾符四年閏二月。　《冬日陪群公泛舟》詩謫丹陽功曹掾王某，名闕，行書，無年月。　李陽冰《題阮客舊居》詩篆書，無姓名。　《椒陵陂》韋瓘撰，正書。　《玉蕊》詩唱和沈傳師、李德裕，正書，無姓名。　《夏日登戲馬臺》詩鄭遂文、盧僎撰，八分書。　《楠木歌》嚴武、史俊，行書，無姓名。　郗昂《光福寺》詩行書，無姓名。　嚴武《題龍日寺西龕石壁》詩行書，無姓名。　皇甫湜《浯溪》詩　沙門湛然《題井陘山壁》詩正書，無姓名。

王象之《輿地碑記》

袁高《茶山》詩湖州之顧渚山，歲修茶貢，高爲之刺史，而作是詩。其後于頔得之于壞垣，爲之序而刻之，今在安吉州墨妙亭。

《善權寺》詩、《靈巖瀑布記》《集古録》云：「羊士諤《游善權寺》詩、康仲熊《游靈巖瀑布記》、鄭薰《雪霽門講》詩附。《善權寺》詩，元和十三年刻，李飛，在常州。」　崔詞《謁禹廟》詩在紹興元和十一年刻石，又宋之問等詩附。

元威明《陽明洞天》詩在紹興，太和三年立石，龍瑞宮。　白居易《陽明洞天》詩在紹興，太和三年。　《題法華寺》詩李紳撰，在紹興。　《法華寺》詩李紳撰，徐浩書，以太和八年刻石于紹興。　薛苹唱和詩唐薛苹詩，不著書人名氏，崔述等凡十七首，紹興。　杜荀鶴及禪月大師貫休留題在衢州龍遊之石壁院。　《石橋詩刻記》唐廷評，嚴綬撰，在衢州。　《題梓府君廟》詩在寧國，李太白、司空圖撰。　《送二王》詩在寧國，李後主。　《浮槎寺八紀》詩《集古録》云：「唐沙門僧皎撰，不著人名氏，凡詩八首，不著刻石年月，在廬州浮槎山下。」　唐李思聰《雞籠山》詩在和州小廳東。　《江心小石》詩「蛟室圍青草，龍堆擁白沙。護江蟠古木，迎棹舞神鴉。破棹南風正，收帆畏日斜。雲山千萬疊，底處上仙槎。」王直方云：「此老杜《過洞庭湖》詩也。」李希聲云：「得之于岳州江心一小石刻。」潘子真云：「元豐間，有人得此石刻于洞庭湖中，而不載名氏。或以示山谷，曰：『子美作也。』今蜀本已收入集，而不紀其得詩之由，故録其詳于此。」　《玉蕊》詩在荊門惠泉寺，唐沈傳師、李德裕唱和也。　高廟詩碑會昌五年立，碑在襄陽府治。　《法華寺》詩在肇慶府，越州刺史李紳撰并書。　《古柏行》在成都，長慶四年段文昌書。　《開元皇帝送趙仙甫尊師歸蜀》詩碑見在崇慶府新津縣之寶珍觀。　杜子美兩川、夔峽諸詩石刻在眉州，黄庭堅書。　鄭餘慶詩刻在順慶金泉山上。　僞蜀刺史徐光溥詩刻在順慶金泉山。　王維《送楊長史赴果州》詩在順慶郡治。　《神女廟》詩李吉甫詩一首，以貞元十四年刻。丘元素一首，無刻石年月。李貽孫二首，會昌五年刻。敬騫一首，元和五年刻，沈幼真書。其他皆無書人名氏，在夔州巫山界。　玄宗《丹霄驛》詩刻在昭州。詩云：「驛前南面架危橋，久欲登臨畏路遥。今日偶然尋得到，直從平地上丹霄。」　《巫山》詩碑金吾衛兵曹參軍沈真撰，元和五年建，在夔州。　杜少陵諸詩石刻少陵遊蜀凡八稔，而在夔獨三年，平生所賦詩凡千四百六篇，而在夔者乃三百六十有一。治平中，知州賈昌言刻十二石于北園，歲久，字漫滅。建中靖國元年，運判王蘧新爲十碑，今碑在漕司。《盛山十二題》詩在開州，唐韋處厚撰，韓愈序，和者元稹、許康佐、白居易、李景儉、嚴武、温造也。王徽留題唐僖宗朝丞相王徽未第時，曾經閬州次南部合符寺，登高念遠，因賦詩。《北山老君影迹》詩巴州王望山，舊名北山，山半石壁隱出老君像，唐人爲賦《北山老君影迹》詩。《南龕題》詩石在巴州南二里之廣福寺，唐人題詠皆刻之于石。唐人《題西龕櫻桃》詩在巴州西，龕其名磨滅。嚴侍御《暮春》五言在巴州西龕寺。史俊《寄嚴侍御楠木》詩在巴州西龕寺。郗昂《陪嚴使君暮春》五言二首在巴州南龕，詩甚典麗。羊士諤《十四詠》在巴州東龕。《流杯十四詠》在巴州西龕寺流觴亭。唐乾元戊戌，嚴鄭公武所創，大曆間盜起，遂廢。開成丙辰，刺史唐元封復修，蓋取羊士諤《流杯十四詠》，以自序爲證云爾。

凡詩文題鐫碑版者，即有凡作，尠僞作。縑楮所流傳，經飛鳧家手，真僞半矣。歐陽、趙、王三録所載唐人詩篇，並得自石本，真蓋無疑。若宣和收藏諸詩真蹟，則僞托間有之。逮墨刻興，僞托尤盛。有本無此真蹟，猥云從某氏臨摹得者矣。好事者不察，往往據之編入其人集中，大都淺識者所爲，多存逗漏可摘，具眼者一覽瞭然，有終不得而淆者。李白集「天若不愛酒」一詩，出《秘閣帖》，淳熙中，陳氏《甲秀堂帖》亦載之，馬子才僞作也。杜甫集《過洞庭湖》「蛟室圍青草」律詩，人得之江心小石刻，黄山谷以爲必甫之詩，編者遂據之收入集中。此二老集尚敢亂真雜入，况他乎？其逗漏最可笑者，如近代董玄宰《戲鴻堂帖》褚遂良書太宗《帝京篇》截去太宗原序一半，冒作遂良語氣，云其迹在唐荊川家。又有歐陽詢《詠古》一詩，云「已惑孔貴嬪，又被辭人侮。花牋一何榮，七字誰曾許。不下結綺閣，空迷江令語。琱戈動地來，誤殺陳後主。」江令總，詢父紇友也。紇之死，詢當從坐，總以故人子私養之，教以書記，得成名，恩義不薄。載詢傳甚明，乃忍出此等語耶？作僞者既漫不考，而董復信而收之，可怪也！

唐人詩，亦有録自畫卷及畫壁者，詩班班在諸人集中，而畫未必常存，畫壽不敵詩壽也。相傳唐盧鴻一《草堂圖》，圖各有詩，尚在人間，弘、成諸名流嘗論之。今觀圖中十詩，俗惡無人理。又鴻一傳所居室名寧極，而此圖與詩標洞玄室，抑何左耶？畫吾不知，知此詩之當删而已。又坡公嘗戲爲摩詰之詩，以摹寫摩詰之畫，編《詩紀》者認爲真摩詰詩，採入集中。世人無識，那可與分辨？并志之，佐覽者捧腹云。東坡跋王維畫云：「味摩詰之詩，詩中有畫；觀摩詰之畫，畫中有詩。」詩曰：「荆谿白日出，天寒紅葉稀。山路元無雨，空翠濕人衣。」此摩詰之詩也，或曰非也，好事者以補摩詰之遺。」此活語，被人作死語看。摩詰增一首好詩，失却一幅好畫矣。

諸書中惟地志一類載詩爲多，顧所載每詳于今而略于古。或以今人詩冒古人名，又或改古人詩題以就其地，甚有并其詩句亦稍加潤色者，以故詩之僞不可信者十居七八。編閱諸志，惟江右之袁，劉崧逸選微存；浙省之嚴，翁洮遺篇略載。此外寥寥，指難多屈矣。舊嘗聞范東生輯有唐詩，問之姚叔祥。叔祥云：「見其借地志，屹屹鈔寫。」怪謂姚：「地志即不可不翻，那得真詩寫？」後見人刻其所編《皮日休集》，有襄志《八景》詩在内，因爲浩嘆。輯唐詩，非捃採難，鑒辨難。

杜詩攟 不分卷

唐元竑◇撰

陳啓明◎點校

杜詩攟自序

詩始於《三百篇》而終於杜，杜之後無詩乎？曰：有。有則其曰終者，何也？不使後之人得加於杜也。曷爲不使後之人得加於杜？曰：杜備矣。説在季子之觀樂也，觀止矣。是故杜之後有詩而詩終於杜也，猶諸《三百篇》之前有詩而詩始於《三百篇》也。是故吾始攟《三百篇》而終攟杜。攟者何？拾遺也。述杜者百家矣，人百其喙，杜一而已。未讀而多之，讀已少之，曰猶有憾。古之人也，耕於斯，穫於斯，如京如坻，保無滯穗遺秉哉？後起者惜焉，人遺之，己拾之，猶愈坐而啼飢乎？故攟之道於穫爲僅矣，寡婦之利也，又多乎哉？然而曰有憾，何也？曰：有作者之言，在言不盡意，吾求合其意已難矣，吾與彼均述也，每人而合之不能也。先師鼓琴，習其聲焉，想其志焉，見其爲人焉，黮然而黑，頎然而長，不披圖而得之，吾不能於是乎？言必有稽。稽者，旁稽也。無可稽，即稽諸作者之言。言如是，意不如是，則是作者如是，述者不如是也，安在能述乎？故曰毋勦説，毋雷同。伯兮叔兮，相調若五味，然將以間執待哺之口，曰可而已矣，何取粱丘爲也？夫有餘思與不足思，取以爲吾，苟志朝飽而望其腹於聚禄，不若其手所自給者也，則是攟説也。衆人皆惰我獨勤，衆人皆乏我獨羸，豈攟説哉？於是有端木氏者，逆林類於隴端，曰：何樂而拾穗？則將謝曰：子姑歸而質諸師。吾聞其語矣，吾得之而不盡者也。

杜詩攟

吴興唐元竑遠生父著
男彦敭　　較

《望嶽》詩「岱宗夫如何」，想像語也，心已馳絶頂矣。「青未了」謂望止一面，故以起結呼應，解者失之。《歸雁》詩「望盡似猶見」，更鍊之則曰「决眥入歸鳥」；亦猶「獨鳥怪人看」，更鍊之則曰「鳥窺新捲簾」。彼此相較，即知火候矣，所謂剥一層深一層也。

《與李白同尋范隱居》詩「向來吟《橘頌》，誰欲討蒪羹」，謂行比伯夷，不必情同張翰也。與「老去悲秋」頸聯，皆翻案用事，皆不甚佳。然改「惟」字，即與結句重複少味矣。

李鄴侯云：「安能不貴復不去，空作昂藏一丈夫。」《贈李白》絶句「未就丹砂愧葛洪」，不去也；末二句，不貴也。二李皆謫仙，此詩畫出青蓮影子。

《對雨書懷》詩「震雷翻幕燕」，「翻」者，驚飛也。

《巳上人茅齋》詩「天棘蔓青絲」，恒語耳，乃有改爲「夢」字者。「江蓮摇白羽」，亦不必謂「羽」爲「扇」，蓮瓣何至似扇耶？且巳公非齊己，齊己晚唐人，去杜甚遠，歐注誤也。

《畫鷹》詩「素練風霜起」，形容語也，題畫常意耳。謂是未畫時絹色，復成何語？

《臨邑弟苦雨》詩題云：「黄河泛溢，堤防之患，簿領所憂。」而結乃云：「吾衰同泛梗，利涉想蟠桃。倚賴天涯釣，猶能掣臣鰲。」自以大水爲快，謔語高談，殊覺不知痛癢，故云「用寬其意」。當知急者自急，非此語所能寬也。因思古今負絶技人，多不諳世務。《右軍帖》「足下今年正七十耶，想復勤加頤養」，而復云「吾年垂耳順，正恐前路欲逼」，此豈應對七十老人言也？公又時以殺身勸人，而孟襄陽對玄宗誦「不才明主棄」，此皆自率胸臆，初不知有轉喉觸諱。「哀哉不能言」，非謂此等乎？乃知癡黠各半，不止虎頭。豈獨造物與齒去角，亦坐精神不能兩用耳？「更尋嘉樹傳，不忘角弓詩。」「傳」即《左傳》，正用彼事，欲其追念疇昔兄弟之交，勗以不忘也。注未是。

李、杜千古齊名，然杜亟稱李而李落落不答。或謂杜期李太過，反爲所誚。荆公獨謂不然，「清新庾開府，俊逸鮑參軍」，但比之庾、鮑。又「李侯有佳句，往往似陰鏗」，鏗詩又在庾、鮑下。此論非也。昔之庾、鮑猶今之李、杜，蓋人人尸而祝之者。杜謂李才兼二子，同時同業之人推重至此，故啓口即云：「白也詩無敵。」荆公忘之耶？蓋李眼空一世，雖與杜善，仍自落落，不妨是李高處；至杜深愛其詩，思之不置，我用我法，亦正是杜高處，未可以俗見議之也。胡元瑞云：「子美不獨虚心太白，即高、岑輩，無所不傾倒。然二子推轂杜者亦無幾。」信然。史稱杜善李白、高適，而集中寄高諸詩，意皆不能無望，獨于李無之，故知當時杜實自謂攀李不及也。且李聲彩之盛，當代更無與儔，如其宗人陽冰所謂「古今文集，遏而不行。惟公文章，横被六合」，蓋實録也。而唐人選唐詩今所流傳于世者，諸家品騭無論當否，杜大都無處厠足，蓋當時極重科目，杜終于不第。「三百年詩人之冠」，自是宋人推戴語，親見揚子雲禄位容貌時，誰肯遽爲之下哉？

青蓮曠世逸才，當時號爲「謫仙」。公詩「方期拾瑶草」，又「還丹日月遲」，又「未就丹砂愧葛洪」，皆以出世期之。然青蓮志在匡時，自方東山謝安石，公前後贈言，但許以千秋名，無片言及此也。至永王事，極爲昭雪，乃又引楚筵辭醴爲言，則後人謂公詩《因孔巢父問訊李白》不無微意，非穿鑿也，其嚴又如此。至讀「醉眠秋共被，携手日同行」之句，兩人交情千古如見。公惓惓于李不必言，李除「飯顆」謔語外，止有《魯郡東石門》及《沙丘城下》二篇，然「何時石門路，重有金樽開」及「思君如汶水，浩蕩向南征」，情至可想矣，何必累牘始稱知己哉？嚴子陵有云：「買菜乎？求益也。」

《宋員外舊莊》詩「吟詩許更過」，針芥相投語也。謂尊慕前輩，信然；謂非自負，則不可。《夜宴左氏莊》詩「檢書燒燭短」，吾嘗夜坐讀書，苦燭易竟，輒念此語，爾時方宴，何至是耶？詩、書、琴、劍雜見篇中，備此四事，可謂雅集矣，竟未識左氏何人也。「詩罷聞吴詠，扁舟意不忘。」公曾客吴，相去未久，「意」者所指，如今之棹歌耶？

《奉寄河南韋尹》詩「有客傳河尹」，須溪笑之。吾以爲河尹，猶關尹也。彼既可稱，此何足笑？况唐詩中稱河尹者，豈止公一人哉？獨此詩首云「逢人問孔融」，中云「濁酒尋陶令，丹砂訪葛洪」、「謬慚知薊子，真怯笑揚雄」，末復云「尸鄉餘土室，難説祝雞翁」，引古人以自比，何其層見疊出也？此則不可爲法。

五七言爲途窄矣，用字不得不减，如浣花溪曰「花溪」、錦官城曰「錦城」，皆文而妥。「馬卿」、「方朔」，用慣不覺；「劉牢」、「葛亮」，傖矣。九十九泉曰「十九泉」，自非誤記，何至于此？

《贈韋左丞》詩「甲子混泥塗」，正用絳縣老人事，下語極有斤兩。「老驥思千里，蒼鷹待一呼」，所謂矜餘力也。結句「君能微感激，亦足慰榛蕪」，此「感激」字有異詩中自矜，正欲以言感之且激之，不識韋能略一動念否？探詞也。至「紈袴不餓死」一篇，高自標置，抑又甚矣。然終于難撼「東入海」、「西去秦」，所謂「何天不可飛」也。當時士子干謁公卿，慣用此法，謂之捭闔。公雖自負，本色故自不同。其後《贈别賀蘭銛》云：「老驥倦驤首，蒼鷹愁易馴。高賢世未識，固合嬰饑貧。」即此意也。其起句云：「黄雀飽野粟，群飛動荆榛。今吾抱何恨，寂寞向時人。」「動」即撼意，所謂感激也。注謂韋曾薦公，不知何據？「甚愧丈人厚」四句，感其贊己而已，正惟贊而不薦，故以此言激之。如果曾薦公，公尋常受人酒食，尚深致愧謝，何以詩中一字不及耶？

捭闔，雖士子惡習，然終是盛世事，蓋必海宇右文、公卿下士時始有之。其初始于一二豪傑，急于自見，稍露鋒鍔，適遇當道虛懷愛才，傾蓋納交，遂成佳話。于是不安貧賤者，群起效之，遂相沿有傲妄之目。然傲則非妄，妄則非傲。傲者有而不能藏，如瘦人多骨，妄者無而詐爲有，如病人浮腫，相去天淵。世人概言傲妄，所謂涇渭不分，故使僞者售而真者絀也。如公有激之言，雖稍不遜，要非妄也。乃其後妄人竟爲當道所厭惡，故杜佑之客至召與食而面數之。甚者如陳少遊，殺之矣。致使韋布膽寒，更變爲稱功頌德、脅肩諂笑，以覬餘瀝，而「一劍霜寒十四州」欲改爲「四十」，始許相見，摛詞家復何所容其足乎？此可以觀世變也。

「讀書破萬卷」，此「破」字頗難解。猶諺云「破財」，財雖未罄，已經消耗。曰「破萬卷」，未必首尾皆誦通，已無不寓目者，此雖誇語，却甚斟酌。「白鷗没浩蕩」，宋敏求定作「波」字，極是。東坡説非也。毋論「鷗」不解「没」，但「没浩蕩」無此句法。

或謂《贈汝陽王》詩，結句「淮王門有客，終不愧孫登」，亦即贈韋意否？曰非也。汝陽殷殷願交于公，讀「招要恩屢至」一語可見，篇中極口譽之，豈「紈袴不餓死」比哉？「淮王客」用八公事，「愧孫登」翻用叔夜語，意謂雖不能效八公以王仙去，要能超然自引，與碌碌奔走者異。若汲黯之重大將軍、侯嬴之重公子，正是酬知意，但與庸人不同耳。

《贈張四學士》詩「黄麻似六經」，尊昭代也。

《武衛將軍挽》詩：「舞劍過人絶，鳴弓射獸能。銛鋒行愜順，猛噬失蹻騰。」第三句頂「舞劍」，第四句頂「射獸」，公詩多有此法。夢弼注未是。「赤羽千夫膳」，「赤羽」字可實可虚，只當「軍中」字用耳。注引「赤羽若日，白羽若月」語不錯。指雁爲炙，可給千夫否？且箭可言羽，何言赤羽？况纔言射獸，又復射鳥，成何章法？或疑「赤羽」豈可代「軍中」字，曰「東走窮歸鶴，南征盡跕鳶」，「遼東」、「交趾」字，不妨如此代用，可例觀也。

《登慈恩寺塔》詩：「方知象教力，足可追冥搜。」公蓋以佛法爲詩用，亦猶荆公坐禪成《胡笳十八拍》，文人通病不覺自招。「自非曠士懷，登兹翻百憂」，俗人真語，亦安知象教力也。唐詩多有此，如「過櫓妨僧定」，使過櫓可妨，豈得言定耶？

鷿鵜，水鳥也。吾郡水鄉最多，此物土音直云「鼻涕」，然考「鵜」字，本具平、仄二音。公詩「健筆凌鸚鵡，銛鋒瑩鷿鵜」，平韻也；「鐫錯碧罌鸊鵜膏」，仄韻也。隨宜用之。如「廉頗」、「枚乘」、「翠華」、「乘輿」等字亦然。

《贈鮮于京兆》詩「計疏疑翰墨，時過憶松筠」，雖自憐語，然古今求名人，誰免此者？計疏始疑，當得意時決不自疑；時過方憶，正塵勞中決不能憶也。語特真至，所以爲妙。

《貧交行》只四句，濃至，悲慨已極，詩正不貴多。

《白絲行》「繰絲須長不須白」，慨末世貴飾賤真也。此詩字字用意。「已悲素質隨時染，裂下鳴機色相射」，謂致飾則喪真。「美人細意熨帖平，裁縫滅盡針線迹」，工于飾者彌縫巧妙，使人不覺也。「春天衣著爲君舞」四句，狀其輕薄得時之態。「香汗清塵污顔色，開新念舊置何許」，一朝敗露，又有輕薄者起而代之，舊者棄不用也。「君不見才士汲引難，恐懼棄捐忍羈旅」，非謂無人汲引才士，謂才士任真，恥爲飾，自知枘鑿，不受人憐，蓋預恐飾者難久，爲人所棄，故寧忍羈旅耳。他日又曰「畏人嫌我真」，正是此詩注脚。

《贈哥舒》詩「軒墀曾寵鶴，畋獵舊非熊」，《與鮮于仲通》詩「脱略蟠溪釣」，語皆妙有斟酌。貧士贈達官，不肯一字苟下如此，非一味貢諛者。「勳業青冥上，交親氣概中。」「勳業」與「交親」何與？只「氣概」二字，憑藉門墻揚揚得意之態，迄今在目也，與「朝退若無憑」正好對看，賢不肖相去何啻千里！投贈詩及此者，「防身一長劍，將欲倚崆峒」，方擬依托以自見故耳，非因高達夫在，當不作此想。

《送高三十五》詩：「崆峒小麥熟，且願休王師。請公問主將，安用窮邊爲。」公一生持論若此，宋儒極推重之，不獨以詩也。「脱身簿尉中，始與捶楚辭」，謂唐時參軍簿尉受杖者是。鮑引昌黎詩駁之，非也。詩意瞭然，不煩他證。此與「飢鷹側翅」、「跨馬觸熱」，下語皆帶輕薄。從古豪傑皆取功名於涕唾之間，此亦何足諱且恥。而公固深不滿之，亦繇其性固然，漢世祖所謂「狂

奴故態」也。「常恨結歡淺，各在天一涯」，試與青蓮「醉眠」、「携手」及「憐君如弟兄」等語相較，

則高、李交情厚薄原自不侔。高五十始學爲詩，其人闊達負氣骨，留心世務，蓋青蓮一流人。然

作略實非嚴武比，公納交徒以詩，故前後寄贈但稱其詩，未嘗于貴顯後有一字浮譽，即此亦今人

所萬不能及也。

《贈崔于二學士》詩「倚風遺鶂路，隨水到龍門」，諺所謂「順風順水」也。「陵厲不飛翻」，

「陵厲」字較「奮迅」更有氣。「儒術仍難起」，以「不飛翻」故，「家聲庶已存」以「陵厲」故。

「倚風遺鶂路，隨水到龍門。竟與蛟螭雜，寧無燕雀喧」，參差頂針法也。又「能畫毛延壽，

投壺郭舍人。每蒙天一笑，復似物皆春」，又「疏樹寒雲色，茵陳春藕香。脆添生菜美，陰益食單

涼」，又「神女峰娟妙，昭君宅有無。曲留明怨惜，夢盡失歡娱」，又「御鞍金騕褭，宫硯玉蟾蜍。

拜舞銀鉤落，恩波錦帕舒」，又「羅襪紅蕖艷，金羈白雪毛。舞階銜壽酒，走索背秋毫」，又「峽束

滄江起，巖排古樹圓。拂雲霾楚氣，潮海蹴吴天」，又「君不見道傍廢棄池，君不見前者摧折桐。

百年死樹中琴瑟，一斛舊水藏蛟龍」，皆同此法。至《灎澦堆》詩「沈牛答雲雨，如馬戒舟航。天

意存傾覆，神功接混茫」，《西閣期嚴明府》詩「匣琴虚夜夜，手板自朝朝。金吼霜鍾徹，花催蠟炬

銷」，在近體中二聯尤爲僅見。又《寄張山人彪》詩「草書何太古，詩興不無神。曹植休前輩，張

芝更後身。數篇吟可老，一字買堪貧」六句，參差頂針，亦爲僅見。

《何將軍山林》詩「刺船思郢客，解水乞吴兒」，二語意異，謂未善操舟偏能泅水也。「乞吴兒」極誇其能，猶言賈餘勇。或謂就吴兒乞解水法，毋論二句合掌，就本句論亦不成語矣。

《贈鄭廣文醉時歌》精妙不必言，事後追考之，頗似一篇挽詩，與其生平、歷履句句貼合。公無前知術，何繇得此？昔人畫龍點睛輒飛去，畫女子刺心即痛，伎藝到絶處，豈有神靈憑其筆端耶？詩有讖若此，毋怪今人動多忌諱，見「貧」、「病」、「老」、「死」字毛竪色變，棄去不肯竟讀也。然鄭之餓死，命也，不因公此詩。其千古猶有生色，則實以此詩故，殆難爲俗人言。

《麗人行》「青鳥飛去銜紅巾」，似用漢武事，謂傳命女侍耳。

《重過何氏》詩：「問訊橋東竹，將軍有報書。倒衣還命駕，高枕乃吾廬。」喜出望外，筆底躍然，便知問訊而不報者蓋有之矣。貧士落莫，得此不易，言外可想。此何將軍亦甚微瑣，竟因數詩不朽千載。尋常一席酒，勝沙場血戰。詩人有權，顧安得人人詩悉如少陵者？

前詩「酒醒思卧簟」，客不肯去矣；後詩「高枕乃吾廬」，殆有甚焉。又「衹應與朋好，風雨亦來過」，又「自今幽興熟，來往亦無期」，又「到此應常宿，相留可判年」，何不憚煩也！東道主人「家纔足稻粱」耳，恐未免攢眉。

文始象形，字者孳也，從文而出，孳生不已。摛詞家亦然。但能創業垂統，不患無傳，千載而下自有嫡胤。如《渼陂行》一篇，用意從漢武《秋風歌》來，只「歡樂極兮哀情多」一語，演出如許奇思變態，裊窕蒼茫，真有鬼神在其腕下，所謂脱胎也。

《渼陂西南臺》詩：「懷新目似擊，接要心已領。仿像識鮫人，空蒙辨漁艇。」亦是頂針句。「懷新」二語所攝蓋廣，鮫人荒唐，故曰「懷新」，漁艇約略，故曰「接要」，各舉一爲證也。句法大都自靈運來。「知歸俗可忽」亦謝句而稍變之，蓋内重則外自輕。「知歸」二字，良復不易，「可」字妙。苟非其人，俗未易忽也。「世復輕驊騮，吾甘雜蛙黽」，許是知歸之言。

《寄高三十五》詩「美名人不及，佳句法如何」，言其詩可貴也。又云「主將奴才子，崆峒足凱歌」，則所謂「新詩日又多」者。無非寄人籬下，頌德稱功，句法雖佳，亦不足貴也。已故首用「嘆息」字，深憫之也。公寄高如此。晚年在鄭公幕下，忽忽不樂，耑歸故林。高允云「恐負翟黑子」，賢者胸襟略同也。

《贈陳二補闕》結句：「自到青冥裏，休看白髮生。」陳時已老矣，「休看」字妙，謂老當益壯也。公之自言則曰「復有樓臺銜暮景，不勞鍾鼓報新晴」，蓋賜緋後詩也。

漢世祖云：「郎官上應列宿。」今遂爲詞家通用。若引以爲榮者，殊不知盗賊、狗馬亦皆上應列宿，豈止郎官而已？《沈東美除膳部郎》詩云：「詩律群公問，儒門舊史長。清秋便寓直，列宿頓輝光。」觀其下語獨自斟酌，蓋人能增列宿之光，列宿不能增人之光也。

《嘆庭前甘菊》詩，庭前之菊即野外所移。庭前得地矣，以移故開遲；野外先開，以不得地，但堪采擷耳。二者難兼，此嘆意也。

《沙苑行》結句「雖未成龍亦有神」，馬亦如是，魚亦如是，故曰「異物同精氣」〔一〕。苑中偶有巨魚，便扯以配馬，亦是漫筆偶及。謂馬與龍交，錯解「精氣」二字矣。《鄧公驄馬行》「雲物晦冥方降精」，始是馬與龍交。此詩不爾也。

《邵氏聞見録》云：「子美以『鄭季』對『文章』，『春苜蓿』對『霍嫖姚』，或以爲病，惟知詩者能辨之。」此論未當。初、盛諸公句法、對偶多不甚工，不獨公一人，即公詩亦不獨此二語。雖不礙高格，然一經拈出，實是語病。所惡于對偶太切者，謂戀句字傷氣格耳。如使氣格不傷，對偶固應工整。即如「春苜蓿」、「霍嫖姚」，縱云不礙于格，豈謂格必如是始高耶？他日云「晚節漸于詩律細」，則生平不細處，公固病之矣。後人乃有學爲此等者，不黽勉氣格而徒矜拙朴，亦復何難？

詩至少陵可謂聖矣。其自稱曰「學詩猶孺子」，何謙甚也！此猶投贈達官之語。其《贈僧》亦曰「小子思疏闊，豈能達詞門」，至《許十一何人斯而夜聽誦》詩，篇中云「離索晚相逢，包蒙欣有擊」，又云「應手看捶鈎，清心聽鳴鏑」，蓋儼然師道事之，求其指教，真所謂「能問不能，處處得

〔一〕「精」，原本作「情」，據宋刻本《九家集注杜詩》卷二《沙苑行》改。

師」。豈止王、楊、盧、駱已哉?後人于此道稍辨菽麥,輒已高蹈遐矚、蔑視儕輩矣,況肯容人攻其短乎?所以終不能超邁也。

《與鄠縣源少府》詩「無計迴船下,空愁避酒難」,謂舟未泊岸,欲逃不得也。公本好劇飲,故以此頌主人之情,非真以爲苦。如《尋崔戢李封》云「崔侯初筵色,已畏空樽愁。未知天下士,至性有此不」,語極感激。至《陪李金吾花下飲》云「香醪懶再沽」,結云「醉歸應犯夜,可怕李金吾」,乃是不滿語也。其自言曰:「預恐樽中盡,更起爲君謀。」

《官定後戲贈》詩:「不作河西尉,淒涼爲折腰。老夫怕趨走,率府且逍遥。」公時擢尉不拜,改授右衛率府參軍。參軍冷曹而優于體,「一群縣尉驢騾驟,幾個參軍鵝鴨行」,當時語也。「怕趨走」、「且逍遥」以此柴桑自挽。後人尚有擬者,自贈題極新,最堪口實,竟未見有繼起,何耶?

《崔少府高齋》詩「相對十丈蛟,欻翻盤渦坼」,與「震雷翻幕燕」,皆偶然目擊語。使本無是事,寓言及之,毋論意涉揑怪,即其語亦有何致?但「幕燕」純是景語,「十丈蛟」則感時托興,意有屬耳。「何得空裏雷,殷殷尋地脉」,須溪解佳。「烟氛藹崷崒,魍魎森慘戚。崑崙崆峒顛,回首如不隔」,意特深妙。他日間道奔行在,已先吐露矣。作者肝鬲瞭然,不須射覆。

《三川觀水漲》詩「恐泥竄蛟龍」,須溪笑之,以今經生讀「泥」字皆作上聲故。吾謂《論語》「小道」,道路也,猶言僻徑「致遠恐泥」,正借「泥濘」字,何故讀作上聲?集中屢用「恐泥」,意唐時原作平聲讀耶？若《解憂》詩「呀坑瞥眼過，飛艣本無蒂。得失瞬息間，致遠宜恐泥」，又作去聲讀矣。「登危聚麋鹿」、「漱壑松柏禿」及「枯查卷拔樹，礧磈共充塞」，皆是畫筆。至「聲吹鬼神下，勢閱人代速」，則彷彿傳神，畫工不當閣筆耶？「人寰難容身，石壁滑側足」，城市山林無適而可，故曰「艱險路更蹋」。

《彭衙行》于危窘中得一飯之惠，故自感不能忘。

《曲江》詩「吾人甘作心似灰」，語稍率而未練，遂令注者不能了了。前云「比屋豪華固難數」，後云「杜曲幸有桑麻田，故將移住南山邊」，因弟姪之悲作慰語耳。雄豪放蕩詩則似之，作者意不爾。

《一百五日夜對月》詩，全首與「今夜鄜州月」同意，《鄜州》詩已極哀怨，此詩更帶牢騷。「斫却月中桂，清光應更多」，恨語也，極一時無可奈何之意。與青蓮「剗却君山好，平添湘水流」相去千里，彼語出自曠襟，若不辨來源，幾欲例看矣。須溪注尤誤，所謂「語貴不犯」者，必以「月中桂」比君側奸邪耳。毋論比擬不當，更將千古奇幻語扯入腐鄉，失豈細耶！大都此詩全首似騷語都不倫。「仳離放紅蕊」，似言别當秋時。夢弼注紅蕊不錯，桂自可稱紅蕊。《鄜州》詩題但稱月夜，此但云對月，觸景懷人，取自喻耳。政不必人人盡解，然亦豈遂不可解？誤夫婦作君臣，句意舛錯，讀始難通，獨不思起曰「無家」、結曰「牛女」，與君臣何涉耶？

《送孔巢父謝病歸游江東兼呈李白》詩：「蔡侯静者意有餘，中夜置酒臨前除。」蔡侯爲誰，何不見題中？

《送從弟亞》詩：「南風作秋聲，殺氣薄炎熾。盛夏鷹隼擊，時危異人至。」夏行秋令，鳥亦先時也。不因一時殺運便憂叔季，謂方當盛夏耳。下語想見忠愛。亞以布衣奮舌廷對，所言大都兵法故也。其叙君臣皆泣一段，足補本傳之缺。亞實才士，公亦具眼。時止爲判官，便以夾輔期之，後竟致位通顯，備極驕奢。公未嘗纖毫得其益，何取同宗兄弟爲？

《送韋十六評事》詩：「挺身艱險際，張目視寇讎。」能張目決不至污賊黨，公有所試矣。「鳥驚出死樹，龍怒拔老湫。古來無人境，今代横戈矛。」戈矛所及，龍、鳥不得安居，黎庶不言可知。

《北征》詩「灑掃數不缺」，謂内員備官也。「數」字音朔。安得此拙句？

《瘦馬行》「當時歷塊誤一蹶，委棄非汝能周防」，昭雪至此，始是憐才。然實詠馬耳，決不爲房琯而發。何以知之？公詠畫馬尚多，極口揄揚，生平擬琯以聖賢豪傑語，豈寥寥若是？且琯雖罪廢，時論惜之，多望其復起，當時行已召用，使非病死，未可料也。况公屬望尤切者耶？「絆之欲動轉攲側，此豈有意仍騰驤」，果爲琯作，肯出此語否？

《早朝大明宫》詩，「旌旗日暖龍蛇動」，即右丞「日色纔臨仙掌動」意也。《宣政殿退朝》詩

「雲近蓬萊常五色」，即右丞「香烟欲傍衮龍浮」意也。句法、工力悉敵，可謂争勝毫釐，然二詩俱不及右丞。

「旌旗日暖」一聯，古今稱其壯麗。須溪云：「若非『微』字清灑，不免癡肥。」論似精細，實亦未然。「旌旗」句麗而帶巧，巧正癡之反也。「宫殿」句清灑者當因用「燕雀」字，亦不因「微」字，細味自知。此題王、岑二詩精金美玉不相上下，岑之工鍊更勝于王，但王氣象獨擅，終不肯亞之。至公詩得與抗衡者，獨「旌旗」一聯，餘固不敵也。《宣政殿》詩亦非至極。《紫宸殿退朝》一首故爲傑出，起語既自豁眼動人，頷聯遂兼王、岑之長，頸聯「天顔有喜近臣知」，尤諸公所不能道。

《題省中壁》起句「掖垣竹埤梧十尋」，「竹埤」，猶言竹屏。《送賈閣老》云「西掖梧桐樹，空留一院陰」，即此梧也。又按，「埤」與「卑」字通用，古文中多有之，《荀子》：「埤污庸俗。」《後漢書》：「清河埤下。」公胸中有學，或偶用古字耳。如注言，世豈有十尋之竹耶？

《春宿左省》及《送張司馬南海勒碑》詩，皆五言近體中之精妙者。岑寄公詩：「聯步趨丹陛，分曹限紫微。」公答云：「君隨丞相後，我住日華東。」殆似敝緼袍與狐狢立也。「中允聲名久」一詩，語雖質却自沈痛，不可及。

《曲江》二詩俱妙，對偶甚工，雖意極傾倒，未嘗小縱繩墨。惟首篇結句語直致少味耳。次篇「朝回日日典春衣，每日江頭盡醉歸。」「每日」字，吾定爲「每向」，傳刻誤也。童子學爲聲句，便知避此，公豈草草若是？

《送程録事》詩：「意鍾老柏青，義動修蛇蟄。」謂感程鍾情高義，使病昏之人聰明復返，若老柏更青、蟄蛇仍動也。今人不肯以蟄蛇自比，遂覺此語暗耳。未審所推酒饌幾何，遂蒙千載飽叔之譽，貧士可憐。然結句云：「念君惜羽翮，既飽更思戢。莫作翻雲鶻，聞呼向禽急。」此豈飲食之人所辨？

《送李校書》詩「鷹子赤毛」、「驥兒龍脊」比李父子，羨之至矣。「衆中每一見，使我潛動魄。自恐二男兒，辛勤養無益。」昔人所謂父子情深，不覺至此，故此詩末語極無聊賴。神宗末年，有一監司新到任，太守具手本謁之，正廷參次，忽頓足罵曰：「狗子。」太守愕然出。倩人叩其故，監司曰：「吾見太守年甚少，視其手本止二十幾歲，吾兒正與同歲而愚騃碌碌，故罵之耳，非罵太守也。」當時傳以爲笑。人情不甚相遠。至《小閣》詩「泛舟慚小婦，飄泊損紅顏」，是見小婦之貌，忽自愧其老醜，亦可資一噱也。

此校書乃李舟。舟《與妹書》論天堂地獄，洵是千古名言。讀篇中「羨君齒髮新，行己能夕惕」，是既擅才名又能恭謹，可謂賢者。而竟遭讒妒，廢痼以死，豈非命耶？篇尾「長雲濕褒斜，漢水饒巨石」，亦似詩讖也。

《題鄭十八著作丈》詩，若除去「第五橋東」及「方朔歲星」等八句，作近體甚妙。

《出金光門》詩「移官豈至尊」，雖甚得體，然當時實無讒邪毁傷之也。疏救房琯，肅宗大怒，下三司推問，宰相張鎬救之得免。奈何作此語耶？今遂爲後世遷謫通用套語矣。

《望嶽》詩及《早秋苦熱》詩，皆全首縱盪，如駿馬振脱羈靮，奔逸難制。時公初到華州，失意時所作也，微帶牢騷，故筆底乃爾。

《寄高三十五》詩：「安穩高詹事，兵戈久索居。」句法從「圻父，予王之爪牙」來，呼而問之也。「安穩」字最得情，諺有之曰：「坐時不覺立時飢。」

《遣興》三首，情至之語，宛轉頓挫，與《羌村》詩音節彷彿。《遣興》五首，惟「長陵鋭頭兒」一首佳。

「豈無柴門歸，欲出畏虎狼」，又「月明遊子静，畏虎不得語」，又「淹泊仍愁虎」，又「啼畏猛虎聞」，又「不寐防巴虎」，又「於菟侵客恨」，又「人少豺虎多」，集中畏虎語可謂多矣。然又云「少人慎勿投，多虎信所過。人有易子食，獸猶畏虞羅」，又云「避喧甘猛虎」，噫！非大不得已，何語激至是？

《貽阮隱居》詩：「貧知静者性，自益毛髮古。」語極可味。

《至日遣興》詩結句「愁對寒雲雪滿山」，恒語耳，改「雪」爲「白」，將毋惡劣。

《戲贈秦少府》詩「昨夜邀歡樂更無」，謂無如此夕樂耳，語意了了。注謂「不如去年」，謬甚。

《不見李生》詩云：「世人皆欲殺，吾意獨憐才。」青蓮意氣豪上，不可一世，世人欲殺，宜也。至鄭虔「酒後常稱老畫師」，亦可謂與人無争者，而公詩云「夫子嵇阮流，更被時俗惡」，乃知妒賢嫉能，古今恒態，不必白眼視人，始一步不可行也。公深嘗此味，故自言曰「青眼只途窮」，傷矣。鄭之蒙譴得從摩詰例，麗於輕典。摩詰賴弟縉上章，願削官贖罪。鄭無所恃，惟是身陷賊中，密章達靈武，與摩詰《凝碧池》詩，皆爲帝所原諒故。而野史載鄭及摩詰爲崔圓畫壁，圓庇之得免死。《凝碧池》不必論，縉既上章，必當奉旨，不畫壁獨不得免乎？此皆誣謗之言也。不獨此耳，陸宣公、李北海並當代偉人，而《太平廣記》極詆之，猶可諉之曰野史。至以長源、文饒二李之功，而《傳》謂長源「詭道求容，無足可稱」，文饒「攫金都下，不見市人」，真可恨也。且謂長源「動爲朝士戲侮」，戲侮不謂無之，抑知下士大笑青蓮之蒼蠅聲耳？至文饒爲宰相，責其不能「忘是非於度外」，可謂文理不通。而朱崖之貶，詞臣各擬撰一制詞，並刻文集中，此胡爲者耶？制詞可以僞撰，何況其餘？妒賢嫉能，雖古今恒態，然漢之小人猶畏清議，至于黌極，始有黨錮之禍。若乃市井庸下之流，十百爲群，公然厚誣君子，無復忌憚者，唐始有之，以迄於今。嗚呼！書可盡信乎？

詩無妙訣，但貴真耳。愁即真愁，喜即真喜，流自至性，無所因仍，則不待冥搜，自然警策。如《新安吏》詩「眼枯却見骨，天地終無情」，《新婚別》詩「勿爲新婚念，努力事戎行」。婦人在軍中，兵氣恐不揚」，《垂老別》詩「老妻卧路啼，歲暮衣裳單。孰知是死別，且復傷其寒」，《無家別》詩「久行見空巷，日瘦氣慘凄」，又「家鄉既盪盡，遠近理亦齊」等語，真覺腸爲生斷，鬼亦夜哭，然皆得自目擊，有類紀事，初非愛其悲切，特撰爲此等句也。「舍弟江南死，家兄塞北亡」，對則工矣，亦有何致？有文無情，勢必至此。無病而呻，詞家所最忌也。

「蓬鬢稀疏久，無勞比素絲」，已自傷矣，又有句曰「髮少何勞白」；「生涯能幾何，常在羈旅中」，已自傷矣，又有句曰「生涯抵弧矢」。此所謂愈練愈工、青出于藍也。「反畏消息來，寸心亦何有」，真腸斷語，又有句曰「書到汝爲人」；「家鄉既盪盡，遠近理亦齊」，真腸斷語，又有句曰「無家病不辭」。五字固極工妙，可泣鬼神；十字仍自精神，不爲減色也。學杜句者向此等鴛鴦譜中細尋其針脚，亦可以三隅反矣。

五篇中《新婚別》一篇，首尾粹然。

公詩體格變化不一，此數詩中危苦入情處，頗類沈千運。但千運孤潔削薄，公汪洋自恣，家數不同耳。

《立秋後》詩節短而意調俱暢。「罷官亦由人」，洵是名言，然後世無敢掛齒頰者。

《昔遊》詩：「王喬下天壇，微月映皓鶴。」當爾時覺形神俱往。《三百篇》「婉兮孌兮，季女斯飢」，千古腸斷語也。後來堪與媲美者，文則莊子曰「鼠壤有餘蔬而棄妹」，詩則少陵曰「天寒翠袖薄，日暮倚修竹」。相提而論，覺少陵尤極凄黯，何以故？「薈蔚」、「鼠壤」並是惡物，猶希覺悟，「新人美如玉」，知終無可奈何故也。

昔人以詩喻禪，唯然有之。禪家有言「切忌道著」，詩非訓詁，最嫌直說。即如「天寒」二語，尋其文句，「翠袖」、「修竹」以當絶代姿，並是仙人手中扇耳。著眼仙人當在何處。《麗人行》「肌理細膩骨肉勻」，可謂親切，乃此語殊不爲佳，明此者始可與言詩家三昧也。或曰：「『婉兮孌兮，季女斯飢』，非直説乎？」曰：「然。叙事貴真，毋論《新安》諸詩，即如『天寒翠袖薄』何嘗不真？言情貴婉，《新安》諸詩語雖直叙，原其微旨，蓋欲居上位者聞之耳。然此意隱隱句字外，試取數篇讀之，無一語顯然及此，所謂『切忌道著』也。若乃『安得務農息戰鬥，普天無吏横索錢』，便與『肌理細膩』無異，不爲人所稱矣。」

《懷台州鄭十八》詩：「山鬼獨一脚，蝮蛇長如樹。」又云：「從來禦魑魅，多爲才名誤。」名山福地，仙釋所都，比于鬼域，不亦冤乎？然興公賦已有此語。當時貶竄諸人皆擇險惡地，意實如此。如柳州山水何嘗不佳絶耶？大約人烟湊集處少有靈秀，此亦造物與齒去角意耳。

《遣興》五首，每首各詠一人，德公、元亮、知章、浩然後四首了了，獨初首「嵇康不得死，孔明有知音」並舉二人，何也？曰：此須分賓主，謂嵇亦卧龍，惜其未遇，遇則爲孔明，不遇則身亦不保，故曰「用舍在所尋」，蓋單詠叔夜也。「豈無救時策，終竟畏羅罟」，深得龐公本意。「有子賢與愚，何其置懷抱」，山谷解妙。

注杜詩最苦穿鑿附會，然詩中自有有爲而發者。如《獨立》詩「草露亦多濕，蛛絲仍未收」，下明言「天機近人事」，蓋詩之比也。又如「天用莫如龍」二篇，若非有爲而發，則詠龍何至言「性命苟不存，英雄徒自彊」，詠馬亦何至言「不雜蹄齧間，逍遥有能事」也，但不可彊爲之説耳。

《羌村》詩「夜闌更秉燭」，「更」字平聲亦可，仄聲亦可，義不甚相遠。《秦州雜詩》「秋聽殷地發」，「殷」，盛也，的是平聲。須溪注云云，蓋爲《江閣對雨》詩所誤耳。「恨解鄴城圍」，須溪解是。「喧呼閲使星」，「閲」字超甚，于熱鬧中忽開冷眼。須溪注語，吾所未解也。「薊門誰自北」，時幽州爲史思明所據，公蓋用「自南」、「自北」語耳。「誰」者，怪訝之詞，謂「收復者誰」及「誰從北還」，並非也。「老樹空庭得」，「得」字妙，然非寫影之謂，如「江動月移石」，乃是寫影耳。

《野望》詩，字字如畫。「獨鶴歸何晚，昏鴉已滿林」，但「鴉」、「鶴」對舉，意已自濃，何必更有所比。

《山寺》詩「麝香眠石竹」，明言「麝香」，而云小鳥，又云鹿，何也？鹿名麝香，未之前聞。謂小鳥者，當以「眠石竹」故，不知本謂竹下，非竹上也。

《歸燕》詩：「不獨避霜雪，其如儔侶稀。」《蒹葭》詩：「摧折不自守，秋風吹若何。」二起語如哀絃急張，發響清厲。「春色豈相訪」一句妙，訝其來暮也。《促織》詩後四句佳。《苦竹》詩「蓁卑春鳥疑」五字，妙甚。

《擣衣》詩前四句，亦如哀絃急張，又一氣呵成，佳甚。第五句「擣衣」二字，在中晚人必有以易之矣。此則吾從後進。

襄陽詩「天寒夢澤深」、公詩「天遠暮江遲」，人謂「夢澤」句以不可解而妙，天寒水落始知其深，合上句看，何不可解？獨一「遲」字，但覺留滯之感隱之言外，若欲訓詁，實難下筆也。

《夢李白》二詩精妙，殆勝《招魂》。《招魂》語雖麗而情遠不及也。一句一轉，一字一淚，所謂隱心結文不自知，沈綿惻愴至此。「故人入我夢，明我長相憶」，是因彼來而明我意，「三夜頻夢君，情親見君意」，則因我夢而見彼意也。「魂來楓林青，魂返關塞黑」，與「落月滿屋梁，猶疑照顔色」，並恍如覿面，但「落月」語加玄妙，故令解者作縹緲之思耳。「告歸常局促，苦道來不易。江湖多風波，舟楫恐失墜」，略似鬼語，生人不爾，所謂「恐非平生魂」也。「水深波浪闊，毋使蛟龍得」，因失墜語而發也。「冠蓋滿京華，斯人獨憔悴」，晉人云「使君輩存，令此人死」。

《天末懷李白》詩，格、意、句、字，具有無窮之妙。公詩爲李作者無一不佳，此篇與「秋來相顧」一絶、《夢李白》二首尤爲警拔。然悉考諸作，題曰「贈李白」者凡二，最後「寄李白」者一而已，餘皆曰「懷」、曰「憶」、曰「夢」、曰「不見」。公自馳想，李未必知，亦如《次元道州》詩不必示元。此公厚處，亦公高處。而李之不一一具答，亦可無訝矣。

《秦州見敕目》詩：「侏儒應共飽，漁父忌偏醒。」蓋敕目除官必不止薛、畢，公獨才二子，故有斯語。「隴俗輕鸚鵡」，鸚鵡自喻，廟堂之上文士如薛、畢者不乏，故我偶見遺。「原情類鶺鴒」，「原情」字生，謂在原之情也。比二子于異姓兄弟，意望手援耳。

凡詩中二人共一題者，如《贈崔于二學士》、《留别賈嚴二閣老》、《喜薛璩畢曜遷官》、《寄陶王二少尹》、《寄范員外吴侍御》、《送李武二判官》、《寄沈八劉叟》，皆同事同地不必言。至如《寄高岑三十韻》，高時在彭州，岑時在虢州，《寄賈嚴五十韻》，賈時在岳州，嚴時在巴州，人各一天亦不妨便共一題，正此可見交情。使七子知此，亦省幾許篇什。

《寄高岑》詩：「似爾官仍貴，前賢命可傷。」公竟謂「後之視今，猶今視昔」，身與二子並盧、王一流人。若謂詩人多窮，則似爾仍貴，傷前賢實自傷也。篇中極稱二子，何嘗有不足意？公不足高，時時有之，此詩則否。豈可因其一時概疑其生平語言耶？「老去才難盡」，此語單指高，高五十始學爲詩，文章、事業俱在暮年故也。「男兒行處是」，古今自負無出此語；「客子鬥身强」，古今自憐亦無出此語。「心微傍魚鳥，肉瘦怯豺狼」，上句佳。「無錢居帝里」，千古同慨。

《寄李十二》詩「兼全寵辱身」，五字中包括無盡，使具言之，直欲累牘。又《哭王彭州》詩云「寵辱事三朝」，亦然。敘事如此，何煩瑣瑣？「道屈善無鄰」，猶云「青眼只途窮」，然「道屈」字更有餘恨。「蘇武先還漢，黄公豈事秦。楚筵辭醴日，梁獄上書辰。已用當時法，誰將此義陳。」此乃公明目張膽爲李昭雪也。永王宗室非盗賊比，李爲所得低回其間，謂可依以建功名耳。及察其所爲，則辭官不受賞，此雖不及穆生之高，比于鄒陽在梁抗直不撓略相髣髴，非可與甘從叛逆者同年語也。讀「誰將此義陳」句，使公時在朝，必當抗章申救矣。

《寄賈嚴二閣老》詩：「蒼茫城七十，流落劍三千。」夢弼注劍閣三千餘里，是也。洙注引《莊子》「劍士三千人」，非是。但「劍南」、「劍北」、「劍外」字單用皆可，「劍三千」不可。「侍臣諳入仗，廐馬解登仙」，公詩有云「無復雲臺仗」，喪亂中行宫草創，法仗零落，駕還雙闕之後，禮儀漸備，始諳體式耳。即馬亦脱鋒鏑而從容内厩，無異登仙。然凡用事必如此始靈，注引證不錯，詩意工妙處似未會也。「每覺昇元輔，深期列大賢」，謂房琯也。「弟子貧原憲，諸生老伏虔。師資謙未達，鄉黨敬何先」，豈公與賈、嚴俱以師禮事房，相與同門序齒耶？「賈筆」、「嚴君」八句戒甚，慎言避讒。「安排求傲吏」，深警浦鷗，預防霜鶻也。小人害君子有兩法：獨攻則曰「傲」，盡去則曰「黨」。賈不知以何事貶，疑亦坐琯黨。時詔書雖止列劉秩、嚴武名，然餘黨尚多，如贊公方外人，亦坐此遠謫，但史不勝載耳。使賈坐他事貶，何得與嚴同一詩？

《寄張山人彪》詩：「謝氏登山屐，陶公漉酒巾。群兇彌宇宙，此物在風塵。」此物指屐與巾也。舊注指彪，豈有呼人爲此物者？「中原有驅除，隱忍用此物」，蓋深惡花門，比于異類，故有此稱耳。

《前後出塞》詩，公集中最烜赫者，人人誦習。然皆從舊注：「乾元時，公在秦州思天寶間事而作。」更無異説，亦不言大將爲誰。獨東坡云：「詳味末篇，蓋禄山反時，其將校有脱身歸國而禄山盡殺其妻子者。姓名不傳，可恨也。」坡信具眼，然亦以爲乾元後作，蓋「坐見幽州騎，長驅河洛昏」已有明證，故不疑耳。不知正此是譌訛處，當通前後細參其意。前九首云「君已富土境，開邊一何多」，又「苟能制侵凌」，又「何時築城還」，又「古人重守邊，今人重高勳」，又「虜其名王歸，繫頸授轅門」，後五首云「借問大將誰，恐是霍嫖姚」，又「六合已一家，四夷且孤軍」，又「拔劍擊大荒，日收胡馬群」，又「獻凱日繼踵，兩蕃静無虞。漁陽豪俠地，擊鼓吹笙竽」，又「主將位益崇，氣驕凌上都」，又「將驕益愁思」，纍纍諸言，咸太平全盛時乘障、備邊、拓土、俘馘、取功名耳。至于大將，止憂其驕，何曾一字及叛逆與亂離耶？然則「坐見幽州騎」二語何謂？曰：此乃公先見，假逃將口决其必叛，「坐見」云者，猶抉眼吴門，觀越兵之入耳。此詩必作于天寶末年、禄山未叛時無疑。注非也。不然，公剛腸疾惡，乾元間筆底每及叛逆，必以蛇豕、虎狼叱之，豈有賊騎已長驅河洛而猶稱爲大將，鋪叙邊功，且極詩其治軍嚴肅者耶？况追叙前事詩至十四首，而竟無一語及目前，亦斷無此體格也。不可不辨。

征戍之詩莫善于《東山》，不過通下情耳。前後諸詩著眼正在此，盛時可憂，驕將必叛，皆從此預決。「潛身備行列，一勝何足論」，「衆人貴苟得，欲語羞雷同」，此功者未必賞，賞者未必功，從來灰士心、啓邊釁，莫甚于此。諸篇慷慨悲壯，曲折盡情，古人當遜其出藍，何況來者？

開元帝固是英才，自郭元振以社稷功，坐練兵不整，幾死纛下，是後軍政一變，幾復貞觀之初矣。然實内耽逸樂，未嘗以身率之，則委任之人寵過而驕，亦思效尤，從令從好，勢所必至。且禄山天性鷙悍，嚴而寡恩，士卒畏之。其一時邊功亦非倖致，不如是，何以能作賊耶？「朝進東門營」一篇，蓋實録也。但既云「氣驕淩上都」，又曰「將驕益愁思」，則所謂「借問大將誰，恐是霍嫖姚」者，必非直以古人爲比，不宜草草失作者意。蓋古來大將驕貴，不惜士卒，而戰無不勝，垂名史册，祇一霍嫖姚。猶博者一擲百萬，主人云「汝辨作袁彦道不」，此豈可作實語會也？故詩須通前後看，不可與他處稱「嫖姚」者一例。即如陳陶《隴西行》「可憐無定河邊骨，猶是春閨夢裏人」，人皆稱其用意工妙，然大都與「憑君莫話封侯事，一將功成萬骨枯」同解。不知彼詩對談兵者言重開邊也，此詩對廟堂言戒忘戰也，意迥不同。何以知之？陶此題共有四，首之篇云：「漢主東封報太平，無人金闕議邊兵。縱然奪得林胡塞，磧地桑麻種不生。」末篇云：「自從貴主和親後，一半胡風似漢家。」意瞭然矣。蓋粉飾太平，不復留心武備；有功不賞，無復念沙場之苦。故偏舉此，不欲聞者以相告，所謂慭置諸耳也。今人多看選本，不讀全集，其用意微婉處，何緣具知乎？

《除架》詩結句「寒事今牢落，人生亦有初」，謂本來空無一物耳。

《西枝村尋置草堂地宿贊公土室》詩：「幽尋豈一路，遠色有諸嶺。晨光稍朦朧，更越西南頂。」念猶未息，將别訪也。其後《寄贊公》詩：「重岡北面起，竟日陽光留。茅屋買兼土，斯焉心所求。近聞西枝西，有谷杉漆稠。亭午頗和暖，石田又足收。」則已得地矣，何以竟不果耶？贊公坐善房琯，與公同謫。又殷殷招公若此，高興不啻遠公沽酒，公亦惓惓留意。「與子成二老，來往亦風流」，竟成虚語耳，乃知住山良復不易。

《送人從軍》詩「好武寧論命，封侯不計年」，此非勸勉之詞。世俗戲人進取者曰：「曾算命否？」「不計年」猶云太遠在，故結云「馬寒防失道，雪没錦鞍韉」。送行詩若此，雖近于戇，然自是真相爲者。

《送遠》詩：「親朋盡一哭，鞍馬去孤城。」古人送遠行未有不哭者，不哭則物議沸然。《顔氏家訓》可考也。古今人不相及，翻以爲訝。

《兩當縣吴侍御江上宅》詩：「亦知故鄉樂，未敢思夙昔。」時危多阻，未敢還鄉是矣。至于思，誰能禁之？并思亦不敢者，恐念昔年之樂，徒深現在之悲也。此寫侍御留滯苦懷，乃并其心曲得之。公自云「妻孥隔軍壘，撥置不擬道」，又云「貧病轉零落，故鄉不可思」，此實窮途中救苦丹，常自服餌經驗者，故并以勸人耳。

《秦州同谷紀行》諸詩，妙有剪裁，句意俱練，色濃響切，無浮聲、無冗語，殊勝夔州以後。晦翁論甚當。如《石龕》詩「苦云直簳盡，無以充提携」，而接云「奈何漁陽騎，颯颯驚蒸黎」，截然便住。他詩或亹亹更數十言，此以剪裁勝也。亦有類夔州以後，如《青陽峽》「超然侔壯觀，已謂殷寥廓」，「突兀猶趁人，及兹嘆冥寞」，其聲半喉半舌，側耳難聽，然是練句太過耳，不至刺刺不休作村媪語也。方盡室流離，食不充腹，一生困苦莫甚此時，而刻畫精到若此，知其胸次實自曠遠，不爲境縛矣。至窮途慘景，人不堪其憂者，偏工描畫。如「無衣思南州」，又「故鄉不可思」，又「生涯抵弧矢」，又「寒峽不可度，我實衣裳單」，又「此生免荷殳，未敢辭路難」，又「交情無舊深，窮老多慘戚」，又「百年不敢料，一墜那得取」，又「鳥雀夜各歸，中原杳茫茫」，皆足令人傷心動魄、太息流涕。蓋危苦既得自實歷，又句意俱練，故能爾爾。古今來窮苦工妙之語，亦未有過之者也。

「無衣思南州」，此思實匪夷也。「大庇天下寒士俱歡顔」，庶以此爲廣厦乎？但恐住後不免夏日嘆。

「生涯抵弧矢」，「抵」，當也。莊子曰：「遊于羿之彀中。」公未必用莊語，造句之妙乃不減莊。

《鹽井》詩不爲佳，亦能剪裁，故不厭耳。

「此生免荷殳，未敢辭路難」，詩可以怨，其謂是乎？

「冉冉松上雨」，非雨也。「洩雲蒙清晨，初日翳復吐」，非曾山行遇雨者，不知此際客心也。

《青陽峽》結句謂逾隴望岳，突兀壯觀，行行漸遠，已謂隱然寥廓中矣。俄復相趁，眼中及「冥冥子規叫，微徑不復取」，此子規叫不必耳中，以冥冥故；不取微徑，有戒心耳。

《龍門鎮》詩：「胡馬屯成皋，防虞此何及。」可發浩嘆。每念「去賊七百里，隈墻獨自戰」，茲，始不復望見也。注得其半。

雖戲言，實爲此輩傳神。

《鐵堂峽》詩：「峽形藏堂隍，壁色立積鐵。」此解「鐵堂」二字也。《泥功山》詩：「朝行青泥上，暮在青泥中。泥濘非一時，版築勞人功。」亦然。「泥功」名既奇，公之此解當繇目擊。夫山路崎嶇，闢之可耳，以泥故版築，既所難喻，縱有之，不過一時，今以此名山，則相沿不知幾何歲月，至今未已也。且此必低陷之地，何以名山，詩中有「哀猿透却墜」之句，又似非低處所宜，安得身至其地一考之。

《萬丈潭》詩結句「何事炎天過，快意風雨會」，謂境極幽冷，夏日過此乃佳也。時正臘月。[一]

《發同谷縣》詩：「況我飢愚人，焉能尚安宅。」「飢愚」紐字，自笑自憐。「停驂龍潭雲」，即指萬丈潭也。「臨歧數子」，不知何人，倘所謂山中儒生非耶？「交情無舊深，窮老多慘戚」，等是情懷，經其筆端，倍覺懇惻。

《白沙水會二渡》詩，捨陸登舟，種種景色，點綴如畫。「回眺積水外，始知衆星乾」，較「始知五岳外，别有他山尊」，語更荒幻。

《五盤》詩「地僻無網罟，水清反多魚」，從寫景得來，故佳。

「清江下龍門，絶壁無尺土。長風駕高浪，浩浩自太古。」想見壯觀。結句「恐懼從此數」，謂終身所歷諸艱，屈指此其一也。大約山水不險不奇，聽其言乃使人有褰裳之想。《石櫃閣》詩：「信甘孱懦嬰，不獨凍餒迫。」始曰「飢愚」，既曰「孱懦」，自愍至此，拂鬱極矣。結意乃在匹休陶、謝，公真寢食斯道者也。不爾，安得千古？

「鹿頭何亭亭，是日慰飢渴。連山西南斷，俯見千里豁。」因此語追考前《赤谷》詩：「山深苦多風，落日童稚飢。悄然村墟迥，烟火何由追。」即知此日以前山行俱不免飢渴矣。人謂詩

[一] 以上明鈔本、《四庫》本爲卷一。

史，庶指此等乎？史自有史筆，所謂簡而且詳，疏而不漏。若纖悉具書，如市廛帳簿，且不得言史，無論詩矣。

《東征》詩云：「蜎蜎者蠋，烝在桑野。敦彼獨宿，亦在車下。」傷人之不異蟲也。《樂府》變其語曰：「男兒可憐蟲，出門懷死憂。尸喪狹谷中，白骨無人收。」直呼人爲可憐蟲，更奇。少陵又變其語云「鳥雀夜各歸，中原杳茫茫」，苟未免有情，讀此那不腸斷。

《同谷七歌》，昔人謂「《風》、《騷》之極致，不在屈原下」，果然。但其語牢落絶似《騷》，然章法未似也。以太整故，如《秋興》八首乃似耳。

「長鑱長鑱白木柄，我生托子以爲命」、「東飛鴐鵝後鶖鶬，安得送我置汝傍」、「白狐跳梁黄狐立」、「蝮蛇東來水上遊」等語，皆備極無聊，直欲發狂大叫。《七歌》真足當哭，其能遠匹《離騷》，横絶千古者以此。尚有譏其末篇津津富貴，識見卑陋者，此與「銅雀春深鎖二喬」，謂「措大不識好惡，社稷存亡、生靈塗炭都不問，只恐捉了二喬」，正同苦哉。二杜所謂「一杓屎潑却」也。

《後遊》詩：「江山如有待，花柳更無私。」須貼題想其下語之妙，不止泛言氣象。

《狂夫》詩「欲填溝壑惟疏放」，「疏放」二字，是公一生本色。志在千古者，大都不復計一時所謂狂也。

《石笋行》不佳而議論甚確。今越中禹陵有其一，亦此類也。

詩之比、興、賦，天然有之，下筆自來。不須有意撰造，亦不得截然分别孰興、孰比、孰賦。多有興而比、比而興、比興而即賦者，妙正在此。有意撰造，即不能佳。如《鳳凰臺》、《石笋》、《萵苣》諸詩是也。

律詩之法多分情景虚實。此雖不可不知，要是拘泥之論。儘有虚字實用、實字虚用者，儘有全寫景而情具其中，但言情而景可併見者，將何分析？祇如「疏燈自照孤帆宿〔二〕，新月猶懸雙杵鳴」，非景語乎？當爾時更不必言情，全是情語矣。又如「親朋盡一哭，鞍馬去孤城」，非情語乎？并其景亦畫出，安得不謂景語？所謂聲色，總不過五，五色五聲之變，不可勝窮，求駿足者當觀于牝牡驪黄之外，可耳。

論詩要當以氣爲主，氣之豪上無過青蓮，而少陵直欲過之。觀其喜則手脚欲旋，悶則發狂大叫，乃至「新松」、「惡竹」、「鶯語」、「花開」等句，雖小景細事，並有一種猛鷙之性溢于言外。而搜其心曲，則青天白日迄于老困，没齒終無改變，如此人安得不千古乎？青蓮豪而暢，少陵豪而鬱，凡其筆端奇恣横溢，皆鬱所爲也。摩詰天資近道，其見地超于李、杜，然評者謂其詩高者似禪，下者似僧，終遜李、杜一籌者，以其氣和平不能雄耳。

〔二〕「疏燈自照孤帆宿」，原本作「孤燈自照疏帆宿」，據《四庫》本及宋刻本《九家集注杜詩》卷十一《夜》改。

王元之在商州賦詩云：「兩株桃杏映籬斜，裝點商州副使家。何事春風容不得，和絲吹折數枝花。」其子以杜有「恰似春風相欺得，夜來吹折數枝花」之句，請易之。元之曰：「吾詩遂能暗合子美。」卒不易。吾謂元之詩本與公異。父子誤解詩意，且不必言，後之讀者便爾承訛不已。地下有知，將毋一笑。此詩蓋因墻外人折花而發也。謂之「恰似」，即非真風折可知，何不看起句「手種桃李非無主，野老墻低還是家」，此豈難解者耶？即此一詩，公之用意深厚，直是過人百倍，不獨抱茅之童置而不較，撲棗之婦憐而更親已也。至詩意婉妙，非王所及，又無論矣。乃千餘年來，此意終于埋没，于公不言，本願即得，將毋謂索解人不得乎？特爲表出，聊當酹公一觴，奉慰九原也。

「蒼苔濁酒林中静，碧水春風野外昏」，是相形語。蒼苔濁酒殊不足言，在林中乃覺其静；碧水春風本自不惡，在野外更覺其昏耳。掩門不出，爲此也，意亦在起句内，自在正以静故。

「笋根稚子無人見，沙上鳧雛傍母眠」，傷稚子無母，不及鳧雛。偶然慈語耳，何至紛紛聚訟？

「京洛雲山外」一首，深怨之語，難其春容藴藉，讀之不覺。

《杜鵑行》全用鮑參軍語。若非有托，蹈襲胡爲？爲明皇作，殆是也。又「一生自獵知無敵」，亦用庾開府語。庾云「野鶴能自獵」，此則不妨出藍。

《梅雨》詩：「湛湛長江去，冥冥細雨來。」佳在「去」字。董逌周欲改「去」爲「失」，豈有此理？詩須看全首氣格，須看本句對法，最不宜强爲之説。又范至能《吴船録》云：「蜀無梅雨，子美梅熟時經行，偶值雨耳。恐後人便指爲梅雨，故辨之。」此又不可不知也。

《韋偃畫馬歌》寥寥數言，氣格不亞長篇。韋畫亦是秃筆寫意，髣髴相敵。韋本名鶠，公偶誤耳。

《王宰山水圖歌》：「巴陵洞庭日本東，赤岸水與銀河通。」語本荒忽難解，須細讀全篇，兼明畫理。畫家之法自近而遠，近者髣髴巴陵洞庭，俄而日本，俄而赤岸，直接銀河矣。然必有雲氣間之，故曰「中有雲氣隨飛龍」，此即所謂「尤工遠勢古莫比，咫尺應須論萬里」也。「十日畫一水」、「剪取吴淞半江水」，題雖山水並言，始終贊水耳。宰，殆工畫水者。

《丈人山》詩：「自爲青城客，不唾青城地。」可謂奇句，亦甚興濃，後來却數語便住，然氣格不減大篇。

《一室》詩：「應同王粲宅，留井峴山前。」謂此室雖暫寓，後世遂爲故蹟，亦如前賢矣。《夢李白》詩「千秋萬載名，寂寞身後事」，《贈鄭虔》詩「名垂萬古知何用」，雖贈友，亦自道也。虚名何益，言外令人思張季鷹。

《北鄰》詩：「青錢買野竹，白幘岸江皋。」《南鄰》詩：「錦里先生烏角巾，園收芋栗未全貧。」北鄰白幘、南鄰烏巾，恰是的對，未經拈出。

《寄楊五桂州》詩「梅花萬里外，雪片一冬深」，記稀有也。此詩首尾八句，只作一句讀，與「萬古仇池穴」、「群盜哀王粲」等詩同法，另是一格。不然，則起句不必言「五嶺皆炎熱，宜人獨桂林」，併「梅花」二語減色矣。祇如《過常少府》詩「野橋齊度馬」，亦是記稀有也，何必更言野橋多狹，獨此最闊哉？此論詩者所當知。

「瞑色赴春愁」，「赴」字實妙；「無人覺來往」，「覺」字平平耳，難相比也。「反照入江翻石壁，歸雲擁樹失山村」，「翻」、「失」字實響；「圓荷浮小葉，細麥落輕花」，「浮」、「落」字平平耳，難相比也。張懷瓘云：「但知真、草一概，略無差殊，豈悟右軍書自有五等。」又「失山村」，或作「濕」字亦妙，但微遜「失」字耳。每讀之，輒爲惋惜，不忍棄去，安得一句中並收之？

《琴臺》詩：「酒肆人間世，琴臺日暮雲。」太史公列傳七十，《司馬長卿傳》最長，只此十字，堪與之敵。

《王直方詩話》云：「老杜『眼邊無俗物，多病也身輕』，樂天亦有『眼前無俗物，身外即僧居』之句，然不爲人所稱。」吾謂公句在集中，本非出色，乃因樂天，轉覺其佳，何也？「眼邊無俗物」，自然體爲之輕，已全包「身外即僧居」意，五字贅矣。公正以俗物、病魔相提而較，寧此毋彼，可見其句意精到，無浮詞長語也。

《漫成》二首,「讀書難字過」,已有倦意,故結云「知余懶是真」也。「對酒滿壺頻」,謂乾而復滿,不竭意也。與「杯乾甕即空」正相反,然殊不及「過」字有趣。讀結句,乃知世間固有僞懶者,可資一噱。

「舍南舍北皆春水,但見群鷗日日來。花徑不曾緣客掃,柴門今始爲君開。」所謂「聞人足音,跫然而喜」也。「群雞正亂叫,客至雞鬥爭。驅雞上屋樹,始聞叩柴荊。」是因雞鬧不聞叩聲,偶然實景,非前詩用意之比。

每讀《三百篇》,怪古人情濃百倍,今人一馳思輒節外生枝,往而不反。晉人聞歌聲,輒唤奈何,所謂不勝情也。公詩如「眼見客愁」等絶,已自淋漓。至《江畔獨步尋花》諸作,直是飛揚横放,一往難遏。每讀一過,覺健如黄犢,老猶故態,一時胸懷,千古傾倒,金石猶有泐時,此不磨也。昌黎云:「利欲鬥進,有得有喪,勃然不釋,然後變化猶鬼神。」此論書也,可通于詩矣。「《三百篇》,大抵聖賢發憤之所爲作。」「憤」字如訓作恨怒,豈能盡括《三百篇》?祇是其氣有餘,如草木亦曰「怒生」。氣盛則詞昌,此不易之論也。

《江亭》詩「水流心不競」,句雖佳,稍嫌道學氣,不若「雲在意俱遲」尤妙。「欣欣物自私」亦勝「花柳更無私」,然「花柳更無私」却無道學氣。彼題曰「後遊」,作者觸目會心,别有意在,非説理也。

《少年行》「老瓦盆」一首，意亦佳，然與題不合，幾于失旨矣。吾無取于此。

《戲爲六絶》專闢僞體也。僞體者何？爲當時學四言詩及《楚詞》者言也。原本《風》、《騷》，自詭復古，降及漢魏，庶幾近之。六朝不足學矣，况王、楊、盧、駱乎？然盧、王輩雖遜漢魏，並是異才大手；開府雖有小疵，老筆更不可及；爾曹單薄瑣瑣，未易攀後塵也，方且自誇能撥去時調，無所掇拾，不知攀屈、宋即屈、宋是汝師，親《風》、《雅》即《風》、《雅》是汝師，獨非掇拾前人乎？屈、宋、《風》、《雅》究自有真，汝直僞耳！未得國能，已失故步，空腹高心，多見其不知量也。唐人集中擬《風》、《騷》等作甚衆，公獨無之，以此意當時必有以此誇公者，故發斯論耳。

《過都》，「過」字平聲。

《逢唐興劉主簿弟》詩「劍外官人冷，關中驛騎疏」，官人本熱，緣劍外故冷；關中驛騎本不疏，緣冷故疏也。「官人」字近俗。「貴」與「冷」字相形，不然不暢。

《簡王明府》詩：「驥病思偏秣，鷹秋怕苦籠。」驥即應偏，然非因病已甘逐隊。鷹秋籠之何益？况重以苦，得不怕哉？字字用意。公干謁詩每以「鷹」、「驥」並言，此聯最警。然上句絶妙，下句遠不及也。余亦嘗有句云：「驥倦終殊駑，鷹癡欲化鳩。」恨不使少陵見之。

《寄高彭州》一絶：「百年已過半，秋至轉飢寒。爲問彭州牧，何時救急難。」公初到成都，高曾寄詩供米。高詩「僧飯屢過門」，已明知公艱甚，公答詩有「故人供禄米」之句。未幾復有詩云

「厚禄故人書斷絶」，雖未必指高，然當時「厚禄故人」指蓋可屈，高亦其一矣。今此詩呼聲嗷嗷，不嫌爲馮婦，昌黎大儒，亦時有此，忍飢故自難也。然公與高語時時倔彊不相下，高之落落，亦公自取之。至今詞壇位次，公視高如小弱弟，豈以一時屈彼千古？

《斛斯六官》詩結云：「老罷休無賴，歸來省醉眠。」斛斯賣文索錢，公預知其不能得，故聊戲之。酒徒能省醉眠，亦復何用錢爲？公以賣文索錢爲無賴，後乃有嗔贈輕如湜，及持金去如叉者。

「錦城絲管」一絶題云《贈花卿》，解者謂花敬定僭用天子禮樂，此詩諷也。近世胡元瑞駁之，謂花卿乃歌者，姓名偶同耳。或問二説孰是？曰：元瑞是也。節度使僭妄，當時誠有之，敬定偏裨也，胡不思至是？然花卿之爲敬定，舊注已然，亦不始于用修。如元瑞，真具眼也。且如解者言，題當云「花卿席上聞樂」，豈得但言「贈花卿」哉？即如「成都猛將」一篇，題云「戲作花卿歌」，蓋傍觀持論，亦非投贈，與同杯酒接殷勤之歡也。敬定雖驕恣，然一時定亂功高，賞不酬勞，死後血食。「人道我卿絶世無」，雖止贊其勇，意當時蜀人之論必有不同朝廷者。公雖心是朝廷，篇中極口揄揚，亦未嘗没其功也。天子禮樂談何容易，假使顯然僭逾至此，公固一飯不忘君者，尚肯垂涎其酒食，從容讌會，納交賦詩乎？

《百憂集行》通篇無可憂者，但妻孥苦飢耳。如此人遂不得飯喫，傷哉！

《病柏》詩：「神明依正直，故老多再拜。」當時俚俗有此風，拜杜鵑以古帝，拜病柏當以樹神故也。必謂杜鵑托喻明皇，此柏何托？

「暫往比鄰去」一詩，題云「范二員外邈、吴十侍御郁枉駕」，此「侍御」意即兩當縣江上宅主人耶？君子也。其名不傳，喜見于此，特爲表出之。

《王侍御携酒草堂》詩「戲假霜威促山簡」，須溪議其俗見。此泛論可耳，未會詩意。詩中所指者，高達夫也。高初刺彭州，既而移刺蜀州，公在成都，天涯故人目擊流落，力已能爲之地。其後成都尹崔光遠罷，以高攝其位，謂宜握手道故、解衣推食，而高寂然無之，公所以介介也。且「汝年幾小」之言，出自公親筆，高幾狎侮故人矣。士屈于不知己，他人無足責，高亦詞壇名匠，所以然者，良因少時與公及青蓮酒後大言，各不相下。數人之中，惟高晚達，公遂窮困，便欲跨而上之。將謂勢之所在，公必委曲見推，而公殊不爲變，方謂挾貴挾長，俗氣未除，非假霜威促之，未必肯來。此語政自有意，何得反議公俗見哉？不寧惟是，「移時勸山簡，頭白恐風寒」，自注云「此句戲之」，正答其「年幾小」，所謂無言不酬，亦不爲富貴屈也。公于一飲一食，無不歡然傾倒；至達官貴人，終不肯作乞憐語。然亦未嘗較量口吻間，獨于高如此者，正以素相友善故也。且《侍御携酒》題曰「請邀高使君」，而次詩云「故人能領客，携酒重相看」，明以故人屬王，而目高爲客，彼既外我，我亦外之。「能領」云者，明高自爲侍御來，非爲我來，「霜威促山簡」，意不更彰明耶？須溪于公詩可謂能細讀者，奈何不參觀前後而重謬其旨也？

《寄别馬巴州》詩：「知君未愛春湖色，興在驪駒白玉珂。」公居傍水，馬訪公必須乘舟，蓋料其不能來也。「興在驪駒」謂正騎馬紅塵中，未暇放舟耳。

《江上觀造竹橋》詩：「合歡却笑千年事，驅石何時到海東。」「合歡」字雖不佳，若改「合觀」彌劣矣。引題中「觀」字爲證，似迂。

三絶句「會須上番看成竹」，「上番」猶言分班也。以筍多，恐人盜去，故嚴護之耳。「番」字，亦作仄聲。王建《宫詞》「遥聽帳裏君王覺，上番聲鍾始得歸」，可證也。趙注既含糊，乃更有因而竟改爲「上筤」者，何歟？

《獨酌》詩「行蟻上枯梨」，「行」字定作「倒」字是。

《答廣州張判官》詩「宇宙蜀城偏」，亂離中求清寧之地不易得，自慶語也。又身在蜀，見得如此，髣髴「男兒行處是」語。

《答嚴中丞》詩「阮籍焉知禮法疏」，此答鸚鵡、鵁鶄句也。又嚴詩結句「興發會能馳駿馬，終須直到使君灘」，欲公就見之。公結句云「枉沐旌麾出城府，草茅無逕欲教鋤」，更欲嚴就見己。真可謂不有獻子之家者。觀其《謝放推問狀》云：「陛下不書狂狷之過，復解網羅之患，是古深容直臣、勸勉來者之意，天下幸甚！豈小臣獨蒙全軀而已。」對君如此，何有于其餘？即「莫倚善題鸚䳇賦，何須不著鵕鸃冠」，實亦真相愛之言。公既千古高人，嚴亦一時雄傑，各率胸懷，面目具在。而矮人觀場，輒因此造爲欲殺之論。此《新唐書》添入，《舊唐書》所無也。但詳考舊史，亦非實録，何以知之？《本傳》云：「公見武有時不冠，其誕傲如此。」此蓋因武詩而附會也。不知「鵕鸃冠」，朝服也，公時必以野服相接，于禮法爲疏。又獨稱「鵕鸃」者，佞倖之服，傅脂粉爲容悦。公性骯髒自負，意中所深惡，故用此調之。何嘗謂公不冠哉？《新史》既以「鸚䳇」句疑其欲殺，《舊史》亦以「鵕鸃」句證其不冠，總是以意揣摩、影響杜撰而已。書可盡信乎？且嚴之善公，臭味不必言，亦緣坐房琯事並謫，同病相憐耳。《新史》乃謂「嚴將不利于房、杜」，至引青蓮《蜀道難》爲證，謂爲二人危之。今青蓮詩具在，宋帝云「彼自詠檜耳」，况此詩作于天寶全盛時，携入長安，爲賀監所稱賞，因此著名。事迹顯著如此，竟不一考耶？考而不明，闕文可也。造爲説以實之，不獨厚誣嚴、杜，并至株連房、李，立言者慎之！非有明證，奈何逞臆冤人至此極哉？

《次嚴中丞西城晚眺》詩「地平江動蜀，天闊樹浮秦」，精警軒豁不必言，「地平」、「天闊」，即所謂「宇宙蜀城偏」也。稱頌語如此，始是氣象。

《贈王司直短歌》，舊注：王爲蜀中刺史。詩中「跋履侯門」，謂王知我，我復舍此何向？于鱗選此詩，迄今人人誦習。細求其説，滋不能通。起語云「吾能拔爾抑塞磊落之奇才」，豈有方作飛鳥依人，而反欲拔主人之抑塞者？「脱劍佩」，暗用彈鋏事，仲宣身依劉表，又司直同姓，故借以爲喻而青眼望之，然則「趿履侯門」，正指王耳，必非自謂也。王不知何名，既稱司直，即非刺史可知，其後「墮馬折臂」詩中亦衹稱「官有王司直」，刺史之説，吾不知何據。王于時當是仰人鼻息者，故公憐而欲拔之，作此老人語。意本瞭然，何得支離至今耶？但「西得諸侯」，「得」字終不能解，頗疑有誤，或是「謁」字。杜詩聚訟多矣，非好爲異，求其合耳。

唐爾時官品極濫，多係虚名，其稱「使君」者往往貧不自振，衣食難賙，徒步藍縷，故當時有「街中足使君」之句。公即其一也。王郎司直大都使君類耳，後人但見官名，便不顧文義，彊爲之説，故考訂不厭詳也。

「江上值水如海勢」一首，衹述懷耳，始終不及題意。「故著浮槎替入舟」，但非水涸皆可用，餘更無涉。「詩篇渾漫興」，知是實語。

《屏迹》詩「村鼓時時急」，此鼓必非鼓鼙之謂。注亂離奔走，誤矣。果爾，何以結云「心迹喜雙清」耶？第二首「晚起家何事，無營地轉幽」，「家何事」即「無營」。第二句但欲出「地轉幽」三字耳，故接云「竹光團野色，舍影漾江流」，正寫幽意。「失學從兒懶，長貧任婦愁。百年渾得醉，一月不梳頭」，都根「晚起」來，此又一法也。

《送嚴公入朝》詩結句：「公若登台輔，臨危莫愛身。」嚴才具不必言，所勉獨此耳。非相知至深，何緣責難若此？嚴别公起句云：「獨逢堯典日，再睹漢官時。未敵風霜勁，空慚雨露私。」正答此意，便已滿口承當矣。豪傑肝腸千古如見。

《戲贈友》云：「一朝被馬踏，脣裂板齒無。」注謂此焦校書即是焦遂。果爾，《飲中八仙歌》「賀監」二語當移以贈之。

「此物」二字，殊不爲雅，而公固屢用之。如「高田失西成，此物頗豐熟」，謂芰荷也；「此物歲不稔，玉食失光輝」，謂橘也；「苦遭此物聒，孰謂吾廬幽」，謂梟鳥、鳴蟬也；「中原有驅除，隱忍用此物」，謂花門也；「臣如忽至理，君豈棄此物」，謂彤庭所分帛也；「天寒大羽獵，此物神俱王」，謂鷹也；「群兇彌宇宙，此物在風塵」，謂屐與巾也；「花門小箭好，此物棄沙場」，謂銅牙弩、錦獸張也；「江上舍前無此物」，謂綿竹也；「此物娟娟長遠生」，謂赤梨、葡萄也。舊有一二誤解者，聊彙而疏之。

弇州舉詩七字俱平者，曰「桃花梨花參差開」，乃遺「中巴之東巴東山」，何也？又「瀟湘之山衡山高」亦是，但上多「君不見」三字耳。又五字皆平者集中尤多，如「無衣思南州」、「憂端齊終南」、「龍吟迴其頭」，皆奇語，餘不能悉數。青蓮以下諸名家亦時有之，但不多耳。

二句中十字九平者，如《北征》詩「乾坤含瘡痍，憂虞何時畢」，《寄薛璩》詩「人生無賢愚，飄飖若埃塵」，《送魏少府》詩「賢豪贊經綸，功成空名垂」，《雨》詩「淒淒生餘寒，殷殷兼出雷」，

《遺興》詩「蓬生非無根，飄蕩隨高風」。此法自古有之，子建「文昌鬱雲興，迎風高中天」，叔夜「單雄翻孤逝，哀吟傷生離」，靖節「幽蘭生前庭，含薰待清風」、「飄飄西來風，悠悠東去雲」是也。殷璠謂曹、劉詩蓋有十字俱平者，今查曹集有之，劉無可考，豈爲後人所删耶？殷固言：「挈瓶膚受之流，責古人詞句質素，不辨五音，恥相師範。唯取輕艷，無復氣骨。」故知非大家撥去拘忌，卓然特立，不能自異流俗也。乃公竟以詩家千古一人而不獲一第，吾誠不得其解，將非拘忌爲之累乎？「殷殷」字，作上聲讀亦得。

《鐵堂峽》詩「壁色立積鐵」，《贈許十一》詩「業白出石壁」，《觀水漲》詩「石壁滑側足」，《昔遊》詩「白日亦寂寞」，《望岳》詩「渴日絶壁出」，五字皆入聲，是即叠韻也。

兩句中用「東」、「西」、「南」、「北」字者，公集中亦屢見。如《遣悶呈嚴公》詩「西嶺紆村北，南江繞舍東」，《送舍弟穎》詩「岷嶺南蠻北，徐關東海西」，《舍弟觀迎新婦》詩「東望西江永，南遊北户開」，《嚴中丞枉駕》詩「川合東西瞻使節，地分南北任流萍」，《寄從孫崇簡》詩「嵯峨白帝城東西，南有龍湫北虎溪」，句法各各不同。

公詩中如「雞鳴風雨交，久旱雨亦好」，又曰「皇天久不雨，既雨晴亦佳」；如「摧折不自守，秋風吹若何」，又曰「青冥亦自守，軟弱彊扶持」；如「花柳更無私」，又曰「欣欣物自私」；如「浮雲終日行，遊子久不至」，又曰「百川日東流，客去亦不息」；如「春夏各有實，我飢豈無涯」，又曰「豈知秋禾登，貧窶有倉卒」。此兩意互相發者也。如《七夕》詩「牛女年年渡，何曾風浪生」，又曰「萬古永相望，七夕誰見同」；《杜鵑》詩「生子百鳥巢，百鳥不敢嗔。仍爲餧其子，禮若奉至尊」，又曰「誰言養雛不自哺，此語亦足爲愚蒙」。此一意自相反者也。公詩于朋友間語極斟酌，如傳如記，各肖其人，故後來多驗。如高適、杜亞當筮仕時，輒以遠到期之，高之十年旌麾，杜之前席夾輔，果如所料。張建封方少年，公時老矣。一見輒極口譽之雲臺天衢，張竟克踐。尤可異者，「巢父掉頭」，贊嘆語也，而孔竟爲賊殺；「焉知餓死」，傾倒語也，而鄭卒以餒終。又「新詩句句好，應任老夫傳」，嚴時尚同官，未嘗有詩贈，公一時偶然語耳。至今嚴詩竟附公集中，照耀千古，不然，誰寓目者？此皆非意所及，殆所謂筆端造化者耶？

公詩集據王原叔序，舊乃六十卷，亡逸之餘，人自編摭，合爲二十卷。詩止十八篇，所遺蓋多矣。今考集中大約中年以後之作。至少作，百無一焉，豈盡失之歟？夔州以後又似全稿俱存，更無散失者，此則賴子孫能收藏也。宗文先公死，宗武不久亦死，其孫始克葬公，而能保有此稿以迄于今，即此可謂賢子孫矣。

葛常之《韻語陽秋》舉陶元亮「敝襟不掩肘，藜羹常乏斟」，公詩「天吳與紫鳳，顛倒在短褐」，謂巧于說貧。吾謂此猶尋常貧態，未爲出格。陶詩如「三旬九遇飯，十年著一冠」，始是出格奇窮。公詩如「無食思樂土，無衣思南州」，又「囊空恐羞澀，留得一錢看」，又「嚴霜衣帶斷，指直不得結」，又「小兒彊解事，故索苦李餐」，又「平明跨驢出，未知適誰門」，又「春夏各有實，我飢豈無涯」，又「豈知秋禾登，貧窶有倉卒」，可謂最工于說貧矣。吾嘗言「泌之洋洋」是飽人語，苟蔬鮮自給，不羨魴鯉，非難事也。《西山》一歌出自餓夫口中，哀怨自不堪聞，故景貴實歷，所謂文生于情耳。

《姜楚公畫角鷹歌》：「梁間燕雀休驚怕，亦未搏空上九天。」題畫常意耳，不必自負。注蓋爲《進雕賦表》所誤也。表云：「雕者，鷙鳥之殊特，搏擊而不可當。引以爲類，是大臣正色立朝之義。」此則公自負也。然公曾爲拾遺矣，竟未嘗搏擊一人，搏擊豈得已事哉？若此詩自負者，是欲人畏我也，心術不端矣，果何所見而誣公若此？

《悲秋》詩「家遠傳書日」，非親歷不知其味也。「老逐衆人行」，千古恨恨，合上「愁窺高鳥過」，其意謂不及，高鳥猶能矯然自異於衆耳。

《客夜》詩「秋天不肯明」，舊稱其工。吾謂此從孤眠苦境中自然流出，非有意求工也。如「江平不肯流」，乃是因字工耳。

古人送别，不以死亡爲諱，公詩「便與先生應永訣」等句，亦猶行古之道也。不獨送别，即問疾亦不諱，《檀弓》云：「不幸而至于大病，則如之何？」君子不以爲戇。但此亦視交情厚薄、事勢緩急何如，如公《寄漢中王》三首「已知嗟不起，未許醉相留」，自注云：「斷酒不飲，篇中有戲。」蓋王時以酒得疾也。三首中「不能隨皂蓋，自醉逐浮萍」、「終思一酩酊，净掃雁池頭」、「尚憐詩警策，猶憶酒顛狂」，始終無他，惟索飲耳，乃預嗟其不起，何也？使王病果棘度不能起，豈宜更從而索飲哉？此復何事，而可戲者？後有《玩月呈漢中王》詩，蓋竟因三詩故蒙見招矣。草野倨侮，幸爲王所容而不覺，直謂之不諳事可也。首作「衹看座右銘」，「衹」字或作「眠」字，似勝。

《九日奉寄嚴大夫》：「不眠持漢節，何路出巴山。」時公居梓州，値嚴還朝，尚在蜀棧道中，故起句有「經時冒險」之語。「持漢節」謂嚴也。公詩：「何路出巴山。」嚴答云：「卧向巴山月落時，兩鄉千里夢相思。」公結句云：「遥知簇鞍馬，回首白雲間。」嚴答結句云：「跋馬望君非一度，冷猿秋雁不勝悲。」兩人唱酬明明可證。董遐周云：「此老以典屬國自況，乃中丞而匈奴之，《蜀道難》所以作也。」誤甚矣。

《蜀道難》之説，吾推究其病根，必從陸暢詩來。暢反青蓮《蜀道難》作《蜀道易》以頌韋皋。于是無識之徒謂《蜀道易》既頌韋皋，《蜀道難》必刺嚴武。一人悍然筆之于史，千人萬人鬨然和之，即有學如遐周者，亦不免承訛。悲夫！古人受誣若此者，可勝道哉！

《玩月》詩：「關山同一照，烏鵲自多驚。」不必有所指，自是好句。烏鵲畏明，故照同而驚獨也，意從曹孟德「月明星稀」四語來。或改「照」爲「點」，不通。東坡「一點明月」何妨獨創，必謂因此耶？

《相從行》嚴二者，别駕耳。而詩中云「紫衣將炙緋衣走」，則刺史將何如？節度使又將何如？故公有「邊頭公卿仍獨驕」之語也。「相從」二字詩中無之，公特撰爲此題，以見投分意耳。異哉！此老偏與姓嚴人有緣。

《嚴氏溪放歌》「費心姑息是一役」，不可解，注殊牽彊，未了了。結句「同煮茯苓」，嚴蓋隱士，何不表其名字也？

《述古》詩：「鳳凰從天來，何意復高飛。」「高飛」比隱逸，「從天來」本自高，有心斯世，故無飛意也。驥難于馭，故曰「誰馭」；鳳難于食，故曰「忍飢」。此謂物理，可喻君臣。

《謁文公上方》詩「久遭詩酒污」，是對僧語。《望牛頭寺》結句「休作狂歌老，回看不住心」，直欲懺悔結習矣。

《春日惱郝使君》詩結句：「舞處重看花滿面，樽前還有錦纏頭。」語雖近麗，其意則與「與奴白飯馬青芻」等耳。

《鄭城西原送别》詩「遠水非無浪，他山自有春」，謂好惡未能懸斷，到自知之。一詩送兩人，正合如是。注太回互曲矣。

錦官城得名，亦如鹽官、銅官之類，此説良是。即集中有可證者，《送竇九歸成都》云「問絹錦官城」是也。

《兜率寺》詩「江山有巴蜀」，謂于江山中乃有巴蜀。須溪注妙，所謂「莊子注郭象」也。「何顒好不忘」，「何顒」字誤，「好不忘」謂同其累耳，非好佛之謂。「白牛車遠近，且欲上慈航」，謂縱未免累，不碍發心也。「不復知天大，空餘見佛尊」，未知作者意何如？頗似諳佛理者。「見」字本不穩，解作「現」。「在佛」謬以對「知天」，妥否？

「風吹滄江樹，雨灑石壁來」，「樹」字的是「去」字之誤。晦翁創改之，可謂少陵功臣。至「朝廷燒棧北，鼓角滿天東」，初無誤字，倘因蜀有漏天之説，遂改「滿」爲「漏」，則「燒棧」字對「漏天」，亦須爲之説始得，豈可使杜句偏枯至此耶？今集中因晦翁語竟改「滿」爲「漏」。又「不愁巴道路，恐濕漢旌旗」，須溪謂「失」字好，蓋據「歸雲擁樹」例耳。不知在彼則字工，在此則意晦矣。今集中亦竟爲「失」字，其餘妄改，未能悉數。昔山谷欲改東坡「白頭」字爲「日頭」，張文潛以告，坡曰：「黄九欲改作『日』字，我亦無奈他何。」吾欲援此語爲公叫屈。至如「新炊間黄粱」改「聞黄粱」，「行蟻上枯梨」改「倒蟻」，「娟娟戲蝶過閑幔」改「開幔」，「把君詩過目」改「過日」，「因知貧病人須棄，能使韋郎迹也疏」，一小説改上句云「不知貧病關何事」。改盡如是，九原有知，當亦囅然。

或問《對雨》詩「不愁巴道路，恐失漢旌旗」，本謂道遠冥濛難望，正與「歸雲擁樹」意同，何謂晦也？曰：彼詩意止寫景，又本句中有「雲擁」字，故「失」字意躍然。此詩不憂道路，但憂旌旗，言外别自含意，已作不了語矣，又改爲「失」字，豈不太晦？故意本深者淺求之不得，意本淺者深求之亦不得，過深，則離本意矣。須溪聰明人，求之太深也。

《章留後南樓》詩「寇盜狂歌外，形骸痛飲中」，沈深雋永，思味不盡，只以平語出之，詩家最上乘也。

今人爲郭外之飲，預恐門閉，必先留門。《臺上》詩「留門月復光」，當知唐時已有此語矣。「老去一杯足」高興掃盡，非復「老馬爲駒」之比，故曰：「何須把官燭，似惱鬢毛蒼。」

《椶拂子》詩：「不堪代白羽，有足除蒼蠅。」「有」字疑是「且」字。

《南池》詩：「安知有蒼池，萬頃浸坤軸。」此閬中之南池，洵大觀也。公又有《閬水歌》「閬中勝事可腸斷，閬州城南天下稀」，豈謂此池耶？濟寧南池一勺耳，因許主簿一詩，遂爲勝蹟。余嘗兩遊之，恨未到蜀中也。

《石犀行》「今年灌口損户口，此事或恐爲神羞」，又「先王作法皆正道，詭怪何得參人謀」，《南池》詩「高堂亦明王，魂魄猶正直。不應空陂上，縹緲親酒食」，此皆未達鬼神之理。李冰有大功於蜀，血食其地，民實賴之。先王立法久猶有弊，千載之後，一損户口，便爲神羞耶？漢祖帝業起自蜀中，居民報德，久而不忘，謂正直之神不應親酒食，則儒門祭祀皆以不正直待其君親，又何舛也？然此等議論最近宋儒，固宜爲所極喜。

《王命》詩「牢落新燒棧，蒼茫舊築壇」，此詠郭汾陽事也。本言「蒼茫新築壇」耳，只一「舊」字，史家叙事論斷皆具，此之謂雋永。

《遣夏》詩「受諫無今日」，此語令人痛淚迸流。「臨危憶古人」，言外當有古今不相及之感。

《巴山》詩結句「狼狽風塵裏，群臣安在哉」，意指此也。

《冬狩行》：「禽獸已斃十七八，殺聲落日迴蒼穹。幕前生致九青兕，馲駝嵬峞垂玄熊。東西南北百里間，髣髴蹴踏寒山空。」爲章彝大閲作也。「喜君士卒甚整肅，爲我回轡擒西戎。草中狐兔盡何益，天子不在咸陽宫。」此語未足服其心。章本志功名，故勵精訓練，待西戎至而後圖之，豈有及耶？然則公語非乎？曰：上帝好生，古今明訓。殺業報應，但争遲速，終有反爾之日。如章之訓練，將有爲也，豈知身爲嚴武所殺。嚴攘夷拓土，功成名遂，年甫强仕，奄然就木，此並多殺之報。陰陽、人道之患非此即彼。孟子曰：「善戰者服上刑。」仁人之言爲萬世法。昔人謂公詩似孟子，真知言也。

《章留後同遊山寺》詩「公爲顧兵徒，咄嗟檀施開」，末云「窮子失净處，高人憂禍胎」，不可解。觀以兹撫士卒語，將非章欲借寺屯兵乎？然則實非檀施，蓋税居也。此緇流茹苦不敢言者，公爲代鳴，亦釋門一金湯矣。「歲宴風破肉，荒林寒可迴」，明其不堪住也，與「金錯囊垂罄，銀壺酒易賖」同一句法。「思量入道苦，自哂同嬰孩」是真語對留後言，又有諷。《收京》詩「衣冠却扈從」，五字具多少彈文，與「馮驩結轡再拜」數語意殊不同，故下云「剋復誠如此，扶持在數公。莫令回首地，慟哭起秋風」也。

《有感》五首「大君先息戰，歸馬華山陽」，又「不過行儉德，盜賊本王臣」，又「終依古封建，豈獨聽簫韶」，又「願聞哀痛詔，端拱問瘡痍」，公所謂「致君堯舜上，再使風俗淳」者，略具此數語中。大約孟夫子强爲善意也，齊人築薛，是謀或非所及，故他詩又云「小臣魯鈍無所能」，又「願見北地傅介子，老儒不用尚書郎」也。

昔人謂覓句如掘得玉盒子底，但精思求之，必有其蓋。此語可味，蓋二句直須銖兩悉配，稍或輕重不倫，便非底蓋矣。然亦有得力偏于一句者，如「白骨新交戰，雲臺舊拓邊」，同爲授鉞之臣，今昔相提何啻千里。如「日聞紅粟腐，寒待翠華春」，此陳陳者何難立使萬姓春回，而凍餒之民依然猶待異日。若非下句之妙，上句塾師語耳。又如「五更鼓角聲悲壯，三峽星河影動搖」、「三分割據紆籌策，萬古雲霄一羽毛」，皆兩句合看，始覺警策，若單看上句，殊不動人。如「二儀清濁還高下，三伏炎蒸定有無」，非下句貼題，上句不免寬套，此得力在下句，能使上句生色，不可謂之偏重輕，以其開闔相關故也。又如「雲近蓬萊常五色」，意極濃至，至于雪無可著想，而曰「雪殘鳷鵲亦多時」，覺後人「輕寒不入宮中樹」蓋有所本。又「江山如有待」，題曰「後遊」，「有待」正貼「後」字意，意亦甚濃。至於「花柳」，本謂不能待耳，而曰「花柳更無私」，看得更別，此得力在上句，因而生出下句，亦不可謂之偏重輕者，以其映帶相稱故也。以當玉盒底蓋，均爲無忝。

「莫取金湯固，長令宇宙新。不過行儉德，盜賊本王臣。」「金湯」豈可不固？而曰「莫取」；「儉德」何嫌于過，而曰「不過」。意頗難會。蓋積粟以固吾圉，本吝嗇也，托言行儉，不知窮民無計，轉爲盜賊，財聚民散，豈長策哉？所謂巽言也。

「領郡輒無色，之官皆有詞」，此語似爲今設。多難之際，自非利器，盤根錯節，望而却步，恒情類然也。

《江亭餞蕭遂州》詩「老畏歌聲短」，謂來日苦短也。與摩詰「鶯啼過落花」，「過」字同工。《暮寒》詩「沈沈春色静」，訝之也。頸聯「林鶯遂不歌」，「遂」字尤妙。結句「忽思高宴會，朱袖拂雲和」，如是乃與春宜耳。

嚴武之殺章彝，不知何故，今不可考。觀公稱章訓練强兵，至云回天地、動鬼神，及平段子璋之亂，章與有力，亦一健士也。公自注云：「時初罷梓州，將赴朝廷。」而詩中有「湘西」、「河内」語，頗似微知其消息者。嚴實奇才，時方鋭志圖吐蕃，必不至于小忿殺刺史。殺彝之後，威振一方，次年即成大功，則彝者穰苴之莊賈、李淮臨之崔衆也。公格外高人，决未必參與密謀，嚴亦决不輕洩于公，殆是先見。即此一事，誰謂公僅腐儒？

「天入滄浪一釣舟」，與「宇宙蜀城偏」異意而同工。此等句後人不能蹈襲，「百年」、「萬里」，今遂層見疊出矣。

《雙燕》詩：「今秋天地在，吾亦離殊方。」「天地」字極妙。人稱「錦江春色來天地」而不稱此，何也？

《將赴成都寄嚴鄭公》五首，無限傾倒。「休怪兒童延俗客」，初不曉其意，既乃得之，曰舊雨、新雨，公所嘆也。借光主人藥欄水檻間，知不寂寞。此意中事，口吻間不覺自逗。故歸後詩云「大官喜我來，遣騎問所須」；「城郭喜我來，賓客隘村墟」，果如所料也。至于「鵜鴨」、「松竹」皆預爲處分，亦猶《斯干》方築室而生男生女，其泣喤喤，乃至室家君王，一時俱在眼中耳。他人有此真意，諱而不言，欲另撰奇語。苟無其情，安得奇？

《春歸》詩「别來頻甲子，歸到忽春華」，《歸來》詩「客裏有所適，歸來知路難」，《草堂》詩「昔我去草堂，蠻夷塞成都。今我歸草堂，成都適無虞」，《四松》詩「避賊今始歸，春草滿空堂」，所謂歸者，皆指成都草堂也。先是公將捨蜀適吴，故其詩云「今秋天地在，吾亦離殊方」，雖稱寓公，尚非本願。及再赴成都，《寄嚴鄭公》詩云「故園猶得見殘春」，則頓異前稱。至是乃始視蜀爲家，意將老焉。賈閬仙所以有「却望并州」之語也。

《絶句》六首「幽棲身懶動，客至欲如何」，厭客語也。

《贈王侍御》詩「男大卷書勻」，謂各有一卷書解，亦可。吾意稚子未嫺舒卷，稍長知矜慎，始能勻耳。句法如是乃工，不然，「卷書」二字爲拙矣，其用意則從《禮記》來。「洗眼看輕薄」，自是醒語。

《長吟》詩「江飛競渡日」，此與「家遠傳書日」皆一字傳神。彼言情，此寫景，各自詣極。「草見踏青心」，微遜上句，然結云「賦詩新句穩」，必爲此二句發也，公蓋自得意者。

《送韋諷上閬州録事參軍》詩：「揮淚臨大江，高天意悽惻。」公衣食不自謀，萬方嗷嗷，瘡痍反側，官務割剥，蟊賊未去，此何與隱人事？而惓惓若此，真所謂「葵藿傾太陽，物性固莫奪」者。後來詞人動言國事，大都借爲詩料耳。

《丹青引贈曹霸》本讚其畫而曰「學書初學衛夫人，但恨無過王右軍」，則知霸亦兼善書也。「即今漂泊干戈際，屢貌尋常行路人」，悲莫甚此語者，瓦缶黄流，千古惋惜。「途窮反遭俗眼白，世上未有如公貧。」但看古來盛名下，終日坎壈纏其身」，既爲曹霸傳神，亦復自畫影子，公便是寫照第一手。

相馬失之瘦，相士失之貧。公貧士，偏與瘦者聲氣相合。其論書曰「書貴瘦硬方通神」，論畫曰「榦惟畫肉不畫骨，忍使驊騮氣凋喪」，真名言也。至公詩，又不偏于瘦。然有奇藻陸離、骨肉勻稱者，有清空如話、骨勝肉者，而終無肉勝骨者，則猶之論書、畫意也。若其至處，直如天馬行空，但覺滅没如龍，何暇説肥説瘦？

《青絲》詩「未如面縛歸金闕，萬一皇恩下玉墀」，此專爲僕固懷恩言也。懷恩雖反賊，實朝廷有以致之。其一生功效自難抹殺，公既卓然以千古自命，下筆直是矜重，他賊不肯作此語也。

「十月即爲虀粉期」，猶云即日掃除，吐蕃入寇正在十月。

《和嚴鄭公軍城早秋》詩，殊不及嚴「更催飛將追驕虜，莫遣沙場匹馬還」。横槊賦詩，嚴洵異才也。史譏其恣行猛政又賞賜無度，或因一言賞至百萬。此庸人無識，妄議豪傑。豪傑用人，不過賞罰，不如是，何以破吐蕃七萬衆乎？爲治之道，寬嚴操縱，初無定則，惟因事因時因地。蜀地偏一隅，易治易亂，治之者稍異中原，前此諸葛武侯，後此張忠定公，皆恩威並用，使人畏而愛之，故一時風行草偃，聲稱至今。二公皆學道人，又非嚴比，如明醫治疾，偶用毒藥，意在救人，智者所見略同也。白面生遥聞舉止稍異庸俗，膽爲破矣，故史不可無識。又《八哀》詩云「嫉邪常力争」，又「豈無成都酒，憂國只細傾」，正直忠義尤可想見。嚴爾時已死，公豈曲筆耶？嚴代高適纔一年，便成此大功，死時纔四十。觀其用崔寧一事，智能之士安得不爲之死？所謂「政簡移風速」及「雄略動如神」，知皆實録也。又讀「意待犬戎滅，人藏紅粟盈。以兹報主願，庶或裨世程」之句，始知嚴胸中籌畫政不止此，使少須臾無死，功業殆未可量也。房極知嚴，嚴極知崔，雖皆未盡所長，其所自見，亦足震動一時。然則房亦非腐儒矣，至嚴之待房亦有可原。嚴本坐房黨貶，至布告天下，所謂「潛爲交結，輕肆言談，有朋黨不公之名，違臣子奉上之體」，首標劉秩，次即嚴矣。詔書亹亹于崇黨近名、比周成俗，深致嫉焉。至謂房「妄自標持，恐流俗多疑，故縷言之，使人知不濫」，其申飭如此。嚴功名之士也，豈不知顧忌，縱使舊交不替，亦當嫌疑自遠，何得以形迹議之？凡史所譏皆不足爲累，正見其略耳。願比死者一洗之，聊因論詩并附于此。

《立秋日院中》云：「已費清晨謁，那成長者謀。」《院中晚晴》云：「浣花溪裏花饒笑，肯信吾兼吏隱名。」是時，嚴方奏公爲工部員外，賜緋。一生流落，遲晚得此，他人以爲榮，公顧恥之。次年王正三日，果歸溪上，如云「野人曠蕩無靦顔，豈可久在王侯間」，又「白頭趨幕府，深覺負平生」，又「暫酬知己分，還入故林棲」，蓋骯髒之骨終不爲一官小屈也。《院中晚晴》詩「葉心朱實堪時落」，果實儘有未熟先落者，此朱實已熟，是其應落時節，故曰「堪」。注未是。

《倦夜》詩「暗飛螢自照，水宿鳥相呼」，賦景直是味長，興、比反淺。

《遣悶呈嚴公》詩：「平地專攲倒，分曹失異同。」「攲倒」猶以「頭風」故，「專」字遂露本色，見諸曹無敢不肅，獨我然耳。「分曹失意同」更自咄咄，不屑爲同，又不能爲異，語嫌于太露，故在隱顯之間。「禮甘衰力就」，「甘」字可憐，即所謂「未敢息微躬」也。既受職在幕下，拜謁之儀自應逐隊，公固深恥之，至比之爲「網」、爲「籠」、爲「束縛」，然嚴實重公，故曰「寬容存性拙」。「周防」二語正從「失異同」來，「周防期稍稍」，叔夜所謂「俯情順俗」也，「太簡遂匆匆」，則所謂「性不可化，終不能獲無咎無譽」也。「匆匆」二字，殆不堪具陳。須溪謂幕中有不合，是矣。「會希全物色，時放倚梧桐」，此「物色」字意異他人以拔擢爲物色，公意直在格外相賞，若非見放，必拘世套，物色不能全也。「倚梧桐」是草堂實景，何必用據槁梧事，用事自有法，豈有改「據槁梧」爲「倚梧桐」者？

無香而稱香者，如青蓮「白門柳花滿店香」，又「瑤臺雪花數千點，片片吹落春風香」，又「梨花白雪香」，又《海石榴》詩「清香隨風發」，又昌黎《櫻桃》詩「香隨翠籠擎初重」及公「風吹細細香」、「枇杷樹樹香」諸句。試爲甲乙之：柳花稱「滿店」，借酒香故；雪花稱「吹落春風」，借花香故，最有致。枇杷、櫻桃、梨花、石榴，想當然耳，猶「爐存火似紅」也。若經簡點，即是語病，未足借爲口實。「竹香」句最劣，何以故？以題中詠竹得「香」字，既無別意，明屬趁韻，故雖詞家添一佳話，亦此君與公各自足重耳，殊不關詩句事也。

凡詩題得某字者，此字押須著意，如《鄭公廳事畫圖得忘字》結云「從來謝太傅，丘壑道難忘」，《摩訶池泛舟得溪字》結云「莫須驚白鷺，爲伴宿清溪」，可謂著意句矣，不似「風吹細細香」也。

鄭公文武全才，自是千古人物，故能略杜之褊性而優容之，所謂惺惺惜惺惺也。《北池臨眺》詩結句「何補參軍乏，歡娛到薄躬」，賓主間可謂浹洽矣。至于「杯酒霑津吏，衣裳與釣翁」，知其才精密，無細不到，所以成功之易也。孫伯符、王鎮惡使未即死，肯如是止乎？惜哉！

《初冬》詩「獵火著高林」，謂延燒也，或是形容語。

《張舍人遺褥段》詩，初讀頗訝其不情，人以幣交，不受已矣，何至以「李鼎死歧陽」、「來瑱賜自盡」爲言？及詳其「服飾定尊卑」語，疑此錦鯨類今之飛魚，非極品不可服用，故曰「顧我非公卿」、「留之懼不祥」也。然今之鶴補，贈遺通用，初不問官品崇卑，意古今不甚相遠，公何拘泥至此耶？亦可以觀其所守矣。又，爾時所禁花樣，自麟、鳳外，有仙鶴、萬字等，而不及鯨魚，俟更考之。

《哭鄭廣文》詩「穀貴殁潛夫」，鄭蓋餓死也。「但覺高歌有鬼神，焉知餓死填溝壑」，一時贈言，不料成讖。「忘形到爾汝，痛飲真吾師」，殷鑒不遠，内顧懼然矣，故曰「心息酒爲徒」也。且負薪採梠，業已身嘗，此苦談虎色變，税駕可虞。「存亡不重見，喪亂獨前途」，何暇悲友，直自悲耳。安知他日竟以飽死乎？

《寄别高常侍》詩「飛騰無奈故人何」，意外嘆訝語，與「嚴挺之乃有此兒」意正同耳。高于公殊落落，公亦如之。高去而嚴復來，高卒於永泰元年正月，嚴卒于永泰元年四月，皆《舊史》明載。公傳中乃云：「武卒，公無所依。乃遊東蜀依適，既至而適卒。」一書中矛盾若此，安在其爲信史哉？公哭高詩「歸朝不相見，蜀使忽傳亡」，此豈遊東蜀依之之語哉？

「萬里悲秋常作客，百年多病獨登臺」、「萬里傷心嚴譴日，百年垂死中興時」、「乾坤萬里眼，時序百年心」，如此「百年」、「萬里」，那得不爲人蹈襲？然原句自在，究竟不能襲也。

《絶句》三首始終説船，本意乘春進艇，不期狂風放顛，故即事自慰。幸其不爲釣船之續也。

《狂歌行贈四兄》語語村樸，直作家書讀，所謂「掇皮皆真」。「兄將富貴等浮雲，弟竊功名好權勢」，誰肯自言好權勢者？「一生喜怒常任真」，真人前自難説假話。他日又云「畏人嫌我真」，云「知余懶是真」，云「於我見子真顏色」，時時拈一「真」字，不獨人貴真，詩亦如之。文而僞，不若樸而真也。

《喜雨》詩結句「晚來聲不絶，應得夜深聞」，期之也，詳詩時尚未晚。

《哭嚴僕射》詩「老親如宿昔，部曲異平生」，度嚴在時軍令整肅，當無敢涕唾者，今豈得如昔耶？人情類然如翻覆手，獨其親不變耳。深悲之語，豈得言親健如昔？

《長江》詩「接上遇衣襟」，定有訛字。

《奉漢中王手札》詩「夷音迷咫尺，鬼物傍黄昏」，異鄉惡况鮮復過此。觀「狐狸不足論」及「從容草奏罷」語，豈王時將有所彈劾耶？「宿昔奉清尊」，公自謂也，追昔與宴，思續此歡耳。與

「草奏」稍不粘。注遂解爲入朝侍宴，侍宴語豈若是？

小時讀杜詩，不能全記，偶憶「九江日落醒何處，一杜觀頭眠幾回」，私訝云：「何不言『醉何處』？」及復讀首句「頗憶荆州醉司馬」，笑云：「必爲此也。」近見蔓弼注《諸將》詩「昨日玉魚蒙葬地，早時金碗出人間」，是用茂陵玉碗事，避「玉魚」改「金」耳。因喜小時之疑又得一證。劉舍人云：「富于千篇，貧于一字。」詞家時有此。

《諸將》詩五首，前四並規諷語，末首極推嚴僕射。「安危須仗出群才」，蓋於死後追惜之，分明謂當世一人。真不知「冠挂簾鈎」之説何據也？

《故房相公歸葬》詩起句云「近聞房太守」，須溪謂後人誤改「尉」字。吾謂「尉」字不誤，正誤改「守」字耳。房爾時已加贈太尉，故詩中云「安石竟崇班」。豈有不遵功令而猶稱太守者？借曰因貶刺史，故以爲稱，正是恨意。查房《傳》中，去年四月已以特進刑部尚書見召，途中病，卒乃在次年八月，則其生時官非刺史已歲餘矣。且集中贈刺史詩極多，尚不見有「太守」字。高適爲蜀州刺史，以常侍徵，題即云「寄高常侍」，皆可例也。况題中明稱故房相公，祭文亦然，何獨詩中忽稱「太守」？爲言人所難言乎？應仍改「尉」字爲是。

「永夜角聲悲自語，中天月色好誰看」，句法絶異。如五言「白髮少新洗，寒衣寬總長」，皆集中少見，偶一爲之耳。蓋五言第三字斷，七言第五字斷也。後人慣用「好誰」字，沿襲不已，不知

此二字何曾相聯哉？五言第三字斷，古詩自有此句法，《十九首》「出郭門直視」、曹子建「太倉令有罪」是也。〔二〕

少陵于花門最不滿意，見之吟詠者極多。《遣憤》詩至云「雷霆可震威」，花門雖鷙悍，唐社稷再造實賴其力，「雷霆」句，毋論不諳事勢，亦豈投桃報李義耶？注稱爾時回紇與汾陽共破吐蕃，入朝賫繒帛十八萬，府藏空竭，至稅百官俸以給之，此以爲憤。詳詩意不因此。「莫令鞭血地，再濕漢臣衣」，當是指回紇白晝殺人市中，有司執之下獄，其長突入獄中奪去，傷及官吏事也。《留花門》云：「中原有驅除，隱忍用此物。」譬如醫用毒藥，治疾已效矣，不贊其起死回生之功，反惓惓以猛悍之性詳告人，戒勿輕用者，爲垂訓後來也。

《鄭典設自施州歸》詩「氣合無險僻」，謂賓主相投，故遠赴之，不畏行路難也。「城郭洗憂戚」，非親歷險峻者不知。「北風吹瘴厲，羸老思散策」，謂南州瘴氣鬱蒸，於冬月爲宜，故又云「孟冬方首路，彊飯取崖壁」也。屢空之迫，公與鄭同，不覺聞語亦動此興。至預恐老人涉險，乘馬蹉跌，擬用肩輿，所謂「爾時覺形神俱往」。注云「政似無說」，何也？尤妙在「群書一萬卷，博涉供務隙」，有如此賢主人，固應作褰裳想矣。「他日辱銀鈎，森疏見矛戟」，後《寄裴施州》詩亦

〔二〕以上明鈔本、《四庫》本爲卷二一。

云「蛟龍動篋蟠銀鈎」，裴必工臨池者。

「金鍾大鏞在東序，冰壺玉衡懸清秋」，佳句也。然倣之不爲難，杜詩至處不在此。

《大食寶刀歌》「吁嗟光禄英雄弭」，微須溪注，吾不解也。但大食，國名可耳。光禄，官名也。何以名刀耶？須有所據乃可。此詩才力横絶，只「牧出令奔」、「妖腰亂領」字稍粗耳。《角鷹》詩，氣象亦相彷彿。

《十二月一日》三首，「即看燕子」四句，須溪注是。然此詩筆端恣横至此極者，實頂第二首結句「春花不愁不爛漫」來也。若不如此頂接，便非法度。詩到縱恣處，須法度熟極乃可耳。如《不離西閣》詩，前首結句「不知西閣意，肯别定留人」，次首起句云「西閣從人别」，正頂上句來也。又如「側生野岸及江蒲」，以前首先有「荔枝」字，不然側生是何物？又如龍標《題灞池》二首：「腰鐮欲何之，東園刈秋韭。世事不復論，悲歌和樵叟。開門望長川，薄暮見漁者。借問白頭翁，垂綸幾年也。」第二首妙有「世事不復論」意，須合看始明。又如陳陶《隴西行》四首，若不遍讀，定應誤解。此類未易悉數。吾謂詩難選者以此。

「春日春盤細生菜，忽憶兩京梅發時。盤出高門行白玉，菜傳纖手送青絲。」「吹笛秋山風月清，誰家巧作斷腸聲。風飄律吕相和切，月傍關山幾處明。」拈首句二字，偶一爲之。後世至有花月等詩，句句花月，重重叠叠，從何得此法？

《老病》詩「藥殘他日裹」，謂向後日益衰頽，正費藥餌在。偶對藥裹，預想他時，忽忽無聊，落腕不自覺。謂「昔日」即少味矣，又與對句「去年」合掌。

《水閣朝霽》詩「續兒誦文選」，訓蒙景象何堪入詩，只一「續」字，情事宛然。他如「未去小童催」、「呼兒問煮魚」、「野食待魚罾」、「細雨更移橙」、「墻頭過濁醪」、「收書動玉琴」，又「驟雨落河魚」、「藤蔓曲藏蛇」、「山精白日藏」、「溪喧獺趁魚」、「冬温蚊蚋集」、「蜻蜓立釣絲」、「麝香眠石竹」，及「風落收松子，天寒割蜜房」、「仰蜂粘落蕊，倒蟻上枯梨」、「犬迎曾宿客，鴉護落巢兒」、「啅雀争枝墜，飛蟲滿院遊」等句，又如「孤峰石戴驛」、「雨檻卧花藂」、「炎宵惡明燭」、「客散鳥還來」等句，皆即事觸目，筆底忽來，初無故實，亦不因苦思。乃知隨地皆詩料，不待他求，但能言者鮮耳。鍾嶸云：「古今勝語，多非補假，皆由直尋。」

「唐堯真自聖，野老復何知」，憂危語也。「一朝自罪己，萬里車書通」，祝頌語也。正好合看。

「客居所居堂」、「夜來歸來衝虎過」、「卜居赤甲遷居新」，語皆草草，然猶似複非複。「日日」、「每日」，則複矣，故當是誤也。

《客堂》詩，「巴鶯」改「巴稼」似勝。「臺郎選才俊，自顧亦已極」，「前輩聲名人，埋没何所得」，公始終止以「才俊」、「聲名」四字自居。至於官職，僅一省郎，便謂已勝古人，更不望加，何其自知審也。

《杜鵑》詩「西川有杜鵑」四句，東坡解極是。論詩須通看全篇，此詩自首至尾無一語不質朴，只似村野人家書耳。老筆頹然，故作此態，亦復何疑？且「前年滄州殺刺史，今年開州殺刺史」，此絶句也。豈亦可云題下小注耶？

賈太傅《治安策》「痛哭」、「流涕」、「長太息」，但作此言耳，非真哭也。《别蔡著作》詩：「賈生慟哭後，寥落無其人。」則真痛哭流涕矣。又《贈杜亞》詩：「經綸皆新語，足以正神器。宗廟尚爲灰，君臣皆下淚。」則當時陛見談時事而哭者蓋不止一人，且帝皆同哭，所以才士競思自見。時雖多難，終致廓清，有以也。東坡乃云「安有立譚之頃而遽爲人痛哭者」，豈未考此耶？

《寄韋有夏》詩「歸楫生衣卧」，注謂生水衣，則「卧」字何解？

《八哀》詩纍纍滿紙，摘其佳句不可多得。如「長嘯天地間，高才日陵替」，真足令人涕泗雺裳。次則「碣石歲峥嶸，天地日蛙黽」，開元、天寶一二十年間史册，只十字略可括其梗概。惜爲後人誤解，埋没千載，今特爲正之。至「汝陽讓帝子，眉宇真天人。虬鬚似太宗，色映塞外春」，語非不佳，然在後人决不敢道也。「豈無成都酒，憂國只細傾」，亦可誦。

《司空王公》詩「胸襟日沈静，肅肅自有適」，善爲名將寫照。「曉達兵家流」，「曉達」字，《文苑英華》作「晚學」。《司徒李公》詩：「青蠅紛營營，風雨秋一葉。」臨淮百戰百勝，建社稷功，徒以嫉邪遭讒，咫尺不得見天子。其後徘徊畏罪，不敢入朝，鬱鬱而死。使不死，殆未知所税駕也。人但知其用兵若神，豈知危於累卵乎？此語真能道其意中。九原有知，當不止「死淚映睫」已也。《嚴鄭公》詩叙述詳盡，蓋公素所悉故。然嚴一生功業在破吐蕃、收鹽川，而詩中無一字及之，何也？當緣軍旅未學，公素不留心，故其沈機妙算無得而稱焉，亦如《史記》叙諸將戰功也。「閲書百紙盡」，《文苑英華》作「百氏」，當從之。百紙何足道？《汝陽王》詩「官免供給費，水有在藻鱗」，殊不可解。豈曾請上供魚池爲放生所耶？「聖聰矧多仁」一語，上二字承上從諫，下三字起下也。然如此叙事亦是靴裏動指。《北海》詩：「豐屋珊瑚鉤，麒麟織成罽。紫騮隨劍几，義取無虚歲。」當時潤筆之盛若此，北海文長于碑板，一生刻石至八百本。「分宅脱驂間，感激懷未濟。衆歸賙給美，擺落多藏穢」，蓋以資財賑施貧乏。使富人盡若此，何惡于多藏財？豈真穢物哉？人自穢耳。如是人陷以贓罪，張相之可恨更甚于李林甫。「争名」二字可謂得情，張貪佞又負文名故也。「終悲洛陽獄，事近小臣斃」，叫天無辜，公爲代鳴不平矣。「獨步四十年，風聽九皋唳」，又「衰俗凛生風，排盪秋旻霽」，鬚眉如生，北海不死也。「易力何深嚌」，絶不可解，定有訛字。「關鍵欻不閉」，意亦難會。祇如「慷慨嗣真作，咨嗟玉山桂」，若非自注，亦復誰解者？「咨嗟玉山桂」，竟亦未能了了也。《秘書》詩「制可題未乾，乙科已大闡」，《英華》作「制題墨未乾，休聲已大闡」，語較妥。「篆刻揚雄流，溟漲本末淺。青熒芙蓉劍，犀兕豈獨剸」，蘇似工于雕繪刻削，而源委時有遺者，故「反爲後輩褻」也。然則所云「前後百卷文，枕藉皆禁臠」，當是類書屬耳。觀其不受僞署，大節凛然，又能批鱗直諫，卓然名臣。而與鄭著作爲伍，將毋老子與韓非同傳耶？然「長安米萬錢，凋喪盡餘喘」，天蓋使與鄭同厄矣，不獨公詩也。篇首：「時下萊蕪郭，忍飢浮雲巘。負米晚爲身，每食臉必泫。夜字照爇薪，垢衣生碧蘚。庶以勤苦志，報兹劬勞顧。」豈蘇幼時貧困，其親亦以餒死歟？蘇殆至性過人者，幸有此詩可考。然史傳寂寥，竟無表章之者矣。且當時官爵極輕，既知其不從賊，擢考功、知制誥矣，竟使以冷曹艱食，至于餒死，果何以勸忠耶？《鄭》詩「子雲窺未遍，方朔諧太枉」，謂鄭博辨不窮，應諧似朔，但不至如朔已甚類優俳耳，非稱屈之謂。讀此詩，鄭蓋無一不能者，不止三絶矣。「未曾寄官曹，突兀倚書幌」，「頗遭官長罵」，有以也。《張相國》詩「碣石歲峥嶸」，狀其獨立群小之間，砥柱不撓意。「天地日蛙黽」，喻群小嘈雜，猶云是渠世界也。「蛙黽」，兼喧、卑二意，此何與禄山事？果指禄山，何所忌諱？不叱言之而但加以别號曰「碣石」耶？何不通上下看？「退食吟大庭，何心記榛梗」，似專指相國《感遇》詩而言。「今我遊冥冥，弋者何所慕」，超然遠引，不復以群小置懷抱，所以能自全也。當時林甫讀此詩，知其必退，遂不爲害，是也。「乃知君子心，用才文章境」，經綸天下之才，不得盡用於世，便移向此中，且惜且幸。「賓客引調同」八韻，皆讚文章也。須溪以相國大節在預知禄山反，便以篇中不及爲恨。不知今載史册，故人人知之，當時江湖淪謫之人何緣悉知朝端議論哉？

《移居夔州郭》詩「春知催柳别」，止是别當春時，但筆幻耳。「江與放船清」，與「出門流水住」同一想路，然工拙較殊矣。「農事聞人説，山光見鳥情」，新遷耳目一時畢具。「山光悦鳥性」便覺遜之。

《上白帝城》「老去聞悲角，人扶報夕陽」，極善寫衰颯意。「報」字想見師丹老態，字法如是，乃謂絶工。

《謁先主廟》真句句有味，然「後漢留長策」四句全是諸葛廟語，可删也。嘗論昭烈起于魏勢略定之後，如國手敵道棋，饒敵數子，何緣取勝？兩君易地皆然耳。每讀「力侔分社稷，志屈偃經綸」，覺我胸襟豁然已盡。「竹送清溪月，苔移玉座春」，與「春知催柳别」等句法，最是詩意。尺水興波，使人入其玄中。「功臨耿鄧清」，「清」字無謂，又出韻，決是「親」字。但「親」字亦不佳。

「當時諸葛成何事，只合終身作卧龍」，此語祇爲人嗤。「猶聞辭後主，不復卧南陽」，未嘗不兼此意，但圓渾不露耳。淳漓之别，正謂此。《八陣圖》東坡解佳，知是開眼作夢。

《古柏行》妙在句句是詠孔明。

《最能行》，「最能」二字，稱其技也。「攲帆側柁入波濤，撇旋梢濆無險阻」，能此而已。《愁》詩，公自注：「强戲爲吴體。」今不知公所指吴體者爲何等。讀之，但覺拗耳。宋方萬里《瀛奎律髓》遂以拗爲吴體，豈據此詩耶？强戲者，偶一爲之。拗體，杜集中至多，寧獨此也？當時北人皆以南音爲鄙俚，公意似在半雅半俗間耳。

「老去詩篇渾漫興」，夔州諸詩漫興爲多，五言古尤傷于率。晦翁亦嫌其煩絮。試摘佳句，如「泊舟滄江岸，久客慎所觸」，如「芒刺在我眼，焉能待高秋」，如「食新先戰士，共少及溪老」，如「鬱陶抱長策，義仗知者論」，又「文章一小技，於道未爲尊」，如「閉目逾十旬，大江不止渴」，又「高人煉丹砂，未念將朽骨」，如「青山淡無姿，白露誰能數」，如「飲酣視八極，俗物都茫茫」，又「越女天下白，鑒湖五月涼」，又「秋風動哀壑，碧蕙捐微芳」，又「榮華敵勛業，歲暮有嚴霜」，如「不聞八尺軀，常受衆目憐」，如「連山蟠其間，溟漲與筆力」，如「干戈少暇日，真骨老崖嶂」，如「寒蕪際碣石，萬里風雲來」，如「君山可避暑，况足採白蘋」，如「秋風亦已起，江漢始如湯」，如「茅棟蓋一床，清池有餘花」，如「經過倦俗態，在野無所違」，如「丈人但安坐，休辨渭與涇」，如「勞生共乾坤，何處異風俗」。十步一芳，自不勝採。

每讀《東阿與吴季重書》：「觴酌凌波于前，簫笳發聲于後，足下鷹揚其體，鳳觀虎視。左顧右盼，謂若無人。當斯之時，願舉泰山以爲肉，傾東海以爲酒，食若填巨壑，飲若灌漏卮，其樂固難量。」形容幕賓大嚼之狀，直是輕薄。然公詩中於酒食往往自極形容，不獨豪飲，兼亦健啖。千載之下，宛若目擊，所以來後人飽死之誚也。然吾讀《三百篇》，《國風》多言男女，《雅》、《頌》多言酒食，舉輒津津，尊而王公，幽而鬼神，誰能捨之者？公腕下具大鑪錘，隨拈莖草，即現金身，豈如小家動多矜飾，若三日新婦哉？然其後于酒則曰「近辭痛飲徒」，曰「休爲吏部眠」，曰「心息酒爲徒」，此猶僅節飲。至曰「老去一杯足」，可憐甚矣。又曰「老人因酒病，堅坐看君傾」，曰「莫怪執杯遲，我衰涕唾煩」，敗興一至此耶？其於食則曰「病身虛俊味」，曰「臨餐吐更食」，似病翻胃者。曰「絶葷終不改」，蓋又曾持齋也。回視酒肉如山、手脚欲旋時，真令人短氣，乃知天下事未有久而無弊、弊而不生厭離者。酒食，人所以生也，甘之至也，然且若此，況其他乎？

《寄常徵君》詩「楚妃堂上色殊衆，野鶴階前鳴向人」，語意一褒一貶。「萬事糾紛猶絶粒」，果爾，常徵君實亦異人。所以然者，當時天子好道，以玄元爲始祖，故士大夫多留意玄門。即鄰侯亦以此遇巷，何怪楚宫多餓死之女也！

《信行遠脩水筒》詩「往來四十里，荒險崖谷大」，「水筒」即所謂筧也。今江南山寺處處有之，極遠者不過數里，未聞長二十里者，二十里當費竹幾許，防禦、修補並難爲力，不識北土今尚有之否？亦可見南北古今之異矣。

其説？

《示獠奴阿段》詩「曾驚陶侃胡奴異」，「胡奴」，侃子範小字。公一時誤用耳，何必附會

《貽華陽柳少府》詩：「火雲洗月露，絶壁上朝暾。自非曉相訪，觸熱生病根。」蓋黎明訪之，始知前所謂「柳侯披衣笑」者，乃客到始起也。「觸熱生病根」，公亦全用古人語。

《憶鄭南玭》題甚佳。

《火》詩：「楚山經月火，大旱則斯舉。舊俗燒蛟龍，驚惶致雷雨。」又：「腥至焦長蛇，聲吼纏猛虎。神物亦高飛，不見石與土。」謂龍自神靈，但驚飛耳，非若蛇虎可燒也。然龍亦有時可燒，《北夢瑣言》等書具載之。公但據所見而言耳。

《毒熱》詩：「千室但掃地，閉關人事休。」《貽柳少府》詩：「南方六七月，出入異中原。老少多暍死，汗逾水漿翻。」唐時楚俗，酷熱乃爾耶？今恐不至是。至《江上》詩又云：「江上日多雨，蕭蕭荆楚秋。高風下木葉，永夜攬貂裘。」「貂裘」，非嚴寒不可用，豈秋夜所宜？楚既苦熱，決不應至是，或言之過也。「蝮蛇暮偃蹇，空床難暗投。炎宵惡明燭，況乃懷舊丘。」謂暗又不可、明又不可，故思鄉轉切耳。

《晚晴》詩：「凫鶴終高去，熊羆覺自肥。」「熊羆」意屬當時將帥驕貴多藏，内府不及，所以有自肥之慨。獨此語是比，何以故？若無所托，詠物終不及此。《宿江閣》詩「鸛鶴追飛盡，豺狼

得食喧」，不及此聯。

古語儘有習而不察者，如「灧澦如象，瞿唐莫上。灧澦如馬，瞿唐莫下」，驟讀之，但謂形容大石之狀耳。及考《寰宇記》云「灧澦堆在瞿唐峽口，冬水淺，出二十餘丈，夏水漲，半没」，始知象馬喻其小也。石露頂愈小，則水愈險矣。《灧澦堆》詩「巨石水中央，江寒出水長」，謂此也。結句「干戈遲解纜，行止憶垂堂」，謂避兵應行、避水應止，二俱險事，故進退兩難。

《陪柏中丞宴將士》詩「醉客霑鸚鵡」，「鸚鵡」謂杯也，餘解皆繆。「佳人指鳳皇」，亦似謂屏障間物，與弄玉事固無涉，指坐客奇瑞，亦無此句法。次首「繡段裝檐額」，明言「檐額」，何謂樂工額飾也？「百戲後歌樵」，「樵」字初不可解，既而得之，曰：即俗所謂山歌也。棹歌、農歌，皆嘆聲也，而皆仍山歌名。遡流窮源，西北多山，山勞而水逸，當知古勞歌起於樵採也。

《聽楊氏歌》：「古來傑出士，豈待一知己。吾聞昔秦青，傾側天下耳。」翻用伯牙、子期事，極自負之言。從古絶伎真能爲不朽者，縱驅天下而非之，終不能遏抑，何用亟亟求知己也。此聽美人歌，雖極口讚之，乃殊不屬意，別自寄慨耳。

《秋日夔府詠懷百韻》詩「春草何曾歇，寒花亦可憐」，上五字説候暖意特妙。「共誰論昔事，幾處有新阡」，語意悲愴。「局促看秋燕」，羨其飄然欲去即去也。「誰云行不逮，自覺坐能堅」，所謂不能行而能不行。「雲臺終日畫，青簡爲誰編」，傷濫膺殊錫者名不稱實也。當時諸將多位極公孤，甚且封王，至叛賊窮蹙來歸，輒授節鉞，僕固懷恩已反，尚仍王號。公意不識他日史册能繼二十八人後爲誰耳。「身許雙峰寺」，「許」字妙。「門求七祖禪」，注引七佛偈是，「祖」字誤用也。「昭王客赴燕」，以昭王擬李，終未妥。公自注：「李宗親，有燕昭之美。燕，周之裔也。」蓋恐人議之，預爲之辭耳。「披拂雲寧在」，注引衛瓘語不錯，謂今雖相隔於當覿面也。「本自依迦葉，何曾藉偓佺」，唐祖玄元，公對宗室直作此語。「身許雙峰寺」，知非虚言。「金篦空刮眼，鏡象未忘銓」，此「筌」字，胡以反不改正？

《送十五弟侍御使蜀》詩，起句云「喜弟文章進」，送《皇華》而及文章，直作長兄語，不有其貴也。杜在當時爲鼎族，宗枝蔓衍。集中所稱杜使君、令弟之類，雖同譜，要皆落落，無關痛癢，惟稱舍弟者乃是同氣耳。

《别崔潩》詩：「志士惜妄動，知深難固辭。如何久磨礪，但取不磷緇。」公自注云：「内弟潩，赴湖南幕職。」計此行必有不合難言者，故作斯語。第二句或别對汲引者言耳。

《送蘇四徯》詩「乘輿安九重」，舉今見昔，不待更言播遷。「巴蜀倦剽劫」，剽劫久而且倦矣，故曰「下愚成土風」也。「乾坤雖寬大，所適裝囊空」，所謂「愁人莫對愁人説」也。

「北辰當宇宙，南嶽據江湖」，自是壯語。

《垂白》詩「樓迥獨移時」，更不須言登眺。《曉望》詩「天清木葉聞」，更不須言風動葉落。

此無字句中藏字句也。「無家病不辭」，悲不忍讀。

《宿昔》詩「花驕迎雜樹，龍喜出平池」，花迎龍出都因移仗故，然「花驕迎雜樹」倒句之最不穩者，不足法也。「落日留王母，微風倚少兒」，「倚少兒」上著「微風」二字，有何交涉？政此妙不可言。

《偶題》云「文章千古事，得失寸心知」，二語古今格言。自起至「虚傳幼婦詞」二十句，皆論文章，然中叙「騷人」、「漢道」、「江左」、「鄴中」。上不及六經，下不及六朝者，一則木本水源，所不必言；一則格調卑下，又不足言也。「車輪徒已斲，堂構惜仍虧」，蓋得心應手，父不能傳之於子故也。「南海殘銅柱，東風避月支」，「月支」以比吐蕃，意入寇當春時耶？「避」字，妙甚。

《吾宗》詩「在家常早起，憂國願年豐」，《寄董嘉榮》詩「海内久戎服，京師今宴朝」，《三百篇》「獨寤寐宿」言宴起之適也。公身賦《考槃》而不忘家國若此。

《第五弟豐》詩「聞汝依山寺，杭州定越州」，信腕直代家書，而句法、字法自然，一一具足。「風塵淹别日，江漢失清秋」，只一字而遲回惆悵無限。「失」猶言錯過耳。

《解悶》詩「陶冶性靈存底物」是唤語，蓋欲養性頤神，只應洗空胸次，更有何物應存？但結習深重，欲罷不能，不覺津津用心此道耳。「憶過瀘戎」一首，「京華應見無顏色，紅顆酸甜只自知」，謂都門但知色變耳，不知味亦盡失。吾親曾摘食，色味皆自知之而已。「翠瓜碧李沈玉毿」，謂盛暑中須此解渴，所謂「浮沈亂水玉」、「落刃嚼冰霜」也。赤梨、葡萄須待寒露始成，今梨名秋露白，《本草》「葡萄亦八月熟」可證。「先不異枝蔓」，謂其始瓜蔓如葡萄，李枝如赤梨，卒乃不得如二物久生。「此物」明指赤梨、葡萄耳，謂是荔枝，不知作何解釋？末首若非山谷一一理會，人誰解者？今本止改「須」字，尚仍「勞生重馬」，此四字不通，應改。但「勞人害馬」用對「寒罋布衣」稍未稱，或當更思之耳。「滿玉壺」亦無涉，公意使蘗生宫中，亦如葡萄可釀酒耶。「先帝貴妃」以下四首，三詠荔枝，不應中隔「翠瓜」一首，「側生」疑在「翠瓜」之前。録者偶失次第，遂使「此物」二字亦冒認荔枝耳。

《哭王彭州》詩：「將軍臨氣候，壯士塞風飆。」「臨氣候」猶言乘運，「塞風飆」猶言砥狂瀾也。下句勝。

《秋風》二首：「不知明月爲誰好，早晚孤帆他夜歸。會將白髮倚庭樹，故園池臺今是非。」心口自語，神思飛越。「白髮倚庭樹」，猶《詩》云「巧笑之瑳，佩玉之儺」也。此等句法須熟玩，叙事言情自然如天馬行空，步驟無迹，不作騎驢騣騣矣。趙注謂寫眼前景，單指上四句則可。

《西閣》二首「朱紱猶紗帽，新詩近玉琴」，自是清麗。唐時之紗帽，猶漢末之幅巾。士大夫以爲雅，故青蓮《答贈紗帽》詩云：「領得烏紗帽，全勝白接䍦。山人不照鏡，稚子道相宜。」公詩又有「掉頭紗帽側」、「紗帽隨鷗鳥」，並謂是野逸之服。「朱紱猶紗帽」，自笑不相配也。豈知千百年後，國朝之紗帽竟配朱紱乎？「經過凋碧柳，蕭瑟倚朱樓」，公時寓居西閣，下句猶言「車馬入鄰家」耳。「畢娶何時竟，消中得自由」，翻向平語，謂因病得閒也。此亦因首句已有「懶」字，故句法如此。此篇甚佳，惜結句不稱。「入海求」想指服食。夔州以後詩時有此等語，謝公鼻音不可彊學也。

《社日》詩「歡娱看絶塞，涕淚落秋風」，所謂異方之樂祇令人悲也。

《夔府書懷》云「生逢酒賦欺」，「酒賦」，猶詩、酒也。唯此二事稱雄，餘並不振，似爲所欺者，正自負意。「漢閣自磷緇」，本不相比，自以仕宦不振類之，亦緣唐以前子雲名盛故也。「拔劍撥年衰」，彷佛馬伏波據鞍顧盼時。此語正頂「慚紆德澤私」來，不如是，恐負恩也。老人負何奇而自力如此？其志可憐矣。「田父嗟膠漆」，誠如須溪言。「總戎存大體，降將飾卑詞」，亦猶「雲臺終日畫」，意殊不滿。「堯封舊俗疑」，妙。今何遂至此也？與「薊門誰自北」、「薊門何處覓堯封」合看，亦可悟琢句法矣。「恐乖均賦斂，不似問瘡痍」，「均賦斂」必王命中有之，奉行失職，使澤不下究，徒煩供給，結怨于民。「不似」字妙甚。千古通弊，君門萬里，何緣使此語上聞？「緑林寧小患，雲夢欲難追」，降將卑詞意畢露于此，惜時無漢高，使藩鎮禍無已時也。「耕巖進奕棋」，謂進客與對奕耳，宛然一幅爛柯圖。注未是。「豺遘哀登楚」，不成句。下「衣冠迷適楚」，「楚」字複用，疑有誤也〔二〕。

《贈李十五丈》詩「不聞八尺軀，常受衆目憐」，與「古來傑出士，豈待一知己」，皆重主輕賓語。「封内如太古，時危獨蕭然」，「蕭然」謂肅清也。

《江上》詩「勳業頻看鏡，行藏獨倚樓」，無限欲言不言，一時傾吐。裕陵獨拈此語，可謂具眼。「時危思報主，衰謝不能休」，「不能」二字，多少懇至。

《戲寄崔蘇》詩，以阻雨故，預思晴日爲文酒會耳。其後《崔評事許相迎不到走筆戲簡》詩，蓋又不待雨晴，便促其銜泥具鞍馬來迎，何亟亟若此？《西閣雨坐》詩「逕添沙面出，湍減石稜生」，是水退景，似與「樓雨霑雲幔」、「滂沱朱檻濕」不相合，何也？

《九日》詩題曰「九日諸人集于林」，時尚八日也，令節聚集，先期相要，故命題若此，而起句曰「九日明朝是」也。「老翁難早出，賢客幸知歸」，辭不赴會也。「漫看年少樂，忍淚已霑衣」，公生平狂興欲飛，不意衰颯至此，始悟「相要舊俗非」，蓋火焚而怨燧人耳。

《夜》詩「疏燈自照孤帆宿，新月猶懸雙杵鳴」，景語耳，讀之若不勝情。但上句七字一氣，下句却斷。「北書不至雁無情」，「無情」上著一「雁」字，此是詩家三昧也。「南菊再逢人卧病」亦

〔二〕「疑有誤也」，《四庫》本作「當是『越』也」。

是一氣，此句却斷。「步檐」二字不佳，可惜。或作「步蟾」，更不佳。

《鄭監湖亭》詩「揮金應物理，拖玉豈吾身」，只一虚字入微纖然，講道學絶不覺腐氣，然何難解？結句「賦詩分氣象，佳句莫頻頻」，乃幾不可解。其嘉謂鄭詩饒氣象，吾詩亦復不減，似與平分者，但老懶不耐篇什往復耳。

《秋興》八首，古今共推。詳其篇製，實謂罕儷。凡公七言近體，毋論清空、壯麗，風骨無不蒼然，此是胎裏帶得，所不必言。但諸篇時有累句，或率語、露語，而此獨無之。鴻音遠揚，壯采錯出，華實並茂，骨肉恰匀，所以衣被千古，無間然也。或别取清空如話數篇以爲極則，謂遠勝此，不知漸老漸熟，始造平淡。如富人既飽撤饌，但呼茗飲，貧兒便謂親見富人如是，歸而效之，不終日飢涎流矣。又王、岑諸公《早朝》詩，既極聲容，又備風骨，並馳詩囿，不讓於公。然大宗之戴在此不在彼者，此復有故。蓋題以「秋興」爲名，結想故爲凄黯。雖饒驚采絶艷，終不憂妍皮遂裹癡骨，斯乃得境界之助，非可强爲。不然，一種沈鬱之氣，性情本所未具，從何得來？詩無此不貴，所謂窮而後工，又所當知也。故吾謂《秋興》取材似《賦》，抽緒似《騷》，至于法脉變化，直追《風》、《雅》。且如《竹竿》發粲于百泉，《陟岵》聆音于無死，《東山》則伊威在目，《斯干》則熊羆入夢，並空中綵繪，水面雲霞，荒忽杳冥，無蹤可覓，斯乃詞中秘藏，象外玄機。此《詩三首》以前，取景猶近。後之五篇，形神俱遠，直已飛精輦下，厠足朝端，雜沓輪蹄，從容譏賞。

每篇止一二語，或止數字，略點題面耳。使他人爲之，方虞喧客奪席，主反受淩，而此獨不覺，則以抉其秘藏，透其玄機故也。又五篇一律，亦虞其重複，不能變化，而此又不覺，則吾所謂抽緒似《騷》，似複非複也。嗟乎，枚叟《七發》、少陵八篇，何所因仍，興盡而止耳。後之擬者，截鶴補鳧，挖瘡加灸，我有性情，爲他人用，欲求其工，安可得哉？

「蘩菊兩開他日淚」，或注云「向日」，其實過去、未來皆得兼之，謂後日亦可也。凡集中「他日」類然。句法頓挫，俯仰悲愴，百千年來，皆知學杜，有幾語得若此者。

猿啼淚落，乘槎上天，皆熟爛事。「聽猿實下三聲淚」，猶言乃今信之。「奉使虛隨八月槎」，猶言徒浪傳耳。此用事點化法。「虛隨」，謂實未得放舟歸，此即前「蘩菊」一聯意也。使他人爲之，複矣。筆端變化，蓋緣才大法熟，所謂長袖善舞也。或疑首尾日月相犯，不知「請看」、「已映」字正從「落日」來，何謂相犯？如「白露團甘子，清晨散馬蹄」，而末云「回鞭急鳥棲」，一詩不妨竟日始成。諸家如此類，未易悉數，曾何拘於此也？

「漁人」、「燕子」一聯，歸思浩然，所謂「故園心」也。漁人忘機，燕子必去，曰「還」、曰「故」，皆羨其逍遥，字法也。「局促看秋燕」，正可與下句參看。匡衡功名不薄，劉向著述竟傳，遠慚二人，近愧同學，是以嘆也。「輕肥」上著一「自」字，所謂言不盡意，盡即非詩矣。

「魚龍寂寞秋江冷」，語本易曉，何得謂是川名？如鸚鵡洲，單稱鸚鵡可否？獨坐江樓，嘆飛騰之無日，猶之「一卧滄江驚歲晚」耳，自有解者。

或云《秦州》詩「水落魚龍夜，山空鳥鼠秋」，何必復贅「山川」字？曰：本句中現有「山水」字，但倒出耳，子不覺耶？且「魚龍」與「鳥鼠」對舉，則單用亦可。何也？「鳥鼠」字，舍山名别無泛用也。如「白狗斜臨北，黄牛更在東」，若非峽名，必不如是泛用，故可省耳。然其下即接云「峽雲常照夜」，是不獨《秦州》詩「山水」字倒出在上，此詩「峽」字亦補出在下。公詩嚴于法如此，何不細觀之？况一句中既言川寂，又言江冷，安得此法？

「瑶池」、「紫氣」、「王母」、「函關」，公時時有此。「王母」對「函關」，亦如「嚴僕射」對「望鄉臺」，殊不害其格力也。「珠簾」、「錦纜」、「菰米」、「蓮房」，工整極矣，乃微嫌合掌。必不得已，吾寧取拙。「藂菊兩開他日淚，孤舟一繫故園心」，所以爲妙也。

「瞿塘峽口曲江頭」，只如此對舉，意已躍露，不待盡讀始知。「御氣」二字，未知所出，稍覺欠典。「珠簾」、「錦纜」一聯，安得非麗，但效之不難耳。小時讀此詩結句，頗以爲嫌，謂「歌舞」語既稍輕，又天子現在長安，何意衹言「自古」？其後讀史，始知爾時有並建五都之説，又讀公《建都》詩云「建都分魏闕，下詔闢荆門。恐失東人望，其如西極存。時危當雪恥，計大豈輕論」之句，蓋慮乘輿既數蒙塵，萬一朝議遷就，復踵平王故事，失計非小，故有斯語耳。今人亦多草草看過。

「石鯨鱗甲動秋風」與「日色纔臨仙掌動」，二「動」字並奇妙，石鯨尤不可測。「菰米」、「蓮房」一聯，語異而意同。未如黄鶴、白鷗以真對假，鸚鵡、鳳皇以實對虚也。

「昆吾御宿自逶迤，紫閣峰陰入渼陂」，二句中有四地名，與青蓮《峨眉山月歌》四句中有五地名，皆大手筆，偶然流出，不自覺知，使有意鑪錘，豈易到此？

稻爲鸚鵡粒，紀實也。梧實鳳皇枝，不以凡鳥棲故，没其本色也。五穀養人，乃以飼鳥；鳳鳥不至，梧亦虚名。世稱公「詩史」，此等句法，頗類史筆，言外各有含蓄，泛作悲慨語看，便嫌合掌。又謂之倒句，此直頓挫耳，不可言倒。何以故？如「鸚鵡啄餘香稻粒」，可耳；「鳳皇棲老碧梧枝」，難通矣。本應如是，非謂倒也。

集中倒句請歷數之，如「野哭千家聞戰伐，夷歌幾處起漁樵」，「雄劍鳴開匣，群書滿繫船」，「神傷山行深，愁破崖寺古」。又單句如「畫角吹秦晉」、「地僻傷極目」、「春蒲長雪消」、「野凉侵閉户」、「鳧雁宿張燈」、「久拚野鶴如雙鬢」等皆是。又「盪胸生層雲」、「畫省香爐違伏枕」，此倒意勝倒字矣。又「黄鵠高于五尺童，化爲白鳧似老翁」，此倒而加幻矣。詩文皆莫妙于用倒。公倒法又不止此，如「白骨新交戰，雲臺舊拓邊」、「見愁汗馬西戎逼，曾閃朱旗北斗殷」之類，皆倒意也。又如《復愁》詩「萬國尚戎馬，故園今若何？昔歸相識少，早已戰場多」，此章法倒也。仲尼曰：「詞達而已。」「達」取直達，如水之必東，然而千流萬派，縱横曲折，不可控揣。文章家熟極生巧，直達中不能無倒；均一倒法，變化種種不同，亦猶是也。作者亦不自知其然。

公詩用事之妙，如《玄元廟》詩「世家遺舊史，道德付今王」，《花下飲》詩「醉歸應犯夜，可怕李金吾」，《曲江》詩「短衣匹馬隨李廣，看射猛虎終殘年」，《對月》詩「牛女漫愁思，秋期猶渡河」，《收京》詩「賞應歌杕杜，歸及薦櫻桃」，《遣興》詩「君看束縛去，亦得歸山岡」，《五盤》詩「地僻無網罟，水清反多魚」，《酬高使君》詩「三車肯載書」，《傷春》詩「得無中夜舞，誰憶大風歌」，《禹廟》詩「荒亭垂橘柚，古壁畫龍蛇」，《夔府詠懷》詩「求飽或三鱣」，《秋興》詩「聽猿實下三聲淚，奉使虛隨八月槎」，《雨不絶》詩「舞石旋應將乳子，行雲莫自濕仙衣」，《瀼西新賃草屋》詩「北郊千樹橘，不見比封君」，《秋野》詩「兒童解蠻語，不必作參軍」，《獨坐》詩「充飢憶楚萍」，《執熱懷李尚書》詩「不是尚書期不顧，山陰野雪興難乘」，《遣悶》詩「倚著如秦贅，過逢類楚狂」，《秋峽》詩「常怪商山老，兼存翊贊功」，《贈盧五丈》詩「流年疲蟋蟀，體物幸鶺鴒」，《頭風》詩「述作異陳琳」，《送魏司直》詩「明白山濤鑒，嫌疑陸賈裝」，《南極》詩「亂離多醉尉，愁殺李將軍」，《清明》詩「逢迎少壯非吾道，況乃今朝更祓除」等句，皆得法、得趣，可爲後人之式。

句法之妙，有得力於一字者，姑舉五言如「出門流水住」、「爐存火似紅」、「老樹空庭得」、「文章憎命達」、「人扶報夕陽」、「醉裏從爲客」、「吟詩許更過」、「黄知橘柚來」、「高枕乃吾廬」、「喧呼閲使星」、「歸及薦櫻桃」、「春風避月支」、「山光見鳥情」、「淚入犬羊天」、「落日邀雙鳥」、

「江鳴夜雨懸」、「天意薄浮生」、「白髮好禁春」、「長日容杯酒」、「藁卑春鳥疑」、「亭深到芰荷」、「潛波想巨魚」、「驥病思偏秣」、「江動月移石」、「隱几亦青山」、「禮甘衰力就」、「喪亂獨前途」、「部曲異平生」、「白露誰能數」、「湘娥倚暮花」、「青眼只途窮」、「拔劍撥年衰」、「聲拔洞庭湖」、「寒江動夜扉」，又「花亞欲移竹，鳥窺新捲簾」、「勳業頻看鏡，行藏獨倚樓」、「江閣嫌津柳，風帆數驛亭」、「白屋留孤樹，青天失萬艘」、「吴楚東南坼，乾坤日夜浮」、「眼穿當落日，心死著寒灰」、「江山有巴蜀，棟宇自齊梁」、「揮金應物理，拖玉豈吾身」、「流年疲蟋蟀，體物幸鶺鴒」、「大江秋易盛，空峽夜多聞」、「風蝶勤依槳，春鷗懶避船」、「蛟龍纏倚劍，鸞鳳失吹簫」、「仰蜂粘落絮，倒蟻上枯梨」、「盪胸生層雲，決眥入歸鳥」、「聲吹鬼神下，勢閱人代速」等句，或寫難狀之景如在目前，或含不盡之意見於言外，然而用字初無詭僻，取景亦甚尋常，政不必倒海探珠、傾崑取琰也。但於爐錘之際，有神用存焉耳。

五言古起句佳者，爲「出門復入門，兩脚但仍舊」、「長嘯宇宙間，高才日凌替」、「紈袴不餓死，儒冠多誤身」、「丈人屋上烏，人好烏亦好」、「死別已吞聲，生別常惻惻」、「浮雲終日行，遊子久不至」、「出門日已遠，不受徒旅欺」、「挽弓當挽彊，用箭當用長」、「從軍十年餘，能無分寸功」、「十日畫一水，五日畫一石」、「九載一相逢，百年能幾何」、「青山澹無姿，白露誰能數」、「溪回松風長，蒼鼠竄古瓦」、「蒼山八百里，崖斷如杵臼」、「平明跨驢出，未知適誰門」、「行雲遞崇高，飛雨藹而至」，「驄馬新鑿蹄，銀鞍被來好」，「南風作秋聲，殺氣薄炎熾」，「勞生共乾坤，何處異風俗」，「自爲青城客，不唾青城地」，「汝陽讓帝子，眉宇真天人」，「天台隔三江，風浪無晨暮」，「赤驥頓長纓，非無萬里姿」，「岱宗夫如何，齊魯青未了」，「燈影照無睡，心清聞妙香」，「崆峒小麥熟，且願休王師」，「我行入東川，十步一回首」，「百川日東流，客去亦不息」，「翳翳桑榆日，照我征衣裳」，「連峰積長陰，白日遞隱見」，「下馬古戰場，四顧但茫然」，「雞鳴風雨交，久旱雨亦好」，「賈生慟哭後，寥落無其人」，「高臺面蒼陂，六月風日冷」，「漆以用而割，膏以明自煎」。

其結句佳者，爲「天寒翠袖薄，日暮倚修竹」，「此生免荷殳，未敢辭路難」，「少年别有贈，含笑看吴鈎」，「煌煌太宗業，樹立甚宏達」，「水深波浪闊，毋使蛟龍得」，「白鷗波浩蕩，萬里誰能馴」，「送行勿泣血，僕射如父兄」，「借問大將誰，恐是霍嫖姚」，「功名圖麒麟，戰骨當速朽」，「捷下萬仞岡，俯身試搴旗」，「潛身備行列，一勝何足論」，「夜闌更秉燭，相對如夢寐」，「齒髮已自料，意深陳苦辭」，「生涯能幾何，常在羈旅中」，「妻孥隔軍壘，撥置不擬道」，「百靈未敢散，風破寒江遲」，「相看俱衰年，出處各努力」，「濁醪有妙理，庶用慰沈浮」，「食蕨不願餘，茅茨眼中見」，「中原未解兵，吾得終疏放」，「嘆息謂妻子，吾何隨爾曹」，「冥冥子規叫，微徑不復取」，「豫恐樽中盡，更起爲君謀」，「一請甘飢寒，再請甘養蒙」，「焉知南鄰客，九日猶絺綌」，「大哉乾坤内，吾道常悠悠」，「吞聲勿復道，真宰意茫茫」，「壯心不肯已，欲得西擒胡」，「明朝在沃野，苦見塵沙黄」，「方圓苟齟齬，丈夫多英雄」，「罷官亦由人，何事拘形役」，「庶與達者論，吞聲混瑕垢」，「相望無所成，乾坤莽迴互」，「歸來懸兩狼，門户有旌節」，「惟有摩尼珠，可照濁水源」。

七言古起句佳者，爲「堂上不合生楓樹，怪底江山起烟霧」，「長安城頭頭白烏，夜飛延秋門上呼」，「自斷此生休問天，杜曲幸有桑麻田」，「巢父掉頭不肯住，東將入海隨烟霧」，「孔雀未知牛有角，渴飲寒泉逢觝觸」，「王郎酒酣拔劍斫地歌莫哀，吾能拔爾抑塞磊落之奇才」，「嵯峨白帝城東西，南有龍湫北虎溪」，「文章有神交有道，端復得之名譽早」，「疾風吹塵暗河縣，遊子隔手不相見」，「有客有客字子美，白頭亂髮垂過耳」，「長鑱長鑱白木柄，我生托子以爲命」，「四山多風溪水急，寒雨颯颯枯樹濕」，「男兒生不成名身已老，三年饑走荒山道」，「天下幾人畫古松，畢宏已老韋偃少」，「今夕何夕歲云徂，更長燭明不可孤」，「今日苦短昨日休，歲云暮矣增離憂」，「繅絲須長不須白，越羅蜀錦金粟尺」，「知章騎馬似乘船，眼花落井水底眠」，「偪側復偪側，我居巷南子巷北」，「諸公衮衮登華省，廣文先生官獨冷」，「君不見道傍廢棄池，君不見前者摧折桐」，「天上浮雲如白衣，須臾改變如蒼狗」。

其結句佳者，爲「短衣匹馬隨李廣，看射猛虎終殘年」，「會將白髮倚庭樹，故園池臺今是非」，「逢迎少壯非吾道，况乃今朝更祓除」，「雞蟲得失無了時，注目寒江倚山閣」，「安得并州快剪刀，剪取吴淞半江水」，「若耶溪，雲門寺，吾獨胡爲在泥滓，青鞋布襪從此始」，「忽憶雨時秋井塌，古人白骨生青苔，如何不飲令心哀」，「哀哉王孫慎勿疏，五陵佳氣無時無」，「黄昏胡騎塵滿城，欲往城南忘城北」，「仲宣樓頭春色深，青眼高歌望吾子，眼中之人吾老矣」，「君不見朝來割素髻，咫尺波濤永相失」，「君不見金粟堆前松柏裏，龍媒去盡鳥呼風」，「志士幽人莫怨嗟，古來才大難爲用」，「嗚呼，何由眼前突兀見此屋，吾廬獨破受凍死亦足」，「如今豈無腰裹與驊騮，時無王良伯樂死即休」，「巴東之峽生凌澌，彼蒼回斡人得知」，「若道巫山女粗醜，何得此有昭君村」，「未試囊中餐玉法，明朝且入藍田山」，「婁公不語宋公語，尚憶先皇容直臣」，「青絲絡頭爲君老，何由却出横門道」，「既稱絶世無，天子何不喚取守京都」，「君知天地干戈滿，不見江湖行路難」。

五言律起句佳者，爲「花飛有底急，老去願春遲」，「客裏有所適，歸來知路難」，「茂陵多病後，尚愛卓文君」，「涼風起天末，君子意如何」，「西京安穩未，不見一人來」，「安穩高詹事，兵戈久索居」，「昔别是何處，相逢皆老夫」，「無家對寒食，有淚如金波」，「死去憑誰報，歸來始自憐」，「亂後誰歸得，他鄉勝故鄉」，「不獨避霜雪，其如儔侣稀」，「何恨倚山木，吟詩秋葉黄」，「客睡何曾著，秋天不肯明」，「今節成吾老，他時見汝心」，「相近竹參差，相過人不知」，「摧折不自守，秋風吹若何」，「帶甲滿天地，胡爲君遠行」，「四更山吐月，殘夜水明樓」，「江城秋日落，山鬼閉門中」，「草閣臨無地，柴扉永不關」，「爲客無時了，悲秋向夕終」，「不識南塘路，今知第五橋」，「山豁何時斷，江平不肯流」，「浩浩終不息，乃知東極臨」，「巫峽中宵動，滄江十月雷」，「江漢思歸客，乾坤一腐儒」，「扶病送君發，自憐猶不歸」，「春江不可渡，二月已風濤」，「落日在簾鈎，溪邊春事幽」，「用拙存吾道，幽居近物情」，「翠柏苦猶食，明霞高可餐」，「昔聞洞庭水，今上岳陽樓」，「納納乾坤大，行行郡國遥」，「禮樂攻吾短，山林引興長」，「冠冕通南極，文章落上台」，「九農成德業，百祀發光輝」，「永與清溪別，蒙將玉饌俱」，「高浪垂翻屋，崩崖欲壓床」，「唐堯真自聖，野老復何知」，「野日荒荒白，春流泯泯清」，「舊俗疲庸主，群雄問獨夫」，「二儀積風雨，百谷漏波濤」，「更欲投何處，飄然去此都」，「慘淡風雲會，乘時各有人」，「文章千古事，得失寸心知」，「大雅何寥闊，斯人尚典型」，「不謂生戎馬，何知共酒杯」，「軒轅休製律，虞舜罷彈琴」，「衛侯不易得，余病汝知之」，「相見各頭白，其如離別何」。

其結句佳者，爲「萬方頻送喜，毋乃聖躬勞」，「明朝有封事，數問夜如何」，「誰能更拘束，爛醉是生涯」，「不知西閣意，肯別定留人」，「淺把涓涓酒，深憑送此生」，「爲問南溪竹，抽梢合過墻」，「前村山路險，歸醉每無愁」，「經過自愛惜，取次莫論兵」，「聞道蓬萊殿，千門立馬看」，「白鷗原水宿，何事有餘哀」，「今秋天地在，吾亦離殊方」，「蓬鬢稀疏久，無勞比素絲」，「嘗怪商山老，兼存翊贊功」，「時危思報主，衰謝不能休」，「親朋滿天地，兵甲少來書」，「誰家挑錦字，燭滅翠眉嚬」，「宮中行樂秘，少有外人知」，「爲報鴛行舊，鷦鷯在一枝」，「兒童解蠻語，不必作參軍」,「何當一百丈,攲蓋擁高檐」,「匡山讀書處,頭白好歸來」,「文章差底病,回首興滔滔」,「人傳有笙鶴,時過北山頭」,「細雨荷鋤立,江猿吟翠屏」,「悲絲與急管,感激異天真」,「草玄吾豈敢,賦或似相如」,「囊空恐羞澀,留得一錢看」,「不能隨皂蓋,自醉逐浮萍」,「應共冤魂語,投詩贈汨羅」,「不知臨老日,招得幾時魂」,「本無軒冕意,不是傲當時」,「飛來雙白鶴,過去杳難攀」,「興移無洒掃,隨意坐莓苔」,「萬方聲一概,吾道竟何之」,「驍騰有如此,萬里可横行」,「看君用幽意,白日到羲皇」,「無由睹雄略,大樹日蕭蕭」,「歸路翻蕭颯,陂塘五月秋」,「曉看紅濕處,花重錦官城」,「歸朝日簪笏,筋力定如何」,「防身一長劍,將欲倚崆峒」,「君見窮途哭,宜憂阮步兵」,「江湖多白鳥,天地有青蠅」,「樽前江漢闊,後會且深期」,「清霜洞庭葉,故就别時飛」,「此身醒復醉,不擬哭途窮」,「再窺松柏路,還見五雲飛」,「倘歸免相失,見日敢辭遲」,「亂離多醉尉,愁殺李將軍」,「家家賣釵釧,准擬獻春醪」。

七言律起句佳者,爲「一片花飛減却春,風飄萬點正愁人」,「舍南舍北皆春水,但見群鷗日日來」,「雀啄江頭楊柳花,鵁鶄鸂鶒滿晴沙」,「萬里橋西一草堂,百花潭水即滄浪」,「群山萬壑赴荆門,生長明妃尚有村」,「南極老人自有星,北山移文誰勒銘」,「野老籬邊江岸回,柴門不正逐江開」,「暮倚高樓對雪峰,僧來不語自鳴鍾」,「夔府孤城落日斜,每依北斗望京華」,「聞道長安似奕棋,百年世事不勝悲」,「瞿塘峽口曲江頭,萬里風烟接素秋」,「昆吾御宿自逶迤,紫閣峰陰入渼陂」，「霜黄碧梧白鶴棲，城上擊柝復烏啼」，「搖落深知宋玉悲，風流儒雅亦吾師」，「錦里先生烏角巾，園收芋栗未全貧」，「爲人性僻耽佳句，語不驚人死不休」，「竹裏行厨洗玉盤，花間立馬簇金鞍」，「江草日日唤愁生，巫峽泠泠非世情」，「城尖徑仄旌旆愁，獨立縹緲之飛樓」，「汶上相逢年頗多，飛騰無奈故人何」，「處處清江帶白蘋，故園猶得見殘春」，「風急天高猿嘯哀，渚清沙白鳥飛迴」，「秋日野亭千橘香，玉杯錦席高雲凉」，「君王臺榭枕巴山，萬丈丹梯尚可攀」，「中天積翠玉臺遥，上帝高居絳節朝」，「竹寒沙碧浣花溪，橘刺藤梢咫尺迷」，「白帝城中雲出門，白帝城下雨翻盆」，「老去悲秋强自寬，興來今日盡君歡」，「支離東北風塵際，漂泊西南天地間」，「年年至日常爲客，忽忽窮愁泥殺人」，「幽棲地僻經過少，老病人扶再拜難」，「西山白雪三城戍，南浦清江萬里橋」。

其結句佳者，爲「明年此會知誰健，醉把茱萸仔細看」，「不是尚書期不顧，山陰野雪興難乘」，「劍南春色渾無賴，觸忤愁人到酒邊」，「共説總戎魚鳥陣，不妨遊子芰荷衣」，「鵰礙九天須却避，兔經三窟莫深憂」，「杖藜嘆世者誰子，泣血迸空回白頭」，「楚江巫峽半雲雨，清簟疏簾看奕棋」，「飛閣卷簾圖畫裏〔二〕，虚無只少對瀟湘」，「寒衣處處催刀尺，白帝城高急暮砧」，「同學少

〔二〕「閣」，原本作「開」，據《四庫》本及宋刻本《九家集注杜詩》卷二十八《即事》改。

年多不賤，五陵裘馬自輕肥」，「魚龍寂寞秋江冷，故國平居有所思」，「一卧滄江驚歲晚，幾回青瑣點朝班」，「故憑錦水將雙淚，好過瞿唐灧澦堆」，「艱難苦恨繁霜鬢，潦倒新停濁酒杯」，「巡檐索共梅花笑，冷蕊疏枝半不禁」，「庾信平生最蕭瑟，暮年詩賦動江關」，「白沙翠竹江村暮，相送柴門月色新」，「即從巴峽穿巫峽，便下襄陽向洛陽」，「浣花溪裏花饒笑，肯信吾兼吏隱名」，「雲白山青萬餘里，愁看直北是長安」，「春花不愁不爛漫，楚客惟聽棹相將」，「南望青松架短壑，安得赤脚踏層冰」，「窮巷悄然車馬絶，案頭乾死讀書螢」，「風水春來洞庭闊，白蘋愁殺白頭翁」。

《寄柏學士》詩：「嘆彼幽棲載典籍，蕭然暴露倚山阿。」奔波兵革間，獨載書入山，閉門誦讀，與古人爲徒，斯實佳士。「古人成敗子如何」，公蓋示以讀書法也。論古人直須歸到身上，不然典籍于我何與？

《詠懷古迹》詩「伯仲之間見伊吕，指揮若定失蕭曹」，議論既卓，格力矯然，自是名句，世所同諷。然吾謂此是論斷，非詩也。老筆横溢，隨興所至，偶然超軼尋常，原非正格，若總如此，亦復非難。魯直「天於萬物定貧我，智效一官全爲親」，永叔「朝廷失士有司恥，貧賤不憂君子難」，彼皆才士，又極摹杜而若此者，蓋誤以此等句爲式故也。何不學「三分割據紆籌策，萬古雲霄一羽毛」，相去幾許。

言。「三分割據紆籌策」，「紆」字下得好，籌策儘自不凡，但以三分，故不免紆曲耳，然猶人所能言。「萬古雲霄一羽毛」，讚武侯者多矣，欲以片言肖其神，更千百年求如此語不可得。

《張旭草書歌》「俊拔爲之主」一語，真知書者。「連山蟠其間，溟漲與筆力」，所謂「俊拔」也。「暮年思轉極」，未是到語。旭書已入神品，復何待思？臨池之法，與詩文不同。此二語，公殆自道耳。

《送楊監赴蜀》詩，起句「去水絶還波」，末復云「泛舟巨石横，登陸草露濕」，皆今人所甚諱者。「離别重相逢，偶然豈足期」，改「足」爲「定」，便是小兒語。

《孟冬》詩「殊俗還多事，方冬變所爲」，其下但言「破甘」、「嘗稻」而已，未見所謂多事者何在也。

《雷》詩：「巫峽中宵動，滄江十月雷。龍蛇不成蟄，天地劃争迴。却碾空山過，深蟠絶壁來。」六句字字好，結語不爲佳。《西閣夜》詩「擊柝可憐子，無衣何處村」，十字一氣周匝，最可法。

《中宵》詩「親朋滿天地，兵甲少來書」，是回互語。非兵甲故，當不至此，所謂「詩可以怨」也。《南極》詩「亂離多醉尉，愁殺李將軍」，是真實語。窮途讀此，自難爲情。「飛星過水白」，「過」字平聲。

《不寐》詩「心弱恨容愁」，即常非月「不知心大小，容得許多憐」也，縮二句爲一句耳。

《猿》詩「艱難人不免，隱見爾如知」，味絶雋永。

《黄魚》詩「長大不容身」，非謂不容其長大，怪爾許長大無策自全也。龍則有風雷自衛，涎沫噴薄，泥沙盡捲，筒篅不敢近矣。注未是。

《白小》詩「風俗當園蔬」，《禮記》「蜩、范、芝栭」得一注脚。

《鹿》詩于諸詠物中可謂拔乎其萃，不意淋漓滿志至此。

《雞》詩「問俗人情似」，謂世俗餽遺多用之也。「人情」二字，俗語至今如是。「似」字，諺所謂「盤來盒去」耳。結句「氣交亭育際，巫峽漏司南」，幾不可解。「司南」，想謂報曉；「漏」是遺漏。合領聯「殊方聽有異，失次曉無慚」觀之，必是此土曉雞，或遲或早，不應時候也。

《寄杜位》詩「天地身何往，風塵病敢辭」十字，恨甚。

《西閣曝日》詩「毛髮具自和」，「具」，俱也。若言「本自」，即不煩曝日。

《縳雞行》前七句，俚甚。末句不深不淺，恰在個中，千古膾炙。蘇、黄有意效之，轉入義路〔二〕，所謂學而後知其難。

〔二〕「義」，《四庫》本作「理」。

《黑白二鷹》詩：「在野只教心力破，千人何事網羅求。」「千」字誤，非「干」字即「于」字也。「一生自獵知無敵，百中争能恥下韝。」「自獵」無可較量，定知無敵。假使逐隊争能，縱百發百中，猶恥之。直將此鳥入大豪傑數中。句法變化周匝，更自到家。次首不如前，「春雁同歸必見猜」，題中「恐臘後春生鶱飛避煖」，自爲此句而設。〔一〕

「瀼」，今皆讀音壤〔二〕。注：乃黨切，又奴浪切，皆當作「灢」，蓋字誤，故音誤也。「還」，從上聲，爲是「懷」。《鄭典設》詩「岸高瀼滑限西東」，又作平聲讀矣。當繇土音無定故耶？又「赤甲」，本當作「岬」，自公偶誤書，今千古遂不可變矣。

《送王判官》詩：「買薪猶白帝，鳴櫓少沙頭。」「少」，謂少頃，不通。作「已」字，是也。

《不離西閣》詩結云「不知西閣意，肯别定留人」，與「聞汝依山寺，杭州定越州」，二「定」字俱妙。「肯别定留人」尤極宛轉頓挫，其法亦自《三百篇》來，「上帝不寧，不康禋祀，居然生子」是也。「無家住老身」，「住」改「任」字佳。

「滄海先迎日」，亦何減「海日生殘夜」。「銀河倒列星」，「倒」字妙。河在天上，乃覺星倒，

〔一〕以上明鈔本、《四庫》本作卷三。

〔二〕「壤」，原本作「瀼」，據《四庫》本改。

即《圓覺經》所謂「雲駛月運，舟行岸移」也。海已出日，河猶倒星，故曰「平生耽勝事，吁駭始初經」。題曰「不離西閣」，意頗難會，蓋將别而未忍别，故作斯語也。自此即遷居赤甲矣。公窮居西閣且一年，至臨去始一望見海日，豈老懶不能夜起，故失之耶？即此亦自應增其戀戀也。

《入宅》詩「花亞欲移竹」〔二〕，竹碍花故，練句極妙，非親歷此景，欲下一語不知其不可及也。「鳥窺新卷簾」，性情形態畢具一字中，畫家翎毛誰當此者。二句尤妙，是新遷語。「江流氣不平」一句，自足千秋。

《江雨》詩「寵光蕙葉與多碧，點注桃花舒小紅」，「寵光」、「點注」皆佳。「與多碧」未老。

《雨不絶》詩「舞石旋應將乳子，行雲莫自濕仙衣」，用事之極得趣者。

《晝夢》詩「桃花氣暖眼自醉」，野人閒適，甘味自知。「故鄉門巷荆棘底，中原君臣豺虎邊」，詠晝夢，何以及此？所謂白日欲寢也。

「身世雙蓬鬢，乾坤一草亭」，「路經灔澦雙蓬鬢，天入滄浪一釣舟」，意絶相類，語各自妙，不相上下也。

《喜觀即到》詩「病中吾見弟，書到汝爲人」，直是一團精神，無復字句。「江閣嫌津柳」，意

〔二〕「欲」，原本作「亦」，據宋刻本《九家集注杜詩》卷二十七《入宅》改。

馳景外」，「風帆數驛亭」，景在意中。「花間馬嚼金鞍去，樓上人垂玉箸看」，何如一「嫌」字，即「孤帆遠影碧空盡，惟見長江天際流」，亦何如一「數」字。

公一生持論無非王道。《晚登瀼上堂》詩忽云「淒其望吕葛，不復夢周孔」，蓋緣群盜接踵，急則治標，其意以吕、葛、周、孔分文、武二途耳，不知周、孔自足兼吕、葛也。

《覆舟》詩「羈使空斜影」，《諸葛廟》詩「巫覡醉蛛絲」，叙事簡妙，白描神品。

《行官張望補稻畦水》起句「東屯大江北，百頃平若案」，《夔州歌》亦云「東屯稻畦一百頃」，公素貧薄，何從遽得爾許田也？縱山田薄收，不比季子洛陽田，亦斷不憂旅食。又有瀼西果林四十畝，彌不落莫，亦可見當時彼中田地價賤易得也。其後竟從瀼西移居之，老年保此，儘可没齒。然住僅歲餘，又有江陵之遷，何哉？據《續得觀書》詩起云「自汝到荆府，書來數唤吾」，則其捨東屯也，蓋因其弟相招。而結云「馮唐雖晚達，終覬在皇都」，則楚、蜀浮居皆非公意，意在歸朝耳。

「江天漠漠鳥雙去，風雨時時龍一吟」，浩渺空濛，宛然在目。

《夔州歌》「霸王併吞在物情」，「王」字，去聲，「并」字，平聲。集中「并」、「吞」字，多作平聲讀。

胡後溪云：「齊、魯大臣二人，史失其名。黄四娘，托杜詩乃得不朽。」豈獨黄四娘？如隸人伯夷、辛秀、信行，獠奴阿段，行官張望，女奴阿稽等，皆以與臺附名毫端，遂傳千古，真可謂厚幸也。隸人名伯夷，可怪。嘗見《急就章》有柳堯舜、藥禹湯之名，以爲作者戲撰，未必真有其人。然當武后時，自有同州人名魯孔丘爲拾遺者，舉朝不聞以爲駭，則此隸人又不足言矣。負薪採梠時，兒女餓死者數人，伯夷乃幸獲免。

《阻雨不得歸瀼西甘林》詩「虛徐五株態，側塞煩胸襟」，地且四十畝，甘僅五株，便稱林耶？

《甘林》詩，與《上後園山脚》詩，皆觸目感時，偶借題説起耳。

《月詩》「魍魎移深樹」，謂清光如晝，鬼魅避形也。「魍魎」，明靈之鬼，公殆未寓目《楞嚴經》耳，如《南華》「魍魎問影」，下語便自了了。斯時梵典尚未入支那，誰謂漆園荒唐？

《寄劉伯華使君》詩「遠山朝白帝，深水謁夷陵」，朝帝似堪輿家言，謁陵更巧。「雕刻初誰料，纖毫欲自矜。神融躡飛動，戰勝洗侵陵」，與許十一讚語並超軼不凡。「初誰料」，謂不料至此也。此使君寄詩自後人觀之，未免班門弄斧。觀「卷軸來何晚，聊從月繼徵」句，公得一佳篇，應時刮目，且欲盡讀其餘，何懇懇也。獻吉、于鱗「目中無復人，古今不相及」，當非虛語。「姹女縈新裹」八句，劉必好神仙家言。「張兵撓棘矜」，所謂心兵也。夢弼解是。「飢鼯訴落藤」，「訴」字匪夷所思。「野食待魚罾」，覺《衡門》詩不須更誦。「青竹幾人登」，猶云「竹葉於人既無分」，今「竹葉」句千古口實，而「青竹」幾無人能解。同一人所作，優劣相彷，而冷熱頓異至此，詩亦有遇不遇也。「江湖多白鳥，天地有青蠅」，對極工矣，妙是結句。

《草閣》詩「草閣臨無地，柴扉永不關」，極是幽意。

《元道州春陵行》語質情懇，絶類沈千運，但兩篇皆直賦時事耳，絶無比興。公詩小序乃曰：「不意復見比興體制，微婉頓挫之詞。」何也？

《寄韓諫議》詩，語特奇恣荒忽，遂以留侯相比，豈僅因一「韓」字故耶？據詩，韓殆暮年留滯者。「焉得置之貢玉堂」，尋文解義，應是「致」字。不然，則句法應中斷，「焉得置之耶，貢玉堂」乃佳也。

《鋤斫果林移床》詩「背堂資僻遠」，謂幽闃之境，隱人所資也。「山雉防求敵」，「求敵」，似用安仁《射雉賦》中意。「防」者，其一方安閒自適，防彼求敵也。一句中繪出雙雉。公熟精《文選》，遂不覺，後人難解。「江猿應獨吟」，謂哀音相類也。「洩雲」字不爲佳，然公屢用之。「資」、「防」、「應」字俱穩，不爲突兀。「薄俗防人面，全身學馬蹄」，較「不寐防巴虎，全生狎楚童」更勝。「學馬蹄」，即「狎楚童」，《蒙莊》非僻書，熟字生用耳。「沙虚岸只摧」，所謂「常苦沙崩損藥欄」也。若「屢摧」、「數摧」，復有何致？此用字之妙。

《中夜》詩「中夜江山静」，是苦語。戰伐塵高，不堪極目，夜深始静耳。

《復愁》詩「萬國尚防寇」，「防寇」字，今本作「戎馬」，似佳。「身覺省郎在」一首，謂若非省郎尚在，則柴扉早失矣。薄俗人情，古今一律。他人意中不能言亦不肯言者，正觀「銅牙弩」一首，只作紀事讀，無限感慨，一比便欲少味。「胡虜何曾盛」，「何曾」字，殊自負。「閭閻聽小子，談笑覓封侯」，亂世自媒，滔滔皆是，然豈獨餘人？政恐房太守亦未免斯語。「今日翔麟馬」一首是憤語，上施恩而下負德，是以憤也。當時括百官馬送軍中，公遂徒步傴側行，所以作也。「任轉江淮粟」一首，足見識力，公信非迂腐者。「每恨陶彭澤，無錢對菊花。如今九日至，自覺酒須賒」，只一「賒」字，無錢之嘆琅然入耳，雋永無極。此詩題曰「復愁十二篇」，中不見一「愁」字，却各有愁意。又各自爲意，一波未息，一波復起，但語多引而未盡。末篇「吟多意有餘」，自評甚確，然公顧自謂拙，不知正此爲工。

《九日》詩「野樹攲還倚」，畫出醉態。「秋砧醒却聞」，因醒後始覺醉時之適，句意工妙。

《季秋江樓夜宴》詩「星落黄姑渚，秋辭白帝城」，二地名配得絶有情，尤妙在有意無意之間。

《贈李八秘書》詩「事殊近代郎，喜異賞朱虛」，蓋秘書亦以靈武之役拜官，與公同，故曰「同補袞」、曰「舊交」也。「奉詔許牽裾」語極得體，忠愛藹然，不必詔求直言，但官以拾遺爲名，即爲奉詔矣。「對揚坑士卒，乾没費倉儲。勢藉兵須用，功無禮忽諸。」此數者，公所憤也。「對揚」字，貫下四句，略似行文法。「坑士卒」，《復齋漫録》引《上林賦》，欲改「坑」爲「抗」，雖亦細心，然何如「坑」字明白，但濫殺便可借用，豈必定如白起哉？「勢藉」句，意當時方藉藩鎮討叛逆而觀望不肯進戰者。「功無」句，謂朝廷濫賞可訝，不足爲勸也。

《移居東屯茅屋》詩「平地一川穩，高山四面同」，次首云「林僻此無蹊」，想見佳境，令人神越。第四首「幽獨」、「清深」四字，乃公自繪新居圖，復自評之也。「淹留爲稻畦」，旅人真語。其後《復至東屯》詩云「峽裏歸田客」，《復還東屯》詩云「復作歸田去，猶殘穫稻功」，《詠懷》詩云「稻穫空雲水，川平對石門」，當知此遷居專爲便于種田耳。「市喧宜近利」，公自注：「西居近市。」然意實不以近利爲宜，只欲出下句「林僻此無蹊」，故結云「若訪衰翁語，須令勝客迷」。勝客且迷，況于俗人，則雖市喧無傷也。「賸客」，不通。須溪改「勝」字是。「道北馮都使」，復是何人？豈其新鄰耶？「枕帶還相似，柴荆即有焉。」「枕」，即高山四面，「帶」，即平地一川。但擁茅屋數椽，即此山川皆吾有也。若「高齋見一川」，此又馮齋中石渠小沼，非即平地一川矣。「解纜不知年」，謂今日移居此地，不知住得幾時，乃放舟他適，甫遷即懷去志。末首結云「寒空見鴛鴦，回首想朝班」，蓋無日不思還朝也。

少陵許西鄰婦撲棗，今人以爲口實，然僅與「高秋總餧貧人實」例舉耳。詳詩意，更不止此。乃是公移居東屯後，虚瀼西草堂以與吴司法，此棗樹定在交界口，公在日便乞與之，公去而寡婦插籬爲界，公恐吴有言，故代爲周旋。「即防遠客雖多事，使插疏籬却甚真」，「遠客」指吴；「防」者，寡婦防之；「使」者，公使之。當知不必真公使之，須如是，吴始默然耳。賑鄰之乏，人或能之，業捨之他適矣，誰肯始終斡旋若此？且委曲入人，使吴意消而不覺。大用之，即宰相作略也。

《覃山人隱居》詩較《常徵君》詩更切，「林下何曾見一人」，真非虚語也。西莊王給事可謂吏隱，公猶有柴門深閉之語，况覃、常乎？近或解爲哀挽之作，哀挽詩豈用「南極老人」作起語也？

《東屯月夜》詩「月挂客愁村」，與「天横醉後參」句法同妙。讀此詩及《寫懷》詩「夜深坐南軒，明月照我膝。驚風翻河漢，梁棟已日出」，公玩月往往達旦，老興難及。

《秋野》詩「曝背竹書光」，本屬無謂，偶坐日中，眼到忽來耳。「潛鱗輸駭浪」，却是「駭浪輸潛鱗」，「輸」字中有冷笑。「歸翼會高風」，謂會當有高風時。兩語開闔，練字意濃。「大江秋易盛，空峽夜多聞」，妙句不可多得。

《傷秋》詩結句「何年減豺虎，似有故園歸」，「似」對真看，未敢望真歸也。最是傷意。

《雨》詩「兵戈浩未息，蛇虺反相顧」，即「魑魅喜人過」意也。又云「尫羸愁應接，俄頃恐違迕」，防人甚蛇虺耶？「一命須屈色」，已不堪矣。「窮荒益自卑」，真難爲懷。「浮俗何萬端」，言外當有難具陳者。結思扶病入舟避之，「浮俗」云何，使至此極？南遷東屯，遽有此語，蓋未嘗得一日安也。傷哉！

《瞿唐兩崖》詩「入天猶石色，穿水忽雲根」，可謂備盡形容。「猱玃鬚髯古」，直是畫意。「蛟龍窟穴尊」，「尊」字無人道得，題意躍然，傳神在阿堵中。「羲和冬馭近，愁畏日車翻」，因水險故，然已涉用意。若更指時事，便須重譯，且「日車翻」非所宜言。

《暝》詩：「半扉開燭影，欲掩見清砧。」「清砧」已聞，因掩扉偶見之，殊無緊要。然聞砧更僕難數，見砧一而已，正不可少此。

《雲》詩「龍以瞿唐會」，奇甚，真足驚人。「收穫辭霜渚」，「收穫」與題何涉？

《天池》詩「百頃青雲杪，曾波白日中」，又「魚龍開闢有，菱芡古今同」，讀之真令我作誅茆想。「萬里狎漁翁」，句佳。

《獨坐》詩「暖老須燕玉」，貧病老人偶爾道及，實不作此妄想。「充飢憶楚萍」，正補上意，楚萍豈充飢物？司空見慣，應怪語不相比矣。衰遲哀怨，正爾傾吐如訴也。如《石門宴集》詩「華筵直一金」，大類元亮「瓶無儲粟」。世有一杯羹直三萬錢者，以告貧士，豈肯信哉？《白帝樓》詩「春歸待一金」，待止一金，石門之筵，安得不謂華也？

《雨》詩「秋日新霑影」，下又云「天晴忽散絲」，所謂東邊日出西邊雨也。日影非新，新爲所霑耳。「霑」字，阿誰道得？「寒江舊落聲」，未雨時先有江聲。舉舊正見兼新，句法之妙，後人不能學。

《返照》詩「荻岸如秋水」，《柳司馬至》詩「幽燕唯烏去」，俱妙。第難爲對句耳。

《向夕》詩「雞栖草屋同」，一句中畫出群雞有趣。結句「琴書散明燭，長夜始堪終」，謂老人多不寐也。

《九月三十日》起句「爲客無時了，悲秋向夕終」，創語深悲，出人意表。恒言悲秋，秋尚有了時，不比爲客也。後六句「瘴餘」、「霜薄」、「草翠」、「花紅」，皆言南方候暖異故鄉耳。

《十月一日》詩：「有瘴非全歇，爲冬亦不難。夜郎溪日暖，白帝峽風寒。」亦是雙頂。

《遣悶》二首「家家養烏鬼，頓頓食黄魚」，若言鸕鷀，即二句一意，通章嵌此無謂矣。「南人染病，競賽烏鬼」，微之詩既可證。公素不語怪，章法要爲近之，但「養」不可訓「供」，安知彼俗養烏鬼不别有法也？「舊識難爲態」，悉其平生，故公孫丞相寧逢惡賓坐此耳。《移居東屯》詩「斫畬應費日」，此詩「畬田費火聲」，「費」字從彼來，相去多少。詩之所以不厭深索也。兩結句各一意：「高枕」，所謂「用拙存吾道」；「耕鑿」，所謂「幽居近物情」。事理正爾並行，不然悶未易遣。

「復還東屯」詩「築場憐穴蟻，拾穗許村童」，事雖至微，充此仁心，不可勝用。

《刈稻了詠懷》詩「野哭初聞戰，樵歌稍出村」，即「野哭千家聞戰伐，夷歌幾處起漁樵」也，縮爲五字耳，須溪何用别索？

《柳司馬至》詩「霜天到宮闕，戀主寸心明」，句法猶「今晨清鏡中，勝食齋房芝」。「余髮喜却變，白間生黑絲」，蓋「髮」字倒出耳。神馳魏闕，非寒迥之謂。

《自平》詩：「自平宮中吕太一，收珠南海千餘日。近供生犀翡翠稀，復恐征戍干戈密。」蓋因貢賦不時，知蠻族已驕，恐用兵未幾，復須用兵也。「蠻溪豪族小動揺，世封刺史非時朝」，謂邊民不静，土官即宜入朝，今乃并職貢有虧矣。「蓬萊殿裏諸主將，才如伏波不得驕」，「伏波」小斷，朝廷命將甚易驕恣，豈得討乎？小時讀此不遽能省，故爲解之。此等叙事，如畫家遠景，人或無目，樹或無枝，最工取勢，咫尺萬里，但不可令白家老婢知耳。

「蓬萊殿裏」二句，雖俱七言，實則上句十一字、下句三字也。唐人絶句云「明月在天將鳳管，夜深吹向玉宸君」，雖俱七言，實則上句四字、下句十字也。但「明月」句意盡語中，杜二句中間，猶藏有字句在，此爲異耳。

《虎牙行》，紀異候也。南國候暖，秋風忽起，驟寒難禁，反似北方，故曰「朔漠氣」。「山鬼幽憂雪霜逼」，甚詞也，猶曰「蜀犬吠雪」耳。「楚老長嗟憶炎瘴，三尺角弓兩斛力」，尋常形容苦寒想不到此。「犬戎鎖甲聞丹極」，「聞」字不可作「圍」。「八荒十年防盜賊」，此句上原無脱句，「賊」、「哭」、「臆」，三句三韻，結法如此。讀《前後苦寒行》四首，是冬果大雪，至於猛風拔木發屋，虎豹哀號，此詩其霰之先集乎？更覺山鬼遠慮非過矣。

《寫懷》詩「勞生共乾坤，何處異風俗」，便自曠達。「忘情任榮辱」，更非見道不及此，然令嚴鄭公在，當無此言。「無貴賤不悲，無富貧亦足」等語，遂開樂天法門。「用心霜雪間，不必條蔓緑」，似近似遠，極有意。次首「群生各一宿，飛動自儔匹。吾亦驅其兒，營營爲私實」，真語動人，乃勝道學。「禍首燧人氏，厲階董狐筆。君看燈燭張，轉使飛蛾密」，雖涉議論，却是至言。「終契如往還，得匪合仙術」，定有誤字。

《公孫大娘弟子舞劍器行》「來如雷霆收震怒」，須溪解「收」字亦有意，但直謂如雷如霆亦何不可？「雷霆」不可者，「羿射九日」、「群帝驂龍」又若何？

小時讀此詩，嫌「劍器」字太俚，後讀小説《教坊雜録》，始知《劍器子》乃舞曲名也。又怪公孫大娘以婦人工舞劍馳名後世，惜其無所見長，今始悟是俳優伎倆，蓋與柘枝、胡旋等同爲戲耳，但取眩目美觀，必非真可臨陣禦敵取勝也。或疑審如是，少陵詩猶或過譽，長史何緣遂悟筆法？曰：此不足怪。凡悟者皆因火候既到，偶然觸發，略如參禪，墻壁、瓦礫、蝦蟆、蚯蚓皆可發機。如擔夫與公主争道，亦可悟筆法，擔夫有何奇特？公孫舞劍，吾但決其不可臨陣耳，至於頓挫合節，熟極生巧，迥出流輩，如公序中所云，何不可悟筆法也？

《寒雨朝行視園樹》詩「柴門擁樹向千株，丹橘黄甘此地無」，瀼西果林既四十畝，東屯擁樹亦向千株，公所到處不乏幽勝也。甘橘喜暖，北地所稀。次句尚憶五株甘林耳。

《白凫行》「君不見黄鵠高于五尺童，化爲白凫似老翁」，倒語奇怪，老筆故作此，欲人不測。篇中大抵遲暮之感，自嘆轉退，追念少時，可意而得也。

《錦樹行》始終只「顛倒」二字。起句「今日苦短昨日休」，「苦短」則今不如昨，然今正及時，昨已休矣。「霜凋碧樹作錦樹」，應蕭條者反爾粲爛，正是顛倒。「青草萋萋盡枯死，天驥跛足隨氂牛」，語極憤懣，「聖賢薄命」已下幾于駡矣。夔後語言多亂雜，此詩憤則有之，却不亂雜。

《夜宿西閣》詩「稍通綃幕霽」，謂隔帷辨色也。此詩與《下西閣口號呈元二十一》詩俱在寓居西閣時，誤列于此耳。

《寄從孫崇簡》詩「牧叟樵童亦無賴，莫令斬斷青雲梯」，謂欲從之仙隱也，亦是索酒意。「青雲」不喻富貴，此又一證。《送卿二翁統節度鎮軍還江陵》詩「落日渭陽情」，注「卿二翁姓崔，乃公舅氏」，因此語也。驟閲「卿二翁」知是何物，此稱謂太新。

《夜歸》詩「庭前把燭嗔兩炬」，難解，豈貧家惜費耶？

《夜聞觱篥》詩「君知天地干戈滿，不見江湖行路難」，與「此生免荷殳，未敢辭路難」語，一直一婉，彼爲自慰之詞，此則訴人之語，並極哀怨。須溪以「荷殳」意解此，誤矣。

《前後苦寒行》，如「凍埋蛟龍南浦縮」、「三足之烏足恐斷」、「六龍寒急光徘徊」、「崑崙天關凍應折」、「白鵠翅垂眼流血」等，皆形容語也。如「寒刮肌膚北風利」、「崖沈谷没白皚皚」、「楚江巫峽冰入懷，虎豹哀號又堪記」、「晚來江間失大木，猛風中夜飛白屋」、「萬里飛蓬映天過，孤城樹羽揚風直」等，皆實録也。據公云「南紀巫廬瘴不絶，太古以來無尺雪」，不謂古來無雪，但無盈尺者耳。「去年白帝雪在山」，所謂「南雪不到地」也。「今年白帝雪在地」，至於崖沈谷没，蓋次年更甚。《前後苦寒》四首，並次年作也。諸篇淋漓酣暢，殊不似凍筆。「巴東之峽生凌澌，彼蒼迴斡人得知」，語味含吐，便不必言朔漠氣矣。「人得知」，與「寒可迴」、「酒易沽」，同一語氣。

《續得觀書》詩「俗薄江山好，時危草木蘇」，須溪注上句云「無情者不變」，余爲續注下句云「有情者不與」，俱蘇也。

《白帝城放舟出峽》詩「惡灘寧變色，高卧負微軀」，謂涉險不懼乃是不惜身命，有負此軀。「負」字怨甚，與「前村山路險，歸醉每無愁」，俱不堪讀。「書史全傾撓，裝囊半厭濤」，可謂險矣，故又曰「死地脱斯須」也。「飄蕭將素髮，汩没聽洪鑪」，「聽洪鑪」謂委順造物。「此生遭聖代，誰分哭窮途」，與「豈知秋禾登，貧窶有倉卒」，同是咄咄怪事，無控訴者。

《寄族弟唐十八使君》詩：「與君陶唐後，盛族多其人。」唐、杜共祖，遂稱族弟，今人無此稱矣。

《行次古城店》詩：「風蝶勤依槳，春鷗懶避船。」「勤」、「懶」字，妙得情態。「王門高德業，幕府盛材賢。行色兼多病，蒼茫泛愛前。」「王門」二句，即所謂泛愛也。「泛愛」字，集中屢見，何煩别解。

「邀李尚書下馬」詩「湖上林風相與清」，「上」字的是「月」字之誤。

《江南逢李龜年》詩，解者亦失其意，咸謂感舊耳，不知與「此曲祇應天上有，人間能得幾回聞」正相反。龜年盛時供奉御前，首承寵遇，人欲一望見不可得，及其流落，依人自活，人亦不復重之。「尋常見」、「幾度聞」、「又逢君」，皆調笑意也。劉隨州《贈米嘉榮》詩是感舊意，蓋借以自比。公貧士，素不喜此輩，意各不同。《北夢瑣言》載，昭宗末，琵琶工石潨，號石司馬者，早爲令狐綯所賞。亂後入蜀，遊諸大家。一日軍校數員會飲，石以胡琴，在座既非知音，諠譁語笑，殊不屬耳。石乃撲檀槽詬曰：「某曾爲宰相供奉，今日與健兒彈，不我聽，何其苦哉！」可與此相證。

《和江陵宋少府》詩「才士得神秀，書齋聞爾爲」，以不與宴故曰「聞」，何不可解？乃欲改「同」字也？

《遣悶》詩「城日避烏檣」，趙注最得。「倚著如秦贅」，謂家貧不得不附他人。「過逢類楚狂」，謂人多趨而避之也。二語至不堪，匆草草讀過，尤妙語在隱顯間。非如「苦摇求食尾，常曝報恩腮」比。「世亂跼文場」，語極悲，所謂「詩書遂墻壁」也。末四句是靈均臨睨舊鄉意。

《新樓成奉衛王》詩「二儀清濁還高下，三伏炎蒸定有無」，氣象不滅《早朝大明宫》諸作，然使非下句，「二儀清濁」不免迂闊。

《秋日荆南》詩「伏枕因超忽，扁舟任往來」，謂因舟輕超忽自如，故伏枕不碍往來也。「九鑽巴噀火」，此火豈可九鑽，未免誤用。「結舌防讒柄」，讒且有柄，故不得不防，防讒無他，但結舌耳。「探腸有禍胎」，「探腸」猶云罄竭肝膽，讒人工于蒙蔽，最惡在此。「差池分組冕，合沓起蒿萊。不必伊周地，皆登屈宋才」，即「鄉里小兒狐白裘」意。「伊周地」，不必伊周其人，即屈宋才不可多得，咄咄自語。「漢庭和異域，晉史坼中台。霸業尋常體，宗臣忌諱災」，此四句似爲李尚書之芳而發，李使吐蕃和親，被留二年。「霸業尋常體」，謂當時世以公主下降絶域，遂爲故事也。著一「霸」字，見雖爲宗社不得已，故定非王道所宜。二句亦雙頂上文。公後有《哭李》詩，中台之災，豈爾時已卧疾歟？

《江漢》詩「片雲天共遠，永夜月同孤」，遠客孤身，傷無伴也。意在起句中一氣直下。

《折檻行》，自悼也。兵戈擾攘中，舉世重武輕文，故文士落莫。「秦王學士時難羡」，不稱文皇者，正在兵戈擾攘中，學士之榮如此，故可羡也。「朱雲」自喻，公以諫諍受譴故也。婁公不語，不失盛德，我獨願學宋公，而不蒙見容。公受譴上表謝，尚自稱直臣，集中屢及之。「白馬將軍若雷電」，泛言耳，與崔旰事何涉？

《重題哭李尚書》詩「兒童相顧盡，宇宙此生浮」，上句道憶少時也，語正不盡爲佳。

《獨坐》詩「滄溟服衰謝」，「服」字難通，作「恨」字是。

《久客》詩「衰顔聊自哂，小吏最相輕」，公雖老困，然擅名已久，名公貴人皆相愛重，獨細人無知，時以腐鼠相嚇耳，故曰「狐狸何足道」。

《移居公安》詩「傷弓鳥雀飢」，最是閱歷苦語。「交態遭輕薄」，所謂「傷弓」也。

《送顧八分文學》詩「才盡傷形體，病渴污官位」，公蓋嘗因詩成疾，此青蓮所以譏「飯顆」也。

《幽人》詩「知名未足稱，局促商山芝」，謂四皓雖名重後世，較之真仙相去尚遠也。與「思量入道苦，自哂同嬰孩」意相類。

《泊岳陽城下》詩「留滯才難盡」，「艱危氣益增」，「圖南未可料，變化有鵾鵬」，公于時老病侵尋矣，猶能作如是語，真百折不回者。

《送魏少府之交廣》詩「窮途仗神道，世亂輕土宜」，語近俚而真甚，故自不厭。「錯揮鐵如意，莫避珊瑚枝」。始兼逸邁興，終慎賓主儀」，如病酒人勸客節飲，直以身爲戒也。

《送表姪王砅》詩，叙事與史殊不合，史固不足盡憑，公亦得自傳聞，未必皆實。王珪、魏徵昔爲仇讎，此語可證，必無杯酒納交之事。剪髮亦陶母舊事，名門之後多有溢美附會，此不足怪。馮翊逃難，砅能以所騎馬借公，持刀執鞚，徒步衛而脱之，亦是傑士，竟因此詩不朽千古。結句：「我欲就丹砂，跋涉覺身勞。安能陷糞土，有志乘鯨鰲。或驂鸞騰天，聊作鶴鳴皋。」老病之人作此壯語，奇恣横絶。集中亦僅一見耳。丹砂，南海所産，老身從而往求，筋力必不能勝，除是騎鯨、驂鸞。末三句只一意，筆縱至此，何常以鸞比王耶？公食貧，不無望其意氣，而又重出諸口，故中道便住。「舌存恥作窮途哭」，知非虚語也，此言外微旨，又所當知。

《過南岳》詩：「才淑隨厮養，名賢隱鍛鑪。」「淑」字妙，才人隨厮養，殊不易，須淑乃辦耳。張耳責數陳餘可參看。但「名賢」字須作「名高」看乃稱。《下水遣懷》詩云「窮迫挫曩懷，常如中風走」，又云「庶與達者論，吞聲混瑕垢」，公庶幾能自淑者。

《下水遣懷》詩：「孤舟亂春華，暮齒依蒲柳。」「蒲柳」以比後生。「蹉跎陶唐人，鞭撻日月久。」初讀殊不能解，蓋因舜葬之地想及上古，今此苦遭鞭撻之人，昔日陶唐之人也。晝象而不犯，徒聞其語，蹉跎日月，遂至此耶？語意甚痛。

《遣遇》詩：「舟子廢寢食，飄風争所操。我行匪利涉，謝爾從者勞。」自傷運蹇帶累下人也。窮途中斷不可少此念，政是其得力處，不獨「減米散同舟」可稱述而已。

《宿鑿石浦》詩：「回塘澹暮色，日没衆星嘒。缺月殊未明，青燈死分翳。」蓬窗晚泊，慘景如畫。「窮途多俊異，亂世少恩惠」，謂豪傑乘時，大都猛鷙也，即「干戈未揖讓」意，言外咄唶。

《過津口》詩：「白魚困密網，黄鳥喧嘉音。物微限通塞，惻隱仁者心。」「通」謂黄鳥，「塞」謂白魚也。公蓋有解網之思耳。

《次空靈岸》詩：「沄沄逆素浪，落落展清眺。幸有舟楫遲，得盡所歷妙。」浪逆舟遲，旅人悶事，坐此得歷覽勝概，反以爲幸。吾常行過佳山水，每恨不獲少駐，讀此手舞足蹈。「青春猶無私，白日亦遍照」，愛戀之言。「毒瘴未足憂，兵戈滿邊徼」，謂瘴鄉兵戈不到，「擇禍莫若輕」也。

《早發》詩「有求常百慮，斯文亦吾病」，文士通患，千古喟然。「以兹朋故多，窮老馳驅併」，一得一失，倘朋故漸稀，則馳驅亦息矣。「側聞夜來寇，幸喜囊中净」，富不如貧，亂離中真語也。「艱危作遠客，干請傷直性」，閲歷既深，鋒鍔盡斂，自嘆轉退乃是轉解。「薇蕨餓首陽」覺太苦，「粟馬資歷聘」覺太奢，兩難適從。公蓋云免死而已矣，嘗欲揭此以告遊客。

《次晚洲》詩「擺浪散帙妨，危沙折花當」，花根固非插花，記險又大無謂，似言危沙之上花蘂可愛，折枝移入舟中代彼小景耳。同是臆解，庶爲近理。「中原未解兵，吾得終疏放」，老人善自寬者。

《登白馬潭》詩「宿鳥行猶去，花藂笑不來」，須溪注「鳥則宿矣，吾行猶去」，固未甚妥。董遐周至欲改「去」爲「失」，亦未敢謂然。詳詩意，白馬潭似是遊宴之所，公登此别有感慨。「日出野船開」，「日出」非清晨，似陰晦，疑夜而忽復晚晴，故鳥已宿而仍去也。「花藂笑不來」，亦必有因晚先回者。「人人傷白首」，公豈爲後生輩所驚怪耶？末忽及新知，既不知所指，頗難臆斷。凡集中有難解者，闕疑可也。詩須首尾通澈，洞然不疑。字有誤者，確知其來歷始可改耳。《北風》詩，雖舟行遇阻，然南方苦熱，待此氣蘇，又揚帆時追述語，故一往豪快，作者胸襟實爾。若謂以此勝晚唐，似非篤論。《前後苦寒行》形容蹇縮備盡，又若何？

《詠懷》詩「高賢迫形勢，豈暇相扶持」，猶云「窮途多俊異，亂世少恩惠」也。多事時人心往往與承平大異，實緣勢所驅迫。公能推究至此，不獨憐彼顛沛之人，并不肯扶持者亦曲爲體諒，稱曰「高賢」、「俊異」。此其見不同迂儒也。「疲薾苟懷策，棲屑無所施。先王實罪己，愁痛正爲兹。」其微意謂當世有良將無良牧，我能爲之，惜不見用，以上慰帝心。「夜看豐城氣，回首蛟龍池」，傷識者難遇也。「齒髮已自料」，所謂「歲月不我與」，語似不忍盡者。次首：「潛魚不銜鈎〔二〕，走鹿無反顧。皦皦幽曠心，拳拳異平素。」因聖遠法壞，灰冷至此，「致君堯舜」當不復掛齒。「風濤上春沙，十里浸江樹」，乘槎水國，風景宛然。「多憂污桃源」，處不成處。「拙計泥銅柱」，出不成出。「賢愚誠等差，自合受馳騖」，謂命應如此也。「擁滯僮僕慵，稽留篙師怒」，每暫泊市廛，奴輩登岸，長年呶呶有言，輒念此語如目擊。

〔二〕「銜」，原本作「衝」，據《四庫》本及宋刻本《九家集注杜詩》卷十五《詠懷》改。

《客從》詩，紀事感懷不當如是耶？大凡詩及時事，貴在不盡，使人得于言外。若非「公家」、「徵斂」四字分見篇中，其本意不可尋也。「珠中有隱字，欲辨不成書」，即以此語贊此詩可也。

《發潭州》詩「岸花飛送客，檣燕語留人」，舉物以見人，亦《魚藻》之義也。公自蜀初適楚，即云「入舟翻不樂」，故楚中詩多悲。

《雙楓浦》詩，再讀始解。楓雖已摧，必有卧根在浦口，故欲截爲槎，借之上天也。「自驚衰謝力，不道棟梁才」，彼此適合，相對慨然。「江邊地有主」，須溪解妙。非倦遊無托者，不知此言之悲。

《酬郭判官受》詩云「自得隋珠覺夜明」，《酬韋韶州見寄》云「新詩錦不如」，公于後輩極意推獎如此，然韋、郭詩實俱可誦。

《迴棹》詩「散才嬰薄俗，有迹愧前賢」，前賢妙在無迹，非深心尚友不能道此。「勞生繫一物，爲客費多年」，自是警語。「瓶罌易滿船」，挈家舟行，念此語當發一笑。

《哭韋大夫》詩：「綺樓關樹頂，飛旐泛堂前。」「關」謂關閉，即綺閣塵生意。「樹頂」，形容樓高耳。何謂奠樓？又以「關」作「高」也。「泛」字好。

《樓上》詩「皇輿三極北，身事五湖南」，壯志羈懷，一時交集，所謂「人言愁我始欲愁」也。

《千秋節》詩：「湘川新涕淚，秦樹遠樓臺。」二「遠」字，若不勝情，字法最妙。「走索背秋毫」，猶言間不容髮也，與「弓矢向秋毫」，「向」、「背」字，下得警策。

蘇侍御渙，其人非静者，《容齋三筆》言之，此亦何害？仲尼謂「與其進也，不與其退也」，本不須回互。若云詩名紀異，不與他等，厥有微旨，不識公何緣前知？且白髮變黑，豈有意可爲耶？況集中亦不止此，如徐卿二子之類，又作何解？

《贈盧參謀》詩「客星空伴使，寒水不成潮」，又「流年疲蟋蟀，體物幸鷦鷯」，皆工甚。

《枉裴道州手札》詩：「久客多枉友朋書，素書一月凡一束。虚名但蒙寒暄問，泛愛不救溝壑辱。」乃知閻浮提更千百年，人情世態亦復如是無異也。「撥棄潭州百斛酒，蕪没瀟岸千株菊。使我晝立煩兒孫，令我夜坐費燈燭。」怨之可謂至矣。讀「倚著如秦贅，過逢類楚狂」，及「後生血氣豪，舉動見老醜」等句，只此長紙寒暄，亦不易得，何刺刺至此？「郭欽上書見大計，劉毅答詔驚群臣」，公志在嚴華夷之防，盡諫諍之職，不以窮故輟也。末寄呈蘇侍御有「鳥雀肥秋粟，蛟龍蟄寒沙」之句，必蘇晤公時感憤高談，意相近耳。窮途感憤，君子時有之意，止欲撑持世界，有裨君國，終不爲一人私憤。仲尼曰：「小人窮斯濫矣。」公結句勉蘇語至激切，得毋窺其微乎？然則容齋之論移于此詩乃可也。

《風疾舟中伏枕》詩：「軒轅休製律，虞舜罷彈琴。尚錯雄鳴管，猶傷半死心。」語意奇特，詳其微旨，諺所謂好事不如無也。詩瘦有年，重以衰老，據云「興盡纔無悶，愁來遽不禁」，得非以此三十六韻故，轉添岑岑乎？「述作異陳琳」，用事絶巧。「子璋髑髏血糢糊，手提擲還崔大夫」，他人用以截瘧，而公固三年瘧病，則述作正不異陳琳也。「應過數粒食，得近四知金」，謂較鷦鷯差過之耳，彼四知金那得近傍？「彼蒼迴幹人得知」、「騄驥人得有」，句法較然。夢弼注誤。「春草封歸恨」，「封」即閉意，謂方留滯他鄉，未作故園想耳。「却假蘇張舌，高誇周宋鐔」，此詩蓋呈親友者，冀其爲老人作曹丘也。「畏人千里井，問俗九州箴」，首句言到處兢兢，次句言浪遊非止一方也。「葛洪」四句，真是風燭之虞。

《對雪》詩「無人竭浮蟻，有待至昏鴉」，當是待所思而不至也。

《追酬高蜀州人日》詩，高在時，公頗不滿之，死後却追思流涕者，公既篤於友朋，不肯自居於薄。又題中「老病懷舊，追酬此詩，因寄王敬」，蓋晚景寥落，屬望生者，故借高以引意，意實不在高也。

《贈蕭使君》詩：「終始任安義，荒蕪孟母鄰。聯翩匍匐禮，意氣死生親。張老存家事，嵇康有故人。」蕭于嚴公没後，事其母，甘脆之禮，若己庭闈。終其天年，又經紀喪事，撫存諸孤。蕭真義士，而嚴之得士亦可見矣。公于吴侍御之謫官則曰：「余時忝諍臣，丹陛實咫尺。相看受狼狽，至死難塞責。」于蕭則曰：「食恩慚鹵莽，鏤骨抱酸辛。」皆若引爲己責，不勝其愧者。實則吴當嚴搜間諜時，重殺無辜，以去就争，倍難于蕭。公之不言，知言亦無益也，故曰：「朝廷非不知，閉口休嘆息。」至與嚴交情，本與蕭不同。而「蒼茫土木身」、「稽留伏枕晨」等句，但自言老病，若欲爲蕭所爲而力不任者，揚人之善，不惜以己身形之。此等肝膽，若揭日月有以也。

蕭真義士，惜不知其名。鶴曰：蕭使君嘗宰縣。公有《蕭明府寔處覓桃栽》詩，然考彼題稱「蕭八明府」，而此稱「蕭二十使君」，明是兩人，未許冒認。

《清明》詩「逢迎少壯非吾道，況乃今朝更祓除」，真自負語。公是時老困且死矣，猶倔彊如此。觀其意，直以逢迎少壯爲不祥，此豈苟且隨人者？無論句法之妙也。窮視其所不爲，若無此骨，草木同腐矣。

《贈韋七贊善》詩「鄉里衣冠不乏賢」四句，賓主相當。「北走關山開雨雪，南遊花柳塞雲烟」，北雖雨雪曰「開」，南雖花柳曰「塞」，懷抱可知。「洞庭春色悲公子，蝦菜忘歸范蠡船」，韋爾時必將北還。「范蠡」，公自道也。

《岳麓山道林二寺行》，初讀此題，殆不能解，蓋岳麓寺因山爲名，既稱山遂不再及寺也。然何不除去「山」字〔二〕？

〔二〕「然何不除去」以下至卷末，原本缺，據清鈔本補。

「白馬東北來，空鞍貫雙箭」，觸目命句，豈必白馬定用侯景故事？「近時主將戮，中夜商於戰」，須溪解是，改「商」爲「傷」，便是三家村塾師語。

《入衡州》詩，于崔瓘遇難後，大爲稱屈，曰「久客幸脱免，暮年慚激昂」，曰「悠悠委薄俗，鬱鬱回剛腸」。公無事權，筆底憤懣，正見剛腸激昂也。又曰「問罪審形勢，凱歌懸否臧」，當時必以崔爲激變，公意欲陽於克賊後一爲昭雪耳。《舟中苦熱呈陽中丞》詩：「嗚呼殺賢良，不叱白刃散。吾非丈夫特，没齒埋冰炭。恥以風疾辭，胡然泊湘岸。」賊自殺刺史，公無官守，乃若深以不能定亂爲恥者。「冰炭」謂風疾寒熱也。觀此言，公非老病，當此紛紛，必有以自見矣。「偏裨表三上，鹵莽同一貫」，必歸罪崔瓘爲賊乞免者。「宗英李端公，守職甚昭焕。變通迫脅地，謀畫焉得算。」此端公當指李勉。觀「迫脅」語，豈亦曾爲賊上章乎？勉傳略不載耳。

《衡山縣文宣王廟》詩「耳聞讀書聲，殺伐災髣髴」，謂兵革去此尚遠，不知其詳也。文事武備相爲盛衰，恐不知者謂重新學宫于喪亂時未免迂闊，故再三申言儒未可棄，此舉實中興大義也。「高歌激宇宙，凡百慎失墜」，直欲遍告舉世思深哉！廟毁不修，是爲「失墜」，非採詩備國史之謂。

白酒牛炙之説，當是史因聶耒陽詩附會也。牛炙本賈闐仙事，詩中亦無明證。「禮過宰肥羊」，斟酌應是牛炙耳，猶之「不著鵔鸃冠」，便謂「不冠」，皆是卜度之言，不足信也。嘗與客戲言，負薪採梠之人，得飽死爲幸，而後人力爲辯誣。乃青蓮實病死，初無騎鯨捉月之説，而好事者争傳之，即有識之士，亦默無一言爲辨，何也？將毋謂醉死尚足爲豪，非如飽死太俗耶？不知口腹殺人均也，酒肉相去幾何？軒輊至此！

《進雕賦表》稱「先君恕、預」、「先臣審言」，唐時乃有此體式耶。今雖異代，恐不得爾。「引雕以爲類」，志在正色立朝，自負若此，然豈可使權貴見，亦如漢絳、灌有社稷勳，而賈生策治安曰「使與韓、彭易地，雖殘亡可也」，安得不爲所短耶？宋陳同甫亦然。英主不易得，齊即墨大夫之事，直是千載一遇耳。漆園自評其文曰「參差俶詭」，公自評其詩曰「沈鬱頓挫」，人知何如自知，審也。漆園止自評，公直以告君，更奇。

公所進《天狗賦》、《雕賦》在《三大禮賦》之先，皆引以自況。使其見用，風概可想。昔靖節自謂性剛才拙，與物多忤，公彷彿似之。晦翁云：「隱士大都負性氣，當知儒門自曾子以下，毋論隱顯，必有一副勁骨。不如是，何由表見千萬世耶？獨至顔子，其勁骨無從而見之，故仲尼稱其好學。比其死也，曰：『今也則亡，未聞好學者也。』于時曾子現在，《大學》傳自曾子，仲尼尚未許其能好也。」《易・乾》曰：「自强不息。」《坤》曰：「厚德載物。」剛，蓋用以自克，豈用克人哉？則聖門所謂學可思矣。

《三大禮賦》，公所最得意者，然佳句時有之，不成句者亦時有之。《封西嶽賦》亦復猶人耳，都不足傳也。

《封西嶽賦》序云：「比歲，鴻生巨儒，誦古史、引時義云：『國家土德，與黄帝合。主上本命，與金天合。』而守闕者亦百數。天子寢不報，蓋謙如也。」則知貢諛之徒車載斗量，而公竟有此賦，與司馬長卿死後何異？幸其以詩擅名，故此賦不爲人所指目耳。

《雜述》爲張叔卿、孔巢父二人而作，並稱其才曰「聰明深察」、「博辯宏大」。然謂叔卿放蕩，勉之以静；謂巢父執雌守常，吾無所贈。其後叔卿爲廣州判官，第八卷中有《寄廣州判官張叔卿》詩。此外無考。想遂碌碌老死牖下。巢父孤立强藩，竟爲所戕害。人固難料，豈非公所謂「由天乎，有命乎」？《秋述》所稱子魏子，極讚其「無邪氣，得正始」，竟不知何名字。叔卿，非公一詩一文，千古誰知之者？可謂厚幸矣！

《説旱》勸鄭公清理獄囚，及勿役兩川侍丁之老者，真仁人之言。

《東西兩川説》欲分諸羌部落，各自統領，不使羌王得專制其命。此論最妙。漢晁、賈之策親王也，尚曰「衆建諸侯而小其國」，况蠻夷乎？至於蠻夷畏漢法，治之誠宜寬大，勿輕擾之；賦斂宜薄，非寬富人，寬富人乃以寬貧人也。觀其處分井井，譚兵羌利弊亦甚悉，豈得謂非良吏才乎？昔人謂右軍具經世略，惜爲書法所掩，唯公亦然，今人但知其能詩耳。

《華州試進士策問》五首，其二云：「軍書未絶，王命急宣，插羽先翥於騰鷹，敝帷不供于埋馬。」又云：「積骨頗多，無暇更入燕王之市。」謂華爲孔道，供應疲勞，馬多倒死也。第四問云：「近者，鄭南訓練，城下屯集，瞻彼三千之徒，有異什一而税。竊見明發教以戰鬥，亭午放其庸保，課乃菽麥，以爲尋常。夫悦以使人，是能用古，伊歲則云暮，實慮休止〔二〕，未卜及瓜之還，交比翳桑之餓。」蓋當時之民一身充兵、民兩役，有司但驅之習兵，非但不給兵食，仍急責其租税。參以《新安吏》、《石壕吏》諸篇，生斯時者亦可憐甚矣。

公之拜拾遺，其遭遇雖不及青蓮，然從此遠到可期，兩人皆一蹶不復振。青蓮坐永王事，誠難湔洗，公論救房琯，縱不切事情，初無大過，倘有推挽者，儘可再騁康衢，而終身偃蹇以死，可惜也。今集中止存《謝公敕放三司推問狀》，而救琯之疏竟不載，當是稱述太過，詔書有「崇黨」、「比周」等語頒示天下，畏禍不敢存稿耳。《謝放推問狀》中謂：「琯性失於簡，酷嗜鼓琴，董庭蘭今之琴工，遊琯門下有日，貧病之老，依倚爲非，琯之愛惜人情，一至于玷污。」蓋引咎語也。然猶稱其「少自樹立，晚爲醇儒，有大臣節」，即前疏可知也。《祭琯文》中序陳陶斜之敗，云「盗本乘敝，誅終不滅」，豈尚爲賢者諱耶？又云：「州牧救喪，一二而已。自古所嘆，罕聞知己。曩

〔二〕「慮」，清鈔本作「應」，據宋刻本《杜工部集》卷二十《乾元元年華州試進士策問》改。

者書札，望公再起。今來禮數，爲態至此。」炎涼俗套萬古如斯，雖可嘆可恨，實不足嘆、不足恨也。然末云「玄豈正色，白亦不分。培塿滿地，崑崙無群」，爲之憤懣極矣。琯雖非腐儒，大約孔文舉、張魏公之流，名過其實者。使得英主駕馭之，捨短取長，佐其不逮，儘可卓然建豎，照映千秋。而顧令外崇虚譽，内困中官，用之失宜，以至於敗，可重惋也。自古創業之君必多哲輔，其功名赫然者，半不能令終。豈必皆全才哉？衹因善用之故，得自表見耳。此公所謂「偶生賢達，不必際會」也。

《皇甫淑妃神道碑》題稱「唐故德儀贈淑妃皇甫氏」。按，唐因隋制，皇后下有貴妃、淑妃、德妃、賢妃各一人，爲夫人，正一品。開元中玄宗以一后四妃，本法帝嚳，而后妃四星，一爲正后。今既立正后，復有四妃，非法。乃於皇后下立惠妃、麗妃、華妃三位以代三夫人，爲正一品下。此即不稱妃，此武惠妃所以禮秩一同皇后也。今妃卒於開元二十三年，惠妃尚在，應用三妃之號，而制曰「宜登四妃之列，式旌六行之美，可册贈淑妃」。其後太真亦仍稱貴妃，蓋復依舊制矣。據碑文，妃薨時年已四十二，而文中云：「上以服事最舊，佳人難得，送藥必經於御手，見寢始迴於天步。」亦可謂寵幸不衰者。考其時，武惠妃正承恩寵，年亦四十，又未幾亦卒，而太真始進，遂至專寵。其後六宫無復進御，即江妃不得分宫中一席地矣。然則妃之死於二十三年，非不幸之幸乎？

《萬年縣君京兆杜氏墓誌》，公感其活己，私謚義姑，遂與王砯皆因一事垂名千載。據誌中云，公昔卧病姑家，姑子又病，女巫言處楹之東南隅者吉。姑遂易子之地以安公，公活而姑之子卒。嗚呼！此真人情所難也。非公此文，後世誰知之者？事有類此者，悉採集之，附正史後可耳。〔二〕

〔二〕 以上明鈔本、《四庫》本作卷四。

圖書在版編目(CIP)數據

明人詩話要籍彙編/陳廣宏,侯榮川編校. —上海:
復旦大學出版社, 2017.6
ISBN 978-7-309-12937-3

Ⅰ. 明…　Ⅱ. ①陳…②侯…　Ⅲ. 詩話-中國-明代　Ⅳ. I207.22

中國版本圖書館 CIP 數據核字(2017)第 085174 號

明人詩話要籍彙編
陳廣宏　侯榮川　編校
責任編輯/杜怡順　吴　湛
裝幀設計/楊倩倩

復旦大學出版社有限公司出版發行
上海市國權路 579 號　郵編: 200433
網址: fupnet@fudanpress.com　http://www.fudanpress.com
門市零售: 86-21-65642857　團體訂購: 86-21-65118853
外埠郵購: 86-21-65109143　出版部電話: 86-21-65642845
江蘇金壇古籍印刷有限公司

開本 890×1240　1/32　印張 155　字數 2823 千
2017 年 6 月第 1 版第 1 次印刷

ISBN 978-7-309-12937-3/I・1042
定價: 758.00 元